I

Padre Antônio de Morais devia chegar a Silves naquela esplêndida manhã de fevereiro. A carta que escrevera ao Macário sacristão anunciava o dia da partida, designando o paquete, e pedia uma casa modesta e mobiliada simplesmente. Macário fizera o cômputo do tempo necessário à viagem, rio acima até Silves, e espalhara por toda a vila, havia exatamente quinze dias, a notícia da próxima vinda do vigário enviado pelo Sr. D. Antônio "na solicitude paterna de pastor que não descura a salvação das suas mais obscuras ovelhas", conforme lera o professor Aníbal na Boa nova da última semana. A casa não fora difícil de arranjar, bem perto da Matriz, na melhor situação, olhando para o lago. Era pequena, mas muito arejada e estava caiadinha de novo. Cedera-a por seis mil-réis mensais o presidente da Câmara, que a mandara preparar para si, com umas veleidades de deixar o sítio ao rio Urubus e vir morar para a vila; mas a força do hábito o fizera desistir do projeto, e depois... a D. Eulália... coitada! não queria ouvir falar em tal mudança, por causa dos seus queridos xerimbabos. Assim o Neves Barriga preferira alugar a casinha, branca e asseada, e resignara-se a continuar enterrado naquele sertão do Urubus, matando carapanãs e fazendo farinha de mandioca. O Antônio Capina, por muito empenho, só pudera fornecer uma mesa de pinho, envernizada e decente e a marquesa de palhinha que fora do último juiz municipal, reformada para servir a "algum desses esquisitos lá de fora que não gostam de dormir em rede". As cadeiras, a mesa de jantar, o lavatório, a bacia de banho, tinha-os o Macário pedido emprestado ao capitão Mendes da Fonseca, que, em toda a vila, possuía as melhores coisas desse gênero. Para ornar a parede do fundo da sala, o professor Aníbal emprestara uma grande gravura, representando a batalha de Solferino, e retratos de Pio IX, de Antonelli, de Cavour, da princesa Estefânia e do conselheiro Paranhos. A louça, tanto a de mesa como a de cozinha, compunha-se do que o Macário pudera arrancar à cobiça da Chiquinha do Lago, restos do espólio do finado padre José, e do que comprara na casa do Costa e Silva. Estava tudo decente. Depois de aprontar a casa e arranjar a mobília, Macário assumira as funções de diretor da recepção do novo pároco e, naquele dia, ao romper da alva, envergara a sobrecasaca de lustrina, pusera na cabeça o seu boliviano de seis patacas, engolira, a ferver, uma tigela de chá de folhas de cafeeiro adoçado com rapadura, e saíra para a rua, não se podendo ter dentro de quatro paredes, cheio de ansiedade, receando o surpreendesse o apito do vapor, ardentemente esperado. Era ainda muito cedo. Macário deteve-se à porta, olhos na rua, desejando avistar um amigo, um vizinho, uma criatura qualquer com quem desabafasse a extraordinária emoção da hora, até ali nunca esperada, de ser o diretor da recepção, o organizador da festa, a fonte de informações, o único homem da vila que entretinha relações com S. Revma., a quem S. Revma. escrevia. A rua estava deserta e as casas fechadas. Macário, passeando a sapata de pedras desiguais, esburacada e velha, não podia expandira agitação intestina que lhe escaldava o sangue e bulia com os nervos; só oferecia derivativo à atividade a que se entregava a passos incertos, ziguezagueando às vezes como um ébrio, dando topadas que lhe irritavam os calos e despelavam o bezerro novo das botinas de rangedeira. O sol subia lentamente no azul esbranquiçado do céu, banhando a frente das casas e dando pinceladas verdes na massa escura da floresta da outra banda. Sobre a superfície do lago Sacracá deslizava pequena montaria, tripulada por um tapuio de movimentos automáticos e vagarosos, que com o remo chato cortava a água cuidadosamente, para não acordar o peixe. Na vila ladravam cães e cantavam galos, e da próxima capoeira vinham vozes confusas de pássaros e de bichos. Sentindo-se só, Macário concentrava o espírito, sem se deter no espetáculo daquela manhã de sol. O alvoroço da novidade esperada amortecia-lhe a faculdade contemplativa, alheando-o de tudo mais. O seu pensamento estava absorvido naquela ideias, a que lentamente foi relacionando outras, sujeitando ao exame todas as faces da questão. À medida que a consciência assenhoreava-se dum lado do problema, e esclarecia a solução do problema todo. Depois, para bem pesar os resultados, a necessidade da comparação surgia, e então, num tropel confuso, que se ia clareando e ordenando pouco a pouco, vibrando as fibras cerebrais que guardavam a impressão das emoções passadas, as lembranças afluíam, a princípio vagas, depois precisas, exatas, reproduzindo em grandes quadros coloridos os menores episódios, como se fossem da véspera. A vinda do novo vigário mudava a posição do Macário na sociedade de Silves. Passava a ser Il.mo Sr. Macário de Miranda Vale, como delicadamente lhe chamara S. Revma. na carta, na querida carta que ele trazia unida ao coração, no bolso interno da sobrecasaca, e cujo contato lhe causava um sensação de esquisito gozo. Aquela carta fora uma patente, fizera-o subir no conceito público e na própria consideração, dera-lhe acesso à classe das pessoas gradas de que se ocupa a imprensa; e publicamente lhe conferira o posto merecido pela inteligência, pela perícia no ofício, pelo seu conhecimento dos homens e das coisas, e do que uma demorada injustiça cruelmente o privara até àquela data. A ideia acentuava-se no seu espírito liberto de um passado humilhante. Um homem superior – o novo vigário não podia deixar de

O missionário

Inglês de Sousa

Equipe DCL – Difusão Cultural do Livro

DIRETOR EDITORIAL: Raul Maia

Equipe Eureka Soluções Pedagógicas

REVISÃO DE TEXTOS: Joana Carda Soluções Editoriais

Texto em conformidade com as novas regras ortográficas do Acordo da Língua Portuguesa

Dados Internacionais de Catalogação na Publicação (CIP)
(Câmara Brasileira do Livro, SP, Brasil)

Sousa, Inglês de, 1853-1918.
O missionário / Inglês de Sousa. -- São Paulo :
DCL, 2013. -- (Clássicos literários)

ISBN 978-85-368-1642-5

1. Romance brasileiro I. Título. II. Série.

13-01028 CDD-869.93

Índices para catálogo sistemático:

1. Romances : Literatura brasileira 869.93

Impresso na Índia

Editora DCL – Difusão Cultural do Livro
(11) 3932-5222
www.editoradcl.com.br

Sumário

ser um homem superior escrevera ao Macário uma carta muito e muito cortês, chamara-lhe Ilmo Sr. Macário, e não simplesmente – o Macário sacristão, como toda a gente; confessara-se seu atento venerador e amigo, muito obrigado; dirigira-se a ele de preferência; o encarregara a ele, de lhe arranja a casa e a mobília, de o esperar, de o receber, de lhe guiar os primeiros passos no paroquiato de Silves. A vaidade do Macário – posto ele nada tivesse de vaidoso, entumescia-se, um véu caí-lhe dos olhos, via-se outro, não já o triste sacristão maltratado pelo vigário, mas um Macário novo, de sobrecasaca, de cabeça alta, conhecido na capital do Pará, onde alguém – não podia saber quem fora – ensinara o seu nome a padre Antônio de Morais; um Macário que ao invés do que ousara esperar, ia dar conselho a S. Revma., arranjar-lhe a vida, guiá-lo, mandar, enfim no senhor vigário. Chegando a essas alturas, vinham-lhe vertigens. Uma ambição desenfreada apoderava-se do seu cérebro, dementando-o. Tinha um ardente desejo de conhecer o digno mortal, o benemérito habitante da cidade de Belém que revelara o seu, até ali, obscuro nome ao ilustre pároco de Silves. Não era tão obscuro como supunha a sua modéstia, espezinhada pelo defunto padre José. Conheciam-no, sabiam-lhe o nome na grande capital do Grão-Pará! Podia pretender tudo. Mas, por um retorno brusco, recordava-se do nada donde saíra, e enternecia-se, nascia-lhe uma gratidão profunda para com o amigo desconhecido e esse ilustre padre Antônio que o vinha arrancar-lhe ao aviltamento, para lhe matar, duma vez, a sede de consideração pública, de respeito, de aplausos que consumia a sua vida miserável de sacristão de aldeia. Fora bem reles a existência até aquela data – a data da carta – digna de ser marcada com uma pedra branca, como se marcam os dias felizes da vida, segundo ouvira ao professor Aníbal ao jantar de casamento do infeliz Joaquim Feliciano. Pai não conhecera, fora-lhe mãe uma lavadeira, tristemente ligada a um sargento do corpo policial de Manaus, desordeiro e bêbado. Macário crescera entre os repelões da mãe e as sovas formidáveis com que o mimoseava o sargento para se vingar do marinheiro da taverna, farto de lhe fiar a pinga. Poucas vezes conseguira satisfazer a fome, senão graças à generosidade de algum freguês em cuja casa entrava a serviço de condução da roupa lavada; porque na casinha da lavadeira o pirarucu era pouco e mau, a farinha rara, os frutos luxo dos ricos, o pão extravagância de fidalgos de apetite gasto ou de doutores barrigudos e vadios. O estômago do rapaz era exigente, afeiçoara-se facilmente às gulodices das casas abastadas, onde entrava de cesto à cabeça, lançando compridos olhos para a mesa de jantar ou para o armário dos doces, até a senhora, entre um credo! e duas cruzes! tinhoso! lhe mandar dar alguma coisa, para que não aguasse a comida. O duplo tormento da fome e das pancadas exasperava o Macário, mas, à falta de energia, não lhe dava mais remédios do que suspiros, gritos e lágrimas. A sua devota Nossa Senhora do Carmo veio, porém, em seu auxílio. Uma tarde, a mãe, ocupada em conter os ímpetos destruidores do amante, fatais à louça e à mobília, mandara-o levar um cesto de roupa lavada ao Seminário, e cobrar a conta do senhor reitor. Nesse dia, a bebedeira do sargento ameaçara trovoada grossa, e ao jantar das duas horas faltara a farinha d'água, e o pirarucu fora comido triste e só, sem gosto e às carreiras. Macário, faminto e assustado, batera à porta do Seminário, uma grande casa séria e limpa, cheia de janelas com vidraças e de meninos alegres, brincando o esconde esconde no vasto quintal inculto; e esse espetáculo aumentara-lhe a tristeza, ao ponto de o fazer chorar. Mandaram--no entrar no quarto do reitor, que o estava esperando para pagar a conta. Numa grande sala, simplesmente mobiliada, sentado numa bela rede de varandas bordadas, estava um padre gordo, moreno, acaboclado, com uma cara toda de bondade, e uma voz carinhosa. Era o reitor, o mesmo que, segundo diziam passageiros do Pará, era agora arcebispo e conde lá para as bandas do Sul. Um curumim de onze anos, legítimo maué, de calças e camisa de riscadinho e grossos sapatos engraxados, tinha na mão um tição de fogo para acender o cachimbo de S. Revma. cheio de perfumado tabaco do Tapajós. Ao lado um seminarista, de batina azul, sentado em cadeira baixa, lia num livro de estampas coloridas, muito enfastiado, cumprindo uma sentença, e de vez em quando interrompia a leitura, para olhar, pela janela aberta, para o quintal, e seguir com despeito os jogos barulhentos dos seus felizes colegas. Por baixo da rede do padre, deitada sobre vistosa pele de onça pintada, uma capivara doméstica deixara-se cavalgar por um macaco barrigudo, de sedoso couro cinzento, e aos punhos da rede um periquito do Rio Branco, mimoso e verde, subindo e descendo sem cessar, pontuava com as suas notas estrídulas a voz monótona e cadenciada do seminarista preso. Quando o Macário entrou fez-se uma pequena revolução no sossegado aposento de S. Rev. ma. O seminarista fechou o livro, pôs-se de pé e começou a fazer-lhe gaifonas por trás do grande livro de estampas. O macaco deixou a capivara, e, assustado, trepou rapidamente pela rede e subiu pelos punhos, cordas fora, até às escápulas, donde se pôs a olhar desconfiado para o rapazito, fazendo-lhe momices. O periquito desceu para o fundo da rede e escondeu-se entre as pregas amplas da batina do padre. A capivara fugiu para baixo duma cadeira. O pequeno maué deixou de soprar ao fogo de tição, e fixou no recém-chegado os grandes olhos negros, profundos e mudos. O padre reitor largou o cachimbo e atentou na cara magra e doentia do Macário, que não tinha ainda aquela belida no olho esquerdo, nem aquele lombinho que lhe começara a surgir do meio da testa aos trinta anos, e agora ostentava a sua protuberância polida num descaro insolente.

– O que tens, tu, rapazinho, que estás tão assustado e trêmulo?

– Saberá V. Revma...

O tom do reitor era tão paternal e bondoso, inspirava tanta confiança e punha a gente tão à vontade, que Macário sem vergonha do seminarista nem do curumim, desatou a chorar. E depois, sentindo uma necessidade de proteção e amparo, começou a contar àquele padre gordo, bondoso e afável a desgraça que o sujeitava às brutalidades dum soldado bêbado e ao desamor da mãe desnaturada. O padre reitor acendeu o cachimbo muito comovido, e prometeu arrancá-lo à sua situação. Justamente partia para Silves o seu amigo padre José, vigário-colado daquela freguesia.

–Vai com o padre José, rapazinho, ele te dará boa vida. Há-de ensinar--te o catecismo, a ler e a escrever. Mais tarde, se for possível, e mostrares vocação, faço-te entrar no Seminário.

Notando a alegria do Macário, o reitor concluiu:

– Hoje mesmo, à noite, talvez fale ao juiz de órfãos e ao meu amigo padre José.

E como se a ideia da projetada diligência o tivesse fatigado muito, deu um suspiro, descansou o cachimbo sobre a pele de onça pintada, e fechando os olhos ficou silencioso. No dia seguinte Macário fora arrancado à lavadeira por dois oficiais de justiça, e uma semana depois viera para Silves, humilde e contente, seguindo o vigário-colado com um reconhecimento de cachorro socorrido. Vinte anos servira o duplo ofício de fâmulo e sacristão do padre José, um pândego! Que passava meses nos lagos, tocando violão e namorando as mulatas e as caboclas dos arredores, e gastava em bons--bocados as missas, os enterros e os batizados da freguesia, e, na falta, caloteava ao Costa e Silva e ao Mendes da Fonseca, que era um deus nos acuda! A sua mesa era farta, e a casa alegre. Pela primeira vez na vida, Macário conhecera o bem-estar dum estômago repleto. O pão fresco, barrado de manteiga inglesa de barril, revelara-lhe delícias gastronômicas, de que o seu paladar exigente nunca mais se saciara, encontrando sempre novidade saborosa naquela combinação vulgar. A carne verde, gorda e fibrinosa com que os fazendeiros presenteavam regularmente o senhor vigário, o peixe fresco do rio, a farinha graúda, amarela e torrada, vinda dos sítios do Urubus, forneciam-lhe uma diária farta, apetitosa e saudável que o retemperou e lhe deu carnes. Facilmente se afez àquele passadio, e a vida tranquila e desocupada que levava, graças à mandriice do vigário, quase sempre ausente, o habituou ao cômodo regalado, e, franqueza! à preguicinha e à moleza. Só o infelicitava na existência abundante gozada em Silves, a desconsideração com que tratavam o vigário, e o povo. O viver descansado e a fartura com que deleitava o estômago, os hábitos madraços não estavam em relação com a sua posição doméstica, social, e política, e essa desarmonia irritava--o, tirava-lhe às vezes o sono. Não compreendia como podia ser mal considerado um homem que comia bem, vestia bem e não fazia nada. Alimentava o ódio secreto contra o patrão e toda a gente de bem. Padre José não queria ver no sacristão mais do que um curumim tirado às brutalidades do sargento para o constituir em servidão perpétua, mas bem remunerada. Ensinara-lhe a leitura, a escrita, a contabilidade, a arte de ajudar a missa, dera-lhe umas tintas do latim necessário, fornecera-o de roupa decente, gravata, botinas; consentia-lhe que bebesse o vinho da despensa e gastasse o óleo de Macaçar do toucador, quando as mulatas não o gastavam todo nos cacheados; mas tudo isso, parece, por indolência ou por graça. Continuava a tratá-lo como ao pequeno faminto que trouxera de Manaus, apesar de lhe ver a barba na cara e o aproveitamento das lições recebidas. Devia engraxar-lhe as botinas, escovar-lhe a roupa, varrer-lhe a casa, levar recadinhos às moças. Não contente com isto, descompunha-o em público: a besta do Macário, o caolho do sacristão, o burro do meu sacrista, filho desta, filho daquela, tambor de sargento, ladrão, velhaco e outros epítetos não menos injuriosos. O sargento do corpo de permanentes moera-o com pancadas, o padre maltratava-o com palavras duras. Macário, de rodaque de alpaca, de gravata preta, de botas de rangedeira, palitando os dentes à porta do presbitério ou no adro da Matriz, sentia-se amesquinhado e infeliz. Quanto mais queria elevar-se no conceito alheio até o nível de estima que por si nutria, tanto mais lhe doíam ao amor-próprio as feridas brutais que a palavra destemperada do padre lhe causava. Tentava reagir:

– Saberá V. Revma. que nunca furtei nada. Saberá V. Revma. que...

Mas o olhar irritado do padre acovardava-o, a recordação da infância miserável em Manaus e a ideia de perder os pitéus da mesa suculenta do vigário, tornavam-no prudente, quietava-se. O bom protetor do seminário passara havia anos para o seu glorioso destino, levando macacos e papagaios, e abandonando para sempre o Amazonas e o tabaco do Tapajós. Desamparado e só, Macário contemporizava e fingia. À força de habilidade conseguira ostentar certa importância pessoal, principalmente quando o vigário estava ausente. Inventava incumbências de responsabilidade, comissões graves, dizia-se depositário de segredos de valor. O senhor vigário o encarregara de cobrar as missas que lhe estavam devendo, e não eram missinhas à-toa, não eram porcarias, eram missas que importavam em quantia graúda, um horror de dinheiro capaz de saldar todas as contas de V. Revma.. O senhor vigário mandara-o entender-se com o empreiteiro das obras da Matriz, e lhe dissera uma coisa que ia brevemente acontecer ao Chico Fidêncio, em relação à irmandade do Santíssimo Sacramento. Não mentia, tinha horror à mentira, era um pecado mortal. Mas para conciliar a consciência com as conveniências, Macário tinha o macavelismo. Um meio astucioso de tudo fazer e dizer sem ferir de frente as conveniências e a verdade, sem desmoralizar-se, sem pecar, eis que era o macavelismo. Donde viera a palavra não sabia, nem lhe importava. Sabia apenas ter existido outrora um espertalhão chamado Maquiavel, ou Macavel, conforme melhor lhe parecia a pronúncia, e ouvira dizer que Bismark e o conselheiro Zacarias tinham muito macavelismo; gostara do termo e o adotara para seu uso. Mas agora, era outra coisa. O novo vigário não o arrancara a fomes e a misérias, não lhe conhecia a mãe, não sabia o caso do sargento. Vinha encontrá-lo com trinta e cinco anos, gordo, de sobrecasaca, de lenço preto grave, digno, necessário, senhor dos detalhes do serviço da paróquia. O tempo ansiosamente esperado vinha por fim, prenhe de promessas fagueiras de respeito pessoal e consideração pública, reluzia-lhe diante dos olhos no espelho do lago em que se refletia o sol brilhante daquela manhã... O silvo agudo do vapor dizendo ao longe a grande nova arrancou-o a essas reflexões. Agitado e nervoso, foi apalavrar um moleque para os repiques, e em seguida encaminhou-se para o porto, a passos apressados, desejando ser o primeiro a avistar o vulto negro do navio demandando o lago Saracá com grande ruído de rodas. Logo os sinos da Matriz começaram a repicar alegremente, enchendo o ar de vibrações argentinas. A vila animava-se de repente, como por varinha de condão, saindo da tristeza habitual das ruas desertas e das casas fechadas para povoar-se de homens de paletó preto ou de camisa branca e de mulheres de saia curta e lenço à cabeça. Girândolas de foguetes subiram com estrépito, pondo em delírio de prazer os curumins de calças de riscado novo e camisa de algodão da terra, porfiando na conquista das taquaras que, rodopiando nas alturas, se precipitavam para o chão, ameaçando os transeuntes e espalhando o mulherio. As ruas enfeitavam-se. Colchas de seda ou de algodão debruçavam-se das janelas, ostentando belas cores vivas, e o adro da Matriz, coberto de folhagem, oferecia a aparência graciosa dum presépio de Natal, as vacas passeando despreocupadamente o alpendre, e as cabras mastigando as folhas de mangueira e os ramos de murta dos arcos de ornamentação. O vapor da Companhia do Amazonas estrugia os ouvidos com o assovio rouco, anunciando a chegada a toda a redondeza, onde repercutia o eco, cutia o eco transmitido às quebradas da cordilheira nas vibrações do ar; e cobria-se de espesso fumo negro, soprado a baforadas do cano vermelho e branco, numa bulha dominadora e altiva. A âncora fora largada ao rio, e as espias e amarras eram levadas em pequenos botes leves, tripulados por marinheiros, que as deviam prender aos marás da praia, a fim de proteger contra a correnteza a manobra de saída. A tripulação e os passageiros do vapor apinhavam-se no tombadilho, uns para fazer o serviço, outros para gozar o espetáculo novo do desembarque solene. Na praia estava muita gente, ou para ir a bordo nas montarias de pesca ou para aguardar o acontecimento, enfiando olhos curiosos pelos postigos do navio, na vaga esperança de avistar o novo vigário da freguesia. Os tapuios dos sítios, no pensamento de aproveitar uma boa ocasião de negócio, preparavam as igarités para levar a bordo os cestos de laranjas, as bananas, as melancias, os copus-açus, os rouxinóis, canoros, os papagaios tagarelas e os periquitos mimosos de testa amarela e asas brancas. As tapuias da vila também enviavam a oferecer à curiosidade dos passageiros as belas redes de algodão, laboriosamente feitas ao tear os urus de palha colorida, as cuias pintadas e cascos de tartaruga sem préstimo, na esperança de que algum estrangeiro esquisito os comprasse por bom preço.

Macário passava apressado. O ruído das vozes, o barulho do vapor, calmo e grande no meio das montarias e dos botes, davam ao porto de porto de Silves um aspecto anormal de animação que lhe fazia pulsar o coração no peito. Havia vinte anos que se internara no silêncio e na inércia da vida sertaneja. E naquele momento, o barco a vapor, com o seu penacho de fumo e o ruído de ferragens quebradas, com as poderosas rodas imóveis, pintadas de encarnado e preto, com os altos mastros enleados em cordas cruzadas intrincadamente, e a bandeira nacional a tremular à ré, suavemente sacudida pela brisa da manhã, contrastava de modo fantástico com a pobreza de movimento e de vida do vasto lago deserto. No caminho, Macário encontrara os vereadores da Câmara Municipal e os juízes de paz que iam a bordo cumprimentar o novo vigário, padre Antônio de Morais, que fizera, ao que diziam, brilhantes estudos no Seminário grande do Pará, e recusando a oferta do senhor bispo de o doutorar em S. Sulpício, a expensas da Caixa Pia, preferia vir paroquiar a modesta vila de Silves. Esta informação, trazida pelo imediato do vapor, que desembarcara com as malas do correio, circulava rapidamente e provocara um entusiasmo respeitoso entre as pessoas gradas da terra. Macário chegara ao porto do desembarque e aí devia esperar essas pessoas para as acompanhar a bordo. Quando passou pela loja do Costa e Silva, à Rua do Porto, um sujeito baixo, magro, enfezado, fumava cigarros e limpava as unhas, olhando para o lago.

– Bom-dia, seu Chico Fidêncio, disse Macário, tirando o chapéu.

O sujeito respondeu:

– Viva!

Macário seguiu o seu caminho, desapontado. A presença daquele homem ali, naquela ocasião, o incomodava. Foi-se postar a alguma distância, mas não tirou os alhos da loja do Costa e Silva. Três ou quatro rapazes bem vestidos vieram reunir-se ao Chico Fidêncio, formando um grupo estranho ao sentimento geral da população de Silves. Chico Fidêncio passava em revista mordente as pessoas gradas; e comentava o acontecimento do dia com azedume e pilhéria, animado e secundado pelos rapazes que o cercavam e riam a cada palavra dele. As vítimas mostravam-se constrangidas, cumprimentavam a contragosto, sentindo na pele a agudeza dos comentários, e seguiam o seu caminho, levando no ouvido a vibração das risadas zombeteiras dos rapazes roda. Macário, furioso, ouvia as queixas amargas das pessoas desacatadas. A bordo, Macário foi o primeiro que falou com o vigário de Silves. Era um rapaz alto, de boas cores, cabelos e olhos negros, muito novo ainda. Vestia uma batina nova, muito bonita, e tinha na mão grande chapéu de três bicos, novidade em Silves. Mas o Macário não podia examinar S. Revma. bem à sua vontade. O tombadilho estava cheio de gente, não só passageiros, homens de fraque preto e chapéu de pele de lebre, mulheres de casaquinha branca rendada e saias de lã ou de seda; como ainda marinheiros com largas jaquetas de pano azul e boné de galão. Ora, toda esta gente olhava para os homens da terra, como se estivesse vendo bichos, e tornava-se incômoda afinal. Macário estava em brasas, não por si, afinal era filho de Manaus, duma capital, estava costumado a ver gente, mas pelos companheiros – coitados! – que não sabiam como evitar aqueles olhares curiosos e impertinentes! Felizmente uma sineta deu o sinal convencionado de que a demora do vapor não seria longa. As malas de S. Revma. já estavam no escaler da Agência, que as devia levar para a terra. O comandante, em tom de bonomia grosseira, declarou que o vapor ia largar, pois não podia demorar-se naquela tapera, por ter necessidade de chegar cedo a Serpa, onde desembarcaria muita carga para o Madeira.

– Para a terra quem for de terra! Concluiu com um gesto largo de despedida.

Quando o vigário passou, acompanhado por muita gente, pela loja do Costa e Silva, o Chico Fidêncio pôs-se na pontinha dos pés, para melhor apreciar a saída do paquete, afetando não prestar atenção ao fato que agitava a população toda. Os rapazes da sua roda imitaram-no, falando cm voz alta da manobra do navio. Então o professor Aníbal, pardo, de cabelo à escovinha e óculos de tartaruga, saiu da comitiva do vigário, e, amparado pelo escudo moral do coleguismo, aproximou-se do grupo do Chico Fidêncio, sorrateiro, quase sem ser visto, e quando se achou entre o colega e os rapazes, perguntou-lhes, para entabular conversa, se sabiam da história, contada pelo imediato do vapor, relativa á preferência dada a Silves sobre S. Sulpício, uma coisa soberba, uma prova da desinteresse e da virtude do novo vigário. Era de bom agouro, e fora a notícia desse fato que o levara, a ele Aníbal Brasileiro, a bordo do paquete. O colega bem sabia, ele também não era lá muito amigo de padres. Mas uma coisa assim! Deixar S. Sulpício e vir para Silves! É dum patriotismo! exclamou gesticulando e cuspindo longe:

– Brocas da padraria, resmungou Chico Fidêncio, pondo-se a assoviar a Marselhesa, sem retirar os olhos do vapor, que se ia desaparecer por trás dum estirão de terra.

Macário apressou o passo para alcançar a comitiva do senhor vigário, murmurando:

– Cambada!

II

Os amigos despediram-se afinal. Padre Antônio ficou só, sentindo necessidade de repouso. Seriam três horas da tarde. O calor era intenso. Erguera-se aquele dia antes do romper da aurora e mal fundeara o vapor, tivera de receber os seus paroquianos, que se apresentavam em maioria de sobrecasaca de lustrina, calças de ganga amarela, mostrando em grandes manchas claras os chapéus de palha da Bolívia, vistosos e baratos, fingindo Panamás. Quem primeiro lhe falara fora o sacristão, um tal Macário de Miranda Vale, moço corpulento, com uma belida e um lombinho, todo cheio de si dentro da comprida sobrecasaca de grandes pregas duras. Dera-se a conhecer como o destinatário da carta que o padre, por informações que o Filipe do Ver o peso colhera do seu correspondente Costa e Silva, havia escrito para Silves. Em primeiro lugar, o Macário vinha agradecer a S. Revma. as expressões delicadas que usara na missiva, e, em segundo lugar, cientificá-lo de que a casa estava pronta e mobiliada. E tudo baratinho e decente. Depois o sacrista apresentara as principais pessoas da terra com muita cerimônia, e na intenção de informar a S. Revma., em poucas palavras, das distintas qualidades daqueles cavaleiros: Fora uma enfiada:

– O tenente Valadão, subdelegado de polícia, muito boa pessoa, incapaz de matar um carapanã. Era um sujeito magro, esgrouviado, tísico. Tinha um comprido cavanhaque grisalho, e usava óculos.

– O senhor capitão Manoel Mendes da Fonseca, coletor das rendas gerais e provinciais, negociante importante, traz aviamentos de contos de réis. O Elias tem muita confiança nele. É influência política e dispõe de muitas relações boas.

Este era barrigudo e reforçado. Usava a barba toda e trazia a camisa muito bem engomada. Parecia um homem de toda a consideração.

– O senhor presidente da Câmara, alferes José Pedreira das Neves Barriga, que alugou a casa a S. Revma. Descendente de espanhóis, muito boa pessoa, mora no sítio, ao Urubus, quase nunca vem à vila. Cara de carneiro com largas ventas cheias de Paulo Cordeiro.

– O escrivão da coletoria, Sr. José Antônio Pereira moço de muito bons costumes. Baixo, magro, mal barbado. Dentinhos podres, olhinhos mal abertos.

– O senhor vereador João Carlos, íntimo do senhor capitão Fonseca.

– O Sr. Aníbal Americano Selvagem Brasileiro, professor régio, inteligente e sério. Era um mulato, de óculos de tartaruga.

– O Sr. Joaquim da Costa e Silva, que tem uma boa loja à rua do Porto, e faz o comércio de regatão, mais por divertimento do que por necessidade. É bom católico e fornece noticias ao Diário do Grão-Pará.

– O Sr. Antônio Regalado, o Sr. Francisco Ferreira, uma chusma, de que se destacava um sujeito de cara redonda.

Dele Macário dissera em voz alta:

– O Sr. Pedro Guimarães, eleitor.

E depois acrescentara com voz baixa, curvando-se para o padre, familiarmente:

– Chamam-lhe o Mapa-Múndi, mas é boa pessoa.

Tivera de sorrir a toda aquela gente, de apertar-lhe a mão oferecendo os nenhuns préstimos dum humilde criado. Os silvenses diziam:

– Não há de quê...

E sérios, empertigados, mal a cômodo na sobrecasaca, atrapalhados com o chapéu, balbuciavam palavras de respeito, num acanhamento roceiro, cumprindo um dever penoso, olhando desconfiados para todos os lados, vexados das vistas curiosas e zombeteiras dos passageiros do vapor. Felizmente o desembarque se fizera sem demora, e apenas em terra, o primeiro cuidado de padre Antônio fora dirigir-se à Matriz, a fazer oração. O povo, em grande concurso, desertando o porto, o acompanhara por entre o tanger dos sinos e o estourar dos rojões. Macário, o capitão Fonseca, o Neves Barriga e outras pessoas gradas, ajoelhando as calças de ganga amarela sobre os tijolos da igreja, oraram com ele, pedindo a Misericórdia divina para o bom desempenho da sua missão nesta terra desconhecida. Quando se erguera, confortado e sereno, as pessoas principais o acompanharam na visita à igreja, cercando-o, admirando-o, pasmando de o ver tão novo, e seguindo-lhe curiosamente todos os movimentos. Macário, parecendo muito contente, guiava, explicava, dava pormenores, com o boliviano na mão e a sobrecasaca direita, caindo-lhe sobre as curvas dos joelhos em grandes dobras duras. E mostrava as imagens, uma a uma, os quadros parietais, representando cenas da vida dos santos, os pequenos retábulos toscos e feios, o velho confessionário atirado a um canto, o coro, os sinos, tudo. Padre Antônio examinara a igreja com atenção, manifestando o seu parecer em voz baixa e comedida, para não chocar melindres. Era um templo muito modesto, de telha vã todo construído de pau-a-pique, barrado de tabatinga. O teto carcomido abrigava inúmeras cabas e morcegos, e os cupins daninhos iam devorando lentamente o madeiramento da cobertura, mais gasto pelo abandono da que pelo decurso do tempo. As paredes estavam cobertas de parasitas, e pelas falhas da verdura apareciam, como grandes chagas, os buracos feitos pela queda do reboco, mostrando a argamassa ordinária. Uma escada de pau, carcomida e trêmula, levava ao campanário, onde se escondiam envergonhados os pequenos sinos, denunciados ao povo pela voz de bronze bem fundido.

Visto de perto, não tinha a edifício a ar nobre e protetor que lhe achara padre Antônio, mirando-o da amurada do vapor. Tinha, pelo contrário, um aspecto miserável de ruína, como se a fé que o levantara do chão houvesse ali esgotado o seu último esforço. Indignado, não podendo vencer uma ligeira alteração na voz, denunciando o desapontamento que semelhante miséria lhe causara, dissera, para o Macário que era uma vergonha uma igreja assim, e que, se Deus Nosso Senhor lhe desse vida e saúde, melhoraria aquela falta de decência, incompatível com o fim sublime a que se destinava aquela casa. O coletor, respeitosamente, defendeu os habitantes de Silves da censura, à primeira vista justa, que as palavras de S. Revma. envolviam. Ninguém era culpado dessa lástima senão o defunto vigário, um padre muito boa coisa, mas que nenhum caso fazia da igreja, nem do culto divino. O tempo não lhe chegava para dançar e tocar violão à beira dos lagos, onde passava a maior parte do ano, deixando a freguesia sem missa e sem socorros espirituais. Aí estava o Sr. Macário, sabedor de bem boas passagens! Padre José fora uma espécie padre João da Mata, o famoso vigário de Maués, que acabava de morrer nos sertões de Guaranatuba, à beira do furo da Sapucaia, onde passara a maior parte da vida a pescar tucunarés na companhia duma soberba mameluca, que os regatões diziam um portento de formosura. Ao menos padre João da Mata contentava-se com uma, embora por ela esquecesse os deveres do seu cargo e o mundo inteiro, mas padre José! Isso era um sultão! Em matéria de dinheiro, era um deus-nos-acuda! Já uma vez a Assembleia Provincial, a pedido dele capitão Fonseca, votara uma verba para os consertos da Matriz, uma boa quantia, um conto e quinhentos mil-réis, mas que acontecera? Padre José fora nomeado presidente da comissão de obras, recebera o cobre num passeio que dera a Manaus, e o comera com as caboclas da outra banda!

– Se não fosse o diacho da centralização, acrescentara o Fonseca, não teriam dado o dinheiro a padre José lá na capital. Teria vindo, como devia ser, por intermédio da coletoria, e eu saberia bem o que havia de fazer. Mal qual! Os homens da capital querem tudo fazer por si, e o resultado foi aquela comezaina!

E terminou, em tom grave :

– Uma falta de patriotismo!

Padre Antônio ouvira aquelas maledicências com que o coletor o adulava, abanando a cabeça, muito admirado. Pedira ao Macário que lhe confirmasse a veracidade daquela história, e o sacristão, cheio de si, cara tristonha, confirmara. O coletor, triunfante, concluíra:

– Ora aí está. A verdade manda Deus que se diga. Em matéria de dinheiros públicos sou intransigente.

O José Antônio Pereira, por entre os dentinhos podres, murmurou, lisonjeiro:

– V. Sa. é o exemplo dos exatores do Amazonas.

Examinada a igreja, pedira padre Antônio que lhe mostrassem os sagrados paramentos, que o Macário pachorrento, lhe fora tirar duma cômoda velha de cedro deslustrado. Outra miséria. Duas capas velhas, rotas, sem brilho, pingadas de cera amarela; uma sobrepeliz esburacada, umas estolas já sem cor; uma alva desmentindo a candidez do nome, tudo com uma aparência triste, velha, de roupa sem préstimo tresandando a cânfora e a excremento de rato. Os seus hábitos de asseio repeliram a ideia de envergar aquela fatiota suja e indecente de padre relaxado. Formara, desde logo, in petto ,o projeto de encomendar uns paramentos novos e seus, com o primeiro dinheiro que pudesse haver do pai, e, se tanto fosse preciso, escreveria ao padrinho, pondo em contradição para o caso o seu espírito religioso e a sua amizade incansável. Notara com igual tristeza o estado das alfaias e vasos sagrados, e, contemplando o velho cálice de prata dourada, oxidada e gasta, arrepiara-se todo de repugnância e nojo, pensando descobrir em que lugar colaria os lábios, que já não tivesse sido mil vezes babujado por uma série de padres velhos sifilíticos e escorbúticos. Não tinha a caridade extrema e inútil de S. Francisco Xavier no hospital de Veneza. Era necessário cuidar, desde já, em mandar vir do Pará um cálice novo para o seu uso particular. O presidente da Câmara, alferes Neves Barriga, oferecera-lhe de almoçar, uma refeição simples mas abundante, que o seu estômago, acostumado à magra pitança do seminário, achara excelente. O almoço fora dado na casa da Câmara, porque o Neves não tinha casa na vila e estava de hóspede duma parenta pobre. Comera padre Antônio com bom apetite, para mostrar que não era de cerimônia. A senhora D. Eulália ficara encantada. Não cabia em si de contente pela honra que lhe fazia o senhor vigário, comendo o seu tucumaré cozido, com molho de limão e pimenta, e a sua galinha de cabidela, banhada em louro e açafrão.

D. Eulália, andando da sala do banquete para a improvisada cozinha, enxugando o suor do rosto com a manga do paletó de musselina branca, não se cansava de lhe fazer elogios. Parecia uma boa velha, coitada! O Neves, enterrando os dedos na grande caixa de rapé, dizia, com a sua cara de carneiro manso:

– Eu, por meu gosto, morava, mas era só na vila. Isto aqui sempre é outra coisa. Há gente com quem conversar, há recursos, vêem-se caras novas. Mas a D. Eulália, coitada! não quer deixar os xerimbabos!

Depois concluía, para convencer os convivas:

– Por isso é que eu aturo o sertão do Urubus. É um sacrifício que a D. Eulália não paga.

A conversação versou sobre a moradia nos sítios do sertão. O Neves dizia-se amigo dos centros populosos. O Fonseca abundava mesmas ideias:

– Isto de roça não é comigo. Preciso ver gente todos os dias. Para um homem inteligente, o sertão é uma sepultura. Padre Antônio gabara as vantagens dos lugares ermos para a meditação e o estudo. Amava a grande solenidade das florestas virgens, a solidão tranquila dos rios sertanejos, a vasta campina silenciosa e triste. O Valadão e o vereador João Carlos eram de parecer contrário, e concordavam inteiramente com o senhor capitão Fonseca. Não poderiam viver no ermo. Precisavam de movimento e de vida.

– Eu até acho Silves pequena e triste, cuspira, numa tosse convulsa, o Valadão, esgrouviado e tísico.

O coletor, porém, defendera a vila:

– Sim, não direi que Silves seja tão alegre como a Barra, nem tão grande como a capital do Pará, mas enfim... há vilas piores, que digo! há cidades que não valem a nossa interessante vila. Temos um bom porto, muitas casas de telhas, e a coletoria rende tanto como a de Serpa. Se a nossa Matriz não está consertada, a culpa é do defunto vigário que Deus haja...

– Temos boas lojas, disse o vereador João Carlos.

– A esse respeito, observara o José Antônio Pereira, basta olhar para Vila Bela e fazer a comparação. Lá não há senão a loja do Pechincha! Concluiu, vitorioso, por entre os dentinhos podres.

Todos mostraram desprezo pela loja do Pechincha.

– Enfim! Exclamara o coletor em tom profundo, temos uma coisa em que levamos vantagem às grandes capitais. Temos moralidade, concluíra com aplausos gerais.

Depois do almoço, padre Antônio fora acompanhado à casa que lhe haviam alugado, por trás da Matriz, e em que agora se achava. Era uma habitação pequena, mas muito asseada, com um quintalzinho plantado de goiabeiras e de bananeiras, tudo com ar alegre que enchia a alma de bons pensamentos. O Neves Barriga, apesar de condenado a viver ao Urubus, não tinha lá muito mau gosto. Ao chegarem à sala do jantar, pela porta que dava para o quintal, o vereador João Carlos mostrara o quintal vizinho, e explicara que naquela casa, cujo telhado se avistava por entre as touças de bananeiras, morava uma rapariga, desquitada do marido, uma tal Luísa Madeirense, que se ocupava, para aparentar boa vida, em serviços de engomado. E o capitão Fonseca, intervindo, fizera observar a padre Antônio que da sua sala de jantar fácil lhe era ver, todo o santo dia, a moça a labutar pela vida, indo ao quintal repetidas vezes a estender a roupa ensopada em água de goma a borrifá-la de água pura, a tirá-la da corda para a estender nas bandejas. Depois acrescentara sorrindo:

– Se o Reverendíssimo precisar duma boa engomadeira, lá está à mão a mesma que cuidava da roupa do defunto padre José.

O Valadão, tossindo todo arcado, também atirara a sua pedrinha:

– A vizinhança é uma das comodidades desta casa. O Macário sacristão tem dedo para estas coisas.

Macário, muito sério, protestara, mas padre Antônio fingira não perceber aquelas alusões brejeiras. Passara todo o dia a receber visitas, e só agora, às três hora da tarde, podia gozar algum repouso, concentrar o espírito e meditar um pouco sobre os materiais objetivos que aquelas longas horas ocupadas lhe haviam acumulado no cérebro. Estava afinal só; e sentia um grande alivio. Ainda lhe soavam aos ouvidos as vozes banais dos seus paroquianos, cuja solicitude obsequiadora o perseguira desde a chegada até àquele momento em que o último, o mais teimoso, o radiante Macário de Miranda Vale, se resolvera a procurar um quarto para descalçar as botinas. O tanger dos sinos e o estourar dos foguetes haviam cessado de todo, e a vila parecia ter retomado a tranquilidade morna que devia ser o modo ordinário duma povoação sertaneja. Na rua, em frente ao presbitério ainda passavam vagarosamente alguns curiosos insistentes, erguendo-se sobre os bicos dos pés, para espiar pelas janelas abertas à viração da tarde, esperando avistar o vigário novo ou descobrir alguma coisa interessante na sua modesta vivenda. Mas padre Antônio os evitara, refugiando-se no interior da habitação, no seu quarto, onde, cansado e moído deitou-se na cama. Pisando pela primeira vez o solo da paróquia onde vinha exercer funções tão elevadas como as de pastorear um povo; achando-se frente a frente, apenas saído do Seminário grande, com o problema prático da vida, precisava reconhecer-se, saber o que faria, de que elementos de coragem e força dispunha, para resolver com sabedoria e acerto a questão que as circunstâncias lhe propunham. As lutas que sustentara consigo mesmo haviam robustecido a vontade, que sobrepujara o ardente temperamento de campônio livre, disciplinando os instintos egoísticos da carne jovem. Recordava-se, e a lição que tirava dos fatos firmava-o nessa convicção. Até entrar para o Seminário levara uma vida livre, solto nos campos, ajudando a tocar o gado para a malhada, a meter as vacas no curral. Montava os bezerros de seis meses e os poldros de ano e meio. Acordava cedo, banhava-se no rio horas inteiras, e depois corria léguas à caça dos ninhos de garças e de maguaris. Satisfazia o apetite sem peias, nem precaução, nas goiabas verdes, nos araçás silvestres e nos taperebás vermelhos, de perfume tentador e acidez irritante. Exercera imoderada tirania sobre os irmãos pequenos, sobre os escravos e os animais domésticos, sobre as árvores do campo, os pássaros da beira do rio e a pequena caça dos aningais. Trepara aos altos ingareiros, atolara-se na lama dos brejos e dos chiqueiros, espojara-se na relva como um burrico. Escondera-se nos buracos como as lontras dos lagos e as onças das montanhas. Pulara, correra, brincara à sua vontade, saturando-se do sol, de ar, de liberdade e de gozo. O pai, o capitão Pedro Ribeiro de Morais, pequeno fazendeiro de Igarapé-mirim, deixara-o crescer a seu gosto, sem cuidar um só instante em o instruir e educar. A mãe, Brasília, sempre lhe dera algumas lições de leitura, às escondidas do marido, que não gostava que aperreassem a criança, mas quanto a disciplina e educação nenhuma lhe deram nem podiam dar na pobre fazenda paterna.

Pedro Ribeiro era homem de ideias curtas, e de largos apetites nunca saciados. Em rapaz, segundo contava o Filipe do Ver o peso, esbanjara no Pará a pequena fortuna herdada dos pais, de que só lhe restava agora o sítio em que nascera Antônio. No isolamento da fazenda, vivendo entre negros e caboclos, Pedro Ribeiro tornara-se brutal, despótico, egoísta em extremo, parecia que o mundo fora feito para ele só, ou, pelo menos, que a sítio das Laranjeiras só produzia para ele, e os seus habitantes só deviam viver para o servir. A mulher, nulificada, triste mas resignada, fazendo-se dócil, submissa e aduladora para evitar brutalidades, chorava em silêncio. Os filhos viviam à solta, sempre longe de casa, nos campos, no rio, no curral, para fugir à presença terrível do velho e à negra melancolia que devorava a pobre mãe desgraçada. Antônio era o mais velho e o mais peralta. O padrinho, o comandante superior, admirava-lhe a viveza, e um dia resolvera tomá-lo sob sua proteção e mandá-lo à sua custa para o Seminário, a fim de receber educação conveniente. A pobre mãe quisera, a princípio, opor-se à resolução do compadre coronel, sentindo-se incapaz de resistir às saudades do Antonico, o seu filho predileto mas o bom senso e a lucidez intelectual de que era dotada venceram a excesso de amor materno, e, debulhada em lágrimas, deixou-o partir, depois de recomendá-lo muito aos cuidados do padrinho. Quanto a Pedro Ribeiro, a ideia de vir a ter um filho padre lisonjeara-lhe a vaidade. Antonico, quando o mandaram para o Seminário, mal soletrava a História do imperador Carlos Magno e dos doze pares de França, que o pai herdara do avô e era o único livro que se encontrava na fazenda das Laranjeiras. O livro já se sabia que era aquele. Mas compensando o atraso intelectual e literário, o Antonico atirava com arco e flecha, governava uma montaria, laçava um boi com ligeireza, subia à árvore mais alta para desanichar uns ovos de japiim ou de tamburu-pará e perseguia as mulatinhas da mãe, ainda não pertencentes ao serralho paterno, com apertos e beliscões, significativos da puberdade incipiente. Mal se amanhara, a princípio, com a batina e a volta com que o vestiram. Os sapatos brancos, de couro cru disciplinares, arrebentaram-lhe os pés em calos e frieiras que o torturaram por meses, sujeitando-o a ainda às vaias e às caçoadas dos companheiros de classe. Mas o rigor da disciplina, a convivência obrigada com rapazes educados, e o despertar da inteligência, com a curiosidade de saber e a emulação, foram-lhe pouco a pouco tirando o ar palerma e os modos achavascados, amorteceram as saudades da mãe e da fazenda natal, e incutiram-lhe hábitos de asseio e de ordem. Por outro lado, o seu espírito indômito e a meio selvagem foi paulatinamente cedendo à influência suave do cultivo e da doutrina dos padres-mestres, mas não sem rebeldias bruscas e inesperadas que tonteavam o padre reitor e tornavam necessárias as valentes palmatoadas que lhe aplicava o carrasco do Seminário, um caboclo robusto e impassível, de olhar estúpido e gestos de bonifrate. No tocante aos ardores juvenis, que as mulatinhas haviam experimentado, pareciam sopiados na atmosfera fria e severa em que se achava, se bem que às vezes – com muito nojo o recordava – se desregrassem em extravagâncias, confessadas na quaresma, e justamente punidas com jejuns e macerações, a que Antônio se dava com um entusiasmo que lhe valia a admiração dos mestres e a zombaria invejosa dos condiscípulos e cúmplices. Alguns dias dava-lhe uma gana de satisfazer o apetite, devorando lascas de pirarucu assado, com farinha-d'água e latas de marmelada, compradas com os seus ganhos de acólito e cantor do coro. Apanhava indigestões de queijo-do-reino e de bananas-da-terra, ingeridas às dúzias, às escondidas, na latrina, para evitar a censura do confessor, a quem, logo depois, quando lhe apertavam as cólicas e a moléstia se denunciava, revelava a falta, culpando dela o demônio, pertinaz em o perseguir e tentar. E jejuava severamente, privando-se de todo alimento dias inteiros para purgar os pecados e provar o arrependimento. Não saía nunca. O Felipe do Ver o peso, seu correspondente, ou fosse recomendação do padrinho, ou esquecimento, jamais fora buscar um domingo à tarde para passear, para respirar um pouco de ar livre. Da cidade nada sabia, conservara a impressão que dela recebera na tarde da chegada. O pai e o padrinho algumas vezes escreviam, o padrinho para perguntar pelos progressos e o exortar a obedecer em tudo aos mestres, que bem sabiam o que era conveniente; o pai para dar-lhe minuciosas notícias da fazenda, a morte do mouro, o bom sucesso da malhada, a cobertura da Diana, o roubo da Estrelinha, o combate dos garrotes com a onça, e outros pormenores da vida rural que lhes causavam nostalgia intensa, afundando-o numa melancolia negra. Mas as cartas eram raras, e na falta de comunicação com a mãe e o mundo exterior, Antônio sentia o isolamento da vida pesar-lhe sobre o coração e fechá-lo a todas as expansões. Ficara assim, suspeitoso e arredio no trato dos colegas. Mal visto deles, por força da sua superioridade incontestável, passava horas de folga a enterrar-se nos velhos livros teológicos ou de história eclesiástica, saturando-se das doutrinas absorventes que os condiscípulos encaravam como boas tão-somente para ilustrar o espírito. A concentração em que vivia por força das circunstâncias, entregara-o avidamente ao estudo dos tempos heróicos do cristianismo exaltando-lhe a imaginação com os exemplos de abnegação e de sacrifício dos mártires da Igreja. E ao passo que os colegas decoravam tudo aquilo, para a utilidade prática dos sermões, Antônio de Morais criava para si um mundo à parte, e ardia em desejos de reproduzir neste século as lendas que enchiam aqueles livros santos... Quando se fora adiantando nos estudos e entrara a decifrar a filosofia de Santo Tomás e do Genuense com auxílio de padre Azevedo, quando cursara a teologia moral e dogmática, o seu espírito se perdera, num dédalo de ideias antagônicas e contraditórias. A dúvida, essa filha de Satanás, pairara sobre a sua alma de ignorante, como um gavião prestes a devorá-la. O seu grosseiro materialismo nativo abriu luta com as sutilezas da doutrina. O senso inculto do campônio declarou guerra aos mistérios incompreensíveis e sublimes que os padres lhe ensinavam da cadeira da verdade, muito senhores de si, entre uma pitada de Paulo-Cordeiro e um bocejo sonolento. Debalde espevitara o juízo, na ânsia de assegurar-se da verdade, de agarrá-la fisicamente como a um bezerro rebelde. A sua mente era como uma areia seca, em que o vento apaga os desenhos que o vento mesmo traçara. Mal lhe parecia estar senhor duma ideia, já começava a encará-la como duvidosa, e logo tão absurda que só um asno maior da marca a poderia conceber. E se a inteligência algumas vezes passivamente recebia a proposição do mestre e a gravava como verdade incontestável, em outras ocasiões punha-se em atitude belicosa, de lança em riste contra a doutrina da cadeira, que mal se enunciava, logo lhe despertava no cérebro indisciplinado a ideia exatamente contrária. Fora assim que bastara a padre Azevedo pregar-lhe a doutrina ortodoxa de que o papa é superior ao concílio, ainda geral e ecumênico, para que a opinião galicana em contrário, fortalecida pelo sofístico argumento de Gerson, de Noel Alexandre e de todos os bispos franceses, se arraigasse no seu espírito propenso à rebeldia. E quando mais entusiasmo gritava o professor na sua voz de falsete, enrouquecida pelo abuso do rapé:

– Prima sedes a nemine judicatur! Antônio mastigava baixinho a quarta proposição do Concílio provincial de 1682, sintetizadora das liberdades da Igreja de França.

Sobre a questão de fazerem os pecadores parte da Igreja, ou deverem dela ser excluídos, debalde sustentara o mestre a doutrina de Santo Agostinho, em contestação à dos donatistas. Não lograra convencer o discípulo, por mais que amontoasse textos das Sagradas Escrituras, e declarasse que a opinião dos donatistas fora adotada por Huss e por Lutero, quanto bastava para inficionar de heresia. A rebeldia nativa do discípulo opunha-lhe à autoridade o concurso dos 296 bispos, combatidos pelo filho de Mônica na conferência de Cartago. Padre Azevedo, esfregando nervosamente as ventas no lenço de Alcobaça, respondia que na opinião de juiz competente, do papa Murtinho V, tanto valia Agostinho como todos os mais doutores.

– *Tantu unus quanti omnes*! Berrava vitoriosamente o mestre, relanceando os vesgos olhos por sobre a classe convencida cujo silêncio aprovador esmagava o contradicente, que, por fim, entrando na razão, sujeitava-se ao parecer da cadeira.

Assim se passara a sua educação teológica entre a dúvida e a contradição, duas filhas do demônio, infelizmente alimentadas pela bonomia tolerante do professor, que admitia as objeções, contanto que se chamassem simples dúvidas nascidas da pouca cultura. A liberdade de discussão que lhe deixavam fortalecia-lhe a tendência revolucionária do espírito, aguçava--lhe as sutilezas da inteligência e habituava-o a procurar em todas as verdades o ponto fraco para as combater, couraçando-se de sofismas com que a vaidade buscava triunfar na argumentação, ao ponto de já lhe não ser fácil perceber claramente o lado reto e seguro duma controvérsia. E no recôndito da consciência confessava-se incapaz de afirmar qualquer preceito ou de pensar com seriedade e inteireza de ânimo. Essa dubiedade tormentosa, causando-lhe as cruciantes dores da fraqueza consciente, levara-o a extremos de submissão servil, que lhe lembravam a mãe a adular as amantes do marido no meio de lágrimas da mais profunda tristeza. Aqueles extremos reabilitavam o seminarista aso olhos dos padres-mestres, mas no íntimo apenas cavavam mais fundo o vácuo do ceticismo, pois que era uma submissão toda aparentes, momentânea, embora sincera e de que ele se vingava, a sós consigo, no silêncio do dormitório e das noites mal dormidas, levando o arrojo da sua contradição e a ponta acerada dos seus sofismas à região das mais condenadas heresias. Conhecera e partilhara todos os erros que contristaram e dividiram a Igreja Católica desde Orígenes até Lutero. À medida das leituras, ia-se embebendo das doutrinas mais extravagantes e dos sofismas mais grosseiros, pronto sempre a passar da verdade para o absurdo e do absurdo para a verdade, parecendo-lhe o mais intrincado tecido de disparates um sistema claro e consentâneo com a razão natural; e o mais simples preceito de moral ou de civilidade afigurava-se-lhe uma regra de convenção que a ignorância dos tempos impusera à boa fé dos pobres de espírito. Os apetites longamente sopitados e constrangidos sob a atmosfera claustral, causavam-lhe aberrações de sentimento e obscureciam-lhe a razão que, para os enganar, adotara os sistemas mais extraordinários e as doutrinas mais imorais e antissociais que a loucura humana jamais concretizou numa seita religiosa. Fora maniqueu, como Santo Agostinho, e muitas vezes censurou a este ilustre patriarca o ter--se convertido ao mistério da eucaristia, repugnante à razão esclarecida (pretensiosa ignorância!), e ter esquecido o preceito do mestre que toda a guerra é injusta e ilícita. E no isolamento da sua pobre cama de vento exalava em suspiros de inveja os ardores da paixão sensual que, sobretudo, o dominava, lamentando não ter tido, como santo, ocasião de pecar antes da conversão, atolando-se nos mistérios lúbricos e imundos com que aqueles hereges maniqueus solenizavam as vigílias de determinadas noites, renovando os horrores atribuídos aos gnósticos.

Fora milenário com S. Justino e Santo Ambrósio, e longas noites sonhara a Jerusalém de ouro, cedro e cipreste em que ele, Antônio de Morais, na companhia de Cristo e dos Santos Patriarcas, gozaria os mil anos de ventura terrena prometidos por Papias em vista da tradição e de textos expressos, que o seminarista lia, relia e meditava na convicção da verdade, antegostando as delícias dum paraíso na terra, que imaginava semelhante ao de Maomé, o árabe, com as huris muito gozadas e eternamente virgens! Como o Dr. Cerdon, passara as sua horas de meditação a sair e entrar na ortodoxia. Acreditara na dualidade divina, como Marcion, com cuja doutrina identificara-se por uma semana inteira, ficando-lhe ainda fundos vestígios na alma e no coração dos princípios ardentes e severos desse famoso herege, bem como das vacilações e dúvidas com que lutou a sua existência inteira. Fora místico, como o frígio Montário. Levara três dias sem escovar os dentes e sem pentear o cabelo, apesar de ser o janota do Seminário. Chegara mesmo a adotar a heresia dos valérios e dos origenistas, mas não tivera a coragem de praticar em si mutilação alguma, chegando a convencer-se de que estava em erro palmar, quando experimentara as dorezinhas agudas duma canivetada de ensaio. Nos intervalos da adoção duma e doutra heresia, voltava-se ardentemente para a ortodoxia com grandes desalentos e tentativas de disciplinar-se. O padrinho o viera ver algumas vezes ao Seminário, em raras viagens que fazia à capital para sortir o sítio do necessário e habilitar-se a negociar com os matutos da vizinhança. Trazia lembranças do pai que, coitado, não podia deixar a fazenda e aventurar-se a uma viagem dispendiosa e difícil, tanto mais que jurara nunca mais voltar à cidade de Belém, cheia de marinheiros insolentes e de pelintras malcriados. A comadre D. Brasília confiava de Deus e da Virgem o apressarem o dia em que pudesse abraçar o seu querido padre, e ouvir-lhe a missa num recolhimento íntimo e gozoso. Não escrevia porque, na fazenda das Laranjeiras, só quem dispunha de papel e tinta era o patrão, conforme o Antonico já sabia. Dado o seu recado, o padrinho retirava-se, recomendando muito ao afilhado que obedecesse bem ao senhores padres, que não os contrariasse em coisa alguma, porque só com uma conduta dócil e submissa lhes granjearia a estima e proteção indispensáveis à carreira que ia encetar. Quando o padrinho saía para não voltar senão depois de seis ou doze meses, Antônio sentia de novo a impressão do isolamento em que caía, e absorvia-se outra vez em pensamentos tumultuosos e divoradores. Meditando as palavras do velho, reconhecia que eram justas e ajuizadas, filhas do bom senso prático, mas o seu temperamento ardente nem sempre lhe permitia adaptar a tais conselhos a sua conduta no Seminário, e apesar do propósito feito de prudência, a levedura de contradição que fermentava no seu espírito, continuava a agitá-lo numa luta interior dolorosa e estéril. Roía dentro de si as aberrações da inteligência e do coração no que tocava na teologia dogmática e na filosofia moral, porque compreendia bem que manifestar tais aberrações seria trancar ao seu futuro as portas do estado eclesiástico a que se destinava. Mas o espírito de protestantismo e de rebeldia desafogava-se nas discussões da teologia moral em que, dizia padre Azevedo, citando um escritor católico, a Igreja permite alguma liberdade de opinião aos seus adeptos, por efeito da Divina Providência, porque uma vez que o apetite humano tem cobrado tanta resistência ao honesto e justo, melhor será ampliar a esfera deste com probabilidades, do que reduzi-lo a termos de arremessar-se ao pecado conhecido por tal. Usando e abusando dessa permissão e da tolerância de padre Azevedo, com que não podia contar em matéria de dogma, Antônio abrira os diques à eloquência, banhara-se em controvérsias, e de narinas dilatadas, olhar em fogo, boca espumante de entusiasmo, vibrara o estilete da objeção contra a doutrina da cadeira, com um ar de triunfo que fazia pasmar a classe. Pusera em sobressalto a ortodoxia do professor, discutindo a matéria das vinte e uma proposições condenadas por Alexandre VII em 1665, e, principalmente, a proposição condenada por Inocêncio XII, relativa à validade do sacramento da penitência em face da não idoneidade do confessor. Padre Azevedo apertado da urgência da resposta, cedera muitas vezes à lógica do discípulo, invocando, por fim, a sua autoridade privada para fazer calar o moço discutidor. Antônio saíra da aula dizendo para os companheiros que o levara à parede, o que – agora o reconhecia pesaroso – era duma vaidade pueril. Uma vez chegara a derrotar completamente o mestre, sustentando com Teodoro de Beza que para a salvação da alma bastava a fé em Deus e em Jesus Cristo, sendo escusadas as boas obras, coisas decentes e convenientes, mas não indispensáveis à salvação eterna. Embalde padre Azevedo, tomando o partido da boa razão e da sã moral lhe perguntara como poderia Cristo, no dia do juízo final, apartar os bons dos maus e pesá-los na balança da sua justiça, condenando ao fogo eterno os que vendo-o com fome não lhe deram de comer; vendo-o com sede não lhe deram de beber; vendo-o nu não deram de vestir etc. Antônio de pé, com o braço estendido, em atitude vitoriosa atirara à cabeça do padre aturdido com o exemplo do bom ladrão, e, depois, sem descanso, o submergira num dilúvio de textos sagrados pedidos ao Evangélio de S. João, a Santo Ambrósio, a S. Bernardo e a outros Doutores da Igreja. E por fim, por golpe de graça, descarregara a célebre frase de Santo Agostinho, que, no entender do próprio mestre, valia por todos os Doutores:

– *Hæc est charitas quam si solam habueris, sufficit tibi.*

E dominado pelo demônio da vaidade, para amesquinhar o adversário, traduzira:

– Este é o amor de Deus que, se nada mais tiveres, bastar-te-á.

Terminara por fim, perdendo toda a noção de respeito e da desigualdade das posições, imitando a voz fanhosa do mestre:

– *Tantus unus quanti omnes*!

Ouvindo tão decisivo texto do grande Patriarca, e percebendo a sátira da última citação, padre Azevedo perdera a tramontana, e levantando-se indignado, condenara o discípulo a jejuar todo aquele dia a pão e água. Mas Antônio, vítima indefesa do demônio da rebeldia e da vaidade, eletrizado pela vitória que julgara tão brilhantemente alcançada, declarara com arrogância:

– Não posso jejuar hoje, porque é sábado, nem amanhã, porque é domingo. Um bom cristão não pode fazer de tristeza o dia em que o Senhor descansou e em que Judas se enforcou, nem tampouco o dia em que Jesus Cristo ressuscitou. Já os Sagrados Apóstolos o ensinaram e S. Clemente Romano o repetiu nas Constituições Apostólicas. Santo Inácio disse que quem jejua aos sábados e domingos é matador de Cristo.

– *Si quis dominicam diem*... V. Revma. sabe o resto. Ora eu não quero ser o matador do meu Deus, coisa de que Nosso Senhor de Belém me livre...

A heresia era evidente, e desta vez complicada desobediência e desrespeito formais. Padre Azevedo ficara verde de indignação, que a muito custo concentrara por alguns momentos, atendo-se a um silêncio esmagador que pesou sobre toda a classe e produziu sobre Antônio de Morais o efeito dum calmante poderoso, que lhe permitiu entrever o excesso de vaidade o levara. Os colegas miravam-no com desprezo mesclado do santo horror da heresia. Ele próprio, encontrando-se no meio da sala, com o braço estendido, achou-se ridículo, cheio de fatuidade e ignorância, vítima indefesa do demônio que lhe tentava o amor de aplausos para melhor lhe segurar a alma... Mas o silêncio do mestre não fora demorado, que não lho permitia a índole barulhenta. Largara a cadeira, num ímpeto de vingança pessoal, mas a consideração do organismo atlético do campônio que tinha diante de si transformado em formigão, ou o sentimento da dignidade do cargo obrigou-o a recorrer à autoridade do reitor, que não tardou em aparecer, sombrio e grave na sua batina negra. Fora informado do ocorrido, e mostrava no rosto o espanto causado pela rebeldia do seminarista, e a resolução firme de dobrar aquela vontade exaltada e impetuosa. A campanha estava de antemão vencida. Antônio nenhuma resistência opusera ao carrasco. Roera a dúzia de bolos com resignação evangélica, e entrara para o cárcere submisso e arrependido, curtindo em silêncio o áspero jejum de três dias a pão e água. Caíra em grande abatimento de espírito. Encarara como devia o seu inqualificável procedimento, inspiração do demônio. Sentira a necessidade dolorosa duma penitência severa, proporcionada ao pecado mortal em que abismara a alma. Exagerar mesmo a gravidade da culpa, e nas largas insônias daquelas três noites magras, a fome causara-lhe alucinações terríveis, que dificilmente o seu organismo de matuto, acostumado à alimentação abundante, podia dominar. Persuadira-se de que já estava condenado ao inferno, e ficara horas inteiras, hirto e pálido, sobre a esteira que lhe servia de cama, sentindo um suor frio correr-lhe pela fronte, quando a ideia da morte a surpreendê-lo em pecado mortal vinha assaltar-

-lhe a mente enferma. Recordara, outras vezes, as descrições que lera das penas do inferno, dos suplícios tremendos que aguardam os condenados, e sobretudo, a ideia da eternidade dos castigos apavorava-o a tal ponto, que se pusera a menoscabar os espantosos padecimentos dos confessores da fé, desses sublimes heróis do cristianismo que com justiça a Igreja proclama santos, por não parecerem homens. Pensara, no seu terror, que nada eram esses sofrimentos, desde que com eles, rigorosamente, se comprava – dá cá, toma lá – a salvação eterna. Julgara-se então capaz do mais cruel martírio, e o próprio S. Quintino não lhe levaria a palma no prazer com que se banharia em azeite fervendo e se deixaria fritar pez derretida. Imaginara uma vida de ascetismo tal que deixasse obscurecida a fama dos Hilariões, Antões e Macários, e mesmo a do grande S. Jacó, no último quartel da sua longa acidentada existência. Mas – infelizmente – se recordava a sobranceira e desprendimento deste decantado anacoreta, friccionando o peito da pecadora com a mão direita, enquanto deixava arder a esquerda ao calor dum braseiro, não podia esquecer o assassinato cometido pelo santo depois de velho e de ter ganho fama de virtudes, em uma jovem de boa família que lhe fora confiada para a catequese, e que, primeiro, deflorara, e, depois, cortara em pedacinhos para esconder os vestígios do crime... E, mau grado seu, os ardores da sensualidade que procurara comprimir voltavam-lhe em bando sem disciplina, evocando a lembrança de grandes pecadores convertidos, e dando-lhe uma ânsia de cometer mais pecados ainda para remi-los todos por um arrependimento sincero, capaz dos maiores sacrifícios e tormentos. Umas vezes requeimava-se ao fogo da concupiscência, sonhando maiores devassidões em que se atolasse duma assentada na plena imundície dos vícios mais desregrados, para saciar a fome de deleites que o devorava, e poder, morta de gozo a parte terrena e demoníaca do seu ser, elevar a alma às regiões sublimes do Amor Divino, pura de toda a mancha do interesse carnal. Outras vezes, queria imaterializar o corpo, dominando-lhe os apetites com o estoicismo de S. Vicente de Paula ou de Santo Efrém, invejando as tentações que sofreram, somente pelo gosto de as colafizar sobranceiramente. Ao quarto dia, quando lhe vieram abrir do cárcere, estava magro e pálido, denunciando no olhar febril e na agitação do pulso a exaltação que o possuía. Devorara o almoço com um apetite de três dias, e recolhera-se ao dormitório, dizendo-se adoentado.

– Esta febre, dissera o reitor, é obra do demônio da soberba.

A heresia e desobediência de Antônio de Morais causaram grande escândalo no corpo docente, tendo mesmo chegado aos ouvidos do senhor bispo, que muito as estranhara num aluno do Seminário maior. O reitor dissera um dia à cabeceira do enfermo, julgando-o adormecido:

– É necessário não perder de vista esta alma vacilante. Convém quebrar-lhe a vontade a poder de jejuns e penitências.

A obra anunciada começara em breve, para a felicidade do futuro padre, combatido pelo demônio, auxiliado pelo seu grosseiro temperamento de campônio sensual. Foram duras as provações salutares que lhe impuseram por longos dois meses. Forçavam-no a não satisfazer o apetite, obrigando-o a deixar o jantar em meio para ler aos colegas um capítulo da História Sagrada. Não dormia as suas noites inteiras. Acordavam-no à meia-noite para velar o Santíssimo Sacramento na capela do Seminário. Amesquinhado pela severidade com que o tratavam nas classes, posto num banco isolado, para não contaminar os condiscípulos que o olhavam com zombaria; mal visto dos professores, privado do recreio e entregue a uma meditação constante. Antônio, cujo físico não se abalou, graças à sua robustez camponesa, ficara sem ânimo de reagir contra aquela bendita opressão de todos os dias e de todos os instantes. A enorme vaidade que herdara dos instintos desregrados do pai cedera o passo à humildade de coração, santificadora e eficaz, com que viera afinal a acomodar-se ao regime da disciplina clerical. Modificara-se. Tornara-se morigerado e dócil. Sofrera com resignação todas as contrariedades com que os senhores padres teimavam em impor-lhe uma submissão que já não recusava, buscando inspirar-se no exemplo da mãe resignada e humilde. Não deixava escapar uma queixa. Compreendia que precisava sujeitar-se ao meio em que as circunstâncias o colocavam para poder um dia, digna e proficuamente, seguir a carreira a que uma irresistível vocação o chamava. O reitor convencera-se, enfim, de que operara uma conversão milagrosa, e apenas impusera a Antônio de Morais, como condição para receber as ordens maiores, o fazer um retiro espiritual no convento de Santo Antônio, dando-lhe para meditar o tema:

– Da malícia e das consequências do pecado venial.

Agora que estava de posse da vigararia livremente escolhida, tendo, no momento de iniciar definitivamente a sua carreira sacerdotal, sondado o fundo do seu coração, sentia-se cheio de força e de vigor para as lutas da vida. Sofrera muito no Seminário, mas desses tormentos indizíveis, de que apenas recordava os transes principais, saíra robustecido na fé e na crença, e com a segurança do seu valor próprio, da sua máscula energia, da sua inquebrável força de vontade. Macário, batendo devagarinho à porta do quarto, comunicou respeitosamente:

– Saberá V. Revma. que a janta está na mesa.

III

Chovia. Era um aguaceiro forte de meados de março que lavara as ruas malcuidadas da vila, ensopando o solo ressequido pelos ardores do verão. O professor Francisco Fidêncio Nunes despedira cedo os rapazes da classe de latim, os únicos que haviam afrontado o temporal; e olhava pela janela aberta, sem vidros, pensando na necessidade que lhe impusera o Regalado de passar aquele dia inteiro dentro de quatro paredes, por causa da umidade, fatal ao seu fígado engorgitado. A caseira, uma mulata ainda nova, chamara-o para almoçar. Naquele dia podia oferecer-lhe uma boa posta de pirarucu fresco, e umas excelentes bananas-da-terra, que lhe mandara de presente a velha Chica ha Beira do lago, cujo filho cursava gratuitamente as aulas do professor. A caseira, a Maria Miquelina, sabendo que o senhor professor não poderia comer as bananas cruas, por causa da dieta homeopática do Regalado, cozera-as muito bem em água e sal, preparara-as com manteiga e açúcar e pusera-as no prato, douradas e apetitosas. Mas o dono da casa nem sequer as provara. Fizera má cara também ao pirarucu fresco, rosado e cheiroso, preparado com cebolas e tomates, e, por almoço, tomara apenas uma xícara de café forte com uma rosquinha torrada, porque a estômago lhe não permitia alimento de mais sustância. Tivera durante a noite um derramamento de bílis, devido à mudança de tempo, erguera-se de cabeça amarrada, ictérico e nervoso. Fora ríspido com os dois ou três rapazes que compareceram à classe de latim, e despedira-os dizendo que iam ter férias, porque a semana santa se aproximava. Tratassem de decorar bem o Novo método, senão pregava-lhes uma peça. Depois da saída deles, Chico Fidêncio ficara aborecido, vagamente arrependido de os ter despachado tão cedo. Que iria fazer agora? A chuva continuara a cair torrencialmente, transformando a rua num regato volumoso que arrastava paus, folhas, velhos paneiros sem préstimo, latas vazias e barcos de papel, feitos pela criançada vadia que não tinha medo à chuva. Não passava ninguém, para dar uma prosa. As casas vizinhas estavam fechadas, para evitar que a chuva penetrasse pelas janelas sem vidraça. A flauta do Chico Ferreira, às moscas na alfaiataria, interrompia o silêncio da vila recolhida, casando os sons agudos e picados com o ruído monótono da água repenicando nos telhados. Que dia estúpido aquele! Silêncio na rua, silêncio na casa! Nem ao menos a Maria Miquelina, de ordinário palradora, queria falar agora! Amuada, pois que o professor lhe desprezara o almoço, sentara-se a um canto de sala de jantar e fazia rendas, silenciosa e trombuda. Francisco Fidêncio voltara da varanda, e passeava a sala visitas, onde dava as aulas cruzando-a em todos os sentidos, parando diante duma mesa, ora em frente a um quadro, umas vezes ante a porta cerrada, como se tivesse vontade de sair, outras vezes defronte à janela aberta, para olhar a rua, silenciosa e molhada. Era uma sala pequena, mal caiada, de chão de terra batida, coberta de palha de pindoba escura, uma sala miserável de pobre habitação sertaneja, mas com pretensões a aposento decente. A mobília constava de dois compridos bancos, postos um atrás do outro. Perto duma grande mesa de pinho mal envernizado. Outra mesa pequena colocada a um ângulo da sala era servida por uma cadeira, a única existente, de palhinha branca, de uso antigo. Sobre as duas mesas havia tinteiros, papéis, alguns livros velhos. Da parede do fundo pendiam, em quadro de madeira preta, uma litografia ordinária representando o conselheiro Joaquim Saldanha Marinho, e mais abaixo, num pequeno quadro de moldura dourada, muito gasta, uma gravura burlesca e desrespeitosa intitulada: o sonho de Pio IX. Numa das paredes laterais, pendentes dum pequeno cabide de bambu falso, estavam um chapéu de homem, um guarda-chuva de alpaca cor de pinhão e uma opa de irmão do Santíssimo, ostentando audaciosamente o seu encarnado vivo, ferindo os olhos. Ao lado, sobre um caixão virado, uma rima de jornais em desordem sustentava um candeeiro para querosene, sem abajur e com chaminé rachada. Na parede fronteira, numa litografia de jornal caricato pregada com quatro obreias verdes o papa Ganganelli fulminava com os raios pontificiais a Companhia de Jesus. No chão mal varrido, com grandes manchas pretas feitas pelos pés molhados dos alunos de latim, pontas de cigarros e palitos de fósforo fraternizavam. Uma galinha com pintos ciscava embaixo da mesa grande, cacarejando. Francisco Fidêncio lembrara-se de matar as longas horas desocupadas lendo alguma coisa. Mas que leria? Os últimos jornais chegados do Pará já haviam sido inteiramente devorados, lera-os todos e nada achara neles que lhe prendesse a atenção, e menos ainda merecesse segunda leitura. Os de Manaus também nada traziam de novo. As costumadas descomposturas ao presidente da província, uma notícia ou outra e os anúncios banais, em letras grandes, espaçadas. De livros estava farto. Bastava-lhe a maçada de os ler obrigatoriamente na aula, todos os dias, para lecionar os discípulos. Não iria agora dar-se ao luxo de estudar a lição do dia seguinte! Nada, que ele não era o seu colega Aníbal Americano! Podia escrever para ocupar-se. Foi à pequena mesa do canto da sala, abriu uma gaveta, tirou algumas folhas de papel, caneta e pena, puxou a cadeira de palhinha, sentou-se e traçou sobre a alvura do papel em tiras as seguintes palavras: “Amigo redator”.

Depôs a pena, cruzou os braços sobre a mesa, e pôs-se a soletrar aquelas palavras, muito aborrecido. Que diabo escreveria ele? Contaria o mau tempo que reinava em Silves, a falta do pirarucu e a carestia da farinha? Que lhe importava isso? Que interesse tinha de noticiar coisas tão banais aos seus leitores, e que graça achariam estes em conhecer tais borracheiras? Só havia um assunto possível, em que poderia espraiar-se, lançando um belo artigo capaz de fazer sensação. Esse assunto era padre Antônio de Morais. Mas havia um mês que padre Antônio chegara, e Chico Fidêncio ainda não pudera formar dele um juízo definitivo, nem achara motivo para um pequeno artigo. Bem não queria dizer mal do vigário, porque isso era contra os seus princípios. Para dizer mal era preciso uma base, um motivo, um pretexto ao menos, e essa base, esse motivo, esse pretexto não aparecia. Por isso andava a Chico Fidêncio muito descontente, por isso, talvez, se agravara a hepatite.

Todo aquele mês passara o padre Antônio de Morais em projetos de reforma da paróquia, em assear o templo, em confessar beatas, examinar crianças ao catecismo, dizer missas e cantar ladainhas. A população estava muito satisfeita. Nunca vira um vigário assim tão sério e zeloso, tão ativo e pontual. Pela manhã a missa, rezada devagar, a durar vinte minutos pelo menos, macerando os joelhos do povo nos tijolos da capela-mor. Em seguida, a confissão longa, minuciosa, cheia de conselhos patemais e de repreensões bondosas. A Maria Miquelina fora confessar-se, a mandado do professor, e voltara maravilhada. Ao meio-dia a aula dos pequenos; à noite a ladainha, puxada pelo vigário em pessoa, à luz duvidosa das lâmpadas de azeite de mamona...isto um mês a fio... uma delícia! no dizer da senhora D. Eulália. Beatas velhas e beatas novas bebiam os ares pelo padre vigário, rapagão de vinte e dois anos, simpático, bem apessoado e de mais a mais um santo! Sempre sério, bondoso, paternal, caminhando de olhos pregados no chão, falando baixinho, minha filha, minha irmã, em voz suave e melíflua, que fazia correr um calafrio pela espinha dorsal das devotas, acostumadas às graçolas chocarreiras do defunto padre José. D. Cirila, mulher do capitão Fonseca, D. Dinildes, irmã do Mapa-Múndi, e a famosa D. Prudência, viúva do Joaquim Feliciano, não se fartavam de gabá-lo, admirando-lhe a barba bem escanhoada, o cabelo luzidio e penteado, a batina nova, a alva camisa engomada, os sapatos envernizados a capricho, o todo de petimetre de sotaina, que contrastava de modo frisante com as sobrecasacas domingueiras compridas e lustrosas, e com as largas calças brancas e os sapatos grossos, de couro cru, dos rapazes mais atirados da terra. E o mulherio todo as secundava nos elogios ao padreco. Até a Maria Miquelina, a negrada! tinha as suas simpatias pelo troca-tintas do vigário!

Tanto entusiasmo das mulheres teria certamente despertado o ciúme e o ódio dos homens, se, pelo seu procedimento – irrepreensível – não lhes tivesse padre Antônio captado a benevolência. Nenhuma fraqueza lhe conheciam. Essa virtude inexpugnável causava pasmo ao Chico Fidêncio, desnorteava-o. Na sua opinião todos os padres eram mais ou menos como os cardeais do quadro de moldura dourada, sotoposta ao retrato do Ganganelli brasileiro: uns pândegos que bebiam champanhe abraçando irmãs de caridade. Entretanto com padre Antônio de Morais não se dava isso. A Luísa Madeirense perdera completamente os seus requebros, as suas provocações impudentes. Nem sequer lhe conseguira apanhar a freguesia do engomado, que fora dada à mulher do coletor, senhora quarentona e respeitável. D. Prudência debalde gastara dúzias de ovos em compoteiras de cocada amarela, com que o Macário sacristão apanhava azias desesperadas. V. Revma. lhas agradecia pelo portador, mas não a visitava. Todo trabalho entregue aos trabalhos do culto, parecia superior às fragilidades humanas. Andava atarefado, embebido na preocupação de regularizar o serviço da Igreja. Parecia querer ser um pároco modelo, solícito, atento e dedicado. Na sua casinha solitária, acompanhado pelo Macário sacristão que lhe governava a casa, e servido por um preto velho que trouxera do Pará, levava a vida austera dum padre de S. Sulpício. Jamais nenhum dos sujeitos que viviam em Silves da espionagem da vida alheia, nem o Maneco Furtado, nem o Cazuza dos Tamarindos, pudera, naquele mês inteiro, divisar entre os umbrais da porta da entrada, ou na abertura da cerca do quintal, um vulto suspeito de mulher. Era simplesmente admirável. O Macário sacristão, empanzinado de gulodices, palitando os dentes, satisfeito do mundo, clamava na vila que nunca vira um homem assim, que um padre daquele feitio era uma coisa espantosa. E batia-se, em discussões calorosas, com os maliciosos que, mais por pirraça ao sacrista do que por convicção, notavam a facilidade que havia em passar, sem ser visto da casa do vigário para o quintal da Luísa Madeirense. O Macário punha a mão ao fogo pela castidade de S. Rev. ma . É verdade que havia tentações... a Madeirense fazia o diabo! E uma certa viuvinha então? Era querer e estava feito, mas não! S. Rev. ma não queria. Macário desafiava a toda a gente a que o pilhasse em falso. Ele próprio, Francisco Fidêncio Nunes, o terrível inimigo dos padres, que escrevia correspondências para o Democrata, de Manaus, em que vazava a bílis revolucionária e ateísta, para esfregar aquela súcia, era obrigado a confessar que ou padre Antônio era um santo ou um verdadeiro ministro do altar! O professor ergueu-se desanimado, deixando cair a caneta que tinha entre os dedos. Foi à varanda, onde a Maria Miquelina, sentada a um canto, tendo diante de si uma grande almofada branca, fazia rendas de bico, silenciosa e trombuda.

– Então o tal padreco é mesmo um Santantoninho, Maria Miquelina! A mulata não respondeu.

– Tens as bananas atravessadas na garganta, rapariga? Olha que se me móis, não janto. As bananas estavam perdidas, mas era preciso salvar a honra do pirarucu fresco, que a caseira guardara para a refeição da tarde, fritando-o em fino azeite doce. Estava de tentar.

– Olhe, seu Chico, disse a mulata depois duma pausa; vuncê sabe que eu não gosto de homens de saia. Mas o vigarinho é um santo, lá isso ninguém me tira.

O professor voltou para a sala, sentou-se de novo à mesa, pegou na pena e começou a escrever: "O escritor destas modestas e despretensiosas linhas..." Mas largou a caneta, sem ânimo de prosseguir. Não queria elogiar o padre, não queria comprometer-se. Demais, estava com um ferro por causa da Maria Miquelina! E não se conformava facilmente com os olhos baixos e o falar melífluo daquele padre elegante e belo. Havia um ano que o Chico Fidêncio se estabelecera em Silves, espantando os pacatos habitantes da vila com as suas teorias irreverentes e ousadas, fascinando-os, tinha presunção disso, com o seu verbo colorido e ardente, espicaçando-lhes a mole diferença com o aguilhão das suas críticas acerbas e dos seus sarcasmos ferinos, dominando-os pelo espírito desembaraçado de convenções e dos prejuízos da estreita vida de aldeia. Era natural do Rio de Janeiro, carioca da gema. Aquilo, sim é que era terra! Cursara dois anos da antiga Escola Central. Não gostara das matemáticas, era mais amigo das ciências sociais, e se fora rico, teria ido estudar a S. Paulo, teria entrado para a troça do Varela, do Castro Alves, teria sido talvez um Álvares de Azevedo. Era, porém muito pobre. Um tio, que o ajudava, fartara-se de o aturar e pusera-o fora de casa, quando saíra reprovado em cálculo diferencial, ao segundo ano. Arranjaram-lhe um lugar de caixeiro de armarinho à Rua do Cano, mas não ficara no emprego mais de três meses. O patrão era um galego, burro como seiscentos galegos e malcriado como todos os da sua igualha. Chico Fidêncio não estivera para o aturar, e despedira-se da casa, passando-lhe uma descompostura descabelada. Um dos fregueses do armarinho, que tinha queixas do patrão, meteu-o de condutor num ônibus de carreira de S. Cristóvão. Era uma vida deliciosa, divertida, cheia de episódios interessante e que contribuíra muito para a educação do Chico Fidêncio. Ouvia tanta coisa! Estava a par da política toda, conhecia todos os homens notáveis, sabia de mil pormenores da sua vida pública e particular. Soubera da resolução do ministério na crise bancária de 1864, antes de publicada nos jornais, vira Christie furioso, por ocasião do conflito entre o Brasil e a Inglaterra, dera fogo ao José Liberato quando fora pela primeira vez a S. Cristóvão! Era uma vida deliciosa, toda a gente o conhecia e o cumprimentava, dava-lhe cigarros. Infelizmente fora obrigado a deixá-la por intrigas dum cocheiro, seu inimigo. Havia já dado um passo decisivo na vida... entrara para a maçonaria! E o primeiro benefício que tirara dessa acertada resolução fora conseguir um lugar de despenseiro a bordo do vapor Santa Cruz, da Companhia Brasileira do Norte. Mais tarde, numa das viagens deixar-se ficar no Pará, porque enjoava muito, não nascera para a vida do mar. Tinha feito amizade a bordo com um deputado geral, cuja família gostava das passas, nozes e figos secos, com que Chico a presenteava generosamente. Obtivera uma cadeira pública, num arrabalde de capital, e a regenera durante um ano inteiro. Mas rompera a questão religiosa, e o Chico Fidêncio, fiel aos seu homens de roupeta que ele importava de Roma. A nomeação era interina, e o presidente, um carola, que ouvia missa todos os domingos, quisera ser agradável a D. Antônio, e demitira o professor amigo do livre-exame. Ficara então sem recursos. Recorrera à maçonaria, mas a maçonaria era impotente na administração daquele rato de sacristia que governava a província. Só podia obter um emprego no comércio, mas as suas aspirações não se davam com tal modo de vida. Demais, no comércio do Pará governavam os portugueses, e o Fidêncio, apesar de maçom enragé, nunca perdoara aos portugueses os desaforos que sofrera do dono do armarinho. Antes morrer de fome do que, no seu país, sujeitar-se novamente a ser mandado por um galego! Enfim, Silves não pertencia ao Pará. O seu amigo Filipe do Ver o peso, um português excepcional, dissera-lhe que Silves era uma boa terra, não tinha professor que prestasse, e oferecera-lhe uma carta de recomendação para o seu correspondente Costa e Silva. Viera para tentar fortuna, e aqui soubera granjear muita consideração, graças à sua incontestável inteligência e aos conhecimentos que obtivera na sua acidentada existência.

A principio encontrara franca hostilidade, principalmente das mulheres, que o achavam antipático e desagradável, as lambisgoias! Como se ele não fosse da corte do Rio de Janeiro, que elas nunca haviam de conhecer! Depois embirraram com as suas ideias antirreligiosas, porque as expunha com a máxima franqueza, a todo o momento em qualquer ocasião, sem resguardo das conveniências devidas às pessoas e aos lugares. Ninguém lhe dera discípulos, poucos o cortejavam, nenhuma família lhe oferecera a casa. Até o próprio Costa e Silva, posto estivesse arrochado pela carta do Filipe do Ver o peso, tivera certas friezas, porque era católico, achava a religião necessária, principalmente para o povo. Parecia que temiam a infecção das heresias daquele inimigo da Igreja, já condenado em vida às penas eternas. Fidêncio ergueu-se de novo, foi à janela e cuspiu para fora:

– Idiotas!

Voltou para junto da mesa, aliviado, preparou um cigarro, acendeu-o, sentou-se de novo firmando-se sobre os pés traseiros da cadeira, utilizada para balanço e, reatou o fio das suas recordações: Alguns homens, na fácil convivência das portas das lojas, onde à tarde se renova diariamente o processo da sindicância da vida alheia, começaram a gostar de ouvir dizer mal de tudo e de todos, com umas frases novas, uns ditozinhos agudos, uma certa maneira de exprimir as ideias, entremeando calemburgos com palavrões sonoros e sibilando muito os ss, que adquirira ao tempo de estudante e de caixeiro de armarinho. Conquistara a fácil mentalidade dos bons matutos de Silves, posto não lograsse cativar-lhes o coração desconfiado. Mas o Chico Fidêncio tinha tanta graça! Tinha uns modos não sei como o diacho do mestre-escola! Sabia tão bem o ridículo duma pessoa ou duma coisa, que os seus ataques eram irresistíveis. Os matutos reconheciam assim, o seu incontestável mérito. Um dia, lembrara-se de escrever uma correspondência para uma folha de Manaus, a propósito da última sessão do júri no termo, e dissera umas coisas agradáveis ao juiz de direito que lhe valeram a proposta para adjunto do promotor público, cargo que nunca fora servido na comarca e de que não havia necessidade. E satisfeito com o resultado obtido pusera-se em ativa correspondência com o jornal de Manaus, o Democrata, órgão público, noticioso, comercial, científico e independente, que lhe estampara a prosa, contente por ter matéria nova com que encher as colunas da obrigação. As cartas do Chico Fidêncio não seriam talvez muito lidas na capital da província, mas em Silves eram devoradas avidamente, comentadas, discutidas durante quinze dias a fio. O seu estilo tinha umas vezes o sarcasmo ferino da conversação ordinária, e outras, quando o Chico calçava as suas tamancas de jornalista grave, e queria discutir um assunto com a seriedade necessária, subia aos fraseados sonoros, recheados de declamações bombásticas, de trechos de bons autores, de citações novas, com muita erudição de ideias e palavras bebidas aqui e ali, na leitura de periódicos e panfletos. E eram exatamente esses artigos, de que mais se orgulhava, que reputava melhor, que lia e relia aos amigos, chamando--lhes a atenção para o fraseado cheio, para as referências sábias e o rebuscado do estilo, os mais raros e os menos apreciados. O público, ignorante e grosseiro, preferia as pilhérias e as críticas mordazes, que iam subindo de tom até ao diapasão da descompostura, degenerando em maledicências e calúnias. Tinha, porém, uma justificação para esses excessos: a necessidade de não poupar o inimigo, para não lhe morrer às mãos. Quando chegava o paquete e o Democrata aparecia, pequeno, massudo e mal impresso, coberto de pastéis e falhas, como duma lepra incurável, toda a gente queria saber se o Constante leitor, o pseudônimo do Chico Fidêncio, escrevera a sua carta, datada de Silves, com quem bulia, se desancava o padre José ou o subdelegado, se falava na Luísa ou na D. Prudência, se contava os novos amores do vigário, ou descobria as recentes ladroeiras do escrivão da polícia. Apesar desses triunfos, Francisco Fidêncio Nunes sentia que pisava em terreno falso. Não contava com as simpatias da população, e teria de decidir-se em breve a procurar outro abrigo para a sua miséria e para o seu ideal de liberdade religiosa, tão mal amparado na povoação do lago Saracá. Não podia deixar de pensar que fora enganado pelo Filipe do Ver o peso: Sempre era galego, e bastava. O vigário vingava-se das correspondências, fazendo-lhe uma guerra de morte. O coletor, que era o homem mais importante do lugar, não gostava dele, embora lhe tivesse medo. As mulheres eram-lhes hostis, não liam as suas cartas, não viam senão o homenzinho feio, que desrespeitava os santos e pregava heresias. Estranho à terra, sem ligações de família na província, sem a tradição dum passado qualquer que o protegesse, reconhecia-se fraco e dispunha-se a abandonar o campo, quando surgiu de chofre o segundo período da questão religiosa, ferida entre os bispos do Pará e de Olinda e a maçonaria. A gente de Silves não tinha interesse algum na questão, mesmo porque o seu vigário, um pândego, valha a verdade! não se ocupava muito dessas coisas de Igreja. Mas o espírito de partido, muito vivo nas povoações pequenas, o amor da novidade, o instinto de contradição e de luta que divide os homens, mesmo desinteressados e indiferentes ao assunto da discussão, fracionaram a população em dois grupos. Um formara-se dos maçons, dos parentes dos maçons, dos inimigos pessoais do vigário e dos rapazes mais ardentes e mais instruídos. O outro constituíra-se com os homens timoratos e pacíficos, que, de preferência às inovações, queriam viver com os padres, acreditando, ou fazendo acreditar, em tudo o que esses exploradores da humanidade dizem. Francisco Fidêncio tornou-se naturalmente chefe do partido maçônico. A luta, a falar a verdade, não passara do terreno do palanfrório, consistira unicamente em discussões fortes à porta do coletor ou junto as procissões e Nossos-pais de balandrau e tocha. Francisco Fidêncio era irmão do Santíssimo. A sua brilhante opa encarnada, que por acinte tinha na sala, exposta a todas as vistas, aparecia em toda a parte. Padre José bufava. Por fim tomara o pretexto de tão grande irreverência para acabar com festas e procissões que lhe davam muita maçada. Mas o melhor fora que o correspondente do Democrata lucrara em questão. Primeiro que tudo, dedicando as suas cartas ao assunto da pendência que dividia os espíritos, atacando o papa, os bispos, os padres todos e especialmente os jesuítas, poupava os habitantes da vila, com exceção dos vigário. Mereceu com esse procedimento que se corresse um véu sobre as críticas antigas, amortecendo os ódios dos ofendidos. Não era mais o escrevinhador insolente, que se ocupava da vida privada de cidadãos conhecidos, achincalhando a reputação do capitão Fulano ou do negociante Sicrano. Passava a ser um escritor preocupado de questões sociais, um sujeito que zurzia os padres, uma espécie de adversário platônico. Os padres que se defendessem! As antigas vítimas rejubilavam-se, descansadas, livres do temor, esforçando-se por esquecer e fazer esquecer as descomposturas recebidas no Democrata. Eram agora elas mesmas que chamavam a atenção pública para os artigos do professor, que os comentavam, indagando hipocritamente se seria verdade tudo aquilo que se dizia do padre José, alardeando indignação, exclamando que tais monstruosidades eram dignas de severo castigo. Francisco Fidêncio contava à redação do Democrata, por miúdo as pândegas colossais do vigário, as aventuras noturnas, as bambochatas em canoa, as orgias nas praias de areia, ao tempo da desova das tartarugas. Citava nomes, falava da Chica da outra banda, da mulher do Viriato, da Luísa, e até da D. Prudência, veladamente – uma certa Imprudência. Dizia que o vigário bebera o dinheiro da província com as mulatas, em vez de consertar a Matriz, que seduzia as beatas, que prostituía as confessadas, que era ministro de Barrabás... o diabo! Padre José ficava furioso. Ameaçava quebrar as bitáculas àquele safado, e caluniava-o, espalhando que Chico Fidêncio fora condenado no Rio por gatuno e expulso do corpo de permanentes do Pará por maus costumes, pecados contra a natureza. Enquanto padre José apanhava bordoadas de cego nas colunas do Democrata, o subdelegado, o escrivão da polícia, o comandante do destacamento, o juiz municipal e o fiscal da Câmara folgavam, comprazendo-se numa feliz obscuridade, e como o vigário não opunha aos artigos do Chico um procedimento exemplar, as censuras e acusações calavam na opinião, o partido maçônico aumentava, uma corrente de simpatia estabelecia-se entre o jornalista liberal e a população de Silves. Em segundo lugar, a sua posição de chefe de partido reunira em torno da sua pessoa um grupo dedicado e atento, que amparava e aplaudia na luta, dando-lhe prestígio e força. Francisco Fidêncio já se não sentia isolado, as sua palavras eram repetidas por alguns como Evangelho, as pilhérias que lhe saiam da boca tinham curso forçado. As suas opiniões eram aceitas geralmente, com desconto do exagero que lhe atribuíam os tais homens sérios, em questão de doutrina e de dogma:

– Aquilo é maluquice dele, mas tem razão no que diz dos padres.

– Maluquice, resmungou Francisco Fidêncio, levantando-se de novo, e chegando à porta do corredor, gritou para a varanda:

– Então, nem um cafezinho hoje! Olhe que a gente não almoçou! Cessou o ruído dos bilros, e a voz arrastada da Maria Miquelina respondeu lá de dentro:

– Pensei que vuncê não queria nada hoje. Está de burros, paresque! A caseira já devia saber que, quando o fígado lhe não permitia comer, o Chico Fidêncio bebia muito café. Era a única coisa que o seu estômago suportava. Demais era carioca da gema. Era da terra do café. E quando estava danado, bebia café. No dia em que fora demitido de professor público no Pará, bebera mais de vinte xícaras desse líquido que prolongara a vida de Voltaire. Voltou a passear a sala em todos os sentidos, levando a mão à região do fígado e chupando um cigarro apagado. A chuva continuava, monótona, repenicando nos telhados vizinhos. A flauta do Chico Ferreira cansara. Da casa fronteira vinha um choro de criança manhosa e endefluxada. Os pequenos sinos da Matriz espalhavam no ar alegres vibrações argentinas, saudando o meio-dia. A rua continuava deserta. Francisco Fidêncio chegara à janela e não vira pessoa alguma. Pudera! com aquele tempo de cachorro! Estava de burros, sim, e tinha razão de sobra. Havia mais de meio ano que padre José morrera, e que Fidêncio ficara sem assunto para alimentar a sua correspondência com a folha de Manaus. A questão religiosa amortecera, os episódios da luta iam ficando esquecidos, o terrível adversário do clericalismo estava se tornando inofensivo. Tivera uma forte tentação de voltar a bulir com os antigos inimigos, para o que não lhe faltaria assunto, graças a Deus. Sabia tudo que se passava em Silves, sem necessidade de espiar, nem de indagar da vida alheia. Contavam-lhe, sem que nada perguntasse. Podia referir-se ao José Antônio Pereira, que passava por moço de muito bons costumes, mas tinha lá as suas mazelas em casa. Podia contar que o Neves Barriga tinha um serralho no sítio do rio Urubus, e que por isso não queria saber da vila, onde o chamavam os seus deveres de camarista. Que o Valadão, o subdelegado, prendia por dinheiro os negros fugidos, fazendo-se capitão-do-mato. O fiscal merecia bem boas sovas pelo estado das ruas que a Câmara o incumbira de zelar, e sem sair das raias do interesse público, que ele, como escritor público, devia e podia superintender, tinha muito que dizer da Câmara, e especialmente dum certo vereador João Carlos, que estava quase sempre na presidência, porque o Neves não gostava de deixar o serralho. Do Costa e Silva, apesar de amigo, poderia afirmar que pregava de vez em quando o seu carapetão ao Diário do Grão-Pará, porque tinha a imaginação exaltada e era duma credulidade de caboclo. E o próprio coletor, o grave e pretensioso capitão Fonseca não ficaria muito livre de culpa, se o Fidêncio quisesse referir-se a certas coisas lá da coletoria que o escrivão Pereira lhe contara muito em confiança... Mas a dura experiência do passado... Passara vicissitudes terríveis por causa daquele jeito que tinha para a crítica e o sarcasmo. Conseguira, por um grande esforço de prudência, fugir à tentação em que a falta de assunto o ia despenhando. Por isso, contentara-se com escrever generalidades contra o clero todo, contra a doutrina da infalibilidade, e especialmente contra os homens do espanhol de Loiola, entremeadas de censuras ao bispo por deixar tanto tempo sem pastor espiritual uma população católica, o que provava, escrevera ele ao Democrata, que a salvação das almas não era a preocupação principal desses senhores de Roma.

Mas que se importava a gente de Silves com o espanhol Loiola e com os homens de Roma? O que ela queria era a bela da descompostura a gente conhecida, a referência direta a pessoa do lugar. À chegada do padre Antônio de Morais o espírito de luta acendera-se novamente no cérebro do Chico Fidêncio. Escovara a opa encarnada e aguçara os adjetivos. A presença do novo vigário parecia prestar-se à crítica que invocasse a humildade cristã. O desapego dos gozos mundanos, de que os primeiros apóstolos deram prova. Desde o dia do desembarque solene, em que a sua pilhéria irritante provocara a má vontade dos figurões, Fidêncio não poupara alusões à batina nova, ao penteado, à cara bem rapada, aos punhos engomados do senhor vigário. Mas o diabo era que ele, Francisco Fidêncio Nunes, não podia ir além dessas alusões. Chegou novamente à porta do corredor e gritou para dentro, em voz de caixeiro de botequim:

– Olha esse café que saia!

– Já vai, seu Chico. É o diacho da lenha que está muito molhada, respondeu do fundo da cozinha a voz arrastada da Maria Miquelina.

– Pílulas, até a lenha! Fidêncio entrou na alcova, pegada à sala, e saiu logo depois, abotoando-se. A chuva diminuíra, mas o céu, estava todo alvacento, empastado de nevoeiros. A umidade do ar penetrava pela janela aberta, esfriando a temperatura e causando ao professor uma sensação de arrepio, levantando-lhe pela raiz os pelos da epiderme. A luz escassa do dia dava aos objetos uma coloração desmaiada que lhes confundia os contornos. As linhas perdiam-se numa obscuridade vaga, ondulante. O preto sujo da velha pindoba do teto pesava sobre a sala, acaçapando os móveis e os quadros. Do chão úmido levantava-se um cheiro a bolor e a ponta de cigarros, insípido e fastiento. A galinha de pintos fora-se pelo corredor fora, a passos lentos, catando o pavimento, cacarejando. O pio dos pintainhos irritava os nervos. Fidêncio olhou vagamente para o teto, para as paredes, para os móveis, indeciso, abstrato, metendo a mão entre o cós das calças e a camisa para acariciar o fígado. As paredes brancas, dum branco sujo, apertavam-no. O retrato de Saldanha Marinho morria no quadro de madeira preta, na tinta pardacenta da litografia ordinária, salpicada de excremento de moscas. Mais abaixo o Sonho de Pio IX, salientado pelo dourado velho da moldura, degenerava numa confusão de pernas largas e de seios pontudos, de taças redondas e de flores chatas, de batinas e coroas num plano só, sem perspectiva. Do outro lado Ganganelli, entre as quatro obreias verdes, na alvura duvidosa do papel de impressão, erguia a mão sem vida segurando os raios pontificais, longas linhas trêmulas e quebradas, a crayon, para fulminar a Companhia, representada por um padre moço e barbado, mas muito branco, barba tesa e braços enormes, parecido com D.Vital. E por baixo, a custo, aparecia, na meia-tinta, a legenda, em versais gastas, mal impressa e incorreta: O PAPA CLEMENTE XIV EXTINGUE A COMPANHIA DE JESUS. VIDE O TEXTO. Na parede da esquerda, próximo à porta da rua, o cabide parecia sustentar a custo o velho chapéu de pele de lebre, o velho guarda-chuva cor de pinhão e a opa do Santíssimo Sacramento, que tinha agora uma aparência desmaiada, de velho balandrau surrado em procissões e Nossos-pais sem conta; e o candeeiro de petróleo lançava do grande bojo de vidro ordinário, faceado, uma luz amarelada e baça, com reflexos esverdeados de azeite de mamona. Tudo parecia mais velho; as mesas, os tinteiros, os bancos, a cadeira de palhinha. Do chão escuro e fétido, do teto negro, das paredes úmidas, dos móveis, das roupas, dos contornos de todos os objetos, dos quadros parietais, dos gestos dos personagens, da sua fisionomia dura e chata de figuras malfeitas, vinha como uma emanação de tédio, que ia subindo, espalhando-se pela casa, e depois saía pela janela, para lançar-se sobre a vida toda, estúpida e molhada. Fidêncio abriu os braços, retorceu-os num espreguiçamento, vergando o corpo para trás, desarticulando as mandíbulas num longo bocejo, e deixou escapar um grito agudo e prolongado que cortou de chofre o silêncio do dia. Na casa fronteira abriu-se um pouco a janela de pau pintada de azul, e pela frincha estreita, uma mulher espiou, curiosa. A Maria Miquelina, equivocando-se, gritou da varanda:

– Já vai, já vai, seu Chico, tenha um mocadinho de paciência.

– Ah, o café! Disse o Fidêncio, sorrindo. Ressoaram no corredor as tamanquinhas da caseira azafamada.

– Pensei que era o café de João Pinheiro! Exclamou quando a mulata apareceu à porta da sala, trazendo na mão uma grande xícara de louça azul, de que saía um fumo tênue e um odor forte a café quente.

– Que João Pinheiro, seu Chico?

– Não sabes a história do João Pinheiro, rapariga!

– Como havera de saber, seu Chico? Só se era o João Pinheiro que matou outro dia o Joaquim Feliciano naquele encontro da beira do lago...

– Não, Maria Miquelina João Pinheiro era um fazendeiro da minha terra, muito conhecido e apatacado.

– Pois como eu havera de saber dele, se eu nunca estive lá nesses Rio de Janeiro... E, intrigada, a caseira colocou sobre a mesa grande a palangana de café, e pôs-se a interrogar o professor com os olhos. Fidêncio começou, narrando:

– João Pinheiro era um fazendeiro apatacado, mas muito amigo de guardar o que tinha. A fazenda dele ficava à beira da estrada e era escolhida pelos viajantes para descansarem durante as horas mais quentes do dia, pois era justamente no meio do caminho da cidade... da cidade... enfim, duma cidade para outra. Sempre que chegava algum viajante, João Pinheiro gritava para dentro:

– Moleque, traze café para este homem. O moleque, lá de dentro, respondia:

– Já, sim, siô.

O viajante ficava com a boca doce, esperando refrescar-se com o cafedório do João Pinheiro. Passava um quarto de hora... e nada.

– Moleque, olha esse café! gritava o fazendeiro.

– Já vai, sim, siô. O viajante, que já estava com a garganta seca de engolir em falso, concebia uma esperança. Passava outro quarto de hora... e de café, nem lembrança.

– Moleque, vem ou não vem esse café? perguntava o João Pinheiro. E o moleque:

– Já vai já, sim, siô. O viajante puxava o relógio, sentindo não ter tempo de esperar que fizessem o fogo. Passava outro quarto de hora:

– O moleque do dianho, então esse marvado café não vem hoje?

– Já vai agora mesmo, meu siô. O viajante levantava-se e despedia-se, farto de esperar.

– Este dianho de moleque, dizia o João Pinheiro, apertando a mão ao hóspede, esse dianho de moleque é assim mesmo. E acrescentava muito aborrecido:

– Que vexame sair V. Sa. sem beber café! Montando a cavalo, o viajante ouvia ainda o moleque gritar lá de dentro:

– Já vai, sim, siô. A Maria Miquelina pôs as mãos nas ilhargas, rindo muito.

– Este diacho de seu Chico tem cada história! Pois o homem havera de fazer isso mesmo?! Ara tome lá o seu café, que este não é do João Pinheiro.

Fidêncio sorveu o café, gole a gole. Depois a caseira voltou para o seu trabalho, e o professor foi procurar alguma coisa que ler. Era preciso matar o tempo. Acendeu um cigarro, abriu uma gaveta e procurou entre vários folhetos de diversas cores e tamanhos um que lhe desse vontade de reler. Eram panfletos anticlericais, com títulos prometedores: Os jesuítas desmascarados. A maçonaria e a Companhia de Jesus. Os jesuítas, simplesmente. As astúcias de Roma. A questão religiosa. A Igreja e o Estado. O jesuíta na garganta, cena cômica. Os lazaristas. Recurso à coroa... uma infinidade! Todos com pseudônimos: Ganganelli, Sebastião José de Carvalho, Fábio Rústico, Um livre-pensador, Um verdadeiro católico, O velho católico, O padre Jacinto, Jacolliot... o diabo! Obras de erudição, discursos declamatórios, panfletos virulentos, de escacha-pessegueiro, que trituravam, moíam e reduziam a pó a Igreja, o papado, os bispos e os homens de roupeta, pondo em pratos limpos, com segurança indiscutível, a história da papisa Joana, os crimes dos Bórgias, os horrores da inquisição e os sofismas audaciosos do Sr. D. Antônio. Ali, naqueles folhetos, discutia-se com lucidez e verdade a questão religiosa! Faziam-se estatísticas, enumeravam-se as vítimas da inquisição na Espanha, as mortes da noite de S. Bartolomeu, em França. Mostrava-se o que era Roma, explicavam-se as patifarias dos cardeais, somavam-se os milhões roubados da Companhia de Jesus. Não havia fugir. Estava ali provado, perfeitamente provado, e o que os padres respondiam eram sofismas. Fidêncio tomou um dos folhetos, grande, massudo, de capa amarela e tipo doze. Intitulava-se: A mônita secreta, por Um antigo jesuíta. Era incrível o que aquele livro dizia. Era um horror! Francisco Fidêncio foi buscar à mesa grande o Magnum Lexicon, colocou-o sobre a extremidade dum dos bancos, para lhe servir de travesseiro.

Deitou-se no banco, ao comprido, trançou as pernas, tirou uma fumaça do cigarro e abriu o panfleto, murmurando:

– Patifes!

Um livro assim é que ele queria ter escrito. Quisera ter sido jesuíta, conhecer todos os segredos da Ordem, apanhar-lhe as manhas, e depois vir a público, com uma coragem extraordinária, pôr pela imprensa todas aquelas bandalheiras a nu. Um dia ainda reuniria em folheto as suas correspondências, formaria um folheto como aqueles, de capa de cor, com o título pomposo em letras gordas e com um pseudônimo. O seu pseudônimo seria: o padre Quelé. Era de arromba! Ninguém ficaria sério, lendo-o. O diabo era não haver em Silves uma tipografia! Esta ideia de publicar um livro, de ver os seus artigos reunidos em folheto, com capa e frontispício, enraizara-se-lhe no cérebro, enquanto percorria distraidamente as páginas do panfleto que tinha nas mãos, sem entender o que lia. Que prazer seria o seu! Podia vir a ser citado – o autor do livro tal... o espirituoso e erudito padre Quelé (pseudônimo)... um escritor de pulso que zurze desapiedadamente os padres... O livro podia ser intitulado Carapuças romanas, por exemplo, ou então podia ter um nome pomposo: Os vampiros sociais ou simplesmente Os abutres. E logo lhe parecia estar vendo o folheto in-octavo, bom tipo, papel acetinado, capa verde, com o seguinte frontispício aparatoso:

OS ABUTRES

PELO

PADRE QUELÉ

187.

MANAUS

TIP. DO "DEMOCRATA"

E numa prosa fluente, argumentação cerrada, vigoroso estilo e linguagem castigada, um panfleto mordente e verdadeiro, contando as bandalheiras inqualificáveis do vigário de Silves, reproduzidas das correspondências do Democrata e entremeadas de citações latinas, de apóstrofes veementes a Roma e ao senhor bispo, de exclamações bombásticas e de calemburgos de fazer rir as pedras. Padre José ficaria bem sovado... mas o diabo era que Padre José estava morto, e o Chico Fidêncio não gostava de dar em defunto. Demais, o que escrevera sobre o falecido vigário não era suficiente para dar um livro de cento e vinte páginas, pelo menos. O bom era sovar também a padre Antônio de Morais. Fidêncio largou o panfleto e pôs-se a cismar, achando a ideia impraticável. O finório do padre era irrepreensível. A sua vida simples e clara não se prestava à crítica! Fidêncio procurava analisar, por miúdo, a vida do novo vigário de Silves, rebuscando no íntimo dos fatos algum sintoma de fraqueza ou de hipocrisia. Recapitulando, nada lhe escapava.

O padre levantava-se cedo, às seis horas, lia o breviário e passava a dizer missa. Depois da missa, confessava, e ao sair, no adro, palestrava com os homens, indagando da saúde de cada um, muito cortês, dando conselhos úteis de higiene privada. Terminada a aula de religião que dava aos meninos, recolhia-se a concertar com o lorpa do Macário sacristão sobre as necessidades do culto. Jantava às quatro horas, saía a dar um breve passeio pelos arredores da vila, a espairecer, sempre sério, de olhos baixos, compenetrado do dever de dar o exemplo da sisudez e da gravidade. Voltava às seis horas, ao toque de Ave-Maria, descoberto, passeando lentamente, recolhia-se ao quarto a ler o breviário. O Macário, vitorioso e néscio, saía à porta, ardendo por dizer a toda gente que V. Revma. estava em casa estudando. Os batizados e casamentos, atrasados um semestre, um ou outro enterro, achavam-no sempre pronto, nada exigente quanto a propinas, observando com afetado escrúpulo a tabela do bispado, e fechando os olhos à qualidade maçônica do padrinho, do defunto ou do nubente. O próprio Chico Fidêncio, para o experimentar e fazer escândalo, servira de padrinho a um rapazito do Urubus. Padre Antônio acudia com os últimos sacramentos a qualquer doente, por mais pobre e desamparado que fosse, levando-lhe o Nosso-pai com um cerimonial vistoso, ao toque dos pequenos sinos da Matriz e ao som da cantoria roufenha e monótona dos beatos, o Fonseca, o Valadão, o João Carlos e outros, que apareciam ao primeiro sinal e corriam a disputar as cruzes e as lanternas com que haviam de formar o acompanhamento. Fidêncio, envergando a opa encarnada do Santíssimo Sacramento, lá seguia atrás, de tocheiro em punho. E padre Antônio, embrulhado na capa-magna, apertando o Viático contra o peito, em atitude de unção e respeito, caminhava lentamente sob o pálio, solene e absorto, alheio ao que se passava em derredor, como um homem que consigo levava um Deus. Na frente, o Macário badalava. Na encomendação dos finados, a sua voz simpática tinha modulações melancólicas, repassadas de infinita saudade, como se aquele morto tivesse em vida ocupado o seu coração e o seu espírito, ou como se, ante o terrível nada da morte, uma dor latente lhe mordesse o peito, fazendo sentir a nulidade da existência desse verme pretensioso que se chama o homem... Havia talvez em tal melancolia o profundo desalento de quem se sabia sujeito àquela mesma transformação hedionda da morte, apesar do apego à vida do moço de vinte e dois anos, que a filosofia tremenda do memento contrariava cruelmente... Mas o povo, fanatizado pelos homens de roupeta, não via na comoção do vigário senão mais uma prova da bondade de V. Revma., do modo cabal por que sabia desempenhar os deveres do seu cargo, compenetrando-se do papel que tinha de representar. Não seria padre José, sempre alegre, barulhento, caçoador e pândego, que se mostraria assim pesaroso da morte dum seu paroquiano! O espertalhão do padrezinho, pensava Fidêncio com uma admiração involuntária, soubera tornar-se o objeto exclusivo da atenção e curiosidade de toda a população de Silves e dos arredores. A fama chegara a Serpa, fora a Maués, voltara pelo Amazonas acima até à cidade de Manaus. Nunca naquela redondeza se vira um vigário assim tão compenetrado dos seus deveres, tão sério, afável e pontual. Diante dele os homens modificavam a sua linguagem habitual, falavam em coisas sérias, em pontos de doutrina cristã, cheios de respeito. O ardor maçônico esmorecia, apesar dos esforços em contrário tentados por Francisco Fidêncio Nunes. As qualidades morais que o pároco afetava provocaram uma reação favorável no espírito daquele povo indiferente em matéria religiosa. O professor Aníbal Americano Selvagem Brasileiro, concertando os óculos de tartaruga e cuspindo longe, falara em fundar um jornal que defendesse os interesses da Igreja e doutrinasse os tapuios dos sítios do Urubus e adjacências. Devia chamar-se a Aurora cristã e publicar-se de quinze em quinze dias, com dois mil-réis de assinatura trimensal. A dificuldade estava em arranjar a tipografia, custava um dinheirão, era preciso abrir uma subscrição popular, ninguém que se sentisse com crenças religiosas seria capaz de negar o seu óbolo, e podiam pedir o auxílio da Caixa Pia e da Câmara Municipal, concorrendo esta com cinquenta mil-réis por ano para a publicação das atas. O João Carlos lembrara, por economia, o jornal manuscrito, mas o professor Aníbal repelira energicamente a ideia como atrasada e trabalhosa. Queria ler-se em letra de forma! Afinal quando se fizera a subscrição para a compra da tipografia dificilmente arranjaram-se quarenta mil-réis. O vigário, consultado, desanimou o Aníbal, mostrando-se infenso ao projeto, já pela falta de competência dele vigário para dirigir uma imprensa católica, já porque não queria alimentar ódios e dissensões na sua paróquia. Aníbal Brasileiro retirara-se enfiado. Deixara de ir à missa e viera dizer ao Chico Fidêncio que a lembrança que tivera não passara duma pilhéria, dum meio de experimentar o ardor religioso daqueles beócios que andavam todos os dias a falar em catolicismo. Mas Fidêncio bem o conhecia, para cá vinha de carrinho o tal Sr. Aníbal! Este último ato de padre Antônio de Morais agradara muito ao Chico Fidêncio. Padre Antônio mostrava ser homem de juizo. O malogro da tentativa do professor Aníbal não destruíra os resultados das palavras e ações do novo vigário de Silves. A missa de todas as manhãs era bastante concorrida, à ladainha da noite ninguém faltava, o Nosso-pai nunca saía sem numeroso acompanhamento. As crianças corriam a instruir-se na doutrina do catecismo do bispado, as devotas confessavam-se, os casamentos amiudavam-se, fazendo diminuir as mancebias... Tudo se encaminhava para a reforma que padre Antônio pretendia fazer para glória de Deus e desempenho do honroso encargo que lhe fora confiado por S. Exa. Revma. Em tais condições, com um padre como aquele, que se dava ao luxo de ser impecável, que faria, que escreveria Fidêncio, como comporia o seu belo folheto de cento e vinte páginas, com capa verde e frontispício pomposo? Um mês era decorrido, um longo mês de observação, de análise, de estudo, e os seus ataques contra o padreco catita e apelintrado não tinham ainda podido ir além da batina nova, do penteado, dos punhos engomados e dos olhos baixos de padre

Antônio de Morais. Era pouco para um folheto de cento e vinte páginas! Um relógio da vizinhança bateu duas pancadas argentinas. Francisco Fidêncio arremessou contra a parede o folheto que não lia e que esparralhou pelo chão as folhas soltas. A chuva cessara, mas o ar estava ainda muito carregado de vapores aquosos. Uma réstia de sol, muito tênue, penetrava, avivando num ponto o encarnado da opa do Santíssimo. As tamanquinhas da Maria Miquelina faziam-se ouvir no corredor.

– Quando muncê quisé jantar, seu Chico, a janta está quase pronta.

– Maria Miquelina, disse Fidêncio, muito sério. O tal padrezinho ou é um santo ou um refinadíssimo hipócrita. A caseira contestou:

– Ara, seu Chico...

– Pelo sim, pelo não, exclamou Fidêncio erguendo-se, numa resolução assentada. Pelo sim, pelo não, vou passar-lhe uma descalçadeira.

IV

Macário, aquele dia, em alegre ansiedade, acendia uma a uma as velas de cera amarelada do altar-mor, fazendo ranger sobre os degraus as botinas de bezerro, lustradas de fresco. O peso da comprida sobrecasaca de lustrina, caindo-lhe com solenidade sobre as curvas, impedia-lhe a liberdade dos movimentos e continha o íntimo alvoroço que o possuía, forçando-o a manter a calma e decente gravidade das cerimônias. Pelas altas janelas envidraçadas do templo penetrava uma luz risonha que avivava os dourados, amortecendo a claridade das tochas dos outros altares, já acesas, e das placas das paredes. Um ar alegre vinha do Largo da Matriz, entrava pela nave da igreja, envolvia os santos, os altares e os belos festões de flores naturais que, naquele dia, ornavam o milagroso altar de Nossa Senhora do Carmo. Das luzes crepitantes dos tocheiros exalava-se um cheiro forte de cera oleosa e ordinária, derretida ao fogo, e do chão subia o odor dos velhos tijolos empoeirados, úmidos da recente lavagem. Um primeiro repique dera o sinal da missa, e as últimas vibrações do bronze bem fundido ecoavam ainda nas matas da outra banda. Macário desceu do altar com a grande vara do acendedor na mão, e, depois de dobrar os joelhos por um instante sobre o primeiro degrau, gozou o efeito encantador dos pingos luminosos das velas dispostas em trapézio, subindo até ao oratório do Cristo Crucificado. Em seguida dirigiu-se para a porta da entrada, saudando com outra genuflexão o altar de Nossa Senhora do Carmo, resplendente de flores e de luzes. À porta parou um instante, ergueu a cabeça para a torre e gritou:

– Toca segunda vez, José, que já é tempo. Os sinos repicaram, espalhando no ar alegres notas argentinas. Homens e mulheres aproximavam-se da igreja, vindo dos quatro ângulos da praça, com roupas de festas, a passos apressados, para escolher o melhor lugar. Macário, de pé, à porta, de cabeça descoberta, mergulhava o olhar nos grupos, esforçando-se por disfarçar a alegre ansiedade que o possuía. Era um domingo. Aquela gente que se aproximava vinha à missa mas era principalmente atraída pela cerimônia que devia seguir o Santo Sacrifício. Casava-se uma sobrinha do Neves Barriga com o filho dum fazendeiro do Urubus. Naquele dia, em pleno mês mariano, além da missa conventual, celebrava-se um casamento de gente rica. Mas para o Macário, havia alguma coisa mais, que o trazia alvoroçado e ansioso, havia um segredo, que ele gozava desde a véspera, e que o impedira de dormir a sono solto, conforme era de tradicional costume... Em toda Silves, só ele, Macário de Miranda Vale, sabia o que se ia passar por ocasião do casamento do Cazuza Bernardino com a sobrinha do Neves Barriga, presidente da Câmara Municipal. S. Revma. confiara-lhe o segredo, pela muita confiança que nele depositava. Por isso, desde muito cedo, Macário auxiliado sofrivelmente pelo José do Lago, asseara a igreja, preparara tudo para a missa e para a cerimônia nupcial. A igreja fora bem varrida, haviam-se queimado muitos ninhos de cabas e espanado os altares, as grades, o púlpito e os bancos. Renovaram-se o vinho e a água das galhetas – um vinhito branco e cheiroso que o Filipe do Ver o peso mandava do Pará, por obséquio, e que desaparecia da garrafa da sacristia com uma rapidez incrível. Macário desconfiava da concorrência de José do Lago, um troca-tintas que aprendia com o Chico Fidêncio, e nada fazia que prestasse. Abrira a caixinha das hóstias e verificara que estava bem sortida. Já não eram as hóstias moles e amareladas, sabendo a bolor, de que usava o defunto vigário. Viera provisão nova de lâminas finas, duras, alvas, de farinha torrada, parecendo obreias, e o hostiário era reluzente e belo, um rico mimo que o reitor do Seminário grande do Pará fizera a padre Antônio, por intermédio do mesmo Filipe. Depois Macário tirara fora da cômoda os ricos paramentos sagrados de S. Revma., tudo novo e bonito como Silves nunca vira. A capa-magna safra da gaveta para pôr-se em evidência sobre a cômoda, porque tinha de servir aquele dia, na cerimônia do casamento. S. Revma. fazia aquela distinção à noiva, por causa do Neves Barriga, que o recebera muito bem quando chegara a Silves, já lá se iam três meses. Feito o serviço da sacristia, Macário mandara o malandro do José do Lago para a torre, e começara a acender as velas, depois de envergar a sua querida sobrecasaca de lustrina, companheira da capa-magna do senhor vigário nas cerimônias religiosas. E agora, à porta da igreja, vendo chegar o povo em fato domingueiro, Macário sentia crescer-lhe a ansiedade, desejando ardentemente apreciar o efeito da surpresa preparada por V. Revma., cujo segredo só o Macário possuía e de cujos inevitáveis resultados – Macário estava seguro –, Silves colheria moralmente as maiores vantagens. Porque a vila, forçoso era confessá-lo, não correspondia aos esforços tentados por padre Antônio de Morais – e por Macário – para a regeneração daquele povo indiferente e apático em matéria religiosa. E com isso, Macário ficava desesperado, posto que, pessoalmente, não tivesse razões de queixa, e nunca na sua pobre vida de sacristão de aldeia tivesse sido mais feliz. Padre Antônio tratava-o com toda a consideração e estima, tornara-o depositário da sua confiança e ouvia-o sempre sobre os detalhes do serviço da paróquia. Macário sentia-se outro, aprumava melhor o corpo, falava mais alto. Para corresponder à delicadeza de S. Revma., desenvolvera um grande zelo pelos negócios a seu cargo, e até gostava de estimular o ardor do vigário, quando o via mais sossegado, com uma vaga sensação de fadiga. Padre Antônio era moço e inexperiente, afinal de contas, precisava dum amigo sisudo e prático da vida, que o não deixasse esmorecer na árdua tarefa de que se incumbira. Macário, reconhecia-o sem bazófia e sem macavelismo, fora esse amigo necessário. Era preciso estar a pé muito cedo para a missa de todos os dias, não esquecer a hora do catecismo, não faltar a um enterro, não fazer esperar os padrinhos dum batizado. Era necessário imaginar combinações para melhorar o templo, para adquirir o indispensável ao desempenho das cerimônias religiosas e regularizar o serviço. Padre Antônio era um santo, não havia dúvida alguma, mas se não fosse o Macário... Diversas pessoas entraram, saudando à passagem:

– Bom-dia, seu Macário.

– Ara Deus lhe dê muito bons-dias, seu Macário. Macário fez um porta-voz com a mão e gritou para a torre:

– Toca a terceira, José do Lago. Os sinos recomeçaram a repicar, e o povo aumentou à porta da igreja. Por enquanto era só o povo miúdo: tapuios de camisa branca e de cinta encarnada, caboclas de camisa de rendas, pretas velhas de lenço branco à cabeça e de saias de chita pirarucu. Não havia ainda nenhuma pessoa de consideração. Ao longe, a um canto da rua, via-se um grupo formado pelo professor Aníbal, pelo Mapa-Múndi e pelo Costa e Silva. Mas não pareciam ter vontade de vir à missa. Macário entrou na igreja, foi postar-se à porta da sacristia para esperar o vigário. Em meio da nave, sobre os tijolos ainda úmidos, mulheres do povo sentavam-se, cochichando.

– Ah! se eu não fosse, pensava o sacrista continuando nas suas cogitações, se não fosse o macavelismo, as coisas estariam piores do que estavam. Padre Antônio de Morais poderia bem arrumar a trouxa, apesar de ser a pérola dos padres, um homem que era uma coisa espantosa! Mas, franqueza, franqueza, não tinha prática da vida. Macário tomara a si substituir a S. Revma. nos seus impedimentos, fazendo aquilo que ele devia fazer, escondendo quanto possível as suas pequenas faltas nas relações com os fregueses para que estes não desconfiassem. Recebia as pessoas que procuravam o senhor vigário, dizia que S. Revma. teria muito pesar quando soubesse; depois aconselhava a pessoa, dando a entender a verdade, que, sem o seu auxilio de sacristão, nenhuma pretensão era satisfeita. Se uma devota enviava algum presente, uma toalha para o altar da milagrosa Senhora do Carmo, ou o azeite para a lâmpada do Santíssimo, quem ia à casa da devota agradecer por S. Revma. o presente e dizer que S. Revma. enviava a sua benção para que Nosso Senhor lhe restituísse em cêntuplo o que dera à Igreja? Era Macário que de moto próprio usava do pequeno macavelismo para não deixar esfriar a coisa, porque ia notando que padre Antônio estava ficando muito concentrado, e que tal ou qual afastamento começava a dar-se entre o pastor e as principais ovelhas. Uma vez dissera Chico Fidêncio numa roda, ao balcão do Costa e Silva, que a confissão era o grande meio de que se serviam os jesuítas para conhecer todos os segredos do lar e poder com eles governar o chefe da família. Esta história de confissão, a que o povo não estava habituado, porque padre José não confessara nunca, levantara uma grande celeuma.

– Não faltava mais nada, exclamara o Costa e Silva um domingo, aguardando a entrada da missa, não faltava mais nada do que admitir que minha mulher vá contar ao senhor vigário o número de beijos que lhe dou por noite. Ora essa é boa! Sou católico, e dos bons, mas nisso de confissão não acredito. Segundo o capitão Manuel Mendes da Fonseca, as confissões traziam, às vezes, a desunião da família, e o professor Aníbal Brasileiro afirmara haver certo bispo ordenado aos confessores que indagassem das suas confessadas donzelas se já haviam pecado contra a castidade, com quem, quantas vezes, se por amor ou por vadiação. Um horror! Macário reconhecia; lá isso também era demais, não seria um padre tão santo como o senhor padre Antônio que faria coisa tão indecente e mal cabida. Ainda se as perguntas se fizessem à moça com certo maquiavelismo, encobertamente, vá. Mas crua e nuamente: Minha filha, pecou contra a castidade, diga com quem, quantas vezes pecou, foi por amor, foi por vadiação? Safa, que o tal bispo era de força! Mas não era somente a confissão a indispor o povo de Silves contra um padre tão santo como o senhor vigário. A missa diária fatigava a população, acostumada a ouvir missa aos domingos, quando muito, se o permitia a mandriice daquele pândego de padre José. A missa aos domingos era uma distração salutar. Mas agora todos os dias, cansava seu bocadinho. A igreja já ia ficando deserta, sob pretexto de que o santo sacrifício se celebrava em horas de trabalho. O professor Aníbal Brasileiro, que desde o malogro da Aurora crista não ouvia missa, conseguira chamar para o seu lado o Mapa-Múndi; este não podia aguentar por um bom quarto de hora a cerimônia, de joelhos, sobre os tijolos esburacados da igreja. Os dois, inspirados evidentemente pelo tratante do Chico Fidêncio, começaram a contrariar subterraneamente a obra de regeneração encetada por padre Antônio, aconselhando aos homens o cuidar mais do seu trabalho do que de carolices e às mulheres o olhar mais para a sua casa. Eram uns verdadeiros ateus aqueles dois sujeitos, dignos de ir em companhia do Chico Fidêncio para as caldeiras de Pedro Botelho. Até os meninos já gazeavam a aula de catecismo, aproveitando o relaxamento dos pais receosos da despesa dos sapatos e da roupa de brim. Um cansaço geral invadia a população, acostumada à indiferença religiosa. Tudo pesava, tudo era constrangimento, principalmente para as pessoas gradas, senhoras, havia muitos anos, de fazer tudo quanto lhes convinha. Pois se padre José regera a paróquia durante vinte anos! Da parte das mulheres operava-se um grande retraimento. D. Eulália, a mais ardente entusiasta do vigário, havia muito que saíra, acompanhando o marido que, decididamente, não sacrificava aos seus cômodos os xerimbabos da mulher. Mas esta, contara a parenta pobre, ia ocasião da partida dissera de mau humor:

– Arre também com tanto xerimbabo!

D. Cirila, pela aversão que o capitão Mendes da Fonseca, o coletor, ganhara à confissão, graças às tramoias do patife do Chico Filêncio, deixara a freguesia do engomado, e metia-se em casa, não vinha à igreja senão muito raramente.

D. Prudência esperara suceder a D. Cirila, mas como a freguesia da roupa fora dada a uma tapuia velha, convencera-se de que era a Luísa Madeirense a engomadeira do vigário, e estava louca de ciúmes, apesar dos protestos do Macário, que jurara pela castidade de V. Revma., porque, realmente, homem assim Macário nunca vira. Era uma coisa espantosa!

D. Dimildes, a irmã do Mapa-Múndi, tivera ordem expressa do irmão para se não confessar. Resistia ainda, coitada da devota, mas teria talvez de ceder à imposição fraterna. Abria-se um vácuo em torno do moço vigário, e ele, pela inexperiência do mundo, aumentava a gravidade desses sintomas, ressentindo ima hostilidade surda por parte das pessoas gradas, daqueles mesmos figurões que se tinham apresentado a recebê-lo a bordo com tantas mostras de estima e de respeito. Mas Macário, que não era tolo e tinha muito conhecimento dos homens e das coisas, compreendia bem quela má vontade. A vida imaculada de padre Antônio de Morais castigava os desregramentos dos homens influentes. Eles tinham saudades daquele vigário pândego, cujos hábitos folgazões, francos e livres deixavam toda a gente viver à sua vontade, sem constrangimentos nem hipocrisias. O que as pessoas gradas queriam era um vigário como padre José ou como padre João da Mata, o vigário de Maués, que morrera no princípio do ano no sítio de Sapucaia, em ignorado sertão, nos braços duma mameluca linda como o sol. Chegara a época da colheita das castanhas, e a vila começava a ficar deserta. O vereador João Carlos, apesar da sua intimidade com coletor, partira com a família em busca dos castanhais sombrios. muitas famílias, preocupadas com os arranjos da viagem, esqueciam os deveres religiosos, e pouco a pouco fora padre Antônio ficando reduzido a dizer missa para meia dúzia de tapuias velhas, a confessar algumas negras boçais e a doutrinar alguns meninos pobres, de ínfima classe, sujos e quase nus. Macário andava desesperado, saía fora do sério. Tudo aquilo era obra do Chico Fidêncio, ateu que, se fosse ao tempo da inquisição, já estaria reduzido a cinzas. O coletor, com o seu modo grave, defendera o povo, assegurando o Sr. Macário que a fé não diminuíra, todos estavam contentes com senhor vigário, a população de Silves era muito religiosa, mas que, enfim, não se podia perder o tempo próprio para a colheita das castanhas naquele ano, estavam dando um dinheirão.

– O Elias, acrescentara, acariciando a barba, escreveu-me a esse respeito. Pediu-me que lhe mandasse toda a castanha que se pudesse obter, porque os preços estão muito bons. Posso pagar até vinte mil-réis. Já vê o Sr. Macário que a população de Silves não deve perder uma ocasião tão boa. Demais, sou exator da fazenda geral e provincial. Como funcionário público, o meu dever é animar o comércio e a indústria, para favorecer o desenvolvimento das rendas do Estado e da província. Isto disse-me outro dia o presidente que é um cavalheiro distinto e muito boa pessoa. Sem castanhas e sem pirarucu, sem óleo e sem cacau, os cofres ficariam exaustos e onde iria parar o Estado? O Estado antes de tudo, Sr. Macário, porque o Estado somos todos nós. Não digo que não se seja religioso, isso não! A religião é uma coisa necessária ao povo. A religião é um freio, não há dúvida, eu o reconheço, mas enfim, concluiu com ironia fina, sorrindo discretamente na espessa barba negra, a religião não produz castanhas, e sem castanhas não há impostos.

Macário tivera vontade de responder-lhe que se a religião não produzia castanhas, era Deus quem fazia os castanhais, e sem castanhais não havia castanhas. Mas o respeito que o hábito lhe dera pelo capitão Fonseca, a pessoa mais importante e de mais consideração na vila, obrigara-o, a calar-se. Mas não que as bichas pegassem. Macário não se convencia! Achava aquilo malfeito, ninguém lhe tirava da cabeça que era obra do Chico Fidêncio pois, na última correspondência para o Democrata, depois de criticar os olhos baixos e o falar suave de padre Antônio de Morais, dissera que os castanheiros estavam carregados aquele ano, e que tolo seria quem ficasse em Silves a papar missas, quando podia fazer uma fortuna com o trabalho de levantar castanhas do chão. Padre Antônio parecia francamente descontente. A sua voz ecoava no templo vazio, e talvez desanimasse se Macário não estivesse sempre à beira dele, falando, entusiasmando-o, lembrando expedientes. O casamento da sobrinha do Neves Barriga estava marcado para a segunda dominga de maio, depois da missa. S. Revma. tivera uma ideia luminosa que confiara ao sacristão, e este aprovara muito. E esse segredo, essa surpresa que, com o seu consenso e assentimento, se preparava às pessoas gradas, enchia-o de alegre esperança. Tanto ele, como padre Antônio, confiavam muito no efeito desse maquiavelismo, para chamar o povo de Silves à antiga devoção. A igreja já estava cheia, e o fato era de bom agouro. Havia muito tempo, um mês talvez, que a igreja mesmo aos domingos, ficava a meio vazia. E desta vez não era só a gente miúda. O Neves Barriga com a mulher e a sobrinha acabavam de chegar, o Neves de sobrecasaca e calças pretas, lustrosas, antigas, mas de pano fino, um grande lenço preto a endurecer o pescoço, obrigando-o a trazer ereta a cabeça, pondo a plena luz a cara de carneiro manso, com as ventas atopetadas de Paulo-Cordeiro. D. Eulália, de vestido de nobreza amarela, tinha sobre a testa estreita dois largos bandós postiços que a punham atrapalhada e vesga. A sobrinha, a D. Mariquinhas – Maria das Dores das Neves Pamplona, chamava-se ela, toda enfiada, arrastava nos tijolos do pavimento o seu vestido de noiva, branco, ornado de flores de laranjeira, e mordia, para disfarçar, o lencinho de rendas, curvando a cabeça envergonhada, ao peso da coroa da virgindade. Não tardou a chegar o Cazuza Bernardino, acompanhado do pai, Bernardino Santana, fazendeiro do rio Urubus, todo vestido de preto, como o Neves, mas de roupa menos fina e mais velha. O noivo era um rapaz esperto, direito, bem apessoado, largo peito coberto pela farda de botões dourados, mão grande e calosa, empunhando os copos da bonita espada prateada. Muito moço, vinte e dois anos, quando muito, e já era tenente da guarda nacional. Há dessas felicidades inexplicáveis! pensava Macário, olhando, como toda a gente, para o brilhante Cazuza Bernardino... Uns passos ouviram-se de leve na sacristia. Era o vigário silencioso e triste na sua batina negra.

– Está tudo pronto? perguntou S. Revma.

E com a resposta afirmativa do Macário, encaminhou-se para o fundo da sacristia e começou a vestir a alva. Macário estava com vontade de perguntar-lhe se persistia na ideia de surpreender o povo de Silves, aproveitando a reunião das pessoas gradas na igreja, para aquilo que havia imaginado. Mas padre Antônio preparava-se para a missa como se já estivesse celebrando o santo sacrifício. Concentrado, os seus movimentos vagarosos e elegantes tinham a regularidade da disciplina, e a unção da graça que consola. Erguia a miúdo para o teto os olhos semicerrados, e com os lábios trêmulos parecia dizer fervorosa prece. Baixava a cabeça, coroada de cabelos negros, beijava a estola sagrada antes de a cruzar sobre o amplo peito de rapaz robusto, e depois levantando a casula enfiava-a pelo pescoço, continuando a oração com que se procurava tornar digno do mais santo dos mistérios.

Macário não se atrevia a dirigir-lhe a palavra. A atitude de padre Antônio de Morais infundia-lhe respeito. Como era diferente do defunto padre José! Como tudo era diverso! As roupas novas, bordadas a ouro, ou rendadas a ponto de labirinto, tinham um brilho que tornava mais miserável e mais velha a imunda fatiota de padre José. Os modos, os gestos, os usos eram duma elegância grave e digna. As cerimônias vulgares do ofício divino assumiam uma nunca vista majestade. Padre Antônio, na vestimenta comum dos celebrantes, parecia um bispo de pontifical, sereno e radiante na magnificência sagrada de paramentos régios. Só lhe faltava a mitra!

– Vamos, disse S. Revma. pegando no cálice coberto com a bolsa da cor dos paramentos, cheia de alvos corporais bem engomados. Macário vestiu a opa, tomou o missal e entrou na capela-mor, seguido por S. Revma. A missa começou.

– Introibo ad altare Dei, anunciou padre Antônio com a voz comovida e trêmula com que sempre iniciava o sacrifício, como se a sua indignidade não se atrevesse a comparecer afoitamente perante Deus Onisciente e Todo-Poderoso.

– *Ad Deum qui lætificat juventutem meam*, disse Macário com voz segura e cheia, exprimindo a doce emoção da sua alma, no desempenho da sua ocupação predileta.

– Judica me, Deus....

O celebrante abaixou os olhos para o quadro preto, e um murmúrio confuso lhe saiu dos lábios, no recolhimento fervente da oração, enquanto com os braços entreabertos, unindo o polegar e o indicador de ambas as mãos, mostrava o êxtase da alma suspensa entre o céu e a terra. Macário aproveitou a ocasião para correr uma olhadela pela igreja. As sobrecasacas negrejavam, em linha, por trás dos vestidos aparatosos, de cores vivas. Na primeira fila, os botões do Cazuza Bernardino brilhavam. Padre Antônio voltou-se para o povo e disse:

– Oremus...

Um leve sussurro correu pela nave, um murmúrio de admiração e respeito. A presença do padre, simpático e venerado, nas ricas roupas bordadas a ouro, atraiu por instantes toda a atenção dos fiéis. Quando o padre voltou as costas ao público para rezar o Confiteor os olhos em liberdade puseram-se de novo a admirar o Cazuza Bernardino e a sua interessante noiva. Macário aproveitou o Confiteor para dar outra olhadela. O coletor, de casaca, engastava a figura redonda e barbada na massa escura formada pela primeira fila de homens.

– De casaca! pensou Macário. É incontestavelmente um homem decente e digno. Sabe como se fazem as coisas. Isto é que é. Um homem sério deve apresentar-se às cerimônias decentemente vestido. E exclamou, curvando-se reverente, atraído pela sublimidade do mistério:

– *Misereatur tui Omnipotens Deus, et dimissis peccatis tuis, perducat te ad vilam æternam.* Padre Antônio esgotou o Kyrie eleison. Terminou a epístola. Macário, mudando o missal para o lado do Evangelho, lançou em cheio a vista sobre o povo de fiéis que assistia à missa. Lá estava o Valadão, esgrouviado e tísico, com o fitão tricolor a tiracolo, o José Antônio Pereira, muito sério, com o guarda-chuva e o pequeno chapéu de feltro pendurados das mãos engatadas sobre o baixo ventre. O Costa e Silva lá estava, em devoção fervorosa; o Mapa-Múndi, suado e enorme, dando sinais de impaciência; o Regalado, o Chico Ferreira... Silves em peso, inclusive as pessoas gradas, tinha vindo assistir aquela missa especial para gozar melhor o espetáculo dum casamento rico. Macário estava contente. Era aquilo mesmo que ele desejava! Queria que estivessem ali todos aqueles devotos descontentes ou arredios, para ter o gosto de os ver vencidos, confessando o arrependimento, no balbuciar humilde da oração.

– Orate, frates, aconselhou o celebrante, voltando-se de novo para os fiéis. Houve um ruge-ruge de saias engomadas, e um ruído de chapéus-de-sol que batiam no chão. O povo ajoelhava. Padre Antônio lia o Evangelho. Macário voltou-se de três quartos, e pareceu-lhe que pela fresta da porta lateral, a figura enfezada e biliosa do professor Chico Fidêncio espiava.

– Será possível?! Murmurou Macário, fazendo esforços para certificar-se da verdade. Sim, não havia dúvida. De punhos rotos, seboso e mal vestido, com as botinas sem graxa, o cabelo sem óleo, pequeno e desagradável, o Chico Fidêncio ali estava. O arrojo do professor desnorteava o sacristão. O Chico Fidêncio ali, o ateu, o troscista, o incorrigível Chico Fidêncio, era realmente para um homem dar o cavaco! Viessem o capitão Fonseca, o Mapa-Múndi e o Costa Silva, todos os que haviam protestado contra o dever da confissão, isso era o que Macário desejava. Viesse mesmo o professor Aníbal Americano, que jurara não ouvir missa dita por padre Antônio de Morais. Apesar de livres-pensadores, apesar de desviados da senda direta por onde o vigário os queria levar para o céu, Macário tinha certeza de que se converteriam facilmente, e para eles se preparava a grande surpresa daquele dia. Mas com o tratante do Chico Fidêncio a coisa era diferente. Esse sujeito já estava em vida condenado ao inferno, era um pecador impenitente. Com ele eram infrutíferas todas as tentativas de conversão, o patife tudo metia a ridículo. Macário não podia se defender dum certo respeito supersticioso pela inteligência maligna e irreligiosa do professor, que tanto amargurara os últimos dias do defunto padre José. O Fidêncio era o diabo. Se ele se metesse a levar a surpresa para o lado da gaiatice, estava tudo perdido. Apesar da confiança de Macário no talento e nas virtudes de padre Antônio, receava o resultado da luta entre a unção do santo vigário e o sarcasmo do patife que, no dizer de padre José, fora expulso do corpo de permanentes do Pará por maus costumes, pecados contra a natureza... Nesse combate que se iria talvez travar, dali a momentos, ao pé do altar de Nossa Senhora, o padre e o professor representariam os dois princípios opostos, o Bem e o Mal, o Anjo do Senhor e o Inimigo da Alma. Macário estava muito inquieto. A seu pesar não podia tirar os olhos da carinha enfezada de Fidêncio, sarcástica e diabólica, por trás da porta lateral da rua. Por que coincidência fatal, o Chico Fidêncio que nunca vinha à missa, se apresentava ali naquele dia quando a sua presença só podia ser prejudicial à salvação de Silves? O segredo da surpresa fora rigorosamente guardado por Macário, nem à vizinha o dissera. Teria o Fidêncio adivinhado, ou estaria ali só por curiosidade de assistir ao casamento do Cazuza Bernardino? Terrível incerteza que mergulhava o sacristão num mar de conjeturas e de receios.

– Sursum corda, balbuciou padre Antônio num murmúrio de êxtase.

Macário já não sabia o que fazia. O demônio do Chico Fidêncio viera ali de propósito para o tentar, distraindo-o do serviço santo. Felizmente Macário estava muito prático, fazia aquilo todos os dias, e maquinalmente, preocupado da súbita aparição do correspondente do Democrata, mudava o missal, trazia as galhetas, sacudia o turíbulo e fazia genuflexões, como se estivesse todo entregue ao mistério. Mas no fundo da alma pungia-lhe o remorso dum pecado, e quando padre Antônio acabou de ler o Evangelho de S. João, Macário, atarantado, esqueceu o Deo gratias.

– Estava distraído, Macário, disse V. Revma., entrando atrás dele pela sacristia dentro, carregando o cálice coberto com a bolsa dos corporais.

– Saberá V. Revma. que foi uma tentação do demônio, respondeu descansando o missal.

Padre Antônio despiu a casula e a alva, vestiu a capa-magna e voltou para a igreja, seguido pelo sacristão. Os noivos, os padrinhos e os convidados aproximaram-se. O matrimônio começou a celebrar-se. O Cazuza Bernardino, satisfeito e risonho, acariciava os copos da espada prateada e nova, virgem de combates. A D. Mariquinhas das Dores continuava a morder o lencinho de rendas, corada e vergonhosa, com uma lágrima no canto do olho esquerdo. Quando padre Antônio perguntou se fazia gosto naquele casamento com o senhor tenente José Bernardino de Santana, respondeu com voz ininteligível. Quando lhe tocou a vez o Cazuza Bernardino sorriu e disse com segurança:

– Pois não, padre-mestre, é de todo o meu gosto. Nenhum dos assistentes da missa se retirara, todos, mesmo os que não haviam sido convidados para assistir ao casamento, detinham-se fazendo roda, seguindo com um sorriso vago os movimentos dos nubentes. O capitão Manuel Mendes da Fonseca, grave e sério, não sorria. O Neves tinha lágrimas, muito comovido. D. Eulália assoava-se repetidas vezes. O Mapa-Múndi, asfixiado pela multidão, suava. Quando a cerimônia acabou, o Valadão ao ouvido do Costa e Silva:

– Estão conjugados! Os noivos abraçavam os parentes. D. Mariquinhas desatara em pranto, abraçada ao pescoço de D. Eulália ofegante. Neves Barriga, pernas abertas, cabeça pendida, lenço espalmado na mão, sorvia uma grande pitada de Paulo-Cordeiro, disfarçando emoção profunda.

– Agora, disse ele para o capitão Fonseca, agora é que o Urubus vai ficar de todo insuportável para mim. Por meu gosto mudava-me para a vila. Mas D. Eulália, coitada, tem muito amor aos xerimbabos! Os rapazes amigos do noivo vieram logo apertar a mão à noiva e dar um abraço àquele felizardo. Cazuza agradecia dizendo:

– Olha lá, não fartes ao baile. Macário procurou o Chico Fidêncio, e não o viu. Ter-se-ia ido embora. Seria uma felicidade! Havia um grande reboliço entre o povo. Preparavam-se todos para sair, acompanhando os noivos à casa do Bernardino Santana. Mas padre Antônio, de simples batina negra e barrete de quina, assomou de súbito ao púlpito. Era a surpresa. Pararam todos. Macário, sorrindo, viu o Neves Barriga, o Costa e Silva, o Valadão e o Mapa-Múndi voltarem-se muito admirados. O professor Aníbal Americano entrava nessa ocasião, de óculos de tartaruga, de sobrecasaca abotoada, muito formalizado. Não quisera faltar ao dever de vir cumprimentar o seu antigo discípulo, na ocasião do seu casamento. O professor estacou em meio da nave, contrariado, concertando os óculos.

– É uma atenção delicada, disse o capitão Fonseca para o Neves Barriga. S. Revma. vai fazer uma prática sobre o sacramento do Himeneu. É para agradecer. O Neves deu a entender com a cabeça que agradecia a atenção de S. Revma..

Mas padre Antônio de Morais, descansando o barrete sobre o parapeito do púlpito, trovejou contra a falta de devoção do povo de Silves, condenando, numa eloquência cálida e correta, o amor do lucro que o levava a abandonar pelos negócios o caminho da salvação, em tão boa hora começado, e desfiou um longo rosário de argumentos colhidos em Doutores da Igreja. Levantando o gesto, e dando à voz entoações lúgubres, carregando os supercílios e apertando os olhos, os belos olhos pretos, para não ver o quadro horrendo que descrevia aos ouvintes atônitos e surpresos, fez uma pintura viva e colorida das torturas preparadas na outra vida para os que nesta se descuidam de Deus por amor do mundo. S. Revma. mostrou nada haver de mais contrário ao ensinamento cristão, às eternas verdades da Lei, do que essa ardente preocupação pelos bens terrenos que levava as suas ovelhas queridas a abandonarem o serviço do Senhor, para irem, na sôfrega ambição de ganhar dinheiro, perverter a alma no ermo dos castanhais, onde todos os anos se reproduziam cenas muito pouco dignas de gente católica, apostólica e romana.

– O bem mais precioso desta vida é a tranquilidade da consciência. E, depois, pausadamente, perguntou com solene intimativa, com que consciência se deixava deserta a igreja, despovoava-se o culto santo da Mãe Santíssima dos homens pelos prazeres e divertimentos mundanos. E percorreu os olhos pela nave, por sobre as cabeças apinhadas em redor da tribuna, nas proximidades do altar-mor. Aquela gente viera, alegre e curiosa, para presenciar um espetáculo agradável, e não sabia como responder à inesperada pergunta, começava a deixar-se impressionar pela suave sombra da igreja, pelo cheiro de incenso, pelo silêncio, pela nobre figura daquele mancebo, vestido de negro, cuja fronte alva e espaçosa brilhava de inteligência e cuja voz simpática atraía os corações.

– Loucos! bradou de repente o padre, sacudindo as mãos, no desespero de convencer os matutos resistentes. Loucos, não sabeis que a morte não se faz anunciar nunca! E que dum momento para outro, nas festas dos castanhais, quando ao balcão contardes os lucros da colheita, e vos entregardes descansados aos ganhos do negócio ou aos prazeres insípidos do mundo, ela vos pode levar para a infinita dor com a alma cheia de pecados, embalde arrependida! Aquela evocação da ideia da morte, quando todos se preparavam para os divertimentos duma festa, e trajando os melhores vestidos, as senhoras desafiavam os olhares dos homens, ávidos dos gozos da vida, causou uma espécie de arrepio geral, como se um inseto repugnante os perturbasse a todos no repouso cômodo do corpo, roçando-lhes a epiderme. O plano formado por V. Revma. surtia bom efeito. Macário estava satisfeito. Entretanto alguns espíritos fortes, o Mapa-Múndi e o Costa e Silva protestaram com um gesto e com o olhar contra aquele recurso empregado pelo vigário. O professor Aníbal, que se achava perto do Macário, disse ao ouvido de José Pereira, que no interesse de sua opinião, padre Antônio não duvidara entristecer os seus paroquianos. Era malfeito, principalmente numa ocasião daquelas. Sem notar o protesto, sem ouvir a censura, com sincera compaixão na voz e no rosto, erguendo os belos olhos ao teto escurecido do templo, baixando-os depois para percorrer a nave com um olhar amoroso de pai que compreende a desgraça dos filhos rebeldes, o padre continuou:

– Ah! meus irmãos, não sabeis que, morrendo em pecado, perdemos a Deus, e que o perdemos para sempre 'e' sem remédio? E quereis, filhos e irmãos amados, arruinar por bens que não são mais do que males, por uma fortuna que é pó, cinza e nada, a salvação eterna da vossa alma imortal?

– Sabeis o que é o inferno, bradou com energia crescente, agarrando-se com ambas as mãos ao púlpito, para mostrar que estava seguro da verdade. Sabeis o que é o inferno? É uma multidão infinita e complicada de todos os tormentos, que se sofrem sem ter esperança de melhorar, por toda a eternidade, para todo o sempre, sem que para diminuir essas atrozes torturas possais invocar a vossa idade, o vosso sexo, a vossa fraqueza, a vossa devoção, nem sequer a vossa qualidade de cristãos, ó cegos colaboradores de Satanás! O povo ficou transido de susto, ao ouvir falar de repente na escura e misteriosa região em que não penetra a esperança. Padre Antônio falara na entoação firme de íntima convicção. Uma vaga sensação de mal-estar, um terror indefinido parecia ir-se apoderando das mulheres e dos tapuios. Posto não fosse tapuio, o Costa e Silva tinha os lábios trêmulos, sentia-se nervoso, aborrecido por ter ido à missa. O Mapa-Múndi resmungava, fazendo menção de retirar-se, mas a irmã, a D. Dinildes, deixava-se ficar, dominada pela voz severa que lhe falava de coisas tão terríveis. Padre Antônio percebia o efeito das suas palavras. Devia estar pessoalmente magoado com o procedimento da gente de Silves, devia estar despeitado por não lhe terem correspondido aos trabalhos e dedicação pela salvação da vila. Ou por isso, ou porque um sincero desejo de fixar a fé vacilante dos paroquianos o animasse naquele momento, apaixonando um homem de ordinário tão calmo e comedido, começou a apurar de tal modo 'a influência do pecado sobre a vida futura, a exagerar por tal forma o negro quadro da condenação eterna, pintando ao vivo com muito talento, uma por uma, as diversas cenas do inferno, que, de súbito, o povo pôs-se a bater no peito, num desespero surdo em que os soluços das mulheres, prostradas sob o peso da ameaça, se misturavam com a respiração forte, ofegante, dolorosa dos tapuios caídos de joelhos, sobre os tijolos da igreja, num abatimento profundo, como se o véu que encobria a consciência de todos eles se tivesse rasgado à voz poderosa do padre, para lhes deixar conhecer o estado de pecado mortal em que jaziam. O Mapa-Múndi e o Costa e Silva tinham a garganta seca e os olhos úmidos. O capitão Fonseca batia, às ocultas, nos peitos, realmente arrependido de ter proibido à mulher o remédio da confissão. De D. Mariquinhas das Dores apenas aparecia a cabecinha envolta numa gaze branca, cercada de botões de laranjeira, agitada por um tremor convulso de rolinha assustada. O Cazuza Bernardino tinha estereotipado nos lábios um sorriso à-toa. O tenente Valadão, de faixa a tiracolo, encostado a um pilar, reprimia a tosse. O Neves, muito vermelho, chorava como uma criança, assoando-se ruidosamente. O padre, então, falou ao coração compassivo daqueles roceiros, como já falara à imaginação daqueles filhos do Amazonas. Parecendo gozar a satisfação completa do triunfo, adoçou a voz, terno e compassivo, e disse daquele divino Jesus, pendurado da cruz do sacrifício, entre dois criminosos, com o belo corpo chagado e dolorido, com a fronte cismadora inclinada ao peso dum incomparável martírio, com os braços abertos como para exprimir o imenso amor que dedicara à humanidade, morrendo como um bandido duma morte afrontosa, injuriado, cuspido, açoitado como um negro, amesquinhado na sua pessoa e na sua obra, tudo para remir da mácula do pecado original aqueles tapuios imbecis, aquelas mulheres apáticas e moles, aqueles homens soberbos, indolentes e viciados – que apesar de haverem nas águas do batismo bebido a puríssima doutrina do Salvador do Mundo, viviam como verdadeiros pagãos, como judeus que eram pelo pecado, a crucificar novamente o Crucificado, a pregá-lo outra vez na cruz dos seus desatinos, a chagar-lhe o corpo com a sua ingratidão e vileza, a injuriá-lo, a cuspi-lo, a amesquinhá-lo na sua Igreja e nos seus sacerdotes. E olhou de relance para o Costa e Silva que se sentia desfalecer. O Mapa-Múndi, reconhecendo-se culpado, abaixara os olhos, confuso, torturado pelo olhar da irmã, cheio de censuras.

– Sim, meus irmãos, continuou padre Antônio, compungido e riste, com lágrimas na voz, com doloroso sentimento na face. Sois os verdadeiros judeus deste tempo. Entre o nosso doce Salvador, o nosso bom e querido Jesus, que se sacrificou por nós, que se empenhou por nós ante o austero tribunal do seu augusto Pai, que morreu por nos naquela cruz, e o nosso eterno inimigo, vós preferis o inimigo, vós crucificais a Cristo e festejais o demônio. – Sim, o demônio! repetiu fulminando com o olhar o Mapa-Múndi e o Costa e Silva.

Depois amaciando a voz, e mostrando a estátua do Senhor dos Passos, avelhantada e triste:

– Aquela pálida imagem chora ainda hoje lágrimas de sangue pelos vossos desvarios, e quando Nosso Senhor chora e geme sob o peso de tantas cruzes, vós, filhos e irmãos ingratos, só cuidais em festas e negócios, como se nada houvesse depois desta vida terrena!

Um soluço comprimido abalou o auditório, como se uma corrente simpática tivesse reunido todas as pessoas presentes na expansão do mesmo sentimento. O Costa e Silva parecia aniquilado. De mão ao peito, olhos baixos, era uma estátua da contrição e do arrependimento. O Mapa-Múndi, suava, torturado. Olhando para eles, vendo-os vencidos, padre Antônio de Morais deixou escapar um sorriso de triunfo, e entrou numa peroração brilhante, cheia de eloquência, repassada do mais poderoso sentimento religioso. O povo, subjugado, tremia e admirava. Nunca a tribuna sagrada, em Silves, fora levantada àquela altura. Nunca naquele pobre e obscuro recinto do velho templo arruinado ecoara uma voz tão sonora, tão vibrante e entusiástica, tão rica em rasgos de verdadeira eloquência. Umas vezes singelo e chão, baixando ao nível da compreensão dos tapuios ignorantes e das mulheres do povo, outras, alteando-se até o estilo puramente literário, encantando e dominando o auditório somente pela música da voz e pela sonoridade retumbante de grandes frases que pareciam encher a modesta sala da igreja paroquial, padre Antônio tinha a doçura do pai que fala a filhos estremecidos, o carinho da mãe que embala o pequenino doente, a calma do amigo que aconselha, a severidade do juiz que castiga, a raiva da vítima que se vinga. O seu rosto refletia, como num mármore polido, os sentimentos que se sucediam no largo peito, arfante sob a sobrepeliz de rendas brancas. Os olhos brilhavam-lhe com o fulgor da cólera, depois aveludavam-se, ameigavam-se para acentuar as palavras doces que saíam dos lábios, depois, ainda, fixos, grandes, encarando entes ou cenas invisíveis, tinham a profundeza escura dos abismos... A boca severa, convulsa, dizia maldições, ameaças e castigos, mas logo desatava--se em murmúrio brando, semelhante ao ciciar da brisa das campinas, em que se ouvem o ruído leve das folhas levadas pelo vento e um vago som de beijos. A sua alta estatura impunha-se à multidão. Da elevada posição em que se achava parecia ter baixado do céu para castigar os maus e abraçar os bons. Dizia de novo o martírio, a angústia de Maria Santíssima, a ingratidão dos homens, o terrível nada do mundo. Tinha orações que açoitavam, que faziam o auditório vergar--se como árvores batidas pelo tufão do sul, ditos que punham uma angústia inexprimível no coração dos homens, um doloroso desalento no peito fraco das mulheres, gestos de compaixão e de dor fazendo correr lágrimas de arrependimento. Havia uma hora que o sermão durava. O povo desabituado, vencido pela emoção, abatido pelo calor que se desprendia dos corpos com emanações de suor e de perfumes de trevo, de patchuli e de manjerona, parecia uma cera mole que o padre amoldava a seu talante. Parca era a luz que penetrava pelas vidraças estreitas e embaçadas. Do alto do telhado, às pausas do orador, os morcegos chiavam, e as vespas e cabas, deixando os ninhos e cortando subitamente a nave em diagonal, zumbiam descontínua e lugubremente. Os raios do sol, coando pelos vãos das telhas e pelas altas janelas, davam tons macilentos às grandes imagens velhas, imóveis sobre os altares, com uma aparência de desolada miséria. As almas penadas dos retábulos e dos grandes quadros parietais, desmaiavam na fogueira, inspirando horror e lástima. Do teto, suspensa por compridas e finas correntes de ferro, uma grande lâmpada de azeite, fracamente iluminada, pendia em frente ao altar-mor, projetando uma sombra esguia sobre o pavimento da igreja, e quando o vento que entrava pela porta lateral da sacristia, a balançava de leve, a sombra varria o povo ajoelhado, impressionando as velhas beatas assustadas. O calor aumentava, o suor banhava as frontes, era enorme a opressão dos peitos. O pregador pôs-se a falar na eternidade, nessa terrível concepção que abala os corações mais fortes e confunde os espíritos mais lúcidos. E quando pronunciava em voz grave e lenta as palavras.

– Para sempre! Para sempre! parecia que a sua voz acompanhava o pêndulo invisível do tempo no eterno e monótono balanço. Depois, por uma transição rápida terminando o discurso, disse que a misericórdia divina era infinita e convidou o povo a dizer com ele a oração dominical na esperança de abrandar a cólera celeste. Mas em vez de o acompanhar na oração, vendo-o de braços estendidos e cabeça baixa a murmurar.

– Padre-nosso que estais no céu, com submissão humílima, e como se a humildade e o aviltamento daquele padre, havia pouco tão severo e grandioso, provasse mais a magnitude da cólera celeste de que todo o seu discurso, o auditório, no auge do terror e do arrependimento, pôs-se a bradar angustiado:

– Misericórdia, misericórdia! E na ânsia de se vilipendiar em público, castigando a carne pecadora e provando o arrependimento que lhe ganhara o coração, toda a gente se pôs a bater na cara com ambas as mãos, produzindo um ruído seco e prolongado como uma salva de palmas, na platéia dum teatro.

Padre Antônio desceu do púlpito, e pôs-se a andar às pressas para casa, suado, rubro, cansado, mas feliz, convencido de que possuía a alma daquela gente para todo o sempre. Para que o encontro com alguém não o forçasse a despir a fria e severa atitude com que descera do púlpito, correu a encerrar-se no seu quarto, donde não saiu todo o dia, recusando-se a receber as pessoas principais da terra que o vinham felicitar pelo esplêndido sermão que proferira. Macário saiu da igreja radiante de entusiasmo e de amor-próprio. Sim, senhores, aquele macavelismo tinha sido bem achado, a surpresa do povo fora completa, o triunfo seria certo. E a cara do Mendes da Fonseca, e o desapontamento do Mapa-Múndi e do Costa e Silva, e a zanga do professor Aníbal Brasileiro, que se fora embora, em meio do sermão, aborrecido por ter faltado ao juramento que fizera! À porta da Matriz, satisfeito, sentindo no peito o orgulho do pai que ouve os aplausos ao filho vitorioso, Macário andou de grupo em grupo, e depois saiu pelas ruas, de loja em loja, sondando, provocando e dirigindo a opinião:

– Que tal esteve o sermão, hein? Já se ouviu em Silves uma coisa assim? Padre Antônio é ou não um pregador digno da catedral do Pará? E respondia, ele próprio, que a vila devia orgulhar-se de ter um vigário que, além de ser um padre modelo, casto e sério até ali, dispunha dum talento oratório capaz de meter inveja a todos os padres do Amazonas. Ele aconselhara a S. Revma. a aproveitar aquele dia para o sermão, que ninguém esperava, mas cujo tema o Macário conhecia desde a véspera, pois fora combinado entre os dois, às oito horas da noite, na sala de jantar. E corria as ruas, falando às janelas, onde as senhoras passavam aquele domingo perfumado e alegre:

-Gostou do sermão, D. Cirila? Que tal, D. Dinildes? Que me diz a isto, D. Prudência? Aos homens perguntava o que mais lhe agradara em toda a oração, se o princípio, o meio ou o fim. Indagava: Gostou daquela chamada de judeus, seu capitão Fonseca? E quando ele falou da eternidade, hein, seu Costa e Silva? E quando ele, no princípio, falou nas ovelhas do Senhor que abandonam o serviço de Deus para irem para os castanhais apanhar castanhas e fazer porcarias?! O sermão agradara geralmente, e agora, cá fora, na calma da recordação, os homens elogiavam-no. Alguns faziam observações ligeiras. À noite era o baile em casa do Bernardino Santana para festejar o casamento do filho. Ao sair da igreja o Cazuza Bernardino dissera ao sacristão, amavelmente:

– Olhe lá, seu Macário sacristão, não farte. Vá espiar um mocadinho o baile. E o sacristão fora, de rodaque de alpaca, porque a sobrecasaca de lustrina reservava-a para as grandes solenidades do dia. Padre Antônio ficara encerrado no quarto, lendo ou meditando. A casa do Bernardino Santana estava toda iluminada com lampiões de querosene, e cheia de gente. Estava ali toda a sociedade seleta da vila, não faltava uma só pessoa grada. Vinham uns pelo Neves Barriga, presidente da Câmara, homem bom, que vivia fartamente no sítio de Urubus, sem inimigos. Outros vinham pelo Bernardino que tinha lá a sua importância. Os rapazes acudiam ao convite do Cazuza, que, apesar de tenente, era um bom rapaz, muito pândego. A sala, pequena, clara e florida, estava cheia de senhoras, e pelo corredor, pelas alcovas, transformadas em gabinetes e pequenos salões, pela sala de jantar, e até pelo copiar da cozinha, os convidados espalhavam-se, fumando, bebendo, conversando, passeando, uns sérios e sisudos, sentindo o peso da sobrecasaca sobre os ombros acostumados à liberdade do rodaque branco, outros, alegres, joviais, querendo desforçar-se naquela noite de festa dos longos dias sensaborões da vida sertaneja. As senhoras novas, sentadas nas cadeiras e canapés alinhados na sala, vestidas de claro, coradas de emoção, tinham os olhos em alvo. Pelos cantos as velhas negrejavam, cochichando. Um calor forte, impregnado do cheiro acre de petróleo, de suor, do perfume de patchuli e manjerona, vinha da sala e assaltava a garganta dos recém-vindos. Um pó sutil levantava-se do pavimento recentemente varrido. A sala, nua, espaçosa, posto que pequena, tinha um ar alegre de festa, com as paredes brancas, as telhas vermelhas a descoberto, o chão de ladrilho, e os vestidos claros, enfeitados e engomados das senhoras. Quando Macário entrou, a orquestra, composta do Chico Ferreira, tocador de flauta, e do Manduca sapateiro, rabequista, tocava a Varsoviana. Os rapazes, às portas, empurravam-se rindo, excitando-se mutuamente a romper a dança, nenhum queria ser o primeiro a tirar par, procurando disfarçar o pejo com galhofas e risadas! Estavam ali os mais pintados, os mais atirados, os mais bonitos rapazes de Silves. Eram o Totônio Bernardino, irmão do noivo, recém-chegado do Pará, onde cursara as aulas do Liceu Paraense, viera às férias da Semana Santa, e deixara-se ficar vadiando; o Pedrinho Sousa, também estudante, companheiro do Totônio nos estudos e na cábula; o Manduquinha Barata, pequenino, bonitinho, bem vestidinho, fugira do Seminário de Manaus, por não poder meter o dente no Hora-horæ, e o pai, depois de lhe dar uma tremenda sova à beira do cacaual, quando o viu chegar de surpresa, pondo-o em papas e de cama por quinze dias, deixava-o andar vagando em Silves, namorando as moças e fumando cigarros, por não saber o que fazer dele; o juiz municipal, Anselmo Pereira de Campos Natividade, bacharel de Pernambuco, trigueiro e récem-formado, muito míope e muito pedante; o Felício boticário, irmão de D. Prudência, magro e esguio, parecendo filho do Valadão; e o Quinquim da Manuela, bom menino, sobrinho do Neves Barriga, pobre mas muito estimado. Macário não vinha ali para dançar, nem fora convidado para isso. Não frequentava bailes, e viera à festa do Bernardino por condescender, e ao mesmo tempo porque andava com muita vontade de perguntar a toda a gente, com quem não falara ainda, a sua opinião sobre o sermão da manhã.

– Venha espiar o baile, dissera-lhe o Cazuza Bernardino, e ele, condescendente, espiava. Vendo as nicas que os amigos faziam, o Cazuza Bernardino atravessou a sala, com passo firme, afrontando com denodo os olhares das senhoras e foi convidar a noiva para dar começo ao baile. Na fila das cadeiras houve um riso nervoso que disparou duma ponta a outra quando os noivos vieram para o meio da sala, de braço dado, prontos a começar. O Totônio animou-se e foi tirar uma irmã da noiva. O Felício boticário atirou-se a D. Dinildes e o Manduquinha Barata, por troça, foi convidar a D. Eulália que se fez de manto de seda. O Barata foi bater à porta de D. Cirila, que lhe respondeu, desdenhosa, no seu vestido verde, precioso e largo:

– Axi! seu Manduquinha, eu não danço com menino. O riso estalou na sala. O Barata, já meio vexado, foi oferecer a mão à filha do Valadão, uma rapariga meio loura, muito pálida, de nariz afilado e grandes dentes em ponta, vestida de musselina branca com pingos vermelhos, e laços cor de castanha:

– Já estou comprometida com o filho do Chico Sousa, respondeu a filha do Valadão, com maus modos. Foi uma gargalhada. Afinal o Manduquinha achou quem o quisesse, uma menina de onze anos, sardenta e endefluxada, e a Varsoviana começou compassada, em cadência, com requebros convencionais de elegância provinciana. A noiva, com o véu atirado para trás, o rosto descoberto, as ventas dilatadas, o ventre para diante, sacudia as saias amplas e engomadas, batendo fortemente no chão com os pés calçados em botinas grandes de cetim branco, de carregação, ao som da música monótona e pontuada da Varsoviana. O Cazuza Bernardino, direito como um fuso, apertava-a contra a bela farda nova, aspirando-lhe enlevado o macaçar dos cabelos negros, coroados pela grinalda de flores de pelica branca, e desmanchando-se já, na desordem des primeiros passos da dança, do penteado de bandós custosamente arranjado para aquele dia solene, único na vida da donzela do Urubus. Agarravam-se um ao outro, como temendo uma separação, e volteavam pela sala, mudos, corados, sentindo nas costas os olhares agudos das senhoras, e nos ouvidos as graçolas dos homens e o murmúrio confuso dos cochichos das velhas, sentadas ao canto da sala, maldizendo, vestidas de preto. O Totônio e a irmã da noiva, a Milu, iniciavam um namoro na Varsoviana. Haviam principiado rindo, metendo à bulha os noivos, e dançando com desembaraço e graça, sobressaindo aos outros pares na elegância dos passos e dos requebros, mas agora, sentindo uma emoção evidente, estavam sérios, com os olhos cruzados num estrabismo de enlevo, parecendo não pisar o chão, quase abraçados, ele soprava-lhe os cabelos castanhos com a respiração forte, ela, com o vestido de popelina azul-celeste caindo em pregas sobre os amplos quadris de mulher feita, deitava a cabeça sobre o fraque do cavalheiro, abandonando-se. O Felício botava a alma pela boca, carregando a irmã do Mapa-Múndi; não acertavam os passos, pareciam dois pistões duma peça mecânica em movimento alternado. O Manduquinha, esse, sim, divertia-se. Agarrara a menina pela cintura, e eram pulos, pinotes, saltos incríveis, patadas formidáveis querendo arrancar tijolos, uma dança desenfreada e patusca que punha tudo em rebuliço.

– É um diabinho, dissera D. Eulália, lisonjeada da preferência que rejeitara. A palavra circulava. Era um diabinho o demônio do Manduquinha Barata! O Chico Ferreira soprava a flauta. O Manduca sapateiro raspava com fúria a rabeca, fazendo macaquices. A maior parte dos convidados havia chegado às portas da sala, para ver a dança. Os compassos monótonos da Varsoviana apressavam-se. O querosene dos lampiões tresandava. Quando cessou a música por deliberação unânime da orquestra, os pares separaram-se ofegantes. As damas correram a tomar as cadeiras, tonteando, rubras, excitadas. Os cavalheiros suados, abanando-se com o lencinho, dirigiram-se às portas, com o fim de se furtarem à evidência, misturando-se com os espectadores em grupos. O Manduquinha Barata veio para o lado de Macário que a curiosidade fizera adiantar-se até à porta da sala, e, descuidosamente, se deixara ver de todos, distraído na contemplação da linha de senhoras novas, sentadas nos canapés e cadeiras. O Manduquinha, um fedelho, quis brincar com o sacristão, e gritou, do meio da sala, para chamar a atenção:

– Olá, este rato de sacristia por cá! Então, seu Macário, que faz aí que não vem tirar a sua dama? Tinha graça, saias com saias! Os olhares apontaram para o Macário, numa corrente elétrica o riso disparou pelas bocas. Macário quis responder com um desaforo àquele desacato, mas não valia a pena! o Manduquinha era um criançola a quem puxaria as orelhas na primeira ocasião. Grave e digno, o sacristão afastou-se sem dizer palavra, e meteu-se pelo corredor. Um homem de sobrecasaca de brim branco, e chapéu de manilha na cabeça, passava sobraçando botijas de cerveja Bass. Era o dono da casa, o Bernardino Santana. Macário parou e cumprimentou.

– Oh, quem é você? – Sou o Macário de Miranda Vale, sacristão da Matriz.

– Ah, meu filho me disse que havia convidado a você para espiar o baile. Que diz, hein? Está de arromba! Eu quis que tudo ficasse decente, por causa das más línguas. Tem muita cerveja, licor, vinho do Porto, chá e café. Pela madrugada há de haver chocolate. Não faça cerimônia. Eu não sou soberbo... Macário começou um cumprimento. Não faltava ninguém, estava ali toda a gente de Silves!

– Quais, não me diga isso, retorquiu o Bernardino, são bondades que não mereço. De mais a mais falta muita gente. O diacho da pândega dos castanhais chama muito povo. Se não fossem os castanhais a casa não chegava!

– Com licença... acrescentou, seguindo o seu caminho. A orquestra dava o sinal duma contradança. Macário continuou pelo corredor até à sala de jantar, transformada em sala de palestra e de jogo. A uma mesa pequena o capitão Fonseca e o Neves Barriga jogavam o pacau, a grão de milho. A uma outra mesa, maior, jogavam o três-sete o Valadão, o Costa e Silva, o Mapa-Múndi e o Regalado, a grão de milho também. Estavam na sala, além desses, o José Antônio Pereira, o professor Aníbal e outras pessoas gradas. A um canto, solitário e sarcástico, o Chico Fidêncio rola as unhas, chupando de vez em quando o cigarro. A sala de jantar estava cheia de fumo, havia copos de cerveja, a meio vazios, sobre as mesas. Da cozinha vinha um cheiro forte de café e de peixe frito.

– Um de rei! bradava triunfante o Neves, na ocasião em que Macário chegava. Tome lá para o seu tabaco, compadre. Sereno e grave, o coletor respondeu:

– São coisas da sorte, felicidades de cada um. A vaza é nossa, compadre.

– Leve lá, que essa não me faz falta, acudiu generosamente o Neves. E metendo a mão no bolso traseiro da sobrecasaca tirou a caixa de couro e abriu-a, magnânimo:

– Vá lá uma pitada de amigo, compadre.

– Estou encaiporado hoje, exclamou o Mapa-Múndi, esfregando o lenço no rosto, no pescoço, nas mãos, para enxugar o suor em bica. Começou por aquela estopada do sermão, e acaba por esta infelicidade ao jogo. Macacos me comam, se eu não largo isto já.

– Tenha paciência, Guimarães, a roda anda e desanda. Não há meia hora que estamos jogando, e já você está desesperado. Tenha paciência, homem. E o Costa e Silva baralhava as cartas, judicioso e satisfeito.

– Isto de sorte é assim mesmo, opinou o Valadão, tossindo. É como as mulheres, muda.

O Regalado aplaudiu. O Valadão tinha boas saídas! O diabo era aquela tosse, mas também porque o Valadão não deixava as xaropadas e não se tratava pela homeopatia? A homeopatia era o único sistema verdadeiro, isso estava mais que provado. O coletor voltou-se para a mesa do três-sete, e aprovou a opinião do Regalado; ele em pessoa, era a melhor prova da excelência do sistema. Curara-se dum ar de vento pela homeopatia, depois de desenganado, mas entendia que além das doses se devia usar o Óleo de mamona.

– E o leite de maçarunduba para o peito, acrescentou o Neves intervindo. É muito bom para abertura do peito. Para o peito, não há como o peitoral de cereja de Ayer, disse o Costa e Silva. Tenho lá na loja uma porção de caixas, é bom e barato.

– Nada de misturas! exclamou o Regalado, largando as cartas. A homeopatia só, sem mais nada! Ou bem que samos, ou bem que não samos... Quem quiser beber as xaropadas do Felício, lá se avenha, mas por mim, fiquem certos, morria de fome ou ia plantar batatas.

– O Felício é um moço honrado, protestou o Neves, sem tirar os olhos das cartas que baralhava. Conheci o pai dele, era um bom homem, e foi muito meu amigo. E narrou, interrompendo-se a miúdo para prestar atenção ao jogo.

– Quando a filha casou com o Joaquim Feliciano, eu disse logo: mau casamento. E acertei, infelizmente... Quando houve a história do padre José, o velho ficou tão apaixonado que nunca mais veio à vila. E também não quis mais saber da filha, mas o Felício, não, é um moço honrado. E acrescentou:

– Cinco, seu compadre, marco cinco!

– Não digo que não, redarguiu o Regalado, voltando às cartas, mas não há de ser o filho de meu pai que há de beber as xaropadas.

– Nem eu, declarou o Mapa-Múndi, nem xaropes nem homeopatia. Médicos e boticários podem ir para as profundas, não me fazem falta. É como padres. Não, que o sermão de hoje sempre me pregou uma maçada!

– Tinha pouco latim, observou o coletor, olhando de esguelha para o Chico Fidêncio, e mendigando um aplauso.

– Tem V S.a muita razão, acudiu pressuroso o José Antônio Pereira, por entre os dentes podres. Notei também certa falta de ligação nas ideias e algumas alusões diretas a pessoas presentes. Voltou-se também para o Chico Fidêncio provocando-o a manifestar-se. O professor endireitou-se, cessou de roer as unhas, tirou o cigarro e disse que, oculto na sacristia, ouvira toda a oração de padre Antônio de Morais, que gostara muito; o padre era inteligente, mas exagerava a mímica e metia medo ao povo ignorante para melhor conseguir os seus uns ocultos.

– Quais serão esses fins do senhor vigário? perguntou o Neves, largando as cartas, num pasmo.

– Ora, o jesuitismo! respondeu o Chico Fidêncio voltando à primeira posição e riscando um fósforo para acender o cigarro.

Macário, indignado, retrocedeu pelo corredor, e achando a porta da alcova, entrou-a. O Chico Ferreira e o Manduca sapateiro tocavam a quadrilha do Orfeu de Offenbach. Na alcova estava a mesa com as bebidas. Era o botequim. O Dr. Natividade bebia cerveja Bass com o professor Aníbal que viera refrescar-se. O bacharel não dançava mais. Sofrera uma desfeita, estava estomagado. Assestando a luneta para os óculos do Aníbal Brasileiro, o Natividade queixava-se amargamente da sobrinha do Neves Barriga, da Milu, que lhe havia prometido aquela quadrilha e, entretanto, a dera ao pelintra do Totônio Bernadino.

– Não é que eu faça empenho em dançar com estas matutinhas, explicava. Graças a Deus, lá no Recife, fartei-me de dançar com os melhores pares. Frequentava a casa das primeiras famílias, graças a Deus. Dancei com baronesas e condessas, e graças a Deus, nunca ninguém me fez uma desfeita. Foi preciso vir a esta aldeia, para acontecer uma coisa assim. Mas é preciso que me conheçam. Eu só digo que tenho gênio! E o Aníbal, conciliador:

– Talvez fosse esquecimento, falta de lembrança.

– Não admito, redarguiu o Dr. Natividade, crescendo para ele, como para lhe tomar satisfações, não admito esquecimentos comigo. Graças a Deus, tive educação, e sei o que são deveres de boa sociedade. Nisto o Bernardino Santana aproximou-se, amável, sobraçando duas botijas de água de Seltz.

– Então, senhor doutor, não dança?

– Não senhor, não danço, respondeu o juiz municipal, abotoando o fraque.

– Então por quê? Ainda tão moço, já quer ser do rol dos velhos?

– Não é por isso, é porque sofri uma desfeita, e eu, graças a Deus, não preciso sofrer desfeitas. E o Dr. Natividade assestou a luneta para o chapéu do Bernardino, e cruzou as mãos atrás das costas.

– Desfeita, exclamou o Bernardino Santana, atrapalhado com as botijas, fizeram-lhe uma desfeita? De quem foi essa patifaria, senhor doutor?

– Olhe, pergunte ao Sr. Aníbal, se quer saber, respondeu o juiz, fechando-se na dignidade do silêncio. E voltando as costas ao Bernardino, foi para a sala de jantar.

Macário foi verificar se de fato a Milu dançava aquela quadrilha com o Totônio Bernardino, mas teve o cuidado de se não expor aos olhos do Manduquinha Barata. Dançava, com requebros, muito corada, recostando a cabeça no peito do cavalheiro. O Manduquinha desta vez pilhara a filha do Valadão, e tinha um trabalho insano em a fazer dançar à sua moda, aos pulos e saltos. Muito digna, a moça resistia, entesando o corpo. O Cazuza Bernardino arrastava a D. Dinildes. O Pedrinho Sousa era par de D. Cirila. O Felício boticário carregava a menina de onze anos. Quinquim da Manuela, coitado, coubera em sorte à mulher do Costa e Silva, e, para completar o quadro, dois velhos, o tenente Pessoa e Bartolomeu de Aguiar haviam sido requisitados e dançavam com filhas do Costa e Silva. Na ocasião em que Macário chegava, D. Eulália dizia à velha D. Basilisa, sentada ao pé dela, perto da porta:

– Agora é arrumar a trouxa. Depois de amanhã vamos embora. Seu Neves diz que é por causa dos meus xerimbabos... mas é porque ele quer mesmo!

– Haverá de ser, replicou a velha. Os homens bem se importam com os xerimbabos das mulheres! A mulher do Costa e Silva entrou na conversa.

– Nós também vamos depois de amanhã, mas é para os castanhais.

– Oh, os castanhais são outra coisa, disse D. Eulália, aquilo é um regalo em comparação com o sítio. Ao menos, lá vai muita gente.

– Eu acho que este ano ninguém fica, tornou a mulher do Costa e Silva, satisfeita da inveja que inspirava. Há de haver muita festa!

– Gran-chaine! gritou o Pedrinho Sousa.

D. Basilisa aproveitou a ausência da mulher do Costa e Silva, para consolar a amiga que não ia aos castanhais.

– Esses castanhais, disse, são a perdição de muita gente. Ainda hoje o senhor padre Antônio falou tanto deles! Queira Deus não aconteça alguma coisa aos que vão para lá. E quando a mulher do Costa e Silva voltava, a velha abaixou a voz, sacudindo a cabeça:

– Queira Deus, queira Deus! Macário era da opinião daquela velha. Pela manhã, padre Antônio de Morais havia provado que os castanhais eram uma perdição. Pobre da mulher do Costa e Silva, não sabia o que lhe aconteceria, se fosse aos castanhais! A quadrilha terminava, os pares separavam-se, o Manduquinha Barata parecia procurar alguém para objeto de troça. Macário retirou-se e voltou para a alcova. O Manduquinha ali o veio encontrar, trazendo a filha do

Valadão pelo braço, procurando um licor para oferecer-lhe. Macário fugiu para o corredor. O Valadão agarrara o Bernardino Santana, e, tossindo, tomava-lhe uma satisfação. Por que diabo havia convidado para o baile aquele patife do Chico Fidêncio? Numa casa séria não devia entrar um homem como aquele, que, além de tudo, vivia amasiado. Ele, Valadão, não podia perdoar ao Chico Fidêncio os desaforos que lhe dissera pelo Democrata, e ainda ultimamente aquela pouca-vergonha no desembarque ó senhor vigário. Era um homem que não respeitava coisa alguma, e descompunha a religião e até ao senhor bispo. Homens daquele teor não se convidavam para bailes. O Bernardino, com uma bandeja cheia de copos na mão, desculpava-se:

– Foi o rapazinho que o convidou. Dá-se com ele lá da loja do Costa e Silva, e quer que ele dê a noticia no Democrata.

– É um patife, tornou o Valadão o tossindo, colérico. Fui obrigado a deixar de jogar por causa dele. Estava bem por trás de mim, rindo-se cada vez que os outros me atribuíam uma pexotada! E cerrando os punhos, num furor:

– Olhe, seu Bernardino, eu sou incapaz de matar um carapanã, mas aquele patife... recrutava-o, se me deixassem.... E aquilo convida-se para bailes!

– Mas, Valadão...

– Não tem mas nem mês, nem peça de entremez! berrou o homem, de olhos vermelhos e boca espumante. E gritava para ser ouvido de toda a gente:

– Um sujeito que vive amasiado com uma mulata! Quem tem filhas não mete em casa um tipo assim!

– Mas eu não tenho filhas, balbuciava o Bernardino Santana, desorientado, sem saber o que fizesse da bandeja, e implorando desculpas às pessoas que chegavam, curiosas. Súbito, o Valadão adiantou-se para a filha, numa indignação solene:

– Minha filha, vamos embora. Isto aqui não é casa! Dum grupo surgiu a cabeça trigueira do juiz municipal, cuja luneta faiscava. Ouviu-se a sua voz seca, irritante:

– A mim fizeram-me uma desfeita, mas graças a Deus, tive educação, não estou acostumado a receber desfeitas! Que seria, por que estava tão zangado o tenente Valadão? A filha chorava, o Quinquim da Manuela, pobrezinho! estava muito comovido. As senhoras, achando que aquele escândalo punha remate à festa, procuravam os chales, assustadas. Havia, pelos cantos, buscas ansiosas de chapéus e guarda-chuvas. Da cozinha as mulatas, as negras e os moleques afluíam, curiosos. Toda a gente estava interessada no incidente. só o Totônio e a Milu não davam fé do que se estava passando, e, a um ângulo da sala, cochichavam quase abraçados, como na polca. O dono da casa procurava acalmar o irascível amigo. Outros homens intervinham. O

Valadão, duro, insistente, tossindo a arrebentar, pedia que lhe abrissem passagem, porque queria sair daquela casa.

O Cazuza Bernardino teve uma inspiração. Foi pedir aos músicos que dessem um sinal de quadrilha. A orquestra obedeceu. O Cazuza veio para o meio da sala, e, batendo palmas, gritou:

– Quadrilha, meus senhores!

O círculo que fechava o Valadão, abriu-se. Os rapazes correram para a sala. O Valadão e a filha saíram sem se despedirem. Bernardino ficou algum tempo calado, olhando para o capitão Fonseca, o Costa e Silva e para o Neves Barriga, estudando a impressão causada pelo incidente. Depois, num gesto de desenfado, explicou com franqueza:

– Ora, aquilo é o diabo da cerveja!

– É uma desgraça, lamentou o Mendes da Fonseca. Basta o primeiro copo.

– O Valadão é boa pessoa, formulou o Costa e Silva, mas não pode beber.

– E mata-se, prognosticou o Regalado.

– Lá se avenha, filosofou o Bernardino, sacudindo os ombros. E foi dar providencias sobre o chá, fazendo voltar para a cozinha a criadagem que se apinhara à porta da sala de jantar. A orquestra tocava a quadrilha da Bela Helena. O calor ia aumentando. Um odor forte de querosene queimado misturava-se no ar às emanações do suor, dos restos de cerveja, dos cigarros de tabaco negro, acesos, desfazendo-se numa fumaça acre, ou apagados, juncando o chão de pontas enegrecidas pelo sarro, nadando em lagos de saliva e catarro. O perfume vago de patchuli e manjerona, que vinha da sala de visitas, chocando-se ao vivo com o cheiro das bebidas deixadas nos copos ou atiradas ao chão, enjoava. Depois do incidente do Valadão reinava um tumulto, a festa parecia mais animada. Os jogadores haviam abandonado as cartas, as velhas tinham deixado os cantos, formavam-se grupos de pé nos vãos das portas, ao meio dos aposentos, conversando mais animados, com mais liberdade. As caras tinham um brilho expansivo de suor e de licores. As próprias senhoras haviam perdido muito do acanhamento do princípio, trocavam-se caçoadas, pregavam-se peças para fazer rir, o baile perdia as cerimônias duma solenidade para se transformar em festa íntima, em que todos se conheciam, ninguém precisava guardar reservas e conveniências incômodas. Brincava-se, ria-se, diziam-se tolices. Era encantador! Mas a noite ia adiantada. Onze horas vira Macário no relógio de parede da sala de jantar. Onze horas, e ele que se deitava sempre às oito, e em ocasiões graves às nove e meia! Sentia a cabeça pesada, os olhos ardentes, a garganta seca, tanto fumara aquela noite! O fumo era o seu consolo, e sempre que estava separado do padre fumava os seus compridos e excelentes cigarros de tauari que ele mesmo arranjava. Estava com vontade de se ir embora. Não dançava, não jogava, não encontrava parceiro para a prosa, sentia-se constrangido e secretamente humilhado. Mas já agora esperaria pelo chá.

Enquanto não vinha foi rondar o botequim na esperança de que lhe oferecessem um cálice de licor, que ele não se atrevia a pedir. Junto à mesa das bebidas o professor Aníbal Americano conversava com o Mapa-Múndi:

– É o que lhe digo, Guimarães, depois daquele desaforo da Aurora cristã, jurei não mais ouvir missa dita por padre Antônio. Ele hoje pilhou-me na igreja, mas foi de surpresa, e por causa do casamento do Cazuza Bernardino. E, cuspindo longe, concertando os óculos de tartaruga, acrescentou:

– E tive de gramar quase todo o sermão. – Eu gramei-o inteiro, queixou-se o Mapa-Múndi, pegando num copo cheio de cerveja, mas também garanto-lhe que tão cedo não me pilha. Isto aqui está muito quente. Vou com o Costa para os castanhais...

– Para os castanhais?

– P-a-pá, Santa Justa. Partimos depois de amanhã.

– Pois olhem, eu estou com vontade de os acompanhar. Que diz da ideia?

– E os meninos?

– Férias com eles, dou parte de doente. O delegado literário é o Dr. Natividade, somos íntimos. Também estes iam para os castanhais, pensou Macário, apreensivo. E o Mapa-Múndi levaria a irmã? Então de que servira o belo sermão de padre Antônio? Nisto o Pedrinho Sousa veio da sala do baile, e bateu no ombro do Mapa-Múndi:

– Aquilo já está escandaloso, Guimarães.

– Que é que está escandaloso?

– O Totônio com a Milu. Não se largam. Ferve o azeite, que é uma desgraça. A sala até já escorrega. Apre, assim também é demais, não acham? Ouvia-se tocar uma valsa. Macário olhou para a sala. No espaço enquadrado no vão da porta o Totônio Bernardino e a Milu passavam, abraçados, rodopiando. Ele sério, ofegante, cheirava-lhe os cabelos. Ela, derretida, olhos fechados, recostava a bonita cabeça no peito do rapaz, e deixava-se levar por ele. Sobre os seus fortes quadris de mulher feita, o vestido de popelina azul ondulava em pregas cambiantes.

– Já está ficando indecente, murmurou D. Dinildes passando pelo braço do Felício para a sala de jantar. Macário teve vontade de perguntar-lhe se ela não achava indecente ir para os castanhais, mas o terrível Manduquinha Barata aproximou-se, trazendo uma filha do Costa e Silva para tomar licor. O sacristão retirou-se discretamente para a sala de jantar. Justamente, principiavam a servir o chá. Os criados traziam da cozinha as bandejas com as xícaras de chá e com os doces, os sequilhos, os pães de ló e as fatias de parida, douradas e recendendo a canela e a ovos fritos. Bernardino não se gabara. Era um baile de arromba! Primeiro passaram as bandejas de chá, em alvas xícaras de porcelana lisa. Vieram depois os bons-bocados e os pastéis de nata em grandes pratos de louça azul, e os sequilhos espalhados no fundo da bandeja, sobre um leito de papel cor-de-rosa, recortado em tufos elegantes. Um pão de ló de duas libras, corado e fofo, refestelava-se comodamente numa grande salva de prata, riqueza de família, preciosa e rara, e vinha carregado por uma mulatinha de estimação, de alva camisinha rendada e cabelos cheirosos. Seguia-se o pão quente, em pratos, modesto e sólido, cheirando a manteiga derretida, que era uma consolação; e fechava o cortejo o Bernardino Santana, descoberto, com a grande calva reluzente banhada de suor, a sobrecasaca branca caindo em pregas direitas, e nas mãos, apoiada no abdome, para que fascinasse todos os olhares e provocasse todos os apetites, a rica bandeja nova, imitando charão, e contendo seis grandes pratos de fatias de parida, apetitosas e louras. O Neves já estava na posse feliz duma chávena de chá, duma naca de pão de ló e de duas fatias douradas, e pondo toda a provisão num prato, sobre a mesa em que jogara o pacau, sorvia uma grande pitada de Paulo-Cordeiro, e dizia para o Mendes da Fonseca:

– Aqui é que eu queria viver. Isto aqui sempre é outra coisa. Há recursos, passa-se bem, goza-se. Ora fosse o Bernardino arranjar estes requintes de civilização lá no sitio do Urubus!

Fonseca, mordendo num bom-bocado, concordava em que estava tudo bem-feito. Fora a D. Cirila quem se encarregara dos doces, a pedido do Bernardino, gastara-se muito açúcar, mas ao menos o Bernardino não se envergonhava. Bernardino passou dizendo:

– Quem, perde é o tolo do Valadão, forte besta!

As danças interromperam-se por causa do chá. As senhoras retomavam os seus lugares na sala, em linha, nas cadeiras. Os rapazes, amáveis, carregavam xícaras e tomavam as bandejas aos criados para servirem às senhoras. Os músicos, felizes do descanso, bebiam cerveja. Macário serviu-se de dois bons-bocados, dois pastéis, uma fatia e alguns sequilhos. Não gostava de chá, guardava-se para o chocolate e cogitava no maquiavelismo com que apanharia ao Bernardino mais uma fatia de parida, essa coisa fina que lhe proporcionava delícias incomparáveis. Passou uma criada, o sacristão perguntou-lhe, a meia voz, pelo chocolate.

– Tem, é depois, respondeu, sem parar, a rapariga.

Depois! teria de esperar, e já onze e meia! Paciência, já agora não ia sem tomar o chocolate que lhe prometera o Bernardino, à entrada. Ouviu-se a voz do Cazuza Bernardino que gritava na sala:

– Quadrilha, meus senhores. Mas o Mapa-Múndi e a irmã despediam-se, seguidos do Felício boticário que lhes rogava que ficassem, para lhe não fazer perder a quadrilha.

– Não pode ser, dizia o Mapa-Múndi, apertando a mão a toda a gente; seguimos depois de amanhã para os castanhais. É preciso descansar e preparar os arranjos. Então, na sala de jantar, generalizou-se a conversação sobre os castanhais. Toda a gente queria ir aquele ano às praias. Chico Fidêncio, chupando o cigarro apagado, dissera que tolo seria quem não fosse à colheita das castanhas.

– Eu por mim não ia, disse o coletor, mas a pobre da D. Cirila quer por força passar o S. João nas praias, e eu desejo fazer-lhe a vontade. Depois, francamente, a coletoria mata-me. Estou cansado, preciso de algum fôlego, e bem contra a minha vontade, é provável que lá vá ter. Já mandei pedir licença.

– E quem fica na coletoria, senhor capitão? perguntou o Costa e Silva.

– O meu escrivão. É um moço de muito bons costumes em quem deposito a maior confiança. Espero que Silves não sofrerá muito com a minha falta.

E sorriu amável para o José Antônio Pereira, que, todo curvado, fechava os olhos, agradecia, comovido:

– Oh, senhor capitão, oh! senhor capitão. V. Sa. confunde-me...

– É justiça, moço, atalhou o Neves. Todos apoiaram. Era justiça e não favor, porque o José Antônio Pereira era um moço de muito bons costumes.

– Então você não vai aos castanhais, este ano, disse-lhe o Mapa-Múndi, pois olhe, tenho pena.

– Eu sim, vou, afirmou o Bernardino passando com a bandeja das suspiradas fatias. O rapazinho quer passar a lua de mel nas praias, e convidou-me. Há de ser muito divertido, acrescentou afastando-se.

E Macário, seguindo com os olhos a bandeja, pensava no sermão pregado aquela manhã pelo santo padre Antônio de Morais. A inconstância daquela gente esquecera, mal salda da igreja, os momentos de terror incutido pelas eloquentes palavras do padre vigário, e, à luz dum claro dia de maio, em pleno ar, em face das águas límpidas do lago e das eternas verduras das suas margens, ouvindo o ruído alegre do canto dos passarinhos que volitavam pelos cimos das laranjeiras, perdido o receio das trevas do inferno, tivera saudades da natureza virgem dos castanhais, e sonhara com as festas costumeiras à sombra das árvores, nas lindas praias de areia. E ali, naquele baile, estimulando-se uns aos outros, antegostando prazeres em comum, incitados pela astúcia diabólica do Chico Fidêncio, confirmavam os projetos, arrastavam os indecisos, preparando-se para a perdição da alma, de que tanto lhes falara a inspirada palavra de padre Antônio de Morais! Felizmente no meio daqueles tresloucados um homem de juízo apareceu.

Neves Barriga, com o estômago repleto de pastéis e bons-bocados, embora suspirando, não escondeu a resolução criteriosa em que estava:

– Pois eu não vou. Não posso ir. Volto para o Urubus quanto antes. A D. Eulália, coitada, não pode estar tanto tempo separada dos seus queridos xerimbabos.

E o bom homem afastou-se sacudindo resignado a sua cabeça de carneiro manso, e espalmando na mão o grande lenço de ramagens. Mas o tratante do Chico Fidêncio, receando o prestígio da palavra do presidente da Câmara, fitou-o pelas costas com um olhar sarcástico e disse esta frase enigmática:

– Patrício de Loiola!

Macário ia tomar a palavra para secundar a opinião autorizada do Neves, quando por trás dele uma voz murmurou:

– Espere um pouco. Vou arranjar-lhe a primeira xícara de chocolate.

Era o Totônio Bernardino que trouxera da sala a Milu, derretida e rubra. Ia arranjar-lhe uma xícara de chocolate... mas então já era possível tomar o chocolate e safar-se daquele baile que já o estava aborrecendo muito, principalmente depois da conversa sobre os castanhais. Macário seguiu o Totônio Bernardino que se dirigia para a cozinha. Na sala o Chico Ferreira e o Manduca sapateiro, já muito cansados, fraquejavam, tocando uma polca abaianada. As luzes de querosene começavam a morrer por falta de óleo. Só se esperava pelo chocolate para terminar o baile. O Cazuza Bernardino já gritara por três vezes, inutilmente:

– Polca, meus senhores!

Ao penetrar no corredor da cozinha Macário esbarrou com o Dr. Natividade, que correu para ele, armando-se da luneta:

– Vai pedir chocolate, não é? Pois não arranja!... Nesta casa tudo é assim. A mim fizeram-me uma desfeita, ouviu? Um desaforo! Graças a Deus, não me importa! Não estou acostumado a receber desfeitas, graças a Deus!

Macário quis seguir adiante, desculpando-se. O juiz municipal pegou-lhe no botão do rodaque:

– Já sabe o que foi? Ah, não sabe ainda? Foi a tal Milu, uma roceira, que me pregou uma taboca por causa do Totônio Bernardino, um criançola! Graças a Deus, eu não estou na altura de receber tabocas. No Recife, em Pernambuco, dancei com as melhores famílias, baronesas e condessas...

O Neves aproximou-se. O Dr. Natividade voltou-se para ele como de mais consideração:

– Graças a Deus, não estou acostumado a receber desfeitas.

Macário safou-se para o interior da casa. Totônio voltara já da cozinha, com uma xícara na mão, cheirando a chocolate fresco. Mas, de surpresa, em caminho, surgiu-lhe pela frente o pai, com a bandeja de fatias de parida. Vendo o filho com a xícara, o Bernardino Santana largou, afinal, a bandeja, colocando-a sobre o parapeito duma janela, e avançou para o namorado Totônio:

– Que diabo levas tu aí, rapazinho? O moço acobardou-se. Era uma xícara de chocolate para a D. Milu, que lha havia pedido, por se estar sentindo muito fraca. Não tomara chá, a coitadinha! O pai, furioso, tomou-lhe o chocolate, e deu-lhe uma descompostura. Estava bonita aquela pouca-vergonha! Só a Milu é que merecia tudo. Não se dançava senão com a Milu, arranjava-se chocolate para a Milu fora de tempo, e contra a sua ordem expressa! Pois ficasse sabendo que a Milu não beberia o chocolate.

– Mas, papai, eu prometi, balbuciou o Totônio envergonhado.

Macário, comendo discretamente as fatias de parida, de que se esquecera o Bernardino, achava o castigo duro.

– Não há de beber, insistia o Bernardino, muito zangado. É para lhe dar uma lição, senhor badameco, para o ensinar a não ser metido a sebo.

E raspou-se para a cozinha com o chocolate. Macário, com a boca atulhada de fatias, consolou o Totônio.

– Aquilo passa, peça-lhe com jeito. Mas o pai voltou da cozinha ainda muito zangado. Já dera ordem expressa para não entregarem nenhuma xícara de chocolate senão a ele próprio. Sempre queria ver quem beberia o chocolate sem sua licença!

Reparando nas fatias que deixara e no Macário ali perto, acudiu:

– O senhor já comeu uma lá na varanda, quer servir-se de outra? O sacristão, delicadamente, com dois dedos, tirou uma fatia e mordeu-a.

– Estão deliciosas, disse.

– Pudera não, replicou o Bernardino carregando a bandeja, foi um poder de ovos e leite como nunca vi!

O Totônio, envergonhado, meteu-se num quarto, chorando. Macário voltou para a sala de jantar. Era muito tarde, mas já agora não iria sem tomar chocolate.

V

Aquele padre triste tinha mistérios no gesto e uma agressão no olhar – pensava Francisco Fidêncio Nunes, voltando para casa, sozinho, muito preocupado. Fidêncio fora, essa tarde – uma tarde de junho – sentar-se junto ao balcão do Costa e Silva, à Rua do Porto, onde se reunia de ordinário o grupo anticlerical que o tinha por chefe. O sol, procurando esconder-se por trás da cordinheira, esbraseava as vidraças miúdas das casas voltadas para o ocidente, e uma grande sombra cobria a beira da praia e a parte adjacente do lago, que as águas dos rios e dos montes enchiam. O porto, a vila e o lago achavam-se quase desertos àquela hora. Silves cedia à melancolia profunda das povoações sertanejas, agravada agora pela ausência de muitos habitantes. Uma brisa forte, vinda de sudoeste, agitava as raras folhas das amendoeiras do porto e refrescava o ar. O céu, em todo o quadrante do sul, cobria-se de nimbos pardos que seguiam lentamente em grupo cerrado, obedecendo ao mesmo impulso. Nas alturas, os urubus, parecendo pontos negros, vagavam, descrevendo círculos, vinham descendo e depois subiam até se perderem de vista nos páramos azuis, para reaparecerem a trechos e deixarem-se levar ao sabor do vento, como folhas arrancadas a uma árvore desconhecida. Curumins semi-nus, espojando-se na areia da praia entre gritos e risadas, rolavam até à beira da água, metiam-se pelo lago dentro, mergulhavam, nadavam, fazendo apostas, e logo voltavam à terra, a brincar em pelo o esconde-esconde, dando uma nota alegre, que aumentava a tristeza do quadro da vila, a meio abandonada. Francisco Fidêncio estivera mal disposto de espírito e de corpo. Incomodava-o aquele barulho de crianças. Levantara-se muitas vezes para as ir ver, pensando encontrar entre aqueles endiabrados algum discípulo, para o responsabilizar pelo excesso, e para o incumbir dum mandado. Desde a noite do baile do Bernardino Santana, Francisco Fidêncio andava preocupado e descontente. O ingurgitamento do fígado agravara-se-lhe com a imprudência de dois copos de cerveja que o Costa e Silva o forçara a beber, rompendo a dieta que se impusera a conselho do Regalado e a rogos da Maria Miquelina. Demais, a roda, a sua boa roda de amigos, diminuíra depois daquela famosa festa. A poderosa atração dos castanhais arrancava todos os dias as ovelhas ao pastor católico e os ouvintes ao propagandista do livre-exame. Receando ficar isolado, sem os companheiros de palestra, o benévolo auditório que o seu prestígio criara para todas as tardes à porta do Costa e Silva, Francisco Fidêncio era obrigado a dissimular o aborrecimento que o fato lhe causava, para não dar o braço a torcer, não cair em contradição consigo mesmo, pois fora do conselho de preferir as festas alegres das praias e dos castanhais, às maçadas que o zelo antiquado do padreco pregava aos pobres moradores de Silves. Para contrariar o vigário e tirar-lhe gente, defendera o partido dos que pretextavam a necessidade de ganhar dinheiro para deixar a vila, e agora era punido com a mesma pena, a deserção chegara aos seus arraiais, o amor das festas rústicas, à sombra dos castanheiros, das pândegas à beira-rio, ganhava os seus mais ferventes adeptos, convictos de que deviam, exagerando o entusiasmo, dar o exemplo do pouco caso em que tinham as prédicas e conselhos do senhor vigário. A vitória fora completa, excedera mesmo a expectativa. Padre Antônio, solitário e abatido, ficava cada vez mais concentrado. O lorpa do sacristão tomara para si o desaforo daquelas maquinações atribuídas a ele, Chico Fidêncio, um ateu desrespeitador da religião. Macário estomagava-se contra todo aquele que falava em sair da vila. No entender daquele idiota, não havia nada melhor do que Silves, depois que morrera padre José e viera padre Antônio de Morais. O sacristão comia bem, bebia bem, andava bem trajado, gozava de consideração crescente e até já ia a bailes para apanhar indigestões de fatias douradas e de chocolate! Ele dispunha das esmolas, ele dirigia o pequeno serviço do culto, ele vendia os repiques e dobres de sinos conforme lhe aprazia, ele arranjava capa-magna para o batizado dos filhos de seus amigos, ele fazia presentes de cera benta, zelava das opas, distribuía a seu talante as lanternas e as varas do pálio nas procissões solenes ou no simples Nosso-pai, e não maltratava pessoa alguma, não prejudicava a ninguém. Havia em Silves missa todas as manhãs, ladainha todas as noites, um bom sermão de vez em quando, enterros, batizados, casamentos, procissões às vezes, Nosso-pai sempre que era preciso, confissão sempre que pediam, falava-se numa crisma próxima, iam inaugurar-se as missas cantadas para os dias de festa, por um plano que o Macário concebera e que o vigário achara excelente. Que mais faltava, que mais queriam? Como deixar Silves que oferecia todas essas vantagens da civilização, para ir-se meter pelos castanhais dentro, expondo-se a febres, a sezões, a mordeduras de cobras, a ataques de onças? Macário não compreendia um tal procedimento: e queixavam-se do padre José, diziam o diabo do padre José! Mas o que Silves precisava era ter padre José ou padre João da Mata por vigário toda a vida! O lorpa do sacrista não se continha, chegava a falar alto, censurando a quem quer que fosse, sem rebuço, mas não de frente, valha a verdade, sempre pelas costas. Falava pelas esquinas, à porta das lojas, no açougue e na padaria. Acompanhava os viajantes até o porto, até vê-los embarcados na canoa, e quando a canoa partia, o Macário voltava-se, dizendo em voz alta para os que ficavam:

– Vão, mas é para as profundas!

Pois, apesar disso, Francisco Fidêncio vencera. Aconselhara que preferissem a pândega lucrativa dos castanhais aos sermões de padre Antônio de Morais, e a sua voz, revestida do antigo prestígio, fora geralmente ouvida, e aquela tarde, na loja do Costa e Silva, constatando essa vitória quase completa, a que a partida do coletor viria em breve dar a última demão, Francisco Fidêncio achava que o triunfo fora além do que esperava, e que ferindo em cheio o adversário, não safra ileso do combate. Bastava relancear os olhos pela sala quase vazia, para convencer-se de que a vitória custava sacrifícios. E, por isso, mais do que pela cerveja do Bernardino Santana, o seu fígado se ingurgitara de novo, reagindo contra as doses homeopáticas do sapientíssimo Regalado...

A loja do Costa e Silva era uma sala de tamanho regular, com três portas para a rua, e uma para o interior da casa. Tinha alta armação envidraçada, dividida em dois raios, um destinado às fazendas e outro aos objetos de armarinho, à sapataria, à louça e às quinquilharias. Logo à entrada da casa ficavam um comprido banco de pau, que o uso polira, e algumas cadeiras de palhinha destinadas aos principais frequentadores do estabelecimento. O grande balcão de cedro envernizado ia duma extremidade à outra, separando o vendedor do público, e pondo uma barreira alta entre o acesso livre da sala e a região cobiçada onde os panos americanos e as chitas pirarucus viviam em cordial confusão com as servilhas de marroquim vermelho e as garrafinhas de óleo de rícino, finas e azuis, ostentando, em rótulos dum colorido suave, os bagos de mamona branca sotopostos a um dístico inglês em letras pretas. Sobre o balcão algumas peças de algodão grosseiro, uma caixa com anzóis e um embrulho de cera virgem, a par do côvado, da vara de medir, atestavam a frequência dos tapuios dos sítios, que a vantagem da proximidade atraía à loja do Costa e Silva. Na sala contígua, devassada pela porta sempre aberta, viam-se os barris de vinho, as caixas de cerveja e as pipas de aguardente, que formavam outro ramo de negócio do dono da casa, mas esse a grosso, para vender a cerveja às caixas, a aguardente e o vinho aos garrafões a gente de certa ordem, não aos tapuios, a menos que não pedissem as quantidades marcadas e pagassem mais do que os brancos. Era um meio que o Costa e Silva, moralizado e crente, inventara para combater a embriaguez do povo. Por trás do balcão, unida a ele, estava a mesa de pinho encerado em que o dono da casa fazia as contas e os trocos, e escrevia a correspondência, enquanto o caixeiro, um portuguesinho rechonchudo e claro, de olhos e cabelos pretos de azeviche, em mangas de camisa, aviava à freguesia, com uns modos calmos e prudentes que desmentia a petulância do olhar de vivo demônio. À guisa de tabuleta, sobre a parede exterior, privada de cal e de óleo, duas figuras, pintadas entre os vãos das portas, ostentavam as pretensões da primeira loja de Silves. Era um homem e uma senhora da altura de um metro, ele de calças justas, cor-de-rosa, terminando em pés enormes, tinha o ar dum peralvilho de aldeia, com grossa bengala na mão; ela trajava vestido vermelho armado sobre crinolina, e com uma sombrinha azul-ferrete abrigava do sol o monstruoso coque do penteado; por cima de ambos, um grande letreiro em tinha preta, já a meio apagado, anunciava: modas e novidades de Paris, Joaquim da Costa e Silva.

Ordinariamente, ao cair da tarde, reuniam-se ali, em torno do chefe maçônico, o Regalado, o professor Aníbal, o Pedro Guimarães e o Chico Ferreira, o alfaiate, sempre distraído, assoviando por entre os dentes, e batendo a compasso sobre a perna esquerda, com a mão espalmada e mole. Três rapazes novos, o Pedrinho Sousa, o Totônio Bernardino e o Manduquinha Barata, gozando umas férias intermináveis, aplaudiam o Fidêncio por feição, por estímulo de parecerem adiantados e ao mesmo tempo por troça, para debicar os padres e caçoar das beatas de lenço branco. O tenente Valadão, o José Antônio Pereira, o vereador João Carlos, o Neves Barriga e o Dr. Natividade não passavam os batentes da porta do Costa e Silva, por via do ateu, como diziam, mas o capitão Manuel Mendes da Fonseca, a pretexto de comprar alguma coisa que de repente lhe faltara na loja, aparecia às vezes com o seu velho paletó de alpaca, o chapéu boliviano, as calças brancas engomadas, duras e largas como crinolina. E depois de regatear muito ao colega um par de sapatos ou dois metros de canículo de cor, tomava parte na palestra, medindo as frases, escolhendo os termos, refletindo devagar, discutindo gravemente os assuntos que o Fidêncio propunha; sacrificando facilmente a Igreja aos ódios da maçonaria, mas, defendendo a autoridade civil, o presidente da província, o ministério, confessando, entretanto, quando o apertavam muito, que o João Alfredo era um criançola, criatura do Camaragibe, e que não estava na altura da situação. O Paranhos, sim, era um talento. O dono da casa ouvia tudo da sua cadeira junto à mesa de pinho, arriscava algumas observações, mas não gostava das ousadias do Chico Fidêncio, porque se gabava de acreditar em milagres e de ser católico, apostólico, romano. Apesar disso, era um bom amigo o Costa e Silva, e não esquecera nunca as recomendações do Filipe do Ver o peso, a favor do professor. Por isso, gozava o Fidêncio de completa liberdade na casa do Costa, onde tinha a sua continha aberta, que passava de mês para mês num crescendo perigoso. Mas agora o Costa e Silva estava ausente. Havia uma semana que seguira para o Ramos, buscando os castanhais. Levara a família toda, a igarité bem carregada de fazendas, de aguardente, fumo, café, corais, palmas e medidas do pé de Nossa Senhora. Outros muitos se haviam retirado, e, nessa tarde, de junho, o auditório do professor se compusera exclusivamente do Pedrinho Sousa e do Manduquinha Barata, porque mesmo o Totônio Bernardino, o mais sério e o mais inteligente dos três, afrontando as iras paternas, partira para o Urubus, doidamente apaixonado pela Milu, a sobrinha do Neves Barriga. Começara aquele namoro, por brincadeira, no baile do casamento do Cazuza, e rapidamente se transformara numa paixão profunda, em que aquelas duas crianças, sem levarem em conta as conveniências de família e a vontade dos pais, arriscavam o futuro, e, em todo o caso, a tranquilidade do coração. Pobre Totônio! O pai o queria forçar a voltar aos estudos, ambicionando fazê-lo bacharel ou padre, para glória da família, cujas posses admitiam esse luxo; e ele, vadio e namorado, preferia ficar no Amazonas, vagabundeando pelas ruas de Silves, ou descansando à sombra das árvores frondosas do sítio do Urubus, ao lado de sua adorada Emília, num idílio perpétuo. Quem venceria nessa luta de vontades entre pai e filho? O Bernardino Santana era teimoso e rude, estava acostumado a lidar com escravos, mas o Totônio era moço, livre e apaixonado. Quem venceria? Fazia-lhe falta o Totônio Bernardino. Se ele ao menos estivesse ali! Fidêncio não gostava de falar para tão pouca gente, principalmente não tendo à sua disposição senão os ouvidos do Pedrinho e do Manduquinha, que eram mais sócios e auxiliares do que público. Muito aborrecido, Fidêncio estava com vontade de mandar chamar o Regalado para lhe comunicar uma nova importante, a fim de que a espalhasse pela vila, mas não havia ali quem o fosse procurar. Felizmente, um homem aproximara-se a passo vagaroso e grave. Era o coletor. Enfim! Francisco Fidêncio podia desembuchar, podia falar, podia contar o que sabia de novo, apimentando-o com os comentários do costume! O coletor tocara no boliviano, com muita cortesia.

– Boa-tarde, meus senhores.

– Boa-tarde. Vinha pedir que lhe cedessem alguns anzóis para pirarucu. Faltavam-lhe no sortimento, fora um diabo de esquecimento do seu correspondente, porque no pedido estava bem explicado – anzóis para pirarucu. Mas o Elias tinha tanto em que pensar, andava sempre tão atarefado! E como queria partir o mais depressa possível para os castanhais, a fim de aproveitar a licença que lhe viera de Manaus, não tinha tempo de mandar buscar os anzóis ao Pará, e vinha pedir ao colega que lhe cedesse alguns.

– Sempre vai aos castanhais, senhor capitão?

– Vou, senhor professor. Há muito tempo que não deixo o emprego, estou aborrecido e cansado, e a D. Cirila, coitada! quer passar o S. João nas praias. Mas a coletoria nada perde. Fica aí o José Antônio Pereira. E acrescentara, sentando-se numa cadeira, enquanto o Manuel ia escolher os anzóis na caixa:

– Aquilo é uma pérola.

– Não digo que não, disse o Fidêncio, sorrindo, mas... O coletor atalhara, convencido:

– Homem de toda a probidade. Conheço-o. Fidêncio não estivera de maré para discutir a pessoa do Pereira, o que ele queria era dar a última novidade.

– Já leu o Baixo Amazonas, senhor capitão?

O coletor não tinha lido; nunca lia aquela folha, porque só assinava o Diário do Grão-Pará, que o Elias lhe mandava por causa das cotações do cacau e da borracha. Demais, que lhe importavam os negócios de Santarém? Era duma província estranha, nada tinha com as brigas do barão com o Dr. Sousa. Fidêncio contara então. Recebera aquele jornal, na véspera, por um regatão, e lera a notícia dum ataque de índios na Mundurucânia. Segundo o Baixo Amazonas, um bando de mundurucus ferozes atacara a pequena povoação de S. Tomé, incendiando as casas, e matara muitos moradores. Isto em pleno século dezenove, exclamara por sua conta, e sob o governo do José Maria da Silva Paranhos! O povo pagava impostos ao Estado para ter a sua vida garantida e a sua propriedade segura! A isto estava reduzido o Amazonas, graças à inércia do presidente da província, a uma floresta virgem, onde os habitantes a todo momento eram trucidados pelos silvícolas! Fidêncio ia escrever uma carta forte ao Democrata, verberando o ministério. Oh! havia de ser uma das suas mais apimentadas correspondências, mostraria o que era esse governo de fracalhões, de covardes, de malandros, que deixava que os roupetas de Lojola se assenhoreassem do povo, e não tratava de o defender contra os incolas da floresta, porque só cuidava de encher a pança ao Mauá e mais meninos bonitos.

– Hei de mostrar-lhes!

Terminara acendendo o cigarro e indo sentar-se no banco de pau, para limpar as unhas com um palito. O coletor tomara a defesa do governo contra as injustiças de Fidêncio. O ministério não tinha culpa! O presidente era um excelente homem, um cavalheiro amável e não podia prever. O que provava contra o governo do país aquele lamentável fato da Mundurucânia? Que não temos braços.

– Varro, bradara o Pedrinho Sousa, por troça, varro, seu capitão. Braços tenho eu e mais V. Sa., o Chico e o Barata. O capitão explicara complacentemente. Queria dizer que se a população aumentasse, os sertões se povoariam e o gentio fugiria para longe, para muito longe, lá para Mato Grosso. E porque não aumentava a população, coisa que já de si bastava para responder às censuras, à primeira vista justas, do Sr. Fidêncio? Evidentemente, por falta de braços...

– Talvez por falta de cabeças... acudira o professor, grifando a frase para o meter à bulha.

Os rapazes deram uma risada, dizendo: essa é que é a verdade! O coletor sorria, assoara-se e continuara, fingindo não entender a pilhéria:

– Por falta de cabeça, diz V. Sa.; e talvez tenha razão até certo ponto, porque sem cabeça não há homem e sem homem não há braços, sem braços não há população, nem lavoura, nem civilização, nem nada. Entretanto, o governo tem cuidado seriamente da catequese, que seria outro meio de acabar com os selvagens, convidando-os pela brandura e pelas boas maneiras a virem tomar parte no banquete do cristianismo. O diabo é que não se pode fazer catequese sem padres, e os padres...

– Disso não cuidam eles, interrompera Fidêncio aproveitando o ensejo. Catequese! Está fresco! Do que eles cuidam é de assegurar o seu predomínio sobre as famílias católicas pela confissão, pelas rezas, pelos bentinhos, a fim de conseguirem os seus fins tenebrosos, como dizia Voltaire. Eu não creio na catequese pelos padres, porque o índio não é civilizável, mas, enfim, antigamente os padres dedicavam-se à conversão do gentio, como, por exemplo, S. Paulo que foi chamado o Apóstolo dos Gentios. Mas, hoje, do que eles tratam é de namorar as mulatas e de encher a pancinha com petisqueiras finas, e aferrolhar o cobre para o que der e vier.

Os rapazes aplaudiam com profundo conhecimento da questão, bebido nas muitas lições anteriores. O capitão Fonseca sacudia a cabeça, como tendo muita coisa a opor. O portuguesinho do balcão, o Manuel da Costa e Silva, como o chamavam, encostado à mesa de pinho do patrão, de braços cruzados, silencioso, parecia não ouvir o que se dizia; enfiava o olhar negro e vivo pela porta que lhe ficava em frente, embebendo-o nas nuvens que sombreavam o lago, restringindo o horizonte, e que talvez lhe estivessem recordando o céu da sua querida aldeia minhota. Quando Fidêncio fazia uma pausa, um besouro verde-negro zumbia sonoramente, batendo-se pelas paredes. A vozeria das crianças diminuíra, ouviam-se as mães que as chamavam para a casa, ameaçando-as, de cipó em punho. De vez em quando um tapuio, retardado pelo porre da última hora, passava pelas portas, pisando forte, admirando com os olhos vermelhos as figuras pintadas nos vãos da fachada. A noite vinha vindo do fundo do Saracá. Fidêncio desforrara-se então da privação de dias, repisando as declarações contra os padres. Todas as acusações formuladas pela imprensa livre-pensadora, pelos panfletos baratos, todas as banalidades cediças reeditadas de fresco pelos inimigos do clericalismo na luta travada a propósito do interdito das irmandades, tomaram na boca do professor – tinha presunção disso – a forma original dos seus calem-burgos brejeiros e das suas pilhérias desaforadas. O Pedrinho Sousa e o Manduquinha ajudavam-no, esclarecendo com o comentário das gargalhadas o sentido equívoco das expressões, revestidas de um respeito afetado pela pessoa do capitão Fonseca. O coletor já começava a ceder, meio vencido, mas entrincheirando-se na Divindade de Cristo e na Virgindade de Maria Santíssima. Desses dois dogmas é que não admitia que se duvidasse. O jornalista desfiara um longo rosário de anedotas picantes, reminiscências da Central, para provar que os padres eram os verdadeiros inimigos da religião católica e da moral pública. E, despertando-lhe aquelas reminiscências a indignação adormecida, bradara, batendo uma punhada sobre o balcão:

– Corja de jesuítas! Do que precisam é dum marquês de Pombal!

Nessa ocasião o vulto de padre Antônio de Morais, esbatido pela dúbia claridade do último crepúsculo da tarde, desenhou-se no trecho de rua devassado pelas portas da loja, passando vagarosamente, sereno e triste, na batina negra. Houve um momento de curiosidade. O Manuelzinho sorriu, olhando para o professor. Fidêncio agarrara a ocasião, pelos cabelos:

– Olhe, olhe, dissera, apontando ao coletor o padre, veja lá se aquele é capaz de deixar a pelintragem, com que pretende enganar a todos, para meter-se no mato a converter tapuios bravos; se é homem para deixar a sua casinha cômoda da Rua da Matriz, o seu vinhito do Porto ao amanhecer, o gordo tambaqui macio, o descanso da vidinha de padre vigário para internar-se pelos sertões em busca de selvagens, arriscando a pele.

– Nada, que isto de ser padre é meio de vida e não meio de morte, terminara vindo à porta contemplar o vigário que se demorara a conversar com um homem que encontrara.

– Sim, observou o coletor, bem sei que isto de padres, hoje em dia, é uma carreira, como a de advogado, por exemplo, cada um procura a maior comodidade possível. Não contesto, acentuou olhando para o Pedrinho Sousa que estava a rir; não contesto que a Igreja precise de reformas sérias; entretanto, há padres que não são de todo maus. Padre Antônio não bebe, não joga, não dá escândalos com mulheres, diz a sua missinha todos os dias, prega de vez em quando, é um pouco exigente talvez, pensa que o mundo está para acabar. É ainda muito moço – não digo que se faça de padre italiano para catequizar selvagens – mas pode vir a ser um padre distinto. Quanto a meter-se em catequeses...

– Pois sim, exclamara Fidêncio, subitamente iluminado por uma ideia ousada; olhe, aí o tem, senhor capitão, chame-o e pergunte-lho.

– Chamá-lo não tem propósito, respondeu o coletor. E, assustado da lembrança, correu os olhos pelos circunstantes, perguntando:

– Que diria ele do meu procedimento irregular? O Manduquinha Barata e o Pedrinho Sousa apoiaram o pedido do professor. O coletor resistia. Então Fidêncio manejara uma arma hábil:

– Pois o senhor capitão não tem familiaridade com o padre?! O que todos dizem. Ele é obrigado a V. Sa. por muitos obséquios, e não creio que a pessoa de sua consideração ele estranhe procedimento tão simples.

Francisco Fidêncio e os dois rapazes teimaram, provocando a vaidade do capitão Fonseca. Estavam vendo que não era o que se dizia! Ou o capitão era muito acanhado ou o vigário não o tinha em grande consideração. O coletor, para provar a influência de que gozava, não hesitara mais em sacrificar o padre. Levantou-se, chegou à porta da rua. O vigário estava na ocasião de face para ele. No seu rosto calmo e sereno uma bondade reluzia. Falava afavelmente, em voz baixa, com o homem, um tapuio morador da beira do lago:

– Padre-mestre, faz favor? disse o coletor em voz alta.

– Estava aqui sustentando este senhor, continuou na sua voz autoritária e grave, quando o padre, largando o tapuio, chegou à porta da loja; estava aqui sustentando este senhor que no Brasil não há mais padres que façam catequese de índios, porque na Mundurucânia os gentios queimaram a povoação de S. Tomé e assassinaram os habitates. Eu, pelo contrário, sustentava que ainda há missionários, posto que isso seja mais próprio de italianos. Que diz V. Revma.?

Padre Antônio olhou demoradamente para Fidêncio, para os dois rapazes, para a figura pascácia e grave do capitão Manuel Mendes da Fonseca. No olhar brilhou-lhe um relâmpago, com uma expressão de desafio e luta que Fidêncio estranhou, surpreso. Depois o padre sorrira e dissera:

– Este senhor tem razão; há muitos chamados e poucos escolhidos. Saudara cortesmente e acrescentara:

– Queiram desculpar, são horas da ladainha.

Francisco Fidêncio Nunes voltara para casa, sozinho, muito pensativo. Quando padre Antônio de Morais deixou a porta do estabelecimento do Costa e Silva, levava uma irritação surda que a custo contivera na presença do correspondente do Democrata, que nunca vira tão de perto, e cujos pequenos olhos pardos o desafiavam como dois punhais erguidos sobre o seu peito. Vira os dois rapazes maliciosos, sorridentes, preparados para arrebentar de riso com as pilhérias que o professor ia dizer ao padre, vira o capitão Mendes da Fonseca de cabeça inclinada, lenço desdobrado nas mãos espalmadas, pronto a ouvir a resposta e a assoar as ventas, e compreendera a intenção humilhante com que o haviam chamado. Lembrara-se de repente do tempo do Seminário e tivera um ímpeto de entrar na loja, de tornar patente a vacuidade daquela inteligência desregrada, a futilidade daquela erudição de algibeira, a insignificância daquele sujeito que Silves venerava, e cuja camisa amarrotada e suja, de punhos afiapados, cujas mãos suadas de anemia, com dedos culotados pelo abuso do cigarro, davam-lhe uma sensação de repugnância e de hostilidade, que não podia vencer. Compreendera, refletindo, a tolice duma discussão com aquele homem, naquele lugar, que o faria resvalar para o terreno da igualdade com aqueles três vadios insolentes, mas agora, continuando o seu caminho para a igreja, sob os últimos raios do sol já oculto por trás da cordilheira, tinha um vago pesar da vingança insatisfeita. Chico Fidêncio simbolizava para padre Antônio de Morais todos os desgostos das ilusões perdidas, todo o desencanto da sua generosa tentativa de regeneração de Silves, e o amargor do amor-próprio vivamente ferido pelo insucesso dos seus esforços. Fora cruel a desilusão causada pelos efeitos negativos do seu último sermão, trabalhado noite e dia com esmero, com carinho, com o entusiasmo da esperança numa vitória que se lhe afigurava garantida. E desde esse dia um aborrecimento mortal lhe viera invadindo a alma, produzindo um grande desânimo. Já se sentia incapaz de prosseguir naquela obra de moralização e doutrinamento para a qual se necessitavam uma paciência heroica e uma abnegação de todos os momentos, que teriam de ficar obscuras, para sempre desconhecidas. Fizera um enorme esforço sobre si mesmo para dedicar-se àquela modesta carreira, abafando os lampejos do gênio irrequieto e ousado, contendo a custo o ímpeto das paixões que lhe tumultuavam no cérebro, mordendo o freio da conveniência e da gravidade, como no caso da provocação do Chico Fidêncio, com a raiva impotente do cavalo que mão valente refreia. Sentia na vaidade picadas lancinantes, cada vez que adivinhava o olhar desconfiado e cáustico do jornalista a perscrutar-lhe as intenções, com uma enorme avidez de lhe descobrir as falhas da armadura, para as expor nas colunas do Democrata, com as vítimas habituais da sua ímpia crueldade. E, como agora, cada vez lhe custava mais o dominar-se! Aquela vida de obscuros e não apreciados sacrifícios, de virtudes negativas – que os amigos de Silves resumiam em não beber, não jogar, não dar escândalos com mulheres – começava a pesar de modo insuportável, e padre Antônio entrevia, cheio de profundo e íntimo desespero, um futuro vulgar de padre bem-comportado, preso à igreja duma vila de interior, numa colocação perpétua, engordando na vadiação estúpida dum paroquiato aldeão, e acabando, esquecido do mundo, numa icterícia negra. Agora estava farto das beatas de lenço branco na cabeça, de andar miúdo e língua viperina; cansado de ensinar o catecismo às crianças; enjoado das ladainhas, puxadas numa voz monótona, à frente de tapuios boçais, à luz mortiça das lâmpadas de azeite de mamona. E caminhava, à boca da noite, seguindo a curvatura graciosa do lago Saracá, soluçante e pardo, para ir rezar uma ladainha! A obrigação que se impusera de dizer missa todas as manhãs para o povinho ouvir ia ficando uma sujeição incompatível com a dignidade do sacerdócio, uma maçada ativa e passiva, pensava, recordando os dissabores do dia que ia findar na estopante reza da noite. O vinho, o famoso vinhito do Filipe do Ver o peso, já lhe não parecia o mesmo. O português o teria deslealmente adulterado com passas e aguardente açucarada? As hóstias sabiam a mofo, apesar de constantemente renovadas. A igreja nua, fria, só era procurada por gente incapaz de perceber uma silaba de latim. Então, à beira do lago deserto, uma indignação o possuiu, achando ridículo o recitar frases latinas e gregas a uma dúzia de negras velhas que, de joelhos, vergadas para trás, com os olhos em alvo e os dentes brancos brilhando na sombra, estropiavam a ladainha na repetição fanhosa e grotesca das invocações da prece. E cada passo que dava o aproximava da igreja, cada momento que fugia adiantava a hora em que teria de recitar em voz monótona as frases latinas e gregas que as negras não entendiam... Sentiu um grande desgosto de si mesmo. Não, não fora para aquele viver suave, unido e despreocupado, como a toalha escura do lago sertanejo, que cursara as aulas do Seminário grande, aprofundando a teologia. Não para ser mestre de curumins nem para corifeu de ladainhas, levara à parede tantas vezes o maior teólogo do Norte do Império, chegando a despertar a atenção do ilustre prelado paraense. Era digno de maiores ambições do que as resumidas no modesto sacerdócio que exercia, estando, como estava – modéstia à parte – convencido que o saber e a inteligência o podiam levar às mais altas posições da igreja. Estava deslocado – homem de gênio obrigado a viver no aperto dum meio estúpido e banal, incapaz de o compreender, indócil à sua ação regeneradora. Eram aqueles o fim e o resultado de tantos estudos e trabalhos? Caminhava lentamente, preocupado, sentindo no coração uma inquietação vaga. O lago gemia tristemente, monótono e tranquilo. A rua alargava-se, arenosa, escavada pela ação das chuvas, atravancada de cães vadios, de vacas de leite ruminando na sombra. O casario sumia-se na escuridão crescente, crivado de vez em quando por uma fachada nova e branca, salpicado a trechos de gotas vivas de candeeiros iluminados. No fundo, a massa escura da serra sustentava um céu negro, recamado de estrelas cintilantes. Uma brisa sutil, impregnada do perfume de cedro novo, vinha do fundo do lago, agitando de leve o recorte dos ramos das amendoeiras. Os sinos da Matriz começaram a tocar o sinal da ladainha, cortando de súbito com a voz de bronze bem fundido o silêncio da vila. Padre Antônio adivinhou a figura do Macário sacristão, de pé à porta da igreja, olhando para todos os lados, severo e impaciente, e um terror deteve-lhe de repente os passos vagarosos, pensando no sacrifício que mais uma vez faria e no insucesso das lutas até ali consigo mesmo travadas. A liberdade de que gozava, as facilidades encontradas naquele meio relaxado e indolente, as provocações da vizinha tão fáceis de contentar no mistério dos quintais contíguos, as investigações dos que zombavam de sua virtude inacreditável, a inocupação do espírito, alheio aos pequenos detalhes do serviço diário, haviam-lhe espicaçado a paixão, dominante no temperamento paterno – a acreditar no que lhe haviam contado o padrinho e o Filipe do Ver o peso, excitando-o ao ponto de consumir-se em noites de insônia, todo entregue aos ardores da sensualidade reprimida, como no tempo do Seminário, pelo que lhe renasciam os terrores da condenação eterna, e, nos momentos de desânimo, julgava-se irremediavelmente perdido, vendo-se sem força para resistir por muito tempo às exigências da sua carne de vinte e dois anos. Os sinos repicavam, numa impaciência alegre. Padre Antônio continuou a caminhar lentamente, pensando que cem vezes estivera a cair, cedendo à fatalidade da herança e à influência do meio que o arrastavam para o pecado. O medo da condenação eterna, espantalho que para sempre aterrara a imaginação supersticiosa do matuto, o desejo de ganhar a vitória, e, por que não o confessaria na solidão da rua adormecida? o olhar suspeitoso e investigador do jornalista liberal haviam-no salvado da queda. Quisera lutar e vencer. Dominara o ímpeto das paixões, na certeza de que vencia também o insolente colaborador do Democrata de Manaus. Mas agora – pela centésima vez o pensava – à sua natureza forte não podia quadrar aquele viver mesquinho que o tanger dos sinos lhe recordava. Forçoso era fugir a todo o custo às tentações da existência desocupada e fácil de pároco sedentário. Voltava novamente a desejar uma vida de tormentos e martírios da carne, sonho que esquecera por algum tempo no entretenimento do culto divino, mas que ultimamente se impusera como solução única do problema do futuro, prometendo sedutoramente na palma do martírio a glorificação desta vida e a segurança da outra. Havia muitos dias que esta ideia se lhe fixara no cérebro como um prego metido a martelo. Descurara o serviço da igreja, dera sueto aos alunos, fora severo com as beatas e intratável para o sacristão. Andava preocupado e melancólico, sem apetite, passando horas compridas no cemitério, contemplando as campas mesquinhas, ornadas de cruzes toscas de madeira, e pensando na morte, na outra vida, no pouco que pesariam as suas ações na balança do julgamento final, e convencido agora, profundamente convencido que sem boas obras não poderia ir para o céu apesar da sua fé ardente, ao contrário da doutrina que despertara a justa indignação do maior teólogo do bispado, do ilustre padre Azevedo. À vista das pobres sepulturas invadidas pelo mata-pasto e pelo cordão de S. Francisco, sentia uma tristeza infinita, misturada de raiva, pensando que um dia, como os pacíficos habitantes daquela humilde necrópole, ele, padre Antônio de Morais, dormiria esquecido o sono do aniquilamento, sem deixar de si memória alguma. Sobre o seu túmulo obscuro viriam pastar as cabras dos arredores e os mansos bois de carro, e como não ficava uma lembrança, uma saudade, a única voz que choraria sobre o seu corpo inanimado seria a do murucututu agoureiro, fugindo à luz do dia e ao alegre convívio da passarada na mata para gemer tristemente nas trevas e na solidão do cemitério os seus melancólicos amores. De que lhe teriam então servido e a que ficariam reduzidas a mocidade, a inteligência, a extrema dedicação pelo próximo de que ele se sentia capaz, se tudo isso acabava numa cova escura e fria que os animais pisavam e os homens olhavam com indiferença? Meditara muito nessas ocasiões de isolamento, sobre a ignorância da hora suprema, sobre a incerteza da vida que, no dizer da Escritura Santa, é uma folha que cai à menor aragem, e pensava que ninguém há que não cuide viver ao menos até o dia seguinte. A morte podia surpreendê-lo dum momento para outro, tornando-o para sempre esquecido dos homens e deslembrado de Deus, a quem servia tibiamente no descanso do paroquiato cômodo de vila sertaneja, dormindo em macia rede de linho noites compridas e tranquilas sob coberta enxuta, nutrindo o corpo de galinhas gordas e de tambaquis saborosos, acompanhados dum suave vinho verde, espesso e cheiroso. Recordava a sentença do filósofo, a vida é árvore que traz em si a semente da morte e nunca é cedo para cuidar da longa viagem, e estremecia de susto à ideia de que um desses acidentes dos climas tropicais, uma simples perniciosa podia colhê-lo de surpresa, não preparado para a vida eterna, não feito para a vida subjetiva da imortalidade do nome. E à beira daquele lago sertanejo, ao meio da vila deserta, ouvindo o segundo sinal da ladainha, e imaginando o Macário de pé, à porta da igreja, as negras velhas sentadas no ladrilho, à espera dele, numa passividade resignada, viu-se claramente condenado àquele suplício novo e doloroso, inventado pelo poeta para as almas tristes que neste mundo não caíram na infâmia, nem souberam merecer aplausos.

... l'anime triste de coloro
che visser senza infamia e senza lodo.

Não. O cumprimento banal do dever não bastava. Ser um bom padre, não beber, não jogar, nem dar escândalos com mulheres não bastava à ambição de padre Antônio de Morais. Demais o interesse da salvação da alma confundia-se singularmente com a sede de reputação e renome que o devorava. Fosse o modelo dos padres, em Silves, não conseguiria vencer a muralha do indiferentismo público. Ganhando a glória que perpetua uma personalidade na memória dos homens, asseguraria o triunfo da sua causa perante o tribunal do Juiz indefectível. Era preciso ser um herói para a humanidade e um mártir para Deus. A vasta ambição abraçaria o céu e a terra. Ser um santo célebre, eis um ideal digno que as circunstâncias contrariavam e o seu temperamento punha em risco. E como combater esse risco? O isolamento, a falta de alimento sério para o espírito inquieto e agitado, a ociosidade em que o fastio das funções ordinárias do ofício e a indiferença dos fregueses o deixavam, entregavam-no desarmado e fraco às paixões ardentes que lhe tumultuavam no cérebro. A cultura intelectual recebida no Seminário a modo que lhe aumentava o mal-estar do coração, incapaz de afazer-se àquele meio ignorante. Não tinha com quem trocar duas ideias em conversa que lhe contentasse o espírito. Lia e relia o Flos Sanctorum, procurando achar nos inúmeros martírios dos grandes homens do cristianismo um tormento igual ao seu, nada o consolava, nada podia arrancar-lhe do coração o pungente espinho da sua inutilidade imbecil, da sua chata vulgaridade. Depois do insucesso do último sermão, não passava mais pela Rua do Porto, nem pelos lugares mais povoados. Vagava pelos arredores da vila, sombrio, preocupado, fugindo às vistas curiosas dos poucos habitantes de Silves, maldizendo a irresolução e a fraqueza que a mãe lhe transmitira no sangue. A noite embalava-se na rede, fazendo ranger as cordas nas escápulas de madeira, e murmurando citações latinas como para se convencer dessa verdade que o seu temperamento de contradição repelia ainda, e parecendo-lhe ver, a cada trecho, na indecisa claridade dos cantos, surgir, provocadora e risonha, a figura juvenil da Luísa Madeirense. Quando saiu ao Largo da Matriz era noite fechada, mas viu perfeitamente o vulto do Macário, à porta, esperando. E penetrando no templo escuro e frio, deu-lhe uma agonia, como se para sempre entrasse no aniquilamento total da sua personalidade.

VI

Saberá V. Revma. que já são seis horas. –E Macário, de servilhas e em mangas de camisa, foi abrindo a porta da alcova à luz suave da manhã. Padre Antônio acordou do sono que o dominara por alta madrugada, depois de uma longa noite de vigília. Já seis horas! As janelas da sala, abertas de par em par, ofereciam franca passagem à brisa úmida repassada de aromas sutis de flores campestres. Da rua vinha um rumor vago de portas que se abriam e de vozes raras e espaçadas. Ao longe chiava um carro de bois, descendo para o pasto, sob o aguilhão do lenhador que fornecia os depósitos da Companhia do Amazonas. No quintal da Luísa Madeirense um galo cantava batendo com força as asas.

– Já seis horas! Repetiu padre Antônio, puxando até o pescoço o lençol da cama, numa sensação de frio e sono.

Passara mal a noite, e depois, que lhe importava a hora, pois que nada tinha a fazer naquele dia? O melhor era encostar as janelas e aprontar-lhe o café para as oito horas. Sentia-se cansado e moído, ia talvez cair doente, um grande torpor apoderava-se-lhe do corpo, tinha dores vagas, palpitações, um grande peso na cabeça, o melhor era descansar, já que com isso nada perdia o serviço da paróquia. Macário insistiu. Eram seis horas dadas, e se os hereges maçons abandonavam a vila ainda havia almas cristãs que precisavam do ministério de V. Revma.. A Chica da Beira do Lago, aquela velhinha devota, andava mal de sezões e mandava pedir a V. Revma. que a fosse ouvir de confissão à sua casa, visto como a moléstia não lhe permitia vir à igreja. E V. Revma. devia fazer esse serviço já, a tempo de voltar para o almoço, evitando o sol ardente de junho.

– Um quarto de légua! murmurou padre Antônio, voltando-se para o lado da parede; um quarto de légua na ida, outro na volta, meia légua pelas lamas do caminho do lago! E acrescentou, como para desculpar-se daquela lamentação que a preguiça lhe arrancara:

– A Chica nada tem que a impeça de vir à vila e a obrigue a confessar-se com tanta urgência. É uma alma simples, gosta de confessar-se todas as semanas, coitada! E depois, com um largo bocejo, retalhado de cruzes sobre a boca:

– Aposto que padre José não se dava a estas maçadas! Padre José era padre José, e S. Revma. é padre Antônio de Morais, redarguiu Macário com leve impaciência. Também o defunto vigário cantava e dançava lundus e V. Revma. não o fazia. Padre José mandava presentinhos às moças, passava os dias aos lagos, ao tempo das salgas, o dinheiro não lhe chegava, porque tinha às três e quatro por sua conta, era uma bandalheira! Ao passo que S. Revma. era conhecido como um sacerdote exemplar e o próprio Chico Fidêncio não o negava, posto tivesse o arrojo de dizer que aquilo era manha ou acanhamento de padre novo, que passaria com a idade. Um patife aquele Chico Fidêncio, uma pedra de escândalo para a população, ateu, desbocado, mal dizente e amancebado! Era o causador de todos os males da vila, o autor de todas as desgraças, o enredador-mor de todas as tramas e intrigas, aquele excomungado Chico Fidêncio! Por causa dele brigara o Valadão com o Bernardino Santana, a fogo e sangue. Ele instigara o Totônio a desobedecer ao pai, que o queria mandar para o Liceu, a teimar em casar-se com a sobrinha do Neves. O Manduquinha Barata e o Pedrinho Sousa estavam perdidos por culpa dele. Levantara a oposição ao confessionário, impelira o povo a fugir para os castanhais, desamparando a vila e fazendo ouvidos de mercador às prédicas de V. Revma. Era um patife! Era pena, realmente, que um homem tão instruído fosse tão perverso, mas enfim em algumas coisas, forçoso era confessá-lo, o Chico Fidêncio tinha razão e as suas correspondências diziam a verdade, por exemplo, quando falava das bandalheiras do defunto padre José, que Deus houvesse.

– Enfim, terminou Macário, padre José está dando conta do que fez e a velha Chica esperando que V. Revma. a vá confessar. Levante-se V. Revma., que o estou desconhecendo hoje, e faça a caridade que lhe pede a pobre da velha, para que morra em paz com Deus. Padre Antônio, levantando-se de súbito, como se tivesse acabado de tomar uma resolução longamente meditada, fixou a vista no rosto do sacristão:

– Sabes que estou decidido a fazer uma missão ao porto dos Mundurucus?

– Nos mundurucus! exclamou Macário, atordoado com a inesperada revelação. Nos mundurucus! repetiu com pasmo. Mas saberá V. Revma. que nos mundurucus não há alma cristã?

Sabia-o perfeitamente, e fora por isso mesmo que formara aquela resolução. Desejava ir ao porto dos Mundurucus, converter os selvagens, trazê-los ao seio da religião católica, e ao mesmo tempo libertar o Amazonas dessa terrível praga de índios bravos que lhe entorpecia o progresso. Macário não acreditava, pensava que V. Revma. estava brincando, queria caçoar com ele para o castigar de o ter acordado tão cedo por causa da velha Chica. Afinal, pensava, ir à casa da velha não era o mesmo que ir ao porto dos Mundurucus, ao centro da Mundurucânia. A Chica não comia gente, e os índios, ficasse S. Revma. sabendo, eram antropófagos, como dizia o professor Aníbal, pelavam-se por carne branca. S. Revma. não lhe levasse a mal a insistência com que lhe falava na pobre velha da beira do lago, uma cristã que não se podia comparar com aqueles inimigos de Deus que matam e esfolam uma criatura do Senhor por dá cá aquela palha.

– Maior o merecimento e maior o serviço, replicou padre Antônio, enfiando a batina que o sacristão lhe apresentava.

E enquanto a abotoava de cima a baixo com gesto lento e grave, começou a falar com uma eloquência cálida, depositando no seio do Macário os sentimentos que lhe transbordavam do coração e que por muito tempo guardava no íntimo do peito. Sentia uma grande necessidade de expansão, de abrir-se com alguém, de deixar sair os pensamentos recônditos, as ideias vagas, os motivos misteriosos que, fervilhando no cérebro num combate nervoso de todas as horas, impunham-lhe o proceder à primeira vista inexplicável e estranho que desnorteava o amigo. Disse então com toda a franqueza, como se conversasse com um irmão do seu espírito, que aquele era o sonho dourado de toda a sua vida de moço. Missionar, pregar o Evangelho e morrer às mãos dos índios, não podia haver nada mais glorioso para um verdadeiro ministro do altar. Sacrificar a vida ao ensino da religião do Crucificado, nada mais digno dum padre. Converter ao cristianismo algumas almas ignorantes, arrancar ao inferno algumas criaturas de Deus, lutar com o inimigo do gênero humano, vencê-lo pela vida ou pela morte, nada satisfaria melhor os instintos de sua alma ardente e apaixonada. Quando preferira uma vigararia do sertão ao curso das altas classes de S. Sulpício, quando desprezara o futuro brilhante que se lhe antolhava no doutoramento em Roma, nas honras do Cabido, no apreço e na consideração do mundo, pelo exercício das funções mais elevadas do clero diocesano, apanágio dos homens de talento que D. Antônio consagrava e preferia, fizera-o na convicção entusiástica das grandes coisas que poderia obrar, propagando a fé católica entre o gentio do Amazonas, sacrificasse embora a vida miserável a esse generoso empenho. Sim, ele, moço, robusto e são, como o Macário estava ali vendo, tendo diante de si um futuro repousado e próspero, não fazia caso algum da vida, estava pronto a dá-la em troca da salvação de algumas almas do gentio amazonense. Quando pela primeira vez pisara o solo de Silves, sabia que dali a poucas léguas existiam índios selvagens e ferozes, e que evangelizando-os expiaria os seus pecados conquistando fama imorredoura, que levaria o seu nome à remota posteridade, com os de Francisco Xavier e José de Anchieta. Até ali estivera calado e hesitante, consultando as forças, não querendo ceder ao arrastamento dum entusiasmo de mancebo que lhe podia ser fatal. Refletira longamente, pesara bem as dificuldades, os riscos da santa empresa que ambicionava realizar, mas agora estava decidido, nada o poderia demover do seu humanitário projeto. Iria levar aos mundurucus a palavra sagrada de Jesus, e Deus que lê no coração, Deus que conhece e experimenta as vocações lhe daria as forças necessárias a tão grandioso cometimento. Macário estava assombrado. Nunca lhe passara pela cabeça a ideia de que um padre, um homem qualquer, pudesse conceber em seu perfeito juízo um projeto tão extravagante, mas a figura, a voz, o olhar de padre Antônio tinham tal cunho de convicção e de império, a sua bela fisionomia revelava um entusiasmo tão ardente e sincero, que o sacristão sentiu-se cheio de respeito e de pena por aquele desvio da razão, que atribuía aos desgostos ultimamente sofridos no paroquiato de Silves. Macário tinha vontade de o interromper para o consolar, para dizer-lhe que não fizesse caso daquilo, que com o tempo reconheceriam a injustiça, e outras coisas cordatas que lhe acudiam à imaginação. Mas o padre, de pé no limiar da alcova, com a mão esquerda no portal e a direita descaída ao longo da batina, numa atitude de resignação invencível, com o olhar erguido para a nesga de céu azul enquadrado pela janela que lhe ficava em frente, não dera tempo a interrupções, e continuava a falar em voz firme e mansa, de leve repassada de tristeza, como o lutador que se prepara para um combate heroico sentindo a nostalgia da vida que põe em risco; e dizia agora, provocando lágrimas, as lutas que teria de travar com o selvagem, expondo o peito desarmado e nu às flechas ervadas, combatendo com paciência evangélica os furores da ignorância, o ódio dos pajés, a vingança da raça oprimida e humilhada, vencendo pela palavra de caridade e de amor os espíritos rebeldes e rudes que senhoreavam o sertão; as privações que sofreria, sedes, fomes, tormentos desconhecidos, criados pela imaginação crudelíssima dos tuxauas; o abandono em que estaria, longe do mundo, privado de todo o socorro humano, a centenares de léguas da civilização e do cristianismo, único ser pensante entre brutos, única alma crente entre milhares de entes cegos pela ignorância e pela superstição, e tudo para morrer pregado a uma árvore, desconhecido, obscuro, sem que uma lágrima amiga lhe lamentasse a sorte, sem que a mão dum afeiçoado lhe fechasse os olhos, sem que a oração de lábios católicos derramasse o último bálsamo da fé sobre o corpo estirado e nu no solo da floresta virgem.

– O que mais me pesa! bradou Macário, sacudido por soluços violentos. Pensar que V. Revma. entrega-se sozinho a tão grandes perigos!

Padre Antônio pôs-lhe a mão ao ombro, cheio de confiança:

– Não, Macário, não realizarei sozinho tão gloriosa empresa. Pensei em você, Macário, para meu companheiro de jornada. Partilharemos a glória e os perigos da missão.

A compaixão que Macário estava sentindo desapareceu por encanto. As lágrimas, umas lágrimas tolas, secaram-se. O seu pasmo foi tão grande que ficou atordoado, e como se já se visse oferecido em pasto aos selvagens do Amazonas, pôs-se a exclamar repetidas vezes:

– Eu aos mundurucus, eu aos mundurucus!

E aterrado, sentindo fraquearem-lhe as pernas, saiu da sala quase às apalpadelas, e foi refugiar-se na cozinha. Justamente a Luísa Madeirense, labutando no quintal, cantava em voz fresca e sonora:

Lá nas matas do sertão
encontrei certo gentio,
e com medo da taquara
logo lhe chamei meu tio.

Naquele dia padre Antônio de Morais não fora ouvir de confissão a velha Chica da Beira do Lago. Safra de casa, sem tomar refeição alguma, e como a Matriz lhe ficava em caminho, penetrara maquinalmente no templo. A igreja, toda caiada de branco, estava deserta e fresca. Os morcegos disputando entre si os vãos das telhas, chiavam batendo as asas, e as vespas cruzavam-se no ar, na faina de prover à subsistência da prole, zumbindo alegremente. O sol, entrando pelas janelas laterais, clareava os grandes panos de parede lisa, limpos das parasitas de outrora e curados das feridas que o tempo fizera no reboco; mas punha em evidência, a uma luz crua, as figuras grotescas de santos e demônios, que os quadros parietais ostentavam com uma abundância de cores vivas e de tintas espessas. Através do repintado dos madeiros e da caiação dos muros, a velhice prematura do edifício espiava o abandono da casa de Deus, como se pressentisse o relaxamento da fé entusiástica que a forçara a esconder-se aos olhares ingênuos do povo, cobrindo-se de camadas de tabatinga, oca e alvaiade. Naquela manhã de sol os retábulos grosseiros, as grades toscas, o confessionário repolido, o pavimento remendado com tijolos de fábrica e forma diferentes, os ornamentos do altar-mor, tinham um aspecto velho, gasto, de velhice disfarçada, de arrebiques inúteis. O púlpito parecia cansado de ter-se a pé, à espera do pregador ausente, manifestando o abandono em que o deixavam nas quebras e rupturas da crosta de óleo colorido com que lhe haviam vestido a nudez de velho cedro sujo. A pia batismal, esbeiçada e limosa, guardava semanas uma água grossa e turva, que ocasionava desastres sinistros de baratas afogadas e dramas obuscuros de lagartixas mortas. O assento do confessionário estava cheio de pó. Do teto pendiam já alguns longos filamentos indicando que as aranhas achavam-se a cômodo naquela grande casa e que a vassoura, outrora desapiedada, do terrível Macário, dormia agora escondida a um canto por trás do altar-mor. Mesmo à entrada da igreja um cão vadio e um cabrito vagabundo haviam profanado o asseio do ladrilho, depositando excrementos que pareciam da véspera. No altar do Senhor dos Passos, o santo mostrava-se mais velho e triste do que de costume; a amarelidão da face larga e chata exprimia um desejo ardente de livrar-se da cruz que embalde o Cirineu, teso e de má vontade, procurava sustentar com a mão espalmada e dura; e sobre o altar-mor a própria padroeira, imóvel no seu longo vestido azul-dourado, parecia ansiosa por tirar a coroa e largar o menino, a fim de descansar um bocado ao lado da serpente. O vigário foi ajoelhar-se sobre os degraus do altar de Nossa Senhora, com o coração confrangido, sentindo-se penetrado por um remorso vago. Naquela manhã não dissera missa, e havia muito que se limitava à missa das nove horas, aos domingos, a única que atraía alguns ouvintes. Começou a rezar, mas a impressão de desânimo e abandono que o apanhara ao penetrar naquele templo mesquinho e sujo, o distraía, impedindo-o de concentrar o espírito na tarefa banal da prece decorada. Quando erguera os olhos para a imagem da padroeira, notara que o dourado malfeito começava a quebrar-se em diversos pontos, deixando a nu o pau de que se fizera a santa. Mais uma despesa ainda, pensara, avaliando o trabalho da nova encarnação, e desta vez não tinha o dinheiro do padrinho. A pintura do altar-mor estava estragada pelas moscas, a toalha de renda roída de ratos, o missal parecia um alfarrábio comido de traças, a prata dos castiçais fora-se devorada pelo uso ou pelo tempo. Quanto seria preciso para renovar tudo isso, para dar alguma decência à igreja? Era um nunca acabar. Fizera muitos esforços, renovara os paramentos, algumas alfaias e vasos sagrados, gastara nisso todo o seu dinheiro e o que lhe dera a pia generosidade do padrinho... de que servira? Seriam precisos ainda alguns contos de réis para que a Matriz de Silves oferecesse a aparência duma casa de Deus, dum edifício em que se praticava o culto divino. Fora talvez melhor levantar um novo templo, uma Matriz nova! Seria um edifício sólido, capaz de resistir ao tempo, e não a miserável barraca de tabatinga e pau a pique condecorada com o nome de Matriz de Silves. Teria a forma dum templo grego ou seria a miniatura duma basílica medieval, dessas soberbas construções de pedra, cuja contemplação arrebata a alma às alturas infinitas, mergulhando-a num sonho povoado de visões antecipadas das sublimidades do Empíreo. Poderia ainda buscar no movimento de renovação artística do século XV, o modelo inexpressivo e frio com que a decadência da fé religiosa parodiava a severa correção da forma greco-romana, no desespero de reproduzir o ideal do paganismo morto. Qualquer que fosse o estilo da futura igreja, colunatas gregas, relembrando a harmonia e a graça do politeísmo generoso e fecundo; ogivas góticas exprimindo as ansiedades da alma humana, sedenta dum ideal novo; flechas e agulhas agudíssimas, perfurando o céu para abrir uma entrada à fé do catolicismo ardente; ou zimbórios e abóbadas romanas, aliados às linhas puras, à fria elegância e à pobre correção dos artistas da Renascença, privados do sentimento religioso que inspira e realiza as grandes criações; tudo serviria contanto que o templo fosse grandioso e belo, provocasse a admiração dos passageiros, atestasse o alto conceito do ministro que o servia, os seus esforços, a sua vitória, e a sua poderosa iniciativa. Que importava que essa igreja magnífica fosse edificada à margem dum obscuro lago, num sertão quase desconhecido, num centro quase selvagem, se a beleza e a harmonia das formas atraíssem as vistas curiosas do estrangeiro, a crítica dos artistas e o julgamento dos competentes, vindos em chusma das outras províncias, dos países de além-mar, para admirar a obra gigantesca que a energia e o talento de padre Antônio de Morais alevantara do chão. E como se o pensamento de semelhante glória o dementasse, o padre, de joelhos sobre o primeiro degrau do altar-mor, com a cabeça erguida e os olhos fixos no teto carunchoso da igrejinha, julgava-se já dentro do novo templo. O telhado pouco a pouco ia-se elevando a grande altura, arredondando-se em abóbada imensa que avolumava o eco das vozes harmoniosas de órgãos e de cantores. A nave alargava-se sobre um pavimento de mármore preto, ornado de cruzes e de flores simbólicas, que os fiéis pisavam, como os santos passeiam o tapete florido do céu estendido sobre miríades de estrelas. Como plantas vigorosas, alimentadas pelo sol dos trópicos, os pés direitos, transformados em colunas agrupadas, atiravam-se para o alto a sustentar o peso formidável das arcadas em místico trifólio. Os retábulos toscos abriam-se em nichos povoados de estátuas imponentes, simbolizando na sua bem-aventurança celestial todas as crenças e todos os conhecimentos humanos. Os quadros parietais coloriam-se, cercavam-se de molduras ornamentadas com uma graça delicada, apresentavam cenas da Paixão e da vida dos santos em que a verdade artística combinava com os sentimentos inspiradores. A capela-mor crescia sob os arcobotantes góticos, bela, ornada de mármores rendilhados, suave, elegante e esvelta, realizando o ideal dum estilo novo em que o bom gosto florentino corrigisse as demasias apaixonadas da arte da Idade Média, aliasse, no supremo esforço do sentimento artístico, a fé, a ânsia, o misticismo romântico das catedrais levantadas por gerações de obreiros desconhecidos, à fina e correta elegância dos Médici; em que a mão poderosa de Miguel Ângelo e a maestria de Bramante retocassem os excessos de fantasia, os exageros de imaginação dos grandes construtores medievais. Uma combinação nova, uma arquitetura que exprimisse a perfeita relação entre o culto e o ser supremo, uma arte que fosse humana e divina, participando das duas naturezas de Cristo, Deus pela origem e pela onipotência, homem pelo sofrimento e pelo amor. E ele, sacerdote dum tal culto, ministro dum tal Deus, deslumbrado pelas inúmeras luzes dos grandes candelabros de prata e ouro que lhe pareciam iluminar as naves solenes, sufocado pelo incenso queimado aos pés do altar em turíbulos cinzelados por Benevenuto Celími, vendo a seus pés a multidão enorme, rica, elegante, ávida da palavra sagrada, a admirar o luxo caro da sobrepeliz de rendas finas, da capa-magna bordada a ouro, das vestes pontificais que ostentava garbosamente, coberto de púrpura, ouvia o canto divinal 'dos anjos do paraíso na fresca voz dos sopranos, acompanhada pela melodia grave do órgão. Uma sensação profunda de gozo espiritual perturbava-lhe o cérebro, arrancava-o à terra, levava-o pelas alturas, dando-lhe a prelibação da suprema felicidade, fruída ao som do hino imenso e festival com que tronos e dominações, arcanjos e serafins celebram a glória do Deus uno e trino na serena claridade dos céus. O sol, subindo para o zênite, penetrou com mais força pelos óculos do oitão, e um raio ardente veio beliscar a nuca do padre ajoelhado, chamando-o à realidade das coisas. Achou-se de súbito na pobre Matriz de Silves, ajoelhado ante o altar de louro repintado, tendo à sua frente a imagem gasta da santa padroeira, da mãe de Deus que o olhava tristemente, humildemente quase, sem energia para esmagar a cabeça da serpente. Correu os olhos pela igreja toda, com pasmo, como se acordasse dum sonho delicioso e se encontrasse de repente na enfadonha realidade da vida. A cobertura do telhado ali estava, velha e remendada, as paredes caiadas, lisas, duma simplicidade sem graça, os quadros com figuras grotescas de santos e de almas penadas. Sonhara, sim, um sonho louco, de fantasia doente, para todo o sempre irrealizável. Como pudera conceber em Silves a edificação dum templo que fosse um monumento da fé católica e uma prova de poderoso gênio artístico? Jamais, naquele meio atrasado e já corrupto, naquela povoação dominada pela vulgaridade chata dum beatério sem sinceridade e sem elevação, jamais daquelas almas frias de tapuios indolentes, de provincianos vadios, poderia esperar um esforço convicto, um tentame qualquer que exprimisse força e vida, digna submissão à tirania imponente do belo, adoração entusiástica da grandeza imperecível de Deus. Que sonho aquele! Que ideia disparatada e tola lhe ocupa por alguns momentos, como se um sopro de loucura lhe passado pela fronte no isolamento daquela triste Matriz Não. Era preciso banir para sempre essas fantasias que lhe tiravam a calma e aumentavam-lhe o desânimo do presente, fazei um gozo impossível, sem relação. alguma com a situação que o prendia à tarefa inglória e debilitante livremente escolhida. E devia resignar-se a isso? E agora, além de sentir-se devorado por glória e de renome, reconhecia, com horror, que a pobreza, a rusticidade da sua igreja enchiam-no de repugnância, contrariavam a tal ponto os seus hábitos de elegância, os seus gostos de luxo, o seu ideal artístico, que era como uma repulsão material que sentia por aquela mesquinha casa de oração, por aquele altar despido de ornatos, por aquelas imagens grotescas de santos martirizados pela imperícia do escultor. Mas a consciência dessa fraqueza, ante a evidente tentação demônio da vaidade, aterrava-o. Sentia-se violentamente arrastado para o pecado da soberba, e em vão queria lutar com as tendências do espírito, procurando recuperar a humildade do coração, que lhe ditara outrora a renúncia dos benefícios prometidos pela proteção do senhor bispo, pela estima dos mestres do Seminário. Em vão a procurava readquirir, essa bendita humildade, sobre o pavimento de velhos tijolos remendados, ao som do chiar sarcástico dos morcegos, em face daqueles miseráveis objetos do culto dum povo, que a fé já não alimentava. Teve de sair da igreja, sair da vila, procurar a fresca das matas, achar-se em pleno ar, no meio da vegetação luxuriante das margens do Sacará para recobrar a tranquilidade de que precisava o ânimo atribulado. Vagou muito tempo por entre árvores, seguindo a esmo as picadas dos lenhadores, sentindo-se bem, haurindo a brisa embalsamada da floresta. Pacificava-o a ideia de que remiria todas as culpas com o sacrifício da vida oferecida na resolução, já agora inabalável de missionar na Mundurucânia. Ali não teria catedrais góticas, nem capelas florentinas, nem lavores artísticos, nem luxos de púrpura e ouro, nem concertos divinais de vozes de sopranos, imitando os angélicos na harmonia grave dos órgãos, nem prodígios do engenho humano embelezando Deus. Mas também, em vez do mesquinho esforço duma religiosidade moribunda, teria, para adorar o Criador do universo, o templo vivo, a Igreja única e verdadeira, a imensa catedral da natureza. A floresta virgem era a basílica enorme que tivera por arquiteto Deus. Tudo mais, templos do Egito, panteões gregos, mesquitas maometanas, pagodes hindus, catedrais da Idade Média, igrejas da Renascença, lúgubres conventos espanhóis, obras do esforço genial dum homem ou lentas construções duma geração de operários, materiais acumulados por um povo no decorrer de séculos, não passavam de imitações mesquinhas, de paródias mais ou menos felizes da arquitetura grandiosa da floresta virgem. Aí, sobre o solo tapetado de rica folhagem, árvores gigantescas investiam para o céu, originais soberbos das pobres colunas egípcias, transformadas pela arte fina Grécia, apresentando todo o desenvolvimento do progresso artístico da Hélade, desde a coluna dórica nos robustos dendezeiros até a coluna coríntia nas elegantes palmeiras-reais. As palmas entrançadas com as folhas formavam a abóbada sombria, as cúpulas, os zimbórios, os tetos de várias formas, sobrepostos às arquivoltas e às arquitraves dos galhos e dos ramos. O canto dos pássaros, as vozes dos animais, o murmúrio dos regatos, o ciciar da brisa, os rumores confusos da mata entoavam o hino da criação num conjunto inimitável de harmonias divinas. só o canto do rouxinol amazonense, no ramo do ingazeiro, valia Stradella executando Palestrina. A luz cambiante do crepúsculo, coada pelas franças do arvoredo, refletindo-se nas águas transparentes de majestosos rios, não invejava o brilho das decorações de púrpura e ouro, sobressaindo iluminadas pelos grandes candelabros, pelos lustres, por centenares de velas de cera perfumada. Tudo ali era grande, majestoso, incomparável, obra direta dum ser onipotente. Um povo jovem, numeroso e livre, enchia a nave imensa esperando a palavra da catequese que lhe devia ensinar a adoração do soberano autor de tantas maravilhas, e ele, padre Antônio de Morais, o pontífice máximo na sublime selvageria da floresta virgem, seria grande também, intemerato e forte. Com a eloquência da sua palavra, com a santidade da sua fé, seria o traço de relação entre o Criador e a criatura,

Anjo do Senhor, baixando à terra para anunciar o Verbo, homem elevado acima da humanidade para prestar serviço a Deus...

Não sem relutância terríveis, sem desânimos profundos, sem hesitações repetidas se resolvera Macário a aceitar a cumplicidade que lhe oferecera padre Antônio de Morais na perigosa tentativa de converter gentios. O primeiro assombro passara, mas ficara o terror da sinistra solidão das florestas, do encontro com índios bravos, cujo primeiro ímpeto é distender o arco e fazer voar a flecha homicida, sem a cortesia de prevenir com uma saudação a vítima descuidada. O mato para o sacristão nada tinha de atraente, era próprio de feras. Como deserto preferia o das ruas alinhadas com renques de casinhas brancas, o das praças vastas, onde pastam vacas de leite e mansos bois de carro, únicas feras de que se não arreceava: como índios contentava-se com os prudentes tapuios de camisa de riscado e calças de algodão, que remam silenciosamente à proa das montarias de pesca, e com as caboclas de saias de chita verde dançando o sairé à porta das igrejinhas sertanejas. À poesia da floresta preferia a placidez da vila, aos encantos da liberdade selvagem a prosa pacata à porta do coletor ou ao balcão do Costa e Silva, entre um golezinho de café perfumado e quente e um cigarro de Borba, maior e mais gostoso do que um charuto baiano, desses que o Dr. Natividade afetava, às tardes, em passeio pelas ruas da vila. Deixassem-no ficar onde estava, sem glórias nem renomes, sendo útil a Deus no zelo dedicado ao serviço da paróquia, e estava muito satisfeito. Mas V. Revma. exigia, era forçoso obedecer-lhe. Persistir na recusa seria perder para sempre a amizade do senhor vigário, e com ela ia-se o lugar, a tanto custo conservado, de sacristão de Silves. Padre Antônio andava intratável, possuído da ideia fixa da missão ao porto dos Mundurucus. Outro dia, viera da floresta, com a cabeça exposta ao sol do meio-dia, tendo nos olhos um brilho desusado. Já não parecia o mesmo. Falava com intimativa, não admitia réplicas nem observações, sempre pensativo, taciturno, abrindo a boca só para dizer que seria obrigado a procurar outro companheiro que melhor e com maior dedicação o servisse. Ora Macário, por mais que parafusasse, não descobria em Silves e em toda a redondeza, ocupação melhor do que a de sacristão da Matriz, depois da chegada de padre Antônio de Morais. Bem vestido, bem nutrido, muito considerado, dormindo à farta, fazendo bons ganchos em missas de defunto, em batizados e enterros, sentia-se melhor do que um cônego de prebenda inteira. Quem lhe restituiria todas as vantagens que a resistência à vontade do padre lhe faria perder? Longos anos de humilhação e sacrifício haviam-lhe enraizado no coração o amor do bem-estar que a sua situação representava, e agora que tão prontamente a ela se habituara é que a perderia? Já não lhe faltavam invejosos. O José do Lago sonhava com a substituição do Macário, o Valadão tinha um afilhado para empregar, se Macário insistisse em ficar, era certo perder para sempre o lugarzinho que tanto prezava, e adeus, então, sonhos de prosperidade e de ventura! Iria ser caixeiro do Costa e Silva ou do Mendes da Fonseca, varrer-lhes a loja, trazer-lhes o café, vender cachaça aos tapuios, aturar os desaforos dos fregueses, apanhar a sua descompostura de vez em quando sem dar um pio, ou então, iria fazer cigarros, única prenda que possuía, e se a indústria de cigarreiro de nada valesse, encheria de pernas as ruas de Silves, esfarrapado e faminto, sem consideração social. Nada! Não teria por vinte anos aturado as brutalidades de padre José, que Deus houvesse, não teria ouvido ásperas descomposturas – filho desta, filho daquela, ladrão, velhaco, não teria arrastado a sua humilhação pela vila durante a mocidade toda, por amor do emprego, para agora o deixar por si, só porque lhe falavam em uma missão à Mundurucânia. Lá que era difícil de roer a coisa, era, mas talvez que se estivesse assustando sem motivo. Era até muito provável que o senhor vigário não levasse a fim o seu absurdo projeto. A teima de padre Antônio não podia durar muito tempo. Aquilo passava. Era lá homem para sacrificar-se deveras, metendo-se entre índios bravos, a valer! A sua resolução era filha do despeito, logo que se avistasse cara a cara com as dificuldades de tão irrealizável empresa, recuaria, tão certo como três e dois serem cinco. Coisas de rapaz. Esta convicção grata e a confiança íntima e profunda na sua boa estrela, dando-lhe a certeza de que jamais se veria em conjuntura apertada de que não soubesse sair, decidiram Macário a mostrar boa cara à proposta do padre, muitas vezes e instantemente repetida. Mas para ganhar tempo Macário, mostrando-se desejoso de o acompanhar, salientara as dificuldades e embaraços que se opunham a uma partida breve. Primeiro era preciso deixar a igreja entregue a uma pessoa de bastante zelo e probidade, e na opinião de Macário não havia naquela miserável vila um homem de quem se pudessem confiar as novas alfaias e os novos vasos sagrados, as riquezas da nave e da sacristia.

– O Cazuza Penteado? Um sujeito que furtara a tesoura com que a parteira lhe cortara o umbigo.

– O José do Lago, um bêbado que dava cabo de todo o vinho branco da sacristia.

A Matriz não podia ficar abandonada. Era preciso que uma pessoa a zelasse na ausência de Macário. Enquanto não vinha a licença impetrada por padre Antônio para deixar a paróquia, Macário procurava. Veio de Manaus a licença e Macário ainda não pudera descobrir uma pessoa de bastante zelo e probidade... Cada vez que o sacristão passava pela porta do Costa e Silva, ouvia sair de lá a voz zombeteira do Chico Fidêncio:

– Então, Macário, quando parte a missão? A coisa transpirara. Toda a vila conhecia o projeto de padre Antônio de Morais, mas não acreditava na sua realização. Era uma ideia de moço inexperiente. Quando mesmo chegasse a partir de Silves, não chegaria a atravessar o Amazonas. Era lá homem para deixar os cômodos da vigararia e aventurar-se pelos sertões fora em busca de mundurucus! Demais essa tarefa maçante de catequese pertencia de direito aos padres que nos vinham de fora, e que rareavam cada vez mais. Um padre brasileiro catequizando! Parecia uma pilhéria inventada pelo Chico Fidêncio para caçoar da religião de Cristo. Macário cansava-se em esforços vãos para convencer a população rarefeita de Silves, de que a coisa era verdadeira e de que padre Antônio pensava mesmo em atirar-se aos mundurucus selvagens. E, por sinal, que Macário também ia, sim, senhores, Macário de Miranda Vale ia missionar na Mundurucânia, e o seu nome viria nos jornais, V. Revma. lho prometera. Padre Antônio até já queria entregar a Matriz ao José do Lago, para poder sair mais depressa, mas o diabo é que não havia remeiros que se prestassem a conduzir V. Revma. ao porto dos Mundurucus. Coisa notável, mal O sacristão chegava-se a um tapuio:

– Patrício, você quer levar o senhor vigário ao porto dos Mundurucus?

– Uai! onde é isso?

– O porto dos Mundurucus é lá no fim do mundo, nem eu mesmo sei, explicava Macário. É lá uma coisa que se meteu na cabeça do senhor vigário. Quer ir por força à terra dos gentios que comem gente, para servir a Nosso Senhor Jesus Cristo!

O tapuio que isso ouvia, dava de andar para longe, silenciosa e apressadamente, receando que o obrigassem a pegar no remo. E Macário, mostrando muito desânimo, ia dizer ao vigário:

– Saberá V. Revma. que não é possível obter remeiros.

Canoa havia, uma bela igarité grande, com tolda de japá, fixa e cômoda, de sólida construção e marcha regular, mas remeiros não apareciam. Nem dinheiro nem promessas, nem a lembrança do serviço de Deus, nem mesmo o prestígio do senhor padre podiam decidir os tapuios timoratos e preguiçosos a tão longa e perigosa jornada. Padre Antônio impacientava-se, acusava a desídia e a má vontade do Macário, falava em irem os dois sozinhos numa montaria rio fora, em busca de melhor meio de condução. Macário invocava todos os santos e santas da corte do céu em abono da sua boa vontade e diligência. Mas não havia mesmo quem quisesse ir. Era falar-se no porto dos Mundurucus e os tapuios largavam a correr como desesperados. Pela centésima vez, Macário, por ordem do vigário, passara pela Rua do Porto, procurando remeiros, até que parara casualmente, muito cansado, absorto nesses pensamentos, à porta do Costa e Silva. De repente uma voz sarcástica saiu da loja:

– Então, Macário, sai ou não sai a missão? Era o Chico Fidêncio, sentado junto ao balcão, chupando um cigarro apagado. Macário impaciente, compreendendo a necessidade de acabar com aquela dúbia situação em que o punham as insistências do padre e os sarcasmos do Chico Fidêncio, respondeu com muita dignidade:

– Saberá V S.a que não é da sua conta. Era numa tarde de fins de julho. Um chuvisqueiro miúdo começava a cair, esbranquiçando a massa da floresta e a lombada longínqua da cordilheira. A areia das ruas assentara, convertendo-se numa pasta flácida em que os pés escorregavam. A vila quase deserta enchia-se da tristeza sombria das noites invernosas. Macário tinha ojeriza às umidades, não se davam com o seu gênio nem com o seu reumatismo. O melhor era dar por concluídas as diligências daquele dia, e recolher-se a quartéis. Padre Antônio não estava em casa, não voltara ainda do passeio, com que costumava combater a dispepsia nascente. Mas, disse o preto velho, um moço bonito estava esperando na sala, para falar com o Sr. Macário. Um moço queria falar-lhe, quem seria? Provavelmente o afilhado do Valadão que vinha empenhar-se pela substituição do Macário, durante a missão à Mundurucânia... Que esperasse! Primeiro o Macário queria mudar as meias e beber um copito de vinho branco para afugentar um resfriamento. Não havia de sacrificar a sua saúde preciosa para ouvir as lengalengas do afilhado do Valadão! Mas, enfim, mudada a roupa e bebido o vinhozinho do Filipe do Ver o peso, ocuparia o tempo até a volta de padre Antônio de Morais, ouvindo o pedido do candidato a sacristão interino. Tratá-lo-ia bem, mas o iria desde já prevenindo que os deveres do cargo eram muito sérios, e era preciso medir bem as forças, antes de aceitar a responsabilidade da posição solicitada. Não pensasse que ser sacristão de Silves, e ainda com um sacerdote como Antônio de Morais, fosse alguma sinecura! Devia desde já habituar-se à ideia da importância das funções de acólito e de zelador do culto, de mestre-sala e ordenador do serviço divino. Em primeiro lugar era preciso saber latim. Não poderia ajudar a missa em português, isto estava claro. A ele, Macário, custara-lhe muito o aprender o latim, não fora biscoito, ouvira muita descompostura do defunto padre José, que Deus houvesse, e levara mesmo algumas palmatoadas! Depois era preciso conhecer o serviço, saber quando devia pronunciar os latinórios, quando devia ajoelhar-se, erguer-se, carregar o missal do lado da Epístola para o lado do evangelho, trazer as galhetas, servir o vinho e a água, enfim estar senhor de todos os detalhes do santo sacrifício. É verdade que estando padre Antônio ausente não se diriam missas em Silves... mas podia haver algum enterro, e para acompanhá-lo precisava o sacristão conhecer o seu ofício. Havia ainda as ladainhas, que não seriam interrompidas durante a missão à Mundurucânia. E finalmente requeria-se para sacristão um homem honrado e inteligente, incapaz de se deixar tentar pelo ouro do cálice, pela alvura das rendas da sobrepeliz ou pelo aroma delicado do vinho branco, mas que também soubesse cuidar disso tudo, tendo-o sempre em boa conservação e asseio. O afilhado do Valadão seria o homem necessário? Eis um problema que Macário não poderia resolver senão depois de ouvi-lo, de sondá-lo bem, estudar-lhe a fisionomia, os modos e o vestuário. Em todo o caso já o fato do pretendente ter procurado falar-lhe o preveniu em seu favor. Outro fosse ele e ter-se-ia dirigido diretamente a S. Revma., sem fazer caso do sacristão, como no tempo do defunto padre José, em que Macário não tinha voz ativa. O afilhado do Valadão devia ser um rapaz cheio de tino, se por si resolvera aquele passo de pedir ao santo em vez de pedir a Deus, ou então, e era o mais provável, o tenente Valadão, o subdelegado de polícia, assim o aconselhara, reconhecendo a incontestável influência de que gozava Macário. Sim, provavelmente preferiria o protegido do subdelegado ao José do Lago, que era uma lesma, mas queria antes de comprometer-se por uma promessa formal, expor-lhe com franqueza o modo por que entendia as funções dum acólito pontual e zeloso. Chovia ainda. Tinha tempo. Padre Antônio, provavelmente, surpreendido pela chuva, entrara em alguma casa, e esperava a estiagem para voltar ao presbitério. O pobre pretendente já esperava muito tempo. Macário atravessou o corredor, abriu a porta da sala, e recuou espantado, vendo sentado numa cadeira, com o chapéu entre os joelhos, um moço de dezoito anos, pálido e franzino.

– Uai! é o senhor que quer substituir-me! exclamou o sacristão, cheio de surpresa. E logo fino e atilado, não querendo ser vítima duma mistificação evidente, acrescentou com um sorriso:

– Já sei, é uma pilhéria do Chico Fidêncio! Aquele tratante não descansa! Mas desta vez teve graça! O Sr. Totônio Bernardino feito sacristão da Matriz! O moço ergueu-se, acanhado e sério. Macário notou que tinha emagrecido e estava muito triste. Nos olhos brilhava-lhe um relâmpago.

– Não sei de que fala, disse, nada tenho com o Chico Fidêncio, e nem desejo ser sacristão da Matriz. Ora essa, não queria ser sacristão, e que diabo queria ele?

– Venho fazer-lhe um pedido, murmurou o Totônio Bernardino, pondo os olhos no chão.

Um pedido! Pois não, estava às suas ordens, contanto que fosse para bem. Não se negara nunca ao que exigiam dele para o bem, era da sua natureza, não poderia reformar-se. O Sr. Totônio podia falar que Macário o estava ouvindo, pronto ao seu serviço. Não se trata do lugar de sacristão interino, de algum batizado, de algum Nosso-pai a levar? Ah! Já sabia, a coisa era um casamento! E Macário, feliz por ter achado afinal a explicação do caso, acrescentou com malícia:

– Invejas do mano, pois não é? Uma contração fechou o rosto expansivo do jovem. Um profundo suspiro levantou-lhe o peito.

– Não, Sr. Macário, não se trata disso. Mas já me explico. Padre Antônio vai em missão à Mundurucânia...

– Vamos, pois não! interrompeu Macário.

– Pois é isso, tornou o Totônio, sei que V. Revma. tem demorado a viagem por falta de remeiros...

– Ah! Já sei, o Sr. Totônio sabe de alguns tapuios que se prestam a remar até o porto dos Mundurucus? Pois olhe, admira-me muito isso. Tenho procurado tanto! Quando sabem que é para ir até às tabas de selvagens que comem gente, todos fogem. E o senhor sabe de gente que se preste a isso?!

– Sei. Estou pronto a remar na canoa de padre Antônio, e tenho um companheiro.

– O Sr. Totônio remando na canoa de padre Antônio!

E Macário, no auge do espanto, voltou-se para a porta, escolhendo saída. Não havia que ver. O Totônio enlouquecera, estava doido de pedras! Bem lhe parecera diferente do que era. Trazia a cabeleira mal penteada, a gravata mal atada, o fraque mal escovado. Estava muito pálido, com olheiras fundas, e no olhar tinha um brilho estranho, um fogo que abrasava. Pobre Totônio!

O moço, percebendo o efeito das suas palavras, tentou explicar-se. Era estranhável que ele, moço de boa família, tendo recebido uma educação, tendo cursado aulas do Liceu, viesse oferecer-se para remador da igarité de padre Antônio? Certamente que não buscava uma profissão, um meio de ganhar dinheiro. Era certo também que não procurava uma penitência de pecados mortais. Não. Nada disso. Também não era um ato de loucura, mas uma resolução fria e inabalável que livremente e no gozo inteiro das suas faculdades adotara.

– Mas como se explica? perguntou Macário, serenando o ânimo, e chegando-se para o simpático rapaz. Ele, numa expansão, contou a desgraça da sua vida, sem ocultar coisa alguma, como se se confessasse. Desde a noite do baile do casamento do irmão, em que pela primeira vez depois de anos, vira a irmã da noiva, a adorável Milu, sentira que uma vida nova começara para ele. O seu coração abrira-se a sentimentos desconhecidos, um afeto forte o enchera, assenhoreando-se pouco a pouco, como numa embriaguez crescente, de todo o seu organismo. Quando o baile acabara, não havia para o Totônio Bernardino outra criatura no mundo senão a graciosa Emília, a rapariga de olhos pretos e boca perfumada. Que dizia? Não havia em todo o vasto universo senão o seu olhar travesso e o seu sorriso divino. Ela era o seu amor, a sua vida, o seu fim, a sua salvação. Amara-a doida e apaixonadamente, e desde logo esse amor dera-lhe a convicção profunda e inabalável de que não poderia viver sem ela. Não exagerava, não estava louco, não se tratava de criançada, como lhe haviam dito os amigos. Debalde o pai, o irmão e os amigos haviam tentado afastá-lo da rapariga, ridicularizando aquele namoro de criança, metendo à bulha a sua paixão ardente, censurando-a e punindo-a por fim. Tudo era inútil. Estaria privado de razão, seria um louco, mas amava, e esse amor era a sua vida. O pai quisera levá-lo para os castanhais em companhia do irmão e da cunhada, mas ele fugira de casa, e sozinho, embarcara numa pequena montaria de pesca, e seguira a galeota do Neves Barriga, em demanda do rio Urubus. Ali tivera a inefável ventura de achar-se muitas vezes a sós com o ídolo de sua alma, e ouvira a grata confissão de que correspondia ao seu amor. Imaginasse Macário se fora ou não feliz, e se essa doce intimidade de longos dias sob as laranjeiras em flor, devia ter aprofundado ainda mais o sentimento que os unia. Oh! era para a vida ou para a morte! Jurara, solenemente jurara à escolhida de seu coração um amor e uma fidelidade eternos, e ali, sem rebuço, falando a uma pessoa estranha que tinha o direito de duvidar da sua sinceridade, o Totônio Bernardino confirmava a santidade do seu juramento, e declarava que estava perdido, para todo o sempre perdido, se a sorte cruel o separasse da sua querida Milu. O rapaz fez uma pausa, sufocado de emoção. Uma lágrima furtiva brilhou-lhe um instante nos olhos, mas ele enxugou-a disfarçadamente, e procurando dar firmeza à voz, continuou a narração dos seus tormentos de amor. Tinham sido dias de inexprimível ventura os que gozara à sombra dos arvoredos à margem do pitoresco Urubus. A mãe de Emília acolhera benevolamente a aspiração do moço e com o seu sorriso bondoso e meigo o protegia, dando-lhe esperança. Entregue todo à adoração da formosa rapariga, Totônio não sentia correr o tempo. Entretanto os dias sucediam-se, as horas voavam. Uma tarde o Neves viera ao sítio da irmã e tivera com ela uma longa conferência, a sós, na varanda. Depois o Neves saíra carrancudo, e a irmã ficara abismada em pensamentos tristes, fora uma nuvem no céu dos jovens namorados. Passaram-se dias e a mãe de Emília contara, uma noite, à ceia, que o Bernardino Santana desaprovara muito o procedimento do filho, e ele e o Cazuza haviam escrito ao Neves, pedindo-lhe que acabasse com aquela criançada que podia ser perniciosa tanto a um como a outro. O Neves viera e quisera obter da irmã uma oposição formal ao enlace dos dois namorados... e a despedida de Totônio! A pobre senhora recusara, mas estava receosa. O Bernardino era terrível quando o contrariavam e o Neves, principalmente depois do casamento do Cazuza, fazia tudo quanto o Bernardino queria. Fora uma noite de maus sonhos aquela! No dia seguinte, sob uma grande mangueira à beira da água, Totônio e Emília haviam chorado muito, sentindo pela primeira vez a possibilidade duma desgraça. Totônio jurara que preferia a morte à separação, e ela, a formosa, a incomparável Milu prometera que ficaria solteira toda a vida, se lho não dessem por marido. Mas a irremediável desventura não vinha longe. Nessa mesma tarde, ao voltar para a casa, Totônio fora agarrado por quatro homens robustos, amarrado como um criminoso, atirado ao fundo duma canoa e trazido para Silves. O autor dessa inqualificável violência era sem dúvida o Neves Barriga com o ar pacato e a cara de carneiro manso. Aqui Totônio encontrara o pai irritado ao último ponto, falando em açoitá-lo, e declarando-lhe terminantemente que o Totônio para casar passaria por cima do seu cadáver, e que primeiro se arrasaria Silves do que se celebraria tal casamento. Já a esse respeito se entendera com o juiz de órfãos, o Dr. Natividade, que primeiro o recebera mal, mas sabendo que se tratava do Totônio e da Milu, cedera a tudo que o Bernardino quisera. Totônio pensara enlouquecer de dor. Que rápida e terrível mudança se dera na sua vida! Lá as laranjeiras em flor, a sombra espessa da mangueira, o canto mavioso das sabiás e dos titupururuís, e a figura esbelta e graciosa de Emília animando o quadro, dando vida a tudo. Aqui a estupidez da vila, o isolamento, a hostilidade, a má-vontade, o sarcasmo e o pai, severo e implacável, prometendo pancada e fechando desapiedadamente o futuro. O coração do Totônio não podia resistir. Demais jurara. A morte, a morte só podia extinguir aquele amor e por fim aos cruéis tormentos que o açoitavam...

– A morte na sua idade?! exclamou Macário, sentindo-se comovido.

– Morre-se em todas as idades, respondeu o Totônio Bernardino, com a voz embargada pelo pranto. E depois dum repouso, continuou.

– Queria e quero morrer. A vida é-me insuportável. Jurei a Emília que preferia morrer a separar-me dela. Que posso contra o destino que nos separa, senão cumprir o meu juramento? Estou, pois, decidido a morrer, mas não queria ter uma morte inteiramente inútil como foi a minha curta vida. O meu desejo era morrer prestando um serviço, fazendo alguma coisa de bom, para deixar de mim alguma memória. Se ainda durasse a guerra do Paraguai, ir-me-ia alistar como voluntário, e daria o meu sangue pela integridade da minha pátria. Infelizmente. essa morte gloriosa está-me interdita. Que fazer! Hoje soube do grandioso projeto de padre Antônio de Morais, e disse comigo: se não morrer pela pátria, morro pela religião. E aí está, terminou com um sorriso angélico, porque eu vim fazer-lhe o pedido de aceitar-me como remeiro. Macário, comovido até ao fundo da alma, tirou o lenço de assoar para enxugar as lágrimas. Não atinava com o que dissesse ao rapaz para o dissuadir do seu louco projeto. Felizmente para o sacristão, ouviram-se passos no corredor, a porta abriu-se e a alta estatura de padre Antônio de Morais destacou-se da meia sombra da tarde.

VII

Eram quatro horas da manhã. Espessa neblina erguia-se do rio, cobrindo as árvores da beira, onde despertavam à primeira claridade da aurora as barulhentas ciganas, enquanto a água corria mansamente e a meio adormecida, apenas agitada de vez em quando por algum tucunaré que sem ruído vinha à tona respirar a brisa da manhã. Padre Antônio de Morais, sentado sobre a tolda da igarité, via desaparecer pouco a pouco o casario branco da pitoresca Silves, reclinada à beira do lago Saracá entre verduras eternas. Por último sumiu-se a torre da Matriz. Havia meses que chegara a Silves, cheio de entusiasmo e de fé, dedicando-se ao trabalho de reforma de uma paróquia sertaneja, e já dali se partira, desiludido e triste, mas ardendo no fogo de um novo entusiasmo, porventura mais bem fundado. Mas não era a recordação do que passara em silves, nem tampouco a preocupação do fim da viagem começada, que naquele momento lhe enchia a alma de gratos sentimentos. Achava-se bem, gozava uma delícia, haurindo a pulmões cheios o ar vivificante da madrugada, embalsamado pelo agreste perfume das matas da beira do rio. Sentia-se renascer no meio da natureza que o cercara na infância, e ora lhe avivava a lembrança de um passado já longínquo, de que o separavam sete anos de estudos e de trabalhos, e mais do que isso, a profissão adotada e as ambições da sua alma poderosamente sacudida por duas correntes contrárias que o levavam, todavia, ao mesmo resultado. Via-se em pleno rio, numa embarcação pequena, surpreendendo o sol no aparato da vestimenta matutina. Ouvia o ruído confuso da natureza mal desperta, e tinha ímpetos de tirar fora a batina, de tomar um grande banho purificador, de nadar atravessando o rio, de ir depois secar-se ao sol sobre algum cedro perdido, e de internar-se então no mato até perder-se no vasto sertão, onde passaria a vida a comer frutos silvestres e a vagabundear pelas campinas, numa orgia de ar e de liberdade. Era assim na meninice, na fazenda natal do Igarapé-mirim, onde para fugir à presença tristonha e chorosa da mãe e às brutalidades do pai, refugiava-se no campo, nas matas, na solidão do rio, só, sem companheiro, face a face com a natureza. Desse viver ao mesmo tempo ardente e tranquilo o fora arrancar a solicitude do padrinho, para o meter consigo na galeota de negócio e conduzi-lo ao Pará, obrigando-o a viver entre gente estranha, constrangendo-lhe a índole expansiva, sopitando o ardor do temperamento campônio para reformar as ideias e os sentimentos, adquirir nova concepção do mundo e da vida e formar um ideal novo de espiritualidade e meditação, contra o qual se rebelara embalde o sangue de Pedro de Morais que lhe corria nas veias. Com que dor de coração se despedira da fazenda! A mãe debulhada em lágrimas, envergonhada e tímida, transmitira-lhe no último beijo o vago terror das coisas novas com que se ia enfrentar. O pai, indiferente e grosseiro, insinuara-lhe o desprezo dos homens e a filosofia do gozo, acompanhando-o até a galeota com os olhos enxutos, os lábios sardônicos, a palavra cética e dura. A ama de leite, a boa mãe-preta que o criara e protegera, na fraqueza da mãe desmoralizada, contra os irmãos legítimos e naturais, dando-lhe o apoio da sua influência sobre a domesticidade da fazenda, abraçara-o ao embarcar, pondo-lhe ao pescoço um bentinho milagroso e dando-lhe conselhos para evitar os diversos males que por arte diabólica afligem a pobre humanidade. Quando ficara só com o padrinho e os remadores na galeota de negócio, dera-lhe uma grande dor de perder o seu arco de caça, as suas belas flechas empenadas, o cavalo de campo, a corda de laçar bois, o belo chapéu de couro com que o haviam presenteado no seu último aniversário natalício. Que funda saudade daquela vida livre de campônio desocupado, enquanto a galeota singrava as águas ao som cadenciado dos remos! E depois, quando chegara ao Pará, ao cair da noite, deslumbrado pelos centenares de luzes da grande cidade ativa, quando pernoitara na casa do Filipe do Ver o peso, estranhando a cama, a linguagem, os hábitos todos, quando entrara afinal no Seminário, numa grande sala branca e nua, à hora do almoço, tropeçando no limiar com os seus sapatos grossos de Igarapé-mirim, e provocando o riso zombeteiro de algumas dezenas de rapazes famintos e hostis, a negra saudade da sua vida passada o acompanhava, fazendo-o alheio a tudo que o cercava. No correr dos tempos, na marcha gradativa do seu espírito, nas horas de desalento, quando a atenção cansada do agro labor dos estudos repousava na contemplação de um cantinho qualquer da natureza, entrevisto através das vidraças poeirentas do Seminário, a pungente saudade o torturava ainda e o perseguia sempre, no intervalo de projetos ambiciosos, no fim das meditações filosóficas e dos arroubos de entusiasmo místico que entrecortavam a sua existência, toda feita de lutas íntimas e de ansiedades dolorosas. E agora que soube os ardores da mocidade impetuosa passara a calma da reflexão e das conveniências, agora que a realidade desconsoladora e fria devera ter sopitado aquele amor invencível de um passado morto, e a idade, a posição, o hábito que vestia e o destino que a si mesmo traçara, deviam trazer-lhe o completo esquecimento das sensações da infância, voltavam as recordações de chofre, e os quadros da meninice, reaparecendo com todo o brilho e frescura dos tempos idos, de novo e com maior força ainda, evocavam ideias, sentimentos e sensações que em tropel confundiam-se no seu cérebro, e davam-lhe um apetite monstruoso de ar, de gozo, de liberdade sem peias, pondo-o numa espécie de demência, como se um perfume sutil o entontecesse... O dia ia passando. O ruído cadenciado dos remos, durante horas a fio, embalava o sonho de padre Antônio de Morais. O sol do Amazonas punha cintilações de cobre polido na superfície do rio e aquecia a igarité, cuja tolda de palha dava estalidos secos ao leve balanço que o movimento lhe imprimia. Macário acordou com a luz do sol a requeimar-lhe o rosto. Mal embarcado adormecera, reatando o sono interrompido, mas agora, tendo completado a sua conta, despertava bem disposto, e achando-se deitado sob a tolda da igarité, vendo a batina do vigário caindo da coberta, e pelas costas as camisas de riscado dos dois remeiros, não pode deixar de pensar com um sorriso de malícia no modo por que a sua diligência conseguira pôr em caminho de realização o sonho extravagante de padre Antônio de Morais. Depois que o vigário havia recusado o oferecimento do Totônio Bernardino, Macário vira-se novamente entalado entre as pilhérias do Chico Fidêncio e as instâncias do sacerdote que falara em procurar um companheiro mais ativo do que o Macário e menos criança do que o Totônio Bernardino. Havia nas palavras de V. Revma. uma referência clara àquele bêbado do José do Lago, que ia visivelmente ganhando terreno. Felizmente Macário tivera uma concepção luminosa, em que punha à prova o seu tão estimado maquiavelismo, salvador das apuradas circunstâncias em que se via. O passo era realmente digno de um rapaz inteligente, de uma sagacidade rara. Tratava-se de satisfazer o senhor vigário, facilitando-lhe os meios de sair da vila, na intenção de dirigir-se ao porto dos Mundurucus, mas era preciso prever o caso, embora improvável, de perseverar padre Antônio naquela loucura de catequese, a qual, era coisa decidida, deveria cessar nos três primeiros dias de viagem, quando V. Revma. se visse sem o belo cômodo da macia rede de linho, sem o pãozinho fresco pela manhã, barrado de alva manteiga inglesa, regado por um delicioso café com leite, feito à moda de padre José, nutriente e espesso. Padre Antônio não resistiria às saudades de tanta coisa boa, todavia era preciso estar de prevenção; V. Revma. era um homem diferente dos outros, tinha alguma coisa de esquisito e trazia ultimamente no olhar a fixidez absorvente de uma ideia. O plano, em si, era duma simplicidade admirável, e consistia em ocultar aos remeiros o fim de V. Revma. , fazendo-lhes crer que se tratava duma viagem de recreio aos castanhais do Caruma. Era exatamente o contrário do que Macário fizera até então. De tal arte, tinha padre Antônio muitos dias de jornada para recuperar a calma perdida e, na dureza do lastro da tolda, na monotonia da viagem em canoa, rio abaixo rio acima por entre filas de aningais mirrados, encontraria o desejo da macia cama, dos bons passeios a pé nos pitorescos arrabaldes de Silves, tranquilo e repousado como um verdadeiro pastor de aldeia. E se por inconcebível pertinácia o padre não descoroçoasse, na resistência assustada dos tapuios, invocando a boa fé dos contratos, veria a impossibilidade de levar a efeito a desmarcada loucura, voltariam todos, honrados e contentes, a gozar em paragens cristãs a suavidade da vida. Num santo horror do pecado da mentira, Macário tivera escrúpulos de consciência na adoção deste engenhoso plano, pois consistia em enganar ao mesmo tempo o padre e os remeiros, e ele, homem de verdade e de consciência, fora obrigado a valer-se da máxima que o Chico Fidêncio atribuía ao clero católico em geral e aos jesuítas e lazaristas em particular -que o fim justifica os meios. De que se tratava? De calmar a excitação de padre Antônio por meio de uma diversão, de ocultar aos tapuios o fim duma viagem que, na opinião íntima e reservada de Macário, não se devia realizar. Não podia haver mais honestidade, nem mais inocente emprego daquele hábil maquiavelismo com que o dotara a natureza. As circunstâncias tinham-no servido otimamente. Dois rapazes de um arraial vizinho, no Urubus, alheios à intenção de converter selvagens alimentada por padre Antônio de Morais, haviam trazido à vila uma canoa de lenha; e Macário, numa das suas explorações pela Rua do Porto, vira-os, e fora logo apalavrá-los para o remo, dizendo que se tratava de ir à boca do Guaranatuba. Em seguida Macário fora levar a grata nova ao senhor vigário. Apalavrara dois rapazes do arraial, robustos e bem comportados, um de nome Pedro, o mais velho, e outro João, o mais magro. Eram caboclos legítimos, da tribo maués, ao que pareciam, mas muito boa gente. Estavam prontos a partir quando S. Revma. o desejasse, mas ele tomava a liberdade de recomendar a S. Revma. que não conversasse muito com os tapuios, e o melhor, para obedecerem mais facilmente, era não lhes falar na missão. Padre Antônio soltara um grande suspiro de alívio, acreditando na intervenção da Divina Providência. Aquele fato era sinal iniludível da aquiescência do céu aos seus projetos. Macário sorrira então, e sorria agora com finura, sentindo a igarité deslizar sobre a superfície calma do rio, certo de que a viagem cessaria quando lhe aprouvesse, a ele Macário de Miranda Vale, proferir uma palavra... Sentara-se e enfiara o olhar pela abertura da tolda. Dois renques de árvores dum verde-claro corriam aos lados da embarcação. A água cor de barro estendia-se numa toalha lisa. O sol dardejava raios de fogo, torrando o japá da tolda. A isto chamava padre Antônio de Morais a grande natureza virgem... O rumor cadenciado dos remos durou o dia inteiro. À tarde descansaram num sítio de pescador, mas saíram logo depois da meia-noite, pela impaciência em que estava o senhor vigário de deixar quanto antes o Paraná-mirim e de chegar às águas volumosas do Amazonas. Macário não gostara da lembrança de sair à meia-noite, já por duas vezes seguidas interrompia o sono da madrugada, e a dormida sobre a tolda do igarité não era tão agradável como na casinha do pescador, rústica e pobre, mas que tinha os seus encantos por uma vez. Não fossem lá pensar que Macário era inimigo da rusticidade campestre, uma vez na vida! Quando amanhecera, já na corrente principal do grande rio, apertado pelas altas ribanceiras que o impedem de invadir todas as terras, padre Antônio gritara aos rapazes que remassem, porque o céu ameaçava tempestade. Macário olhara para o céu. Uma nuvem negra vinha vindo do sul, e com grande velocidade crescia para todos os pontos, alastrando como um borrão de tinta. A perspectiva não era das mais risonhas. Às duas horas da tarde, quando mais intenso era o calor, desencadeou-se a borrasca, mas, por felicidade, já se achavam da outra banda. Como a chuva fora muita, houvera ideia de procurar um abrigo. Não havia ali sítio algum, mas à beira do rio, a meio escondida entre as árvores, uma maloca abandonada erguia-se sobre quatro paus roliços e toscos. Ali desembarcaram. Padre Antônio recebera alegremente o contratempo, como uma provação mesquinha em comparação com o que esperava sofrer na sua excursão evangelizadora. Os canoeiros pareciam indiferentes, aproveitavam a folga obrigada do resto do dia e da noite, sob o reles abrigo da maloca, pacatamente acocorados ao pé do lume improvisado com ramos secos, bebendo chibé e fumando. Macário não estava contente. Não, não estava. Deitado no chão úmido da palhoça, ouvindo a chuva cair torrencialmente durante a tarde e a noite, pensava que se aquelas bátegas de água estivessem lavando as telhas do presbitério de Silves, e ele, Macário, atravessado na boa rede branca, que herdara do defunto vigário, uma doce enfiada de sonhos, provocados pela vizinhança da Luísa Madeirense, teria povoado agradavelmente o sono repousado. A viagem continuara por três longos dias, depois de terem, à boca do Ramos, encontrado um regatão de nome José de Vasconcelos, que lhes ensinara o caminho para chegar ao grande rio Abacaxis, enfiando pelo extenso e piscoso furo de Uraná. O descontentamento do Macário crescia, com a diminuição constante de víveres que lhe punha em risco a reputação de previdente e arranjado. Faltava principalmente a farinha porque o malditos tapuios não perdiam ocasião de esvaziar grandes cuias de chibé, fazendo consistir a sua alimentação quase exclusivamente nessa mistura refrigerante de farinha com água de que o sacristão também gostava – principalmente com açúcar – mas se privava estoicamente, pensando no tempo a gastar na volta. Não se renderam os rapazes às razões com que o vigário lhes recomendava não abusassem do chibé – mas como o sacristão fosse cautelosamente pondo a farinha a bom recado, começaram a espreguiçar-se, a fazer pausas longas, e a olhar atentamente para o céu, na esperança de nova tempestade que lhes proporcionasse o apetecido descanso ao abrigo de alguma das malocas da beirada. Seria talvez tempo de proferir a palavra eficaz que devia determinar a volta da igarité às margens pacatas do lago Saracá? Macário hesitava, receando o desapontamento de padre Antônio de Morais, embebido na contemplação ardente e entusiástica daquelas árvores sem frutos, daqueles cipós intrincados, daquela massa de água intérmina e monótona. O vigário não falava, quase não se movia, passando a maior parte do dia sentado sobre a coberta da tolda, expondo-se ao sol tórrido do Amazonas, com risco de alguma febre. Comia muito pouco, ao contrário do que lhe sucedia de costume. Seria fastio do pobre pirarucu e da carne salgada do farnel, ou, na contemplação da natureza virgem, esquecera as necessidades corpóreas! Havia na sua fisionomia uma resolução tal que Macário sentia-se sem coragem de proferir a palavra fatídica que o devia arrancar àquele sonho perigoso. Que sucederia quando o padre se visse impossibilitado de prosseguir na empresa? Padre Antônio era um homem delicado, cortês, manso, falando baixinho e doce, mas desde que se lhe metera nos cascos a ideia de converter selvagens parecia transformado. Um receio vago apoderava-se do coração de Macário, obrigando-o a contemporizar, a adiar a volta. Entretanto a brincadeira já se ia mudando em maçada. Quatro noites contara ele pelos dedos, e cinco dias já se iam passando, que se achavam ali no duro estrado daquela igarité, sentindo as pernas entorpecidas pela falta de exercício, e o estômago a acusar as saudades da carne verde e do pão fresco. Os víveres escasseavam, teriam de ver-se em breve reduzidos a duras privações, muito fora de propósito naquela viagem que ele imaginara toda de passeio e de prazer. Era tempo de proferir a grande palavra, arrostando com a zanga de padre Antônio de Morais. Mas como fazê-lo? Nada mais simples. Na primeira pausa que os remeiros fizessem para descansar, Macário disfarçado e sagaz chegar-se-ia a eles, e com o modo mais natural deste mundo, diria animando-os:

– Vamos, rapazes, remem! Pouco nos falta para chegarmos ao porto dos Mundurucus. E devemos lá chegar quanto antes. Quem sabe se algum cristão não está lá à nossa espera para o salvarmos de ser comido pelos gentios?

O efeito seria infalível. Os tapuios, irados, pediriam satisfações, e então Macário, complacente, explicaria:

– Não se assustem. Vamos ao porto dos Mundurucus, mas indo o senhor vigário conosco não há perigo algum. Se os índios pegassem a qualquer de vocês desgarrado, comiam-no com certeza assadinho de espeto, está claro. Mas em companhia do senhor padre, isso não, não há perigo. S. Revma. vai mandado por Deus Nosso Senhor e por Nossa Senhora do Carmo converter os mundurucus ao cristianismo. É certo, portanto, que os mundurucus não o hão-de querer matar! Então o Pedro e o João pegariam os remos e virariam de bordo, proa para baixo, apesar de todas as instâncias de padre Antônio de Morais. Toda a dificuldade estava, apenas, em sofrer as consequências prováveis do desespero de S. Revma.! Macário hesitava, e enquanto isso, a canoa continuava, impelida pelos remos. À proa da igarité o grande rio Abacaxis corria para o sul, a perder de vista, fechando na espessura das altas florestas da sua margem a boca do Uraná. Na vastidão do rio, nenhuma canoa, nenhum sinal de vida aparecia, e a espessura da floresta ocultava a solidão ignota do deserto amazonense. Começava a selvageria ali. A impressão que padre Antônio recebera, absorvia-o no pensamento religioso da missão. Acudia-lhe a ideia de encontrarem breve os ferozes munducurs.

A imaginação exaltava-se. Já cuidava em dirigir a palavra aos índios, chamando-os ao seio de Cristo, persuadindo-os a abandonarem a vida errante de guerras e roubos para se entregarem ao doce jugo da civilização brasileira. Previa-os relutantes, ébrios de ódio, ardentes de vingança, agarrando o missionário, amarrando-o a uma árvore, crivando-o de setas como a outro S. Sebastião. E aquele martírio prelibado entusiasmava-o, achando-se grande e só na vasta amplidão do deserto. Aquele, sim, era um ideal digno de padre Antônio de Morais! Aquele o templo para as suas orações, aquele o teatro para os seus merecimentos, aquela a preocupação para o seu espírito religioso e austero. Uma ambição desmarcada enchia-lhe o cérebro e o perturbava. Mártir de Cristo, o seu nome, até ali obscuro, ressoaria pelo mundo, levando os ecos às gerações da posteridade. Seria o Francisco Xavier das florestas amazônicas, o Apóstolo das Índias Ocidentais, e um dia o Hagiológio romano contaria outro Santo Antônio, que não fora vítima resignada das tiranias de Ercelino. De súbito a igarité parou.

– Que é isto, patrícios? perguntou.. padre Antônio, descendo da tolda e aproximando-se dos remeiros. Por que deixaram de remar?

– Mundurucu, responderam ao mesmo tempo, o João e o Pedro, apontando a esteira do Abacaxis, à proa, unindo-se ao céu azul.

– Que estão dizendo, exclamou Macário, sem poder endireitar as pernas.

Padre Antônio olhou sofregamente para todos os lados, esperando ver realizar-se naquele momento o seu sonho de martírio. Não viu mais do que as duas margens do rio, prolongando renques de árvores até acabarem numa fita negra. A igarité uma vez cessado o movimento impulsor, descambava, cedendo à força da correnteza. Toda a vastidão do rio respirava o mais absoluto sossego.

– Onde estão os mundurucus? perguntou Macário, com dolorosa ansiedade.

Pedro deu uma gargalhada e explicou o caso. Não havia ainda mundurucus, mas dobrando uma ponta do Abacaxis, que já se avistava ao longe, entrava-se no Guaranatuba, e ia-se direito às paragens infestadas por índios bravos. Ora João e Pedro não queriam continuar a viagem. Preferiam voltar para o Amazonas, não estavam para ser flechados como tartarugas. Uma gargalhada de João fez ressaltar a tolice de se exporem ao risco que indicara a comparação achada pelo companheiro.

– João e Pedro, continuava este com loquacidade desusada, são maués, cristãos, graças a Deus, mas ainda maués. A tribo de maués desde que o mundo é mundo e o mar cercou as terras, vive em guerra com os mundurucus. Maué que visse mundurucus quebrava logo o cachimbo e não comia mais farinha. João e Pedro ainda queriam comer farinha e fumar tabaco. Macário triunfava. O seu plano surtira bom efeito, e, admirável resultado do seu engenhoso maquiavelismo! nem fora preciso proferir a palavra! Agora contra a relutância invencível daqueles tapuios teimosos e prudentes, quebrar-se-ia a vontade do senhor vigário. Mas para não descobrir ao padre o expediente o sacristão começou a blaterar contra a inconstância dessa súcia de caboclos vadios e medrosos cuja vida se resume em comer e dormir, e cujo egoísmo preguiçoso põe em apuros os brancos confiantes.

– Ora que tinha, terminou Macário, que fôssemos todos às tabas mundurucuas, embora arriscássemos a vida? É verdade que podíamos ser comidos, mas seria no serviço de Deus Nosso Senhor! Padre Antônio, desesperado, tentou vencer a resistência de João e de Pedro com rogos, ameaças e promessas. Foram inabaláveis. Somente pôde V. Revma. conseguir que, mudando de rumo, remassem até o próximo lago de Canumã, onde poderiam encontrar algum sítio de gente civilizada.

– Ara vamos lá, senhor padre, disse o Pedro fazendo valer a condescendência. E começaram a remar molemente. Ao cair da noite acharam-se à boca do lago, no porto dum pequeno sítio de pescador, sentinela perdida da civilização naqueles ermos. Padre Antônio desembarcara com o Macário, a fim de ver se acharia por ali dois rapazes que quisessem substituir o João e o Pedro na condução da igarité ao porto dos Mundurucus. Padre Antônio entrou na casinha de palha, barrada de preto, situada a meia encosta duma ribanceira suave. Uma tapuia, ainda moça, vestida com uma simples saia de chita pirarucu, acocorada nos calcanhares, atiçava fogo a uma panela de peixe, e duas crianças nuas, de duras melenas negras caídas sobre os olhos, rojavam-se pelo chão úmido da casa, brincando com três cachorros magros, que se quiseram lançar sobre os visitantes, apenas os avistaram.

– Tá quieto, Jaguar, sossega, Pretinho, tá quieto, Paqueiro, disse a mulher, ameaçando os cães com uma colher de pau.

As crianças cessaram de brincar, pasmando para os dois desconhecidos que tão de improviso as perturbavam. Padre Antônio com a mão direita arredondou no ar o sinal da cruz:

– A paz do Senhor seja convosco, irmã.

– Amen, dico vobis, acudiu Macário com gostosa reminiscência.

A tapuia rojou-se aos pés do padre, balbuciante e trêmula, e veio beijar-lhe a fímbria da batina. Os pequenos, acocorados no chão, olhavam, espantados. Os cães cercavam o sacristão, cheirando-o desconfiados. Padre Antônio expôs então o motivo da visita. Mas a tapuia o desenganou logo, muito tímida, pedindo mil desculpas. Não era culpa dela! A não ser o marido, o seu Guilherme que estava ausente e só voltaria na outra semana, ninguém por aquela redondeza se atreveria a adiantar-se pelo Abacaxis acima, e menos pelo Canumã, que devia ser agora o caminho preferido, por ficar mais perto, desde que a igarité, em vez de navegar direito pelo Abacaxis, subira até o lago do Canumã. Seu Guilherme fora à salga no furo de Uraná, e ela, a Teresa, ali ficara com os dois filhinhos, sem medo nenhum, já acostumada, porque sabia que os tapuios bravos nunca chegariam à boca do lago, e quando chegassem não lhe fariam mal algum, porque o seu Guilherme era amigo deles, fornecia-lhes aguardente e tabaco a troco de castanhas e de guaraná. O marido conhecia muito bem o caminho do porto dos Mundurucus, e poderia levar o senhor padre até lá, se não estivesse agora na salga do pirarucu. Padre Antônio agradeceu a boa vontade da Teresa, e voltou a entender-se com o João e o Pedro. Procurou convencê-los a continuar a viagem, dizendo-lhes que não lhes sucederia mal algum. Ele, padre Antônio, ia como missionário a chamar os índios para o grêmio do cristianismo. Ia pregar-lhes a verdadeira religião e o João e o Pedro, associando-se a esta nobre empresa, ligariam para sempre o seu nome à gloriosa catequese dos mundurucus, prestando um grande serviço a Deus Nosso Senhor, que morreu na cruz para nos salvar, a nós todos, brancos e tapuios, das garras do demônio. Macário seguira os passos de V. Revma. e muito resignado, juntou as suas instâncias às exortações de padre Antônio de Morais. Provavelmente morreriam todos naquela santa empresa, disse ele, antes que a palavra de paz e amor que V. Revma. levava pudesse chegar aos ouvidos dos mundurucus, porque as flechas andavam mais depressa do que as vozes. Mas uma tal morte seria muito meritória, faria do João e do Pedro santos da Igreja, S. João Maué, S. Pedro do Urubus, tais como os da Matriz de Silves. Demais se morressem iriam para o céu em companhia de S. Revma. e dele, Macário de Miranda Vale, que tinha tanto amor à própria pele como qualquer outro.

– Muito bem, Macário, disse padre Antônio, satisfeito e admirado. Nunca esquecerei os teus bons serviços.

– Saberá V. Revma. que ainda não fiz nada.

E Macário continuou a apertar com os maués. E como se lhe ocorresse de súbito um argumento de peso, foi à tolda, muniu-se de uma boa ração de fumo e aguardente e ofereceu-a aos endurecidos rapazes. O João e o Pedro, com lágrimas nos olhos, prometeram continuar a viagem na seguinte madrugada, com a condição, porém, de que se lhes daria licença de voltar logo que avistassem o aldeamento. O Padre e o sacristão fariam o resto do caminho por terra. Pela primeira vez naquela viagem padre Antônio conseguira conciliar o sono. Estava prestes a realizar o seu grandioso projeto. Estava contente consigo mesmo. A melancolia desaparecera como por encanto, não mais as tristes ideias de aniquilamento e morte lhe ensombravam a imaginação, não mais estremecia de terror pensando na vida eterna. A fadiga da viagem, a novidade macia da rede e a ideia de estar livre das mesquinhas ocupações da sua modesta vigararia, causavam-lhe uma satisfação íntima, uma alegria plácida que o convidavam a um sono tranquilo. Quando acordou os primeiros raios do sol douravam os ramos de pindoba nova que cobriam a casa, e enchiam o negro quarto de uma claridade tênue que mal anunciava o dia. A fresca da madrugada induzia a continuar o sono interrompido por força do hábito matinal do

Seminário, e as umidades da noite não absorvidas ainda, prendiam o corpo à rede por uma sensação de agradável frio. Mas dormira muito. Um projeto elevado e nobre engastara-se no seu cérebro, e não dava tréguas à indolência. Não podia ficar entregue a repouso sonolento quem pretendia o martírio na catequese de selvagens bravios. Sentia o peito dilatar-se a cada pensamento elevado, o coração tinha sobressaltos entusiásticos que não permitiam descanso aos nervos excitados. O movimento e a ação tornavam-se necessários como diversão à atividade desordenada do espírito, o alvoroço interior tinha de traduzir-se forçosamente na agitação externa. Mal percebeu que raiava o dia, saltou fora da rede, e foi acordar Macário que roncava todo envolvido nas varandas da maqueira.

Abrindo a porta do quarto, que dava para o terreiro, entrou por ela o dia, um esplêndido dia de agosto, cheio de vozes de pássaros na floresta e de ruído de peixes no rio. O sol parecia sair de um banho voluptuoso com os raios brilhantes mitigados pelas umidades da atmosfera, impregnada de vapores aquosos que surgiam do Canumã. As árvores, o capinzal, o terreiro estavam cobertos de abundante orvalho. As árvores da beirada recendiam. A natureza amazônica revivia com mais pujança aos beijos do sol bem-amado. Padre Antônio exaltado por um sentimento religioso ante o espetáculo daquela manhã, dirigiu-se ao porto a chamar os camaradas, que deviam ter pernoitado na canoa. Na superfície calma e lisa do lago, na esteira sombria do furo do Uraná, abrigado da luz matutina pelas árvores da beira, nenhuma embarcação se divisava. O porto estava deserto. O vigário e o sacristão, numa terrível ansiedade, correram pela margem, chamando em altas vozes os remeiros pelos nomes, mas somente o eco lhes respondia, o eco da outra banda, entrecortado pela gargalhada zombeteira da maritaca. A situação era clara como o dia que se levantava por entre os aningais da vargem. Os tapuios haviam fugido na igarité de padre Antônio, levando-lhe a roupa, as previsões, tudo. Passados os primeiros assomos de indignação e o abalo da surpresa, o sacristão a custo continha a alegria, apesar da perda da roupa e de um belo chicote de tabaco de Irituia, furtado pelos camaradas. O João e o Pedro teriam sido perfeitos e mereceriam todos os aplausos se tivessem esquecido à beira da água a roupa e o tabaco. Mas, em todo o caso, que valia um tal prejuízo em comparação com o malogro da insensata tentativa do senhor vigário? Logo que voltasse a Silves iria ao tenente Valadão, queixar-se do furto, e obteria a reparação do agravo, apesar da moleza habitual do subdelegado. Macário era esperto e havia de descobrir o paradeiro dos ladrões, ainda que tivesse de recorrer à Chica da Beira do Lago para fazer a sorte do balaio. Descobriria tudo porque os maués eram uns pacovas sem habilidade alguma, capazes de ir oferecer a igarité ao próprio Valadão. Então Macário vestiria a sua roupa e fumaria o seu tabaquinho cheiroso do Tapajós muito a salvo dos tais mundurucus, gente da sua especial ojeriza, se gente se podia chamar. Isto de missões e catequeses não fora feito para um homem pacato e temente a Deus, que nada mais queria do que levar a sua vida descansada. Metera-se a acompanhar a V. Revma. naquela inaudita excursão pastoral, pelo receio de perder com a recusa o emprego rendoso e cômodo. Mas desde que a Providência arranjara tudo do melhor modo, com um macavelismo invejável, salvando o amor-próprio do padre e livrando o sacristão de ser comido por selvagens, o que na verdade era pior do que perder dois ternos de riscadinho e um chicote de tabaco, Macário devia, como bom cristão, curvar-se ao decreto divino e resignar-se à modesta ventura de não vir a figurar no calendário romano. Não devia imitar o desespero de padre Antônio de Morais, que cismava encostado a uma árvore do porto, com o olhar embebido na superfície do lago, procurando ali a solução de um problema insolúvel. Para Macário estava claro. Não havia outra solução senão voltar para Silves. Para cortejar a dor do senhor vigário, como moço bem-criado, mostrou-se contrariado com o resultado daquela infeliz viagem. Tomou um ar de resignado desgosto e um tom de irremediável pesar:

– Então, senhor padre vigário, não há remédio senão voltar para a vila?

– Não, nunca! exclamou padre Antônio, como se acabasse de tomar uma resolução enérgica. E vendo o efeito da negativa no rosto de Macário, desculpou-se:

– E como voltar sem canoa?

– E como continuar a viagem sem canoa? Perguntou o sacristão meio desanimado.

– Deus Nosso Senhor providenciará, sentenciou padre Antônio, com muita confiança.

E acrescentou falando muito tempo e desabafando a contrariedade sofrida no incidente, que estava resolvido àquela história de catequese, e a levaria a efeito, custasse o que custasse. Não perderia cinco dias de viagem. Que diriam na vila se o vissem voltar da foz do Canumã sem ter avistado um só mundurucu? Pensariam que inventara a história da fuga dos canoeiros e o cachorro do Chico Fidêncio divertir-se-ia com o episódio no Democrata de Manaus, fazendo-o passar por um charlatão religioso. Não era homem que prometesse fazer uma coisa e a não fizesse, principalmente tratando-se de coisa tão santa como a conversão de selvagens ao cristianismo e à civilização, a ponto de o senhor bispo pretender ocupar-se dela muito a sério. S. Exa. Revma. imaginara a construção de um navio-igreja, que se chamaria Cristóforo, isto é, o que leva a Cristo, e navegaria todos os grandes afluentes do Amazonas, evangelizando os povos. Era uma ideia grandiosa, digna do cérebro do ilustre prelado paraense, e, levada à prática, prestaria os maiores serviços à civilização daquelas paragens. Infelizmente a construção demandava muito dinheiro; era preciso fazer um grande barco a vapor, apropriado às solenidades imponentes do culto católico, com o luxo que o senhor bispo gostava de desenvolver nas cerimônias cultuais para exaltar a imaginação dos crentes e agradar aos indiferentes de bom gosto que o lado estético da cerimônia atrai e concilia. Enquanto o fervor religioso, invocado pelo senhor bispo, não vinha derramar na Caixa Pia as quantias necessárias à construção do Cristóforo, forçoso era que os missionários isolados, para não deixar interrompida a obra de catequese, se aventurassem pelos sertões ínvios do Amazonas com o meio de locomoção que as circunstâncias lhes deparassem, pois quanto maior fosse o sacrifício mais meritório seria e mais digno da consideração de Deus. – Demais, concluiu, gesticulando animosamente, para voltar a Silves é preciso uma canoa, e desde que eu a tenha à minha disposição, nenhuma razão me impedirá de prosseguir na viagem. E andaram ambos para a casa, padre Antônio cabisbaixo e pensativo, Macário sentindo que não tinha a energia necessária para resistir à vontade do superior, acostumado, como estava, a respeitá-lo, não só pela posição como pelas suas raras virtudes entre as quais sobressaíam, impondo-se à sua profunda admiração, a castidade e o desinteresse nas coisas de dinheiro. Um padre que era uma coisa espantosa, mas que infelizmente dera agora para aquela história de catequese, que não havia como tirar--lhe da cabeça. Mas in petto Macário afagara a esperança de, com alguma nova artimanha do seu maquiavelismo, safar-se da rascada, para o que ia desde já prometendo dez réis a Santo Antônio, não duvidando chegar ao sacrifício das suas duas patacas se não soubesse que o santo só recebia dez réis. A tia Teresa, a mulher do pescador, ficara muito admirada da fuga dos remeiros, mas não vira remédio pronto. O seu homem estava no furo de Urânã ou no lago da outra banda, e só poderia regressar daí a uma semana, se não ficasse lá todo o mês.

– Não haverá aqui por esta vizinhança alguma embarcação? Perguntou padre Antônio de Morais. Não havia. Onde havera de sê incontrá ua igarité por estes mondo? Respondera-lhe a tapuia na linguagem dura e arrastada.

Para cima do rio, continuou, gesticulando gravemente, cantando as palavras uma a uma, prolongando as vogais, na impassibilidade de quem fala somente para se ouvir a si próprio; para cima do rio não havia morador nenhum, e lá para baixo eram poucos, o Chico Pequeno, o Pipirioca e o Jacaretinga. E depois, respondendo a uma pergunta que adivinhava nos olhos do padre:

–'Stão na sarga, disse com um gesto largo, indicando distância.

E prosseguiu no tom dolente e monótono das caboclas, cortando as frases para acentuar uma palavra, prolongando o som das vogais até penetrarem bem no ouvido do interlocutor.

– Havera de achá .... canua. Só sê fosse alguma... montarizinha... de pescá, como seu Guierme... tem... uma... munto... velha, bem velhi.... nha.... que nem nhá vó.

– Onde está essa montaria? indagou sofregamente padre Antônio.

–'Stá nu purto, respondeu a tia Teresa. E continuou a deleitar os ouvidos do Macário com a sua melopeia plangente.

– Saberá vence, nhã branco... que é...p'ra .... us la... drão dus ta. .. puios... não .... 'stá iscondidi....nha.... nas cana... rana...

E voltando-se para o vigário, a convencê-lo da inutilidade da pesquisa:

– Havera dê... servi... não serve. O dia... cho da muntari... a é ve... lha, e peque... tita, que só p'ra cu..... . rumi.

Macário e padre Antônio foram ver a canoa. Era um pequeno casco, feito toscamente de um tronco de cedro, medindo doze palmos de comprimento sobre dois e meio de boca. Estava encalhada entre as canaranas do porto. Era velha, como dissera a tia Teresa, e tinha apenas um banco além do jacumã. Era impossível arriscar a continuação da viagem naquela casca de noz. Padre Antônio voltou para a casa, impaciente. Aquela noite não dormira, nervoso e agitado pela impossibilidade material de prosseguir no seu elevado intento, burlado pela reles traição de dois caboclos estúpidos e medrosos. Examinara uma por uma as probabilidades de sair daquela conjuntura difícil, procurando dominar a indignação que lhe subia do peito ao cérebro, numa onda efervescente de projetos de vingança. Mas não vira outra solução senão esperar pacientemente no sítio da Teresa a volta do pescador Guilherme, que mais tarde ou mais cedo regressaria depois de esgotar em tabaco e aguardente o produto da sua demorada pesca. Esta solução indeterminada e dependente do capricho do pescador ausente era a que menos lhe sorria. Vinha-lhe um vago receio. Não confiava demasiado na firmeza das próprias resoluções, e cobrando medo às tentações do Inimigo, cada vez que percebia em si a dúvida, a hesitação, a fragilidade da vontade que formavam talvez a base do seu caráter, julgava que o único meio de dominar o seu organismo contraditório e inconsequente era forçá-lo a uma atividade devoradora que não desse tempo às paixões nem azo ao demônio de lhe senhorearem o corpo. Comera mal aquele dia, ou antes não comera nada, e velando até alta noite, as exigências dum estômago acostumado a nutrição abundante causavam-lhe uma fraqueza física, cuja origem não percebera a princípio, mas que o lançara num desânimo profundo. Acreditara por momentos que teria de renunciar para sempre a sua querida missão evangélica. Adeus, glória e sonhos dum porvir grandioso! Adeus, ilusões da mente criadora! Adeus, templos colossais, florestas enormes, povos conquistados pela palavra, puras invenções dum espírito reduzido à impotência! Antônio de Morais, o padre sonhador, voltaria à vida pacata, monótona e vegetativa de pároco de aldeia, coberto do ridículo da sua missão falha. Seria restituído às ladainhas, cantadas numa voz fanhosa pelas pretas velhas, de lenço branco à cabeça; à palestra insípida das tardes à porta do coletor; aos longos dias sem ocupação e sem trabalho, em que se embalaria suavemente na maqueira da sala de jantar, para refrescar a calma dum verão equatorial, numa sonolência mórbida, com o corpo fatigado de repouso e o espírito a vagabundear nas regiões escuras de teorias extravagantes e heterodoxas; a preguiça a tolher-lhe os membros e a fechar-lhe os olhos para não ver o breviário caído relaxadamente abaixo da rede, de capa para o ar e folhas amarrotadas; e o demônio a insinuar-lhe no peito o ardor da concupiscência no olhar provocador e no sorriso desvergonhado da Luísa Madeirense, a passar e repassar pela cerca divisória, cantarolando a Maria Cachucha e levantando bem alto as saias para as não macular na lama do quintal. E a um canto, os olhinhos maus do professor Fidêncio, a perscrutar-lhe os mais íntimos pensamentos, a adivinhar-lhe as fraquezas sob a aparência severa de padre de S. Sulpício, para as estatelar ao comprido numa coluna do Democrata. Esses pensamentos aumentavam-lhe o mal-estar ocasionado pela crescente sensação de debilidade. Levantou-se, riscou um fósforo e depois outro; e à luz rápida e intermitente de fósforos sucessivos, enganou a fome com uma boa cuia de água, precedida dum punhado de farinha que fora buscar ao paneiro da Teresa, a um canto da sala. Sentia-se confortado. As ideias tristes e desanimadoras fugiram à claridade da luz, como assustados morcegos. Padre Antônio, ao romper do dia, fora ao porto ver se aparecia alguma canoa. Ficara muito tempo passeando à beira do lago, molhando os pés na umidade das canaranas, atento ao menor ruído de remos, alimentando uma vaga esperança de ver romper à boca do furo de Urariá a sua igarité remada pelo João e pelo Pedro, tocados de sincero arrependimento; ou fantasiando um regatão que o ardor do ganho trouxesse àqueles confins da civilização para vender as suas chitas de ramagens e os seus terçados americanos; ou ainda acreditando que o pescador Guilherme, sentindo súbitas saudades da mulher e dos filhos, largara a vida regalada das salgas, o lundu e as cuias de aguardente para regressar ao sítio na sua excelente canoa veloz e segura, experimentada nos tropeços da navegação fluvial. A superfície do lago continuava deserta e lisa, agitada, apenas, de vez em quando, por algum pirarucu que vinha à tona da água respirar a brisa da manhã. Macário, depois duma noite bem dormida, chegara ao porto fresco e bem disposto, de mãos aos bolsos, assoviando o Vinde espírito de luz. O vigário parecia desacoroçoado. Todavia, como por desencargo de consciência, S. Revma. convidou-o a examinar de novo a montaria de pesca que na véspera a tia Teresa lhe mostrara, oculta entre as altas canaranas.

– Saberá S. Revma. que está de todo imprestável, sentenciou Macário depois de desdenhosa vistoria.

Padre Antônio não se deu por convencido. Convinha saber se a tia Teresa teria algum breu e um bocado de estopa. Teresa viera ao porto buscar água. Tinha o breu e a estopa, nem poderia a casa dum pescador estar desprovida daquelas coisas indispensáveis. Voltava já e havia de trazê-las ao senhor padre. Então padre Antônio de Morais dissera sorrindo que ia fazer-se calafate. Não que se quisesse realmente servir daquela canoinha de criança, mas para matar o tempo e prestar um serviço ao dono da casa, porque, enfim, a montaria ainda podia servir para os curumins se divertirem a pescar de caniço, enquanto não chegava o tempo de irem com o pai às pescarias longínquas.

– Ainda estão muito pequetitos, observou Macário.

– Hão-de crescer. Ande, Macário, largue essa preguiça e ajude-me.

Puxaram a canoa para terra, e colocaram-na sob uma árvore do caminho, a cuja sombra padre Antônio lhe fora calafetando o costado, aberto em diversos lugares pela ação do sol e do tempo. Padre Antônio, parecendo esquecido da contrariedade que sofrera, alegre e risonho, trabalhava brincando com os filhos da Teresa, que a alguns passos de distância assistiam nus e pasmados àquele espetáculo surpreendente dum branco vestido de preto a calafetar a velha montaria. Macário, ajudando o senhor vigário naquela fastidiosa e longa tarefa, que durara até à hora do jantar, estava tranquilo. Não se podia tratar de outra coisa senão dum passatempo, e posto que notasse o olhar de satisfação e de amor-próprio que o padre lançara ao trabalho ao despedir-se dele, comera com muito apetite e contentamento. Ao cair da tarde, antes de se recolherem à casa, para fugir à perseguição dos carapanas e à insipidez duma noite sem lua, foram ainda ao porto correr a superfície do lago com a vista ansiosa. Nada ainda. A noite caía, ensombrando o lago e mergulhando nas trevas a floresta de tucumas e muritis que circundava a cabana. O sacristão de Silves tocava o primeiro sinal da missa conventual nos pequenos sinos da Matriz, num domingo de festa. A população, de volta dos castanhais, corria pressurosa ao templo, enchendo o adro de sobrecasacas de lustrina compridas e respeitáveis, de jaquetas de ganga, de saias de chita verde e de cabeções bordados à moda da Madeira, deixando entrever a pele morena e acetinada das mulatinhas faceiras e das caboclinhas sérias, de pisar duro que lhes faz tremer os seios. O capitão Manuel Mendes da Fonseca, de largas calças brancas engomadas, sobrecasaca aberta, chapéu de Manilha rico e raro última lembrança do Elias – cavaqueava à porta da igreja com o tenente Valadão, que lhe contava como apanhara o João e o Pedro com a boca na botija, pretendendo vender ao Mapa-Múndi um chicote de tabaco de Irituia e dois ternos de riscadinho, novos em folha. O Dr. Natividade dizia numa roda, em que estava o professor Aníbal, que o Bernardino Santana conseguiria dele tudo quanto quisesse em castigo do Totônio, pois não esquecera a noite do casamento do Cazuza, e, graças a Deus, não estava acostumado a receber desfeitas. O Regalado dizia ao Costa e Silva muito mal do Felício boticário, que, magro, seco, parecendo filho do Valadão, receitava uns emplastros ao Neves Barriga para a cura completa de tumores. D. Prudência chegava, conversando com D. Dinildes sobre uma receita nova para fabricar cocada amarela. Estavam ambas vestidas com muito luxo, assim como todas as senhoras que aquele domingo concorriam à Matriz de Silves, enquanto o sacristão, olhado com inveja pelo José do Lago e pelo afilhado do Valadão, tocava alegremente os pequenos sinos musicais. Mas entre todas as mulheres sobressaía a rainha das formosas, a esplêndida Luísa, de vestido de lá, refolhado e rico, de botinas de duraque cor de canário, chapelinho à Garibaldi, vistoso e novo, lançando ao Macário um olhar de fogo que o obrigava a repicar os sinos, com entusiasmo dobrado, como se só para a Luísa repicasse, e quando mais enlevado estava, sentindo-se atordoado pelo ruído argentino dos sinos, e excitado pela presença da formosa criatura que lhe ocupava os pensamentos, ouviu a voz sonora e grave de padre Antônio de Morais, cortando subitamente o ar, como se o chicoteasse em pleno rosto:

– Sabe que mais, Macário? Vamos continuar a viagem, esta madrugada.

Macário despertou esfregando os olhos. A Luísa, os sinos, o adro, o capitão Fonseca, o Dr. Natividade, o povo todo sumiu-se na penumbra. Macário pulou da rede, ainda entontecido pelo sonho em que se deleitava. Sonhara mesmo, ou estava sonhando agora, ouvindo falar em viagem aquela madrugada? Fora um pesadelo que lhe dera pela muita banana que comera ao jantar? Ai, não! À beira da rede estava o padre, de olhos febris e fisionomia dura, a repetir-lhe:

– Vamos continuar a viagem esta madrugada. Macário não acreditava. O ardor do sol que o senhor vigário suportara durante o dia, na faina de obsequiar a hospedeira, calafetando-lhe a montaria, ter-lhe-ia transtornado a bola? Continuar a viagem, como, se não tinham embarcação, nem camaradas, nem víveres? Chegara o Guilherme, aparecera algum regatão, o tenente Valadão por acaso surpreendera a igarité furtada e a mandara ao padre por homens de confiança? Esta hipótese era inadmissível porque o tempo não permitiria tão rápida diligência. Padre Antônio achou que as perguntas de Macário revelavam pouca fé. Não chegara ninguém, não havia notícias da igarité, mas tinham a montaria do pescador que, calafetada como se achava, serviria perfeitamente para duas pessoas. Víveres não faltavam. A dona do sítio fornecer-lhes-ia anzóis e linhas de pesca, com isso ninguém morria de fome no Brasil. Em vez da boa farinha-d'água que os tapuios haviam furtado, comeriam o seu peixe com bananas verdes assadas, petisco delicioso, capaz de despertar a gula dum santo. De resto bananas não faltavam no sitio e já cortadas. A tia Teresa ceder-lhes-ia facilmente dois magníficos cachos que estavam pendurados no teto da cozinha. E enquanto a remeiros, que falta faziam João e Pedro, se estavam eles ali, Antônio e Macário, dois rapazes vigorosos, capazes de manejar um remo? Tinham uma boa lasca de pirarucu seco, sal, bananas e anzóis, que lhes faltava? E, por fim, quanto maiores fossem os sacrifícios, tanto mais mereceriam do Senhor, em cuja vinha trabalhavam e maiores seriam a glória e o renome de que infalivelmente gozariam. E terminou com intimativa:

–Vamos, Macário, não me seja mole, mexa esse corpanzil, deixe-se de preguiça. Hei-de seguir a viagem. Se for preciso partirei sozinho, aconteça o que acontecer. Macário viu nos olhos ardentes do padre uma resolução inabalável, embora sem calma, misturada com a agitação da impaciência, como se o amor-próprio forcejasse por esconder uma vaga desconfiança de si mesmo, ansiando por sepultá-la sob o peso do fato consumado. Partir sozinho, loucura! Exigir que Macário partisse também, que falta de caridade evangélica! Nada o demoveria desse propósito insensato? Que mal viria à catequese dos mundurucus da paciência empregada em esperar uma condução mais segura e cômoda do que a reles montaria, inabilmente calafetada por V. Revma.? A nada atendia, nada podia acalmar-lhe uma impaciência inexplicável V. Revma. era bem capaz de partir sozinho? E que diria Silves? Não faltaria ali quem acusasse o Macário de tê-lo abandonado, e quem sabe mesmo de que horrores seriam capazes as línguas viperinas de José do Lago e do afilhado do Valadão! Macário resistia e cedia ao mesmo tempo. Não se sentia com forças para aquele sacrifício, mas não tinha a energia precisa para dizer não. Ainda se a missão se fizesse a bordo do Cristóforo! Mas qual! era numa canoinha de criança, numa casca de noz, que podia fazer água por todos os lados! O Cristóforo ainda não estava feito, e quem sabe se se faria! Se algum dia o senhor bispo levasse a efeito a sua execução, não lhe aproveitaria mais, ao triste Macário de Miranda Vale! Enchia-se de ciúmes da fácil glória dos sacristães vindouros. Esses viajariam no Cristóforo, a ele, a ele sozinho cabia a infelicidade de missionar numa montaria de pesca, abandonada pelo próprio dono. Entretanto os outros, os que tinham de gozar as comodidades do navio-igreja, seriam elogiados, gratificados, canonizados talvez! A atitude severa e o silêncio resoluto do vigário, dominavam-no. Obedecia, resistindo sempre, resmungando, andando pelo quarto, preparando-se para a viagem, parando subitamente, decidido a ficar, num grande esforço de vontade, e logo, apenas o feria o olhar frio e penetrante do padre, continuando a arrumar as coisas necessárias, ora com maneiras bruscas de revoltado, ora com submissão resignada de vitima, já derramando uma fonte de lágrimas que enxugava raivosamente na manga da camisa, já ativando febrilmente os preparativos, como se a obediência desesperada protestasse contra a violência que se lhe fazia. Padre Antônio cruzara os braços, não proferia palavra, não fazia um gesto, mas o seu olhar implacável seguia todos os movimentos do Macário, causava-lhe impaciências nervosas, quando o sacristão o sentia espetar-lhe a epiderme, forçando-o a levantar-se, a pôr-se em andamento, a engolir frases cheias de justa indignação, que o engasgavam e lhe teriam valido a vitória se ele as pudesse proferir claramente, se a maldita garganta não as retivesse, se a endiabrada língua não se gelasse na boca sob a ação daquele olhar dominador, que o abatia como a uma criança medrosa.

No meio dos arranjos, quando tudo parecia pronto, o sacristão sentiu voltar a liberdade da fala e dos lábios lhe saiu como um protesto solene:

– Saberá V. Revma. que havemos de remar com as mãos. Padre Antônio saiu do mutismo que guardava para responder sorrindo:

– Sossegue, Macário, a tapuia vendeu-me dois remos novos.

– Não é isso, tornou Macário, vitorioso, o breu está muito fresco, o sol o derreterá e teremos de ir a nado para o porto dos Mundurucus! Era um dia que se ganhava, e nesse espaço de tempo, o mundo dava muitas voltas... pensou o sacristão em desespero de causa.

VIII

A canoa deslizava brandamente, entrando à boca do rio Canumã, cuja superfície calma enrugava de leve, despertando as sardinhas a meio adormecidas entre duas águas. Nenhum pássaro cantava, as vozes noturnas da floresta haviam-se calado, num recolhimento solene, ao despontar da aurora, como se ensaiassem as forças para a abertura do grande hino da manhã selvagem. Reinava profundo silencio, apenas entrecortado pelo ruído cadenciado do remo batendo alternadamente na água e nas falcas da montaria. Padre Antônio procurava concentrar o espírito numa meditação profunda, influenciada pelos materiais objetivos que o cercavam, sentindo que dava um passo decisivo na vida, e precisava reunir todas as forças da sua mentalidade para o conhecimento exato da sua situação moral. A meditação em que se absorvesse não impediria a marcha regular do governo da montaria, porque o grande rio Canumã oferecia navegação larga e franca, a corrente não era de todo desfavorável, e permitia imobilizar o remo do jacumã numa posição demorada. Naquela região inteiramente despovoada e sujeita às correrias dos índios bravos, entrava de repente num mundo novo, longe da vida social. A cem braças da embocadura já o rio oferecia um aspecto muito diverso do que nas proximidades do sítio do Guilherme, tendo um cunho de selvagem grandeza que impressionava a imaginação e prendia a faculdade contemplativa. As árvores da beirada, sem receio do machado vandálico do lenhador, cresciam a uma altura descomunal, envoltas em intrincados cipós e em apaixonadas parasitas, que pareciam querer sufocá-las num abraço estreito; e à claridade dúbia da madrugada projetavam no rio a sua grande sombra, cheia de mistérios. As ribanceiras negras, irregulares, ora alteando-se como montanhas, ora arredondando-se em lombadas, aqui estendendo-se em praia alagadiça, salpicada de aningas magras, ali correndo a largos trechos um muro baixo, feito de tabatinga de veios cor-de-rosa; em alguns lugares retendo a custo os cedros que se esforçavam por despenhar-se no rio, ansiosos por vagabundear nos braços da correnteza; em outros esmagadas pelas possantes maçarandubas que lhes entranhavam no seio as raízes grossas como galhos de pau-pereira; tinham o aspecto triste e desconsolado das paragens ermas, das vastas solidões jamais pisadas pelo homem civilizado, e onde a pujança da natureza bruta parece opor uma resistência de bronze ao mesquinho que se aventura a perscrutar-lhe os segredos. Mas, ao abrir do sol, bandos de macacos grandes e de guaribas assaltaram os castanheiros, pulando de galho em galho em gritos e porfia. Uma infinidade de pássaros de todas as cores cruzaram o ar, atravessando o rio num canto alegre de liberdade e de vida. Veados vieram beber confiadamente a água do rio, levantando a tímida cabeça para escutar o urro da onça que se fazia ouvir no mato, de vez em quando, dominando os ruídos da floresta, e pondo em sobressalto as capivaras vermelhas que se banhavam em numerosa vara à beira da corrente.

O movimento da fauna amazonense arrancara padre Antônio à meditação a que se queria entregar, sujeitando-o todo à encantadora contemplação das maravilhas da natureza selvagem, naquela esplêndida manhã de agosto, em meio do largo rio que se desdobrava, a perder de vista, numa luzente toalha em que se refletia, como em puríssimo cristal, o azul dum céu sem nuvens, sombreado pelas ramagens de árvores seculares, e riscado em diagonal pela linha de voo de pássaros desconhecidos. As recordações da meninice assaltaram-no de novo, eram a mais grata memória do seu cérebro, evocadas sempre pelo espetáculo da natureza virgem. E vira-se a percorrer os campos incultos da fazenda, a aventurar-se numa pequena canoa pelo Amazonas fora, quando gostava de supor-se perdido na vastidão do rio, e a imaginação sonhava uma vida acidentada de combates com feras e de luta com os elementos na solidão das águas e das matas. Agora via quase realizado o seu sonho de menino, em pleno deserto, indo talvez perder-se em paragens desconhecidas, dormir ao relento, matar a fome nos maracujás silvestres e nas castanhas oleosas, talvez morrer às mãos dos índios do sertão, que não teriam pena da sua mocidade e gentileza. Mas em todo o caso ia saciar a alma de solidão e de liberdade, gozar talvez a inefável delícia de sentir-se só num grande país, de poder entregar-se desassombradamente ao enlevo dos seus queridos pensamentos íntimos, sem receio de olhares indiscretos nem de interrupções importunas. Ia, enfim, achar-se face a face com a grande e virgem natureza, num tête-à-tête misterioso, em que poderia desabafar as dores secretas do coração dilacerado por sentimentos incompreensíveis; pensar e falar sinceramente, pondo o peito a nu, reconhecer-se a si próprio, ser franco consigo mesmo, propondo e resolvendo com lealdade, despido de todos os preconceitos, de todos os prejuízos de educação e de doutrina, o até ali insolúvel problema da natureza humana. Esta ideia, esta esperança mergulhava-lhe os sentidos numa embriaguez estranha, que lhe fazia esquecer as horas, imóvel, à popa da montaria, não sentindo o sol que na sua marcha ascendente, vinha queimar-lhe as faces em carícias ardentes. Macário, à proa, remando com afinco, suando em bica, começava a achar que os mundurucus estavam muito longe, e o remo lhe cairia das mãos antes de lhes pôr a vista em cima. Teimava naquela tarefa ingrata de repelir a água com a face do seu remo redondo, inabilmente manejado, porque, graças a Nossa Senhora, nunca fora remador de montarias. Sentia arderem-lhe as mãos, uma dor aguda comia-lhe as costas, descendo-lhe até os rins, e copioso suor inundava-lhe a fronte, dando uma sensação de crescimento ao lombinho, que o sol castigava com uma preferência incômoda. Desde alta madrugada estava Macário acordado, tinha perdido a noite, pela primeira vez na vida, na luta terrível que a prudência travara contra o prestigio e a força moral do vigário, e na qual fora vencida, por entre grandes suspiros e profundos desalentos. Carregara aos ombros os remos e os cachos de bananas, vendidos pela tia Teresa por muito bom dinheiro acompanhado das bênção de padre Antônio, e desde que as estrelas empalideceram à primeira claridade da aurora, sentara-se naquele banco e puxava pelo remo como se nunca tivesse feito outra coisa em dias de sua vida. O calor aumentava. Macário já não sentia as pernas adormecidas pela demorada imobilidade em que jaziam; os braços já se recusavam ao serviço. O lombinho, no meio da testa, crescia, interceptando-lhe a luz dos olhos. Saberá V. Revma. que são horas de almoço, disse, enfim, voltando-se para o padre, descansando o remo, enxugando o suor na manga da camisa. Seriam, com efeito, oito horas da manhã. Ardia o sol num céu sem nuvens. A água do rio tomava tons azulados, e o verdejante arvoredo das margens revestia-se dum colorido luxuriante, em plena seiva, banhado em luz intensa e poderosamente fecundado pelo calor que abrasava a terra. Ao longe a linha da cordilheira, suavemente ondulante, recortava o azul-celeste do firmamento em metátomos irregulares dum azul mais carregado, alargando o horizonte, numa perspectiva de afastamento indefinido. No meio da massa verde-escura da floresta, de um e de outro lado, as altas embaúbas abriam as folhas brancas, leques inúteis que a viração não abanava, e as bacabeiras carregadas de cachos, deixavam-se estar imóveis com as palmas estiradas, abertas, levemente amarelecidas, sem ânimo de as balançar no espaço, para não perder nenhum dos beijos vivificantes do sol. Os sabiás, os corrupiões, os diversos trovadores das selvas amazônicas recolhiam-se à frescura do arvoredo para a modulação dos trenos amorosos no mistério das folhagens. Os macacos, preguiçosos e sonolentos, internavam-se no mato em busca de algum regato cristalino ou, saciados de castanhas, balançavam-se pachorrentamente em delgados cipós. As próprias ciganas arrastavam o grasnar desagradável, como vencidas do cansaço e do silêncio, que lhes não permitia a índole barulhenta e irrequieta. Os peixes tardavam em vir à tona da água, ou boiavam sem ruído, para não interromper a calada do dia. Era intenso o calor. Padre Antônio acedera suspirando ao pedido contido no aviso do Macário, e dirigira a canoa para a beira, escolhendo lugar para o desembarque. Macário petiscara lume, fizera uma fogueirinha com ramos secos, e assara um naco de pirarucu, e umas bananas verdes. Depois do almoço, como o calor aumentava, o sacristão obtivera o descanso de algumas horas à sombra. Escolhera um castanheiro, a cujo abrigo se estendera no chão, moído e escangalhado. E adormecera logo. Padre Antônio aproveitara o tempo num longo passeio por entre as árvores da mata, enchendo os ouvidos dos sons sensuais do canto dos rouxinóis, e sentindo uma agradável impressão de isolamento e de bem-estar debaixo daquele teto de verdura. Quando viera a viração do mar, por volta de uma hora da tarde, toda a natureza, como reanimada pela varinha de condão de uma fada, acordara do letargo e repetira o concerto das vozes matutinas, com menos frescura e intensidade talvez, mas com a mesma agitação. Os peixes amiudaram-se à superfície do rio, como em brincos apostados, a quem mais vezes mergulhava e surgia no mesmo trecho do rio. As aves atreveram-se a deixar a sombra da floresta e a atravessar novamente o Canumã, voltando da viagem de amor ou de negócios feita pela manhã, e recolhendo-se aos ninhos, pressurosas e alegres. As palmeiras balançaram no espaço os leques verdes, auxiliando a viração na tarefa de refrescar a atmosfera; e grandes folhas de embaúba e palmas de coqueiros silvestres caíram com um ruído seco espantando as capivaras. Ao longe, o azul da cordilheira desmaiava, expirando numa orla esbranquiçada mal distinta da base dos altos cirros recém-formados, e cujos filamentos entrecortados semelhavam colunas de mármore veiado de azul sustentando rico dossel brilhantemente colorido. O sol, dardejando os raios quase a prumo sobre a coroa das palmeiras, parecia um sultão, recolhendo ao seu dormitório recôndito de tirano, satisfeito com as sultanas mais esbeltas e formosas e desdenhoso da turba das escravas. O ruído das franças agitadas pelo vento e o canto dos passarinhos distraíam a padre Antônio da meditação religiosa em que procurava afundar-se, suscitando-lhe imagens de gozo profano. Reagira, porém, contra aquela espécie de torpor moral que o invadia, e fora acordar o Macário para porem-se de novo em viagem. O sacristão olhou tristemente para as mãos cheias de ampolas pelo desuso do exercício a que o padre o forçara, e sacudiu a desanimada cabeça. V. Revma. não percebeu aquela muda e eloquente linguagem, e injungiu quase com dureza:

– Vamos, seu madraço, vamos aproveitar a fresca da tarde.

Macário fora aproveitar a fresca, mas estava no seu direito de resmungar, e foi resmungando. Aquilo já passava de caçoada! Um fomento de rebeldia estava a espicaçar-lhe o fígado... mas era um homem de juízo e compreendia que ante a obstinação cabeçuda do padre vigário de nada serviria persistir na teima de voltar para a vila. A canoa era uma só: ou havia de subir o Canumã ao sabor de padre Antônio ou de descê-lo como o pretendia e desejava o sacristão. O padre era o dono da montaria porque a tomara de aluguel com o dinheiro do seu bolso (que infelizmente o João e o Pedro lhe deixaram), e quando mesmo Macário o quisesse forçar a desistir da empresa, coisa, aliás, de que Nossa Senhora do Carmo o livrasse! era certo ser o vigário um rapaz sacudido e valente, de pulso forte e ânimo inteiro. Quanto a voltar sozinho por terra, não era ideia que se demorasse dois segundos na cabeça de um homem sensato. Macário, especialmente e de nascença, votava invencível ojeriza às onças, às queixadas e aos tamanduás que passeiam o sertão do Amazonas com a sem-cerimônia de quem conhece os seus domínios; e ele, o filho da lavadeira de Manaus, não contava entre os seus planos de futuro, ruminados ao cair da tarde, saboreando o cachimbo em frente à casa da Luísa Madeirense, o de ser estraçado por uma vara de caititus, para regalo de urubus vorazes, ou de perder o último alento no abraço apertado do tamanduá-bandeira, de unhas cortantes como navalhas. Se a perspectiva de ser banquete de tapuios bravos, embora em serviço de Cristo Crucificado, não lhe sorria muito, posto o lisonjeasse uma vaga esperança de ser recebido em boa paz por milagre de Nossa Senhora e do Senhor São Macário, menos o favoneava a empresa de galgar léguas e léguas por caminhos ínvios, por florestas intrincadas, por insondáveis gapós, trepando serras onde as onças moram, vadeando lagoas onde se ocultam sucurijus de enorme boca, palmilhando sobre espinhos, onde se aninham caninanas, e penetrando grutas onde habita o maracajá de súcia com a surucucu, para, por fim, se viesse a sair dessa impossível peregrinação, chegar morto de cansaço, doente e desmoralizado à sua saudosa e sempre lembrada Silves. Nada, antes morrer de uma só vez, flechado por um selvagem, ganhando foros de tartaruga. Era mais simples e não cansava tanto. Contemporizaria, sujeitar-se-ia ao insano capricho do padre vigário até que a Providência lhe oferecesse ocasião de pôr em prática o hábil maquiavelismo, de que tantas vezes colhera inesperados resultados.

A tarde estava muito fresca. A viração, vinda do Amazonas, acentuava-se, enrugando as águas do Canumã em pequenas vagas de prata e fazendo oscilar a humilde embarcação de pesca. As arvores da beirada balançavam--se graciosamente sobre as ribanceiras em saudações corteses aos atrevidos nautas que visitavam aquelas paragens despovoadas. As cigarras e os tananãs, sentindo avizinhar-se a noite, cantavam em notas melancólicas as saudades da vida efêmera que se desprendia do minguado corpinho. O unicorne denunciava a sua presença nas várzeas da beira do rio, cortando o ar com as vibrações da voz sonora e potente acordando o jaburu meditativo e tristonho na sua roupagem negra. Araras de torna-viagem enchiam o céu com a gritaria estridente que ia perder-se, num rumor longínquo e monótono, nos taperebás da serra, e cruzavam-se com os papagaios sertanejos voando alto, em bandos compactos; governando o impulso do voo com os staccati do canto arquejado. No meio dos gapós a saracura e o galo-d'água gemiam um dueto amoroso, com o acompanhamento da orquestra desenxabida das lontras que vinham gozar do último calor do sol morrente; e no capinzal da beira os cururus enfatuados e bulhentos assustavam as tímidas rolas aninhadas na espessura da canarana, no aconchego da folhagem macia, e que se punham a dar gritozinhos aflitos, cedendo à fascinação irresistível. Com a despedida do dia as ciganas grasnavam à porfia, numa confusão de vozes discordantes, maltratando-se a bicadas, lutando por um mesmo ramo de árvore, donde pudessem, empoleiradas, mergulhar na água duvidosa do rio a profundeza escura do olhar corvino, em busca de um indício de carne morta.

Frutos maduros se desprendiam das árvores ribeirinhas, caindo na água com um ruído sonoro que provocava uma avançada geral das tartarugas famintas, nadando entre duas águas. Enormes pirarucus vinham por sua vez, graves e solenes, gozar a fresca da tarde, aspirando com delícia e em grandes rabanadas a brisa do Amazonas. O sol já se escondia por trás da serra, desprendendo uma luz suave coada através das clareiras, dourando as cristalizações das rochas, e resvalando sobre a toalha do rio, salientava as cabeças silenciosas dos grandes jacarés imóveis, como tocos de pau, perdidos na correnteza, e cujos olhos ardentes e ferozes cravavam-se na montaria com fixidez de mau agouro. A canoa avançava lentamente. Padre Antônio remara toda a tarde, subindo vagarosamente o Canumã, vencendo a custo a correnteza que o arrastava para o lago, como se uma força oculta o quisesse desviar da arriscada tentativa. Depois do jantar, que foi mesmo a bordo, ao cair da noite de treze de agosto, tratara de procurar um lugar em que ele e o companheiro pudessem repousar os membros fatigados. O problema, pensava, não era de fácil solução. Era preciso amarrar a canoa em lugar que a abrigasse de alguma ventania noturna ou dessas rápidas tempestades dos países quentes, terríveis e imprevistas, despedaçando as florestas e convulsionando os rios.

Ao mesmo tempo convinha não esquecer os perigos de terra, não menos de temer naquele trecho do Canumã, de aspecto tão diverso do que lhes oferecera ao desembocar no lago de que tira o nome. As ribanceiras eram altas, corridas a prumo, como se o Canumã, à semelhança do Amazonas, se ocupasse em devorar as margens, ameaçando espraiar-se até a raiz da cordilheira que padre Antônio divisava ao longe, enquadrando o vale numa cercadura azul. A beira do rio parecia coberta de aningais cerrados e doentios, que se compraziam num solo inconsistente e úmido, e defendiam-se da correnteza com uma larga faixa de densa canarana, dum verde cambiante. A noite enchia o céu, entenebrecendo o horizonte, depois dum rápido crepúsculo. Padre Antônio amolecia o remo, olhando para todos os lados, hesitando. Amarrar a canoa muito perto da terra, além de a sujeitar ao risco do desmoronamento das ribanceiras, era expô-la ao ataque das onças, protegidas pela escuridão do mato e pela frouxidão do solo. Fundear ao largo sem um mará que a garantisse contra a correnteza, impedia aos viajantes o sono repousado em terra, ao menos que não se aventurassem por entre as canaranas nos domínios da cobra e do jacaré. Não havia remédio senão continuar a viagem até que encontrassem um bom porto para o desembarque.

– Ali! exclamou de repente o Macário, lobrigando à última claridade do crepúsculo uma língua de terra que num trecho de cerca de três braças entrava pela água dentro, forçando a correnteza a desviar-se e formando um remanso.

Por efeito do desabamento da ribanceira a margem abaixava-se numa pequena praia. Não havia mais hesitação possível. A noite já os impedia de viajar livremente. Padre Antônio aproou a montaria para a beira.

– Desça e amarre a canoa, ordenou.

Macário arregaçou as calças até os joelhos, resmungou, tirou fora os sapatos e atirou-se à água. Mas imediatamente soltou um grito estridente, titubeou e foi cair de ventas sobre a terra mole da pequena praia improvisada. O sacristão de Silves, repimpado sobre um montão de folhagem com que procurava evitar a umidade do solo, agitava-se como se o diabo lhe tivesse entrado no corpo por fenômeno de incubação. Eram murros no ar, sacudidelas de braços, cabeçadas no espaço, exclamações de ódio e rancor que lhe saíam em atropelo dos lábios espumantes para permitir a entrada repentina na cavidade bucal de alguma atrevida muriçoca, doida por chupar-lhe o véu do paladar, e logo após expectorada, nadando em saliva, numa grande careta de enjoo. Era um espetáculo estranho e fantástico, que o padre observava da montaria em que ficara, esse do Macário, sentado à beira do rio, junto a uma grande fogueira, com a frente aureolada por um enxame de insetos alados, e a vociferar imprecações de toda sorte, sacudindo os braços, as pernas, o tronco, num movimento desordenado e contínuo, como se estivesse atacado da dança de S. Guido. Dir-se-ia um feiticeiro que no silêncio da noite e da solidão, entregava-se aos mistérios da sua arte diabólica, invocando os espíritos familiares para os lançar contra a humanidade, ou algum pobre tapuio louco que se ensaiasse para o religioso sairé, dançando ao som de instrumentos imaginários. Padre Antônio também não se sentia a gosto, forçado a repousar na montaria, porque a ardente preocupação com que deixara o sítio de Guilherme não lhe dera a calma necessária para cuidar em todos os preparativos duma viagem que devia durar muitos dias por inóspitas regiões, e agora, naquela noite cálida de agosto, à margem alagadiça daquele trecho do Canumã, sem cômodo e sem abrigo, começava a convencer-se de que os inumeráveis inimigos do sossego noturno, de diversas espécies e famílias, mudos e canoros, visíveis ou ocultos, venenosos ou simplesmente incômodos que estavam perseguindo atrozmente o pobre Macário, nem sequer lhe permitiriam a ele uma meditação profunda e tranquila. Os mosquitos, os carapanãs, os piuns, as muriçocas, os pernilongos atiravam-se com uma gana desenfreada à iguaria rara e delicada daquela epiderme branca e daquele sangue ardente, parecendo buscar na fácil empresa uma compensação da luta velha contra a pele grossa, oleosa e repintada do caboclo que habita os seus domínios. Não havia meio de dormir ou sequer estar quieto, com as ferroadas agudas dos sanguinários bichinhos que lhe deixavam no corpo ampolas e inflamações de mau agouro. A noite corria plácida e serena, iluminada pelo brilho vivíssimo das estrelas. O calor era intenso, cessara a viração do mar por volta de oito horas, as águas do rio corriam mansamente, arrastando grandes troncos de árvore e periantãs flutuantes. Ao longe, na floresta, ouvia-se o urro da onça errante e faminta, cruzando-se de modo estranho, num contraste frisante, com o zumbido prolongado de milhares de milhões de carapanãs vorazes. Macário cansado de agitar o corpo em todos os sentidos arrancara a camisa de riscado, e dava fortes palmadas nas costas, no peito, na testa, nas faces e no querido lombinho para matar os insetos que o torturavam. O sacristão lamentava-se amargamente. Logo ao chegar àquele miserável lugar um asqueroso puraquê o sacudira violentamente obrigando-o a enterrar a cara na lama da beira do rio. A eletricidade do peixe abalara-lhe os nervos, excitando-lhe o mau humor que já de véspera trazia contra padre Antônio de Morais e a sua louca empresa. A necessidade da fogueira para evitar a aproximação das cobras, avivando-lhe a ideia do perigo a que se expunha, e ainda o urro longínquo da onça, que já lhe parecia estar a pequena distância, aumentavam-lhe a antipatia pela situação a que o forçara o receio absurdo de desobedecer ao senhor vigário. E agora, por mal dos seus pecados, por cúmulo de desgraças, os miseráveis insetos, teimando na cruenta lida de sugar-lhe o sangue todo, acabavam de esgotar-lhe a paciência, a santa paciência de que ele sempre timbrara nas épocas mais difíceis da sua acidentada existência. Caía de sono, apesar de haver cochilado durante o dia sob os castanheiros, à moda dos pastores de Virgílio, como dizia o padre José, sempre que fazia a sua soneca debaixo da mangueira do sítio da Chiquinha do Urubus. O que provava que o tal Virgílio era um patrão acomodatício. Não podia dormir porque não lhe consentiam os carapanãs e as muriçocas! Que noite, senhor Deus, que noite aquela, de que se lembraria toda a vida, ainda que vivesse cem anos, porque nunca passara uma noite assim nos trinta e cinco anos de moradia neste vale de lágrimas! Também quem o mandara meter-se naquela maluquice de padre Antônio de Morais? Bem sossegadinho podia Macário estar àquela hora, dormindo o seu sono na sua rede americana na casinha de Silves... em vez disso, matava mosquitos! Ai, quem ele queria pilhar ali era o pateta do Valadão, que se gabava de não matar um carapanã! Por mal dos pecados nem sequer tinha uma rodela de tabaco, nem uma folha de tauari! Se ao menos pudesse fumar, talvez se distraísse, e sempre se defenderia daquela súcia de carapanãs de má morte. Indignava-se contra os tapuios que lhe haviam furtado o chicote de cheiroso tabaco com que contava regalar-se nas paragens de Guaranatuba. Rebelava-se contra padre Antônio, o causador único de todas aquelas desgraças, e suspirava triste e amargurado. Quem diabo metera na cabeça de S. Revma. a ideia de vir àquele sertão em busca de gentios para converter? Pensar que poderia ter ficado no sítio de Guilherme, a esperar que voltasse da pescaria, lá estava a tia Teresa para o divertir, que antes ela, apesar das tetas pendentes, do que aqueles safados carapanãs que o estavam forçando a duvidar de Deus. Mas qual! tivera pena do idiota do padre, pensando que se meteria sozinho na rascada! O Sr. Macário de Miranda Vale tivera pena de padre Antônio de Morais, que não era seu filho, nem seu irmão, nem nada!

– Forte besta, o Sr. Macário! Dizia sacudindo-se todo como um endemoninhado no desespero de um novo ataque de piuns que lhe caíam em nuvem sobre as costas e o peito.

E no auge da aflição, com violência crescente exclamava, batendo com os punhos no coxim de folhagem:

– Burro, burro, burro! Padre Antônio mal acomodado no único banco da montaria, começava a pensar que a empresa não era tão fácil como a princípio parecera ao seu ardor entusiástico. Já o impacientava a repetição das contrariedades da viagem que lhe tinha feito passar desapercebidas a preocupação do grande objetivo. A sua natureza exaltada e de repentes, irritava-se com os pequenos obstáculos, obrigando-o a desviar o pensamento da elevada missão a que se destinava. Francamente, pensava, no silêncio daquela noite de desagradável vigília, não seria jamais o temor da morte que o faria renunciar ao seu tio religioso quão humanitário projeto. Estava pronto para arrostar com todos os perigos, naufrágios, fomes, torturas. Confessava-o a si mesmo, sem vislumbre de charlatanismo ou de hipocrisia, sondando a sinceridade do seu coração de moço. Sabia que se expunha a perder-se em pleno rio ou sob a torrente impetuosa de alguma cachoeira, a ser envenenado pelo impaludismo, a ser devorado pelas feras da floresta, esmagado por altas terras ou por cedros gigantescos. Mas passar noites sem dormir, a matar mosquitos, gastando a resignação e a paciência em tão mesquinhos e vulgares sofrimentos, em tão ridículas provações, não o podia levar a sangue frio. Os malditos não se limitavam a morder... cantavam, e aquele zinzim contínuo e monótono bulia-lhe com os nervos, perturbava-lhe a calma do espírito, apertando-lhe o coração num desespero infantil. Queria ser pregado a uma árvore pelas flechas dos selvagens, como o mártir S. Sebastião, de gloriosa memória, mas não via em que aproveitava à sua glória aquele martírio obscuro e inenarrável de ser devorado aos bocadinhos pelos carapanãs da beira do rio. Era um tormento inglório e escusado, porque em nada adiantava a grande obra da conversão dos mundurucus, e ninguém o tomaria a sério. E se ia continuar por noites e noites, por toda a viagem, por todo o tempo que pretendia dedicar à catequese, nas excursões às tabas mundurucus, nas horas de oração e preparo espiritual, e até no momento do sacrifício, quando precisasse dar ao selvagem o exemplo de uma calma superior, de uma resolução digna, qual seria a paciência humana capaz de suportar tão miseráveis e pequenos quão agudos e cruéis sofrimentos? O ardor do sangue que sentia correr-lhe nas veias, a sensualidade da carne cheia de vida e robustez, cujos incitamentos combatia pela dedicação e pelo sacrifício, preferiam decerto a morte violenta e heroica, as grandes sensações que aniquilam o corpo, elevando a alma. A preocupação constante dos últimos dias o impedira de dormir, enquanto o pudera fazer ao rumor cadenciado dos remos dos camaradas ou no silêncio da casinha de palha do pescador Guilherme, e agora que cedera à certeza de levar avante o grande desideratum da sua vida de padre; agora que o corpo cansado se tornava exigente na reivindicação dos seus direitos, e a calma da noite o convidava a um sono reparador, eis que o não conseguia conciliar pela oposição invejosa de pequeninos insetos que o queriam todo para si, como se sua propriedade fora! As pálpebras fechavam-se, abria-se a boca em bocejos sonolentos, o corpo todo entregava-se a um torpor doentio e profundo, mas era impossível repousar um instante. Os olhos lacrimejavam, a cabeça estava oca de pensamentos, e os membros doloridos sentiam duplamente a dureza da improvisada cama que arranjara... Era impossível conservar-se deitado. Ergueu-se, e fazendo um enérgico movimento afugentou os mosquitos. Levantou os olhos para o céu estrelado e profundo, com uma vontade de queixar-se e de desafiar ao mesmo tempo o vasto firmamento. As pequenas estrelas pareciam observá-lo com um milhão de olhos curiosos, que o envergonharam do seu arrebatamento. Um frio glacial invadiu-lhe o peito, gerando a convicção de que fora vítima duma tentação do demônio que lhe queria vencer a constância para o desviar do serviço de Deus. Esta ideia arrancou-o com uma sacudidela ao torpor físico e moral que o ia despenhando no poder do inimigo de sua alma, e restituiu-lhe a força. Curvou-se sobre a borda da canoa, banhou o rosto e as mãos na água fresca do rio, e como se a ablução lhe desse um novo batismo de crença e de fé, sentiu-se são. Sentou à popa da montaria, e reatou o fio das suas meditações sobre a empresa que havia de vencer as tentações da sua carne de vinte e dois anos, preparando-o para a outra vida, e habilitando-o a deixar honrosa memória do seu nome. Rememorou os feitos sublimes dos mártires do catolicismo nascente, os tormentos aturados por todos os que de boa mente trocavam algumas horas de dores por uma eternidade de beatitude, e reputou-se feliz por haver teimado na árdua viagem empreendida, do que rendeu graças infinitas ao seu anjo da guarda, que o não desamparara. Os insetos voltavam, que voltassem! Já não lhes temia a fúria redobrada dos ataques. Não tentava afugentá-los, nem mesmo procurava resguardar-se das suas agudas ferroadas. Aquele tormento mandava-lho Deus para provar-lhe a constância e ânimo sofredor. Só tinha um pesar. Era o de ter quase desesperado com aqueles pequenos incômodos que nada eram em comparação com os incríveis sofrimentos suportados pelos santos do cristianismo. Naquele mesmo dia treze de agosto, cuja noite tranquila padre Antônio atravessava à margem do Canumã, celebrava a Igreja de Roma a morte gloriosa de S. Cassiano, martirizado pelos ponteiros de seus próprios discípulos. E como pretender a palma do martírio um padre que nem sabia sofrer ferroadas de carapanãs? A ação forte e dominadora duma fé ardente absorvera a vitalidade física de padre Antônio de Morais, causando-lhe um torpor profundo, mergulhando--o numa abstração completa. A recordação do martírio sobre-humano dos santos excitara no seu cérebro a sensação correspondente, que o sofrimento físico avivava, reagindo sobre a imaginação. Esquecera o presente. Via-se entre os mundurucus a pregar o Evangelho, a reduzi-los à civilização e à fé do catolicismo. O rio, a canoa, o céu estrelado, o Macário e os carapanãs varreram-se-lhe da memória. Mergulhara num sonho de catequese e de martírio em que, atado ao tronco dum gigantesco cedro, crivado de flechas ervadas, vertendo sangue por todos os poros, e sentindo a vida esvair-se pelas feridas ao passo que o veneno mortífero subia-lhe lentamente ao coração, falava ao gentio as doces palavras de Jesus.

Pouco a pouco aquele delicioso torpor fora-se apoderando de todas as suas faculdades, e o sonho continuara como realidade tangível, em que encontrava um gozo intenso. Recostara-se à popa da montaria. Cerrara os olhos. Cruzara as mãos no peito e entregara-se à suprema felicidade de sentir-se martirizado por amor de Deus Crucificado. Os insetos, aproveitando a passividade daquele corpo, picavam-lhe o rosto, as mãos, o peito a meio descoberto pela abertura da camisa. Gotas de sangue vermelho cobriam-lhe as faces salpicadas de pontinhos pretos, uma nuvem de muriçocas aureolava-lhe a fronte, coroada de cabelos negros como a treva da noite que os envolvia. À dúbia claridade das estrelas e ao reflexo das chamas da fogueira da praia, o sangue brilhava como rubis preciosos, e o vulto grande do padre destacava-se do fundo da humilde montaria numa atitude tranquila e repousada, que o Macário invejava, como se houvera cedido ao sono embalado pelas auras da fresca madrugada, ao som duma música divina. Um odor forte e balsâmico chegava da floresta, e misturando-se às emanações úmidas e agrestes da beira do rio, enchia o ar dum perfume oriental de nardo, sândalo e canela, que inebriava os sentidos, despertando vagos desejos dum gozo indefinido. A água corria docemente com um sussurro de regato coando por sobre leito de folhas, pelo leve embaraço que o estirão punha à correnteza desviada do seu curso; e as sardinhas, fugindo à voracidade dos peixes em caçada noturna, faziam às vezes estremecer a toalha do rio em pequenos círculos concêntricos que se desfaziam ao tocar na corrente, brilhando como lâminas de cristal à escassa luz do firmamento. Sobre uma moita de taquaris, perdida no meio dos aningais da outra banda, o reflexo da fogueira punha tons quentes de ouro queimado, e essa réstia de luz, caindo até meio rio, tonteava as piranhas pretas fazendo-as saltar fora da água em cardumes assustados. Todos esses pequenos ruídos a modo que ainda tornavam mais profundo o grande silêncio do deserto, esmagador e terrível. Sentindo-se num misto singular de ilusão e realidade, que no vago conhecimento do meio ambiente o conservava embebido no sonho de martírio, padre Antônio permanecia imóvel, impassível, sorrindo sob as dores agudas, fruindo inconcebível bem-estar, um prazer estranho, uma volúpia doce no castigo do seu corpo vigoroso por pequeninos insetos, que em miríades compactas cobriam-lhe o rosto e as mãos, saciando-se do seu sangue. As picadas eram um excitante do Amor Divino. E quando o sangue lhe corria vagarosamente pelo rosto abaixo, dava-lhe uma sensação de alívio e de frescura, que lhe punha nos nervos um agradável estremecimento. O calor ocasionado pelo afluxo do sangue ao rosto, o cansaço, a insônia forçada, o silêncio da noite e o cheiro sensual da floresta, trazido por uma brisa refrigerante, perturbando-lhe o cérebro desequilibrado, lançavam-no numa espécie de alienação mental, no puro subjetivismo dos mártires e dos loucos... De repente o ruído dum corpo atirado ao rio arrancara-o à coma santa em que jazia. Levantara-se e olhara para todos os lados, procurando reconhecer-se, e a custo voltara a si. Dores cruciantes no rosto e nas mãos chamaram-no à realidade das coisas e dos fatos. Sonhara, sem perder de todo a noção do meio. Vira o rio, o céu, as matas, ouvira os ruídos, respirara o odor balsâmico da floresta, mas não sentira aquelas horríveis dores que o estavam pondo quase louco, a agitar-se freneticamente no fundo da montaria. Isto não era sonho, sê-lo-ia o ruído que por último o despertara do letargo? Macário não estava no lugar em que se assentara a vociferar contra os mosquitos, junto à fogueira, agora quase extinta. Essa ausência inquietava-o. Chamara e ninguém lhe respondera. Que queria isso dizer? Era de recear uma desgraça. Desembarcaria para procurar o companheiro.

Mas nesse momento, a algumas braças de distância, vira surgir de dentro da água uma cabeça humana, com os cabelos colados na fronte, e logo à luz das estrelas um braço agitara-se no ar, e um homem nadando entre duas águas, com perícia, aproximara-se da montaria, batendo com as pernas, fazendo barulho para assustar as vorazes piranha pretas. Com duas ou três fortes braçadas e o auxilio de padre Antônio, Macário de Miranda Vale achou-se dentro da montaria, confortado e risonho. Explicou que se atirara ao rio para fugir às mordidelas dos carapanãs, uma súcia de uma figa, capaz de levar um cristão ao desespero, e que deixando a V. Revma. em paz na montaria, o tinham ido perseguir, a ele, pobre sacristão, sobre o seu coxim de folhas. A frescura da água de súbito lhe aplacara as dores, aliviando-lhe o cérebro dos negros pensamentos que o enchiam. Não fosse o receio das dentadas das piranhas, e da morte entrevista na garganta de jacarés enormes, teria prolongado o delicioso banho. A aurora, aparecendo por entre as altas árvores longínquas, expeliu a noite estrelada com o seu cortejo de terrores vagos e de alucinações cruéis. Macário, comido de mosquitos, com o rosto, as mãos, o peito e os pés cheios de ampolas, remara silenciosamente, sentindo crescer no cérebro, como a fervura da água que se levanta numa caçarola, o horror daquela tresloucada tentativa do padre vigário. A continuação da viagem que o padre resolvera logo pela manhã, como se não estivesse fatigado, parecia ao sacristão um sacrifício superior às suas forças. Não. Aquilo havia de terminar. Não era possível que a sua estúpida passividade chegasse ao ponto de sujeitar-se a passar outra noite como aquela que o pusera todo varioloso. Não. Antes a morte! E Macário, possuído de ideias sombrias, olhava de esguelha para o senhor vigário, procurando descobrir na fisionomia impassível do jovem sacerdote um indício de desânimo, um leve sinal de perturbação interior, que mostrasse hesitação no insensato alvitre de se deixar comer de mosquitos antes de ser devorado pelos mundurucus! Nada. O idiota do padre era inabalável! pensava o sacristão, com indignação a custo concentrada, perdendo mentalmente o respeito àquele homem, a cujas ordens cegamente obedecia. Padre Antônio sentado à popa, governando o jacumã, não perdia nenhum dos olhares observadores que o Macário lhe atirava, na persuasão de que o vigário não lhe notava os movimentos. Padre Antônio sentia-se salteado por saudades vagas do tranquilo viver do presbitério, mas escondia-as bem no fundo do coração cuidando em vencê-las como tentações do demônio, sempre em viva guerra com a paz da sua alma e o repouso do seu corpo. As vigílias, os dias sem descanso suficiente, a má alimentação e ainda o visível mau humor do companheiro, começavam a exacerbar-lhe a bílis, causando-lhe impaciências nervosas e uma raiva surda sem motivo nem objetivo certo. As inflamações do rosto e das mãos incomodavam-no muito. O sol as irritava com os seus beijos de fogo, produzindo um ardor contínuo que ameaçava transformar-se em febre. Ia também silencioso o padre, puxando molemente o remo, pensando nos dias que ainda lhe faltavam para chegar ao seu glorioso destino. Às oito horas da manhã o Macário esquecera momentaneamente o desgosto e lembrara que eram horas de almoço. Justamente achavam-se perto duma pequena ilha verdejante de muritis e tucumãs, onde poderiam encontrar sombra e frescura para repousar depois do almoço, porque o sol já castigava tanto que – S. Revma. perdoasse – era impossível suportá-lo com o remo na mão. Para almoço pouco tinham. Era o triste pirarucu de sempre, que fazia suspirar pela gorda carne de vaca e pela gostosa farinha-d'água em que o costumava envolver com limão e pimenta para depois regá-lo com o vinho do Filipe do Ver o peso... Mas, Senhor Deus, nem valia a pena falar em coisas cuja lembrança só servia para tornar mais sensível a miséria do presente. Comesse todavia V. Revma., que antes pirarucu do que nada. Padre Antônio recusara o almoço, mas consentira em desembarcar na ilha para fugir ao ardor da canícula e mesmo descansar um pouco à sombra das árvores, a fim de recuperar a noite perdida.

– Saberá V. Revma. que isto era indispensável, disse o Macário, repleto de pirarucu e de bananas verdes, estendendo-se ao lado de padre Antônio à sombra de árvores folhudas. Padre Antônio não respondeu. Cerrara os olhos, mas não dormia. O calor aumentara. O sol tinha cintilações de cobre polido que ofuscavam a vista e causavam vagas dores nevrálgicas nas arcadas superciliares, aquecendo a cabeça. As árvores estavam paradas, ressequidas, estalando ao contato da mais leve aragem ou de algum passarinho que voejava em busca de sombra e de frescura na folhagem verde-claro com ligeiros tons violáceos. O chão duro, seco, crestado pelo calor, ressoava ao passo tardonho e preguiçoso das capivaras que vinham beber ao rio. Um enxame de mutucas verdes esvoaçava no ar, com um zumbido sonoro, e o sol dava-lhes um brilho de esmeralda e ouro às asas rutilantes. Sobre as folhas secas que a última ventania derrubara, camaleões expunham ao calor do sol os ventres brancos e chatos, comprazendo-se na imobilidade de fogo, e grandes jacuruarus pardos, deixando o esconderijo dos tocos de pau, arrastavam no horizonte em espessa muralha cinzento-escura, denunciando a caça dos gafanhotos inofensivos que, desmaiando de susto, tentavam confundir-se com as folhas claras das pacoveiras selvagens. O céu começava a toldar-se de nimbos carregados que se cerravam no horizonte em espessa muralha cinzento-escura, denunciando a borrasca em que se ia transformar de súbito aquela esplêndida manhã de verão. Precedida dum bando de maguaris que vinham voando com pios aflitivos, uma nuvem negra aproximava-se com rapidez, e em breve cobria o sol com uma cortina escura que sombreou a superfície do rio e encheu a floresta de mistério. Uma forte lufada que vergou a coroa dos miritis e das juçaras, levantou as folhas secas que lastravam o solo, e que se puseram a correr ao sabor do vento com um ruído de maracá selvagem. As nuvens acumuladas chocaram-se, desprendendo a faísca elétrica, medonho trovão abalou a terra, indo estourar por trás da cordilheira com eco surdo e longínquo. Macário acordou sobressaltado. Começou logo a chuva a cair em grandes bátegas de água, rufando nas folhas das árvores, e um cheiro acre e intenso de barro molhado de fresco subiu da terra. Lagartos e calangros correram a abrigar-se nas junturas das pedras e nos tocos negros dos madeiros a meio carcomidos pelo tempo. Os passarinhos trataram de esconder-se no mais denso do mato em prudente silêncio. O rio, pálido, manchado de pingos pardacentos, agitava-se num balanço frouxo, sacudindo os periantãs que se desprendiam da margem e punham-se a viajar na correnteza. Era preciso primeiro que tudo cuidar da canoa, que não podia ficar exposta à chuva, e que deviam cobrir com o japá e alguns ramos de árvore. Depois iriam abrigar-se sob a copada cuieira que dali estavam vendo, e cujos ramos entrelaçados de parasitas multicores ofereciam um resguardo suficiente.

– Isto é chuva de trovoada, logo passa, terminou padre Antônio, indo com o companheiro para o abrigo da cuieira. Mas a chuva recrudescia de violência, varando a ramagem da cuieira, e caindo em cheio sobre o padre e o sacristão que se foram meter sob o japá da canoa, guardando uma posição incômoda por largo espaço de tempo, na esperança de ver raiar o sol entre as nuvens que escureciam o horizonte. Não cessava a chuva e o bom tempo podia não voltar antes do cair da noite. Era, pois, melhor continuar a viagem, debaixo de toda aquela carga de água, já que a não podiam evitar sem maior sacrifício.

– Afinal, disse padre Antônio, a chuva não quebra ossos. Macário não partilhava dessa opinião, mas obedeceu com surda rebeldia. Lembrava-se de um certo reumatismo antigo que lhe torturava os músculos das costas, sempre que pilhava algum resfriamento. A posição que deixava ao incômodo abrigo do japá da canoa não era, a falar a verdade, muito tolerável, e prudente parecia a resolução do senhor vigário, mas nem por isso ficava o Macário satisfeito. A raiva aninhava-se acesa no seu coração de homem honrado. Não seria obrigado àquele extremo de atirar-se às intempéries, numa obediência passiva, se padre Antônio não se tivesse lembrado da existência dos mundurucus em terras do Amazonas, e, por maior desgraça, da existência dele, Macário de Miranda Vale, que não era mundurucu nem nada. A ideia de fugir, de escapar por qualquer modo àquela situação impossível pregou-se-lhe no meio do cérebro. Ou por maquiavelismo ou por outra forma que achasse ao seu alcance. Nossa Senhora do Carmo valer-lhe-ia, como já lhe havia valido tantas vezes. O vigário ia atento, governando o jacumã com redobrado cuidado. Da foz do Mamiá em diante, o

Canumã estreitara muito. As margens tinham aspecto mais selvagem e a navegação não ficava isenta de perigo. A corrente era difícil de vencer, obrigando a canoa a navegar perto da beira para aproveitar o remanso. Isso alongava a viagem pelo desdobramento da sinuosidade do rio e arriscava a montaria ao desabamento das terras, a bater num tronco de árvore ou encalhar em algum banco de areia. A viagem atrasara-se. Apenas a embarcação se distanciara algumas braças da foz do Mamiá, que atravessara com dificuldade. A tarde chegara, banhada de aguaceiros sucessivos, e em breve o horror duma noite sem estrelas devia envolver o céu e a terra numa escuridão completa. Padre Antônio remava, pensativo. A previsão das trevas impenetráveis duma noite chuvosa, sem o clarão dum relâmpago, em pleno rio sertanejo, sugeriu-lhe pela primeira vez a ideia da possibilidade dum erro. Duvidou da sanidade do seu cérebro. Uma obcecação fatal devia ter--se apoderado do seu espírito para que não compreendesse a loucura duma viagem nas condições da que fazia. Aventurar-se a um rio despovoado e quase desconhecido, numa pequena montaria de pesca, sem víveres e sem cômodos, não contando com os insetos, com a fome, com as itempéries, com os perigos da navegação realizada com a pasmosa segurança de quem atravessasse de Silves para a foz do Urubus, era coisa muito de admirar em homem que tinha por obrigação ser sisudo e prudente. Começara a viagem numa excelente igarité, espaçosa e segura, tripulada por dois remeiros vigorosos e práticos, sortida de víveres abundantes e de tudo mais que era preciso numa viagem ao sertão. Como, porém, perdera tudo isso, metera-se--lhe na cabeça, num momento de insensatez, continuar a viagem a todo o transe, custasse o que custasse, para não retroceder. Agora uma dúvida atroz estava-lhe atravessando o espírito. Fora o exemplo da coragem sobre--humana dos mártires antigos que o levara àquele passo, ou uma tentação demoníaca que lhe excitara a vaidade pueril de não parecer vencido por obstáculos triviais? De relance esta última ideia iluminara-lhe o entendimento. O inimigo da alma insinuara aquela inqualificável teima, que o desarmava para sempre. A continuação da viagem, depois da perda da igarité, fazia abortar a missão pela impossibilidade física de a levar a fim. Os mundurucus ficariam ainda por muitos anos nas trevas da barbaria. A Igreja perdia esses novos crentes, e o moço padre, em vez do quinhão de glória com que sonhara assegurar a salvação eterna, acabaria desconhecido e miserável. A escuridão da noite que se avizinhava entenebrecia-lhe cada vez mais os pensamentos. A convicção de que fora vítima do pecado naquela empresa santa, penetrava-o. Lera que muitas vezes Satanás se serve das mais santas causas para preparar a queda das frágeis criaturas de Deus, e reconhecia no intimo do coração que carecera da humildade cristã que ampara e fortalece contra as tentações da soberba. Sondando o fundo da consciência reconhecia, e o confessava a Deus Misericordioso; não haviam sido tanto o ardor da propaganda e o zelo da catequese que o tinham feito obstinar-se naquela empresa impossível. Aniquilado, sentindo toda a vileza do seu caráter, toda a lama mole do seu orgulho, não o ocultava por mais tempo a Deus, como o procurara fazer a si mesmo, que foram talvez a teima, a obstinação casmurra, talvez o receio daquele terrível escarnecedor de padres que ria das suas ladainhas e dos seus olhos baixos. Um grande desprezo de si o invadia, era o último dos últimos, a própria abjeção saturava-o. Joguete vil do demônio (nenhum móvel elevado e nobre o impelira aos sertões da Mundurucânia. Era uma criatura desprezível, merecedora da sorte que o destino implacável lhe preparava nas inóspitas paragens sertanejas. Corpo apodrecido de vaidade balofa, inchado de ignorância, envenenado pela inveja e secretamente roído por uma luxúria ardente, digno era de servir de pasto aos urubus asquerosos, empestando o ar e excitando a gulodice dos vermes. Comprazia-se no rebaixamento da sua personalidade, no exagero dos seus defeitos, no aviltamento de tudo quanto lhe era mais caro, e dessa humildade extrema em que pedia a Deus o perdão do seu maior pecado, vinha-lhe um grande abatimento que a fadiga e a fome aumentavam. Viera a noite e a chuva caía sempre, obrigando os viajantes a deixar os remos e a esgotar a água que a canoa fazia por todo o costado. Não fora possível fazer fogo para preparar a comida. Abeirados a um estirão de terra que se lhes deparara, fora preciso passar ali a noite toda, interminável e chuvosa, na escuridão. A chuva já não dava em bátegas, mas num fino e frio chuvisqueiro, contínuo e monótono, penetrando os ossos. Do Canumã, das margens alagadas, do seio da floresta, embebida em água, vinham vapores úmidos, um grande cheiro de barro, de madeiras molhadas, de folhas secas repassadas de água, de paus apodrecidos, de lama revolvida. E do céu tenebroso e infinito a chuva caía ainda, trocando umidade por umidade, e saturando de água a terra, como se lhe quisesse extinguir o ardor do seio com um novo dilúvio fecundante. Naquele dia o sacristão Macário fora sentar-se à beira do rio, sobre um tronco verde, sem querer ouvir os discursos com que padre Antônio de Morais procurava confortá-lo, ou iludi-lo, como fizera até ali. Deixava-se estar abismado nos profundos pensamentos que substituíam a alegre despreocupação de outrora. Depois daquela horrorosa noite de chuva, passada em densas trevas à margem do Canumã, não houvera remédio senão prosseguir na viagem, uma vez novamente calafetada a reles montaria do Guilherme, em busca do maldito porto dos Mundurucus, cada vez mais distante, e que, naquela ocasião de desespero, oferecia-lhes um fim e um abrigo, fosse embora esse fim a morte, e esse abrigo a sepultura. A infame covardia de que agora Macário com maior indignação se acusava, à luz do sol dum belo dia, o levou naquela ocasião a consentir na continuação da viagem, pelo desânimo que dele se apoderara, cansado, faminto, molhado, incapaz dum ato de energia, cedendo à fatalidade que o arrastava para o abismo pelo órgão daquele padre endemoninhado. E o resultado de mais essa fraqueza, quando já tantas decepções e infelicidades o haviam castigado, fora arriscá-lo ao maior perigo que jamais correra em dias da sua vida. Ah! o sargento de polícia espancava-o, padre José, que Deus houvesse, descompunha-o, mas nenhum deles pensara em mandá-lo para os anjinhos! Fora preciso que viesse a Silves padre Antônio de Morais para que Macário de Miranda Vale fosse o mais infeliz dos homens! Haviam largado do porto em que passaram a noite chuvosa, e alguma coisa confortados com o regalo de dois gordos pacus que, por milagre! Macário pescara e assara ao espeto. Remavam regularmente, quando avistaram uma canoa que levava a mesma direção da montaria, mas seguindo a margem oposta do rio. Pararam de remar para esperar os companheiros que vinham mais atrasados, felicitando-se pelo auxílio que lhes chegara de improviso. A ideia de esperar fora do padre, porque Macário era homem experiente e desconfiava de tudo! Mas o senhor vigário não tinha medo de nada! Afinal a tal canoa de companheiros era nada mais nem menos – e só de pensá-lo Macário estremecia de horror – um ubá selvagem que surdira do Mamiá e navegava talvez para alguma aldeia da vizinhança. A tempo teriam evitado o perigo, porque o ubá, tripulado por três índios, trazia grande velocidade, e seguia pela margem oposta, sem que os selvagens tivessem visto a pobre montaria. Mas a incrível imprudência e a espantosa leviandade de padre Antônio de Morais não o permitiram. S. Revma. queria à fina força converter mundurucus! V. Revma. queria a todo o custo ser mártir da Igreja! V. Revma. queria morrer flechado, embora sacrificando também a vida de quem não era padre, nem doido, nem nada! Por isso em vez de deixar passar o ubá, Padre Antônio pusera-se a gritar como um possesso:

– Bom-dia, patrícios! O ubá parara de repente. Os patrícios não hesitaram na resposta a dar a S. Revma...Três flechas – com certeza estariam ervadas – descreveram uma elipse no ar, e vieram cair pertinho da montaria.

Era o tiro de aviso, seguido de novo tiro. Duas flechas cravaram-se no fundo da canoa, tão perto do Macário que só por milagre poderia ter escapado. Milagre fora esse e grande, porque os diachos dos caboclos esqueceram-se de que o ubá subia o rio, cuja correnteza natural fora aumentada pela grande chuva da véspera que nele derramara as águas do monte. Sem se lembrarem de mais nada senão flechar os pobres brancos – largaram o jacumã, e o ubá, perdendo a força impulsiva que trazia, fora de mansinho cedendo à correnteza, e virando proa para baixo, começara a descer o rio com maior rapidez do que subindo lhe poderiam dar os braços dos tripulantes. Felizmente V. Revma. compreendera logo que os tapuios não estavam para conversas, e dando ele e o Macário ao remo, com a maior gana deste mundo, trataram de fugir. Valeu-lhes estarem ainda a boa distância da embarcação selvagem. Milagre fora ainda ficarem os índios tão furiosos e atarantados que não souberam dividir a atenção entre a presa que fugia e a correnteza que os arrastava. Milagre fora também encontrar logo a montaria um estirão que dobrara para escapar às vistas dos ladrões dos tapuios, e altas canaranas em que se escondesse. Milagre fora achar Macário, logo ao desembarcar com o padre, um enorme taperebá, donde pudera ver, trêmulo de susto, a manobra com que os mundurucus os caçavam, remando com vigor, mas parando de vez em quando, na ingenuidade do seu ódio, para exprimir a vontade com que estavam de os colher às mãos, e logo voltando ao remo, curvados sobre os joelhos, parecendo tocar de leve a água. Uma longa esteira seguia a embarcação, refletindo os raios do sol ainda no oriente, e os troncos vermelhos dos índios destacavam-se na linha do horizonte por entre a folhagem verde. Na altura do estirão que, ao que deviam supor, lhes encobria os brancos, dispuseram-se a atravessar o rio, mas não vendo a montaria, pararam de remar, hesitantes e surpresos. E por que cessaram a perseguição, mudando subitamente de propósito e cedendo à ordem que num gesto lhes dava o do jacumã para que remassem em direção a um furo que já haviam passado? Inconstância selvagem, necessidade urgente que os chamasse àquele furo, ligada à certeza de que os brancos não lhes escapariam, devendo cair mais tarde ou mais cedo no seu poder – pelo que mandaram um último tiro, sem pontaria, como para dizer: até logo – isso é que Macário não podia decidir. Era provavelmente milagre de Nossa Senhora do Carmo e de S. Macário. Mas por isso mesmo aquele fato devia servir de lição, e Macário estava decidido, inteiramente decidido a aproveitar-lhe o ensinamento. Não hesitaria mais, nem teria mais fraquezas. O encanto que o prendia a padre Antônio de Morais estava quebrado para sempre. Falasse para aí horas e horas, arregalasse os olhos na grande severidade de quem se julga superior a todos, vomitasse sangue, arrebentasse os peitos, Macário não arredaria pé dali, não se levantaria daquele tronco de árvore senão para voltar rio abaixo até Silves. Ainda que tivesse de morrer de fome ou de ser devorado por alguma onça, não embarcaria senão para voltar. Jurara-o. Era muito temente a Deus, não podia faltar ao seu juramento. Padre Antônio estava convencido de que a retirada dos mundurucus fora uma demonstração clara e positiva da Providência em favor da missão. Depois desse fato extraordinário e surpreendente era impossível abandonar o glorioso projeto de catequese. O ataque dos homens do ubá nada provava. Não podiam – coitados! ter recebido como de amigo a saudação de um homem em quem não reconheciam o caráter sacerdotal. Ao sair do sítio do Guilherme, por pura comodidade, padre Antônio cometera o grave erro de trocar o hábito talar por umas roupas grosseiras que a Teresa lhe emprestara. A sua até então, e de agora em diante, inseparável batina que acabara de vestir com o chapéu de três bicos, era suficiente para inspirar a todos os selvagens do Amazonas o maior respeito pela sua pessoa e pela do seu desanimado companheiro. E passeando em frente de Macário pensativo e cabisbaixo, S. Revma. o apostrofava com a eloquência persuasiva com que pregava em Silves. Que fraqueza era aquela dum servo de Deus, de entregar-se assim ao desespero esquecendo a sua infinita misericórdia e a sua imensa bondade? Estaria Macário arrependido de ter-se dedicado, com desapego dos bens mundanos, à obra sublime da catequese dos mundurucus, que lhe granjearia uma glória imorredoura nesta vida, e na outra a bem-aventurança eterna? Que era a miserável vida que punham ao serviço da religião do Crucificado e da civilização do Amazonas? Para o martírio haviam-se disposto desde que embarcaram para aquela viagem. E antes de ter alcançado a palma dos seus esforços recuariam do caminho por causa de carapanãs e de outras pequenas contrariedades que o Senhor enviava para os provar? Seria acaso, continuava S. Revma. depois de um gesto de desprezo dos carapanãs, seria acaso pelo ataque dos índios do ubá que o sacristão queria abandonar o seu vigário, fugindo para eterna vergonha sua, da sua classe inteira? Mas, não fora para se exporem a ataques semelhantes, a combates, fomes, desolações e misérias que se haviam dedicado àquela missão de paz e de amor, abandonando os cômodos de uma vida tranquila e repousada? Demais o episódio do ubá era mais próprio para dar-lhes do que para lhes tirar a coragem. Estava bem patente na fuga daqueles tapuios a intervenção divina, nem era capaz de dizer o contrário. Se Deus Nosso Senhor não quisesse a realização da missão, bastava-lhe abandonar os brancos à sanha daqueles selvagens. Entretanto, que fizera ele? Respondesse o Macário, que fizera o Senhor Deus dos Exércitos? Primeiro, havia por suas mãos desviado as setas envenenadas. Depois havia tocado o coração dos índios, e os seus servos ali estavam sãos e salvos, rendendo graças à sua infinita bondade. Isto era lógico, ou então dissesse o Macário o que era a lógica, que ele padre Antônio mandaria dizer ao padre Azevedo, o maior teólogo do Norte do Império, que procurasse outro ofício. Deus repetira o milagre de Davi escapando aos soldados de Saul.

– Vamos, Macário, terminara, sursum corda. Digamos como S. Paulo aos romanos: Sejamos alegres pela esperança e resignados nas tribulações. Padre Antônio entusiasmava-se com as suas próprias palavras, readquiria pouco a pouco, sob a ação do seu discurso, ao fogo da própria eloquência, a convicção que nos últimos dias parecia ter afrouxado.

A fé renascia no seu espírito abalado pelos contratempos da viagem. As frases ardentes e sonoras que lhe brotavam dos lábios, reacendiam-lhe no peito a exaltação do proselitismo. Como um artista, a quem a obra das próprias mãos enternece e comove, apaixonara-se pelo quadro que expunha às vistas desanimadas do companheiro. Uma resignação sublime pintava-se no seu semblante e exprimia-se nos seus gestos.

–*Se morrermos, fiat voluntas tua*, ó soberano do céu e da terra! Levaremos para o túmulo com a certeza de haver cumprido o nosso dever as bênçãos da posteridade. Temos de morrer um dia. A morte é o tributo natural da humanidade à contingência criada. Se há-de ser de moléstia ou de acidente, que venha a morte das mãos dos inimigos de Cristo, Senhor Nosso, tentando chamá-los ao grêmio da Igreja Universal, e cumprindo a lei de Deus que nos criou. Que vale a vida obscura e inútil de pobres criaturas, escravas do pecado como nós somos? Só Deus é grande, e a suprema felicidade é possuí-lo a custo do insignificante sacrifício desta vida terrena. E Deus é duma infinita bondade, porque dá-nos tanto por coisa tão miserável e mesquinha que nos poderia tirar sem compensação. Eia, Macário, erga-me essa cabeça e fite-me o céu azul, cheio de promessas e de esperanças! De repente pareceu a padre Antônio de Morais que de tanto cismar no ubá de índios que haviam encontrado pela manhã, Macário enlouquecera.

O sacristão, erguendo-se dum jato, e dando um grande grito, pusera-se a correr desadoradamente para o porto. Da sua boca escancarada pelo terror, o padre ouvira o nome da tribo de índios ferozes que andava buscando por aquelas paragens ermas:

– Mundurucu, mundurucu! Mas logo o padre conheceu que o Macário não fugira sem motivo.

Quando se voltou para seguir a direção do olhar assustado do sacristão, dois homens, dois índios, parados a alguns passos de distância por trás dum matagal que lhes encobria a parte inferior do corpo, do ventre para baixo, ofereciam aos olhos atônitos do padre os troncos nus e a face cor de cobre, que se destacavam no meio da verdura como um baixo-relevo de bronze. Os índios olhavam fixamente para o chapéu de três bicos que o vigário conservava na cabeça, e no momento em que o padre os vira, atiravam-se para a frente, cortando apressadamente o mato que lhes embaraçava o passo. Padre Antônio compreendia bem que tudo estava perdido. Chegara afinal a hora do martírio, por tanto tempo procurado e desejado como o supremo bem. Nem valia a pena dirigir a palavra àqueles selvagens para implorar misericórdia, ou para falar-lhes a linguagem de paz e de amor que trazia desde muito estudada para o primeiro encontro. Para que discursos? Naquela manhã, que devia ser a última da sua vida inglória e obscura, percebera que os mundurucus não falavam a língua geral, mas um dialeto impossível de compreender para quem, como padre Antônio, possuía apenas os rudimentos do tupi. Seria escusada qualquer tentativa de conversão daqueles selvagens, sem o auxílio dum intérprete, sem a calma e o concurso do tempo. Demais naquele supremo momento um desânimo profundo apoderou-se do seu coração. Como por encanto, desaparecera o entusiasmo ardente que o animara ainda havia poucos instantes. Enquanto os índios se esforçavam por aproximar-se dele, padre Antônio concentrava numa emoção profunda toda a agra tristeza da sua mocidade perdida, as saudades de sua meninice feliz e descuidada, as suas aspirações de mancebo, os sonhos de ventura e de glória, o negro desespero duma irremediável desgraça. Como os arbustos derrubados pelos terçados indígenas, as suas ilusões caiam de súbito. Ia desaparecer para sempre da face da terra quem tanto soubera sentir os carinhos dessa mãe extremosa, e com tanto ardor amara o sol, as árvores, os passarinhos, a grande natureza virgem. Morreria às mãos de estúpidos selvagens quem se conhecera fadado para uma carreira brilhante, para deslumbrar o mundo com o brilho do talento e de virtudes raras! Nem ao menos teria tempo de chorar, como a filha de Jefté, a sua virgindade inútil! E o passamento desconhecido e inglório nenhum lustre daria ao seu nome, para sempre sepultado, com o corpo vigoroso e jovem, naquele inculto sertão, só visitado de feras e de índios boçais, que viriam tripudiar sobre o cadáver, talvez despedaçado sem reverência para servir de odioso troféu! Era triste sentir-se cheio de vida, de saúde e de força, tão perto da morte; e terrível era vê-la aproximar-se lentamente, certa e inevitável, sem que o alento duma esperança permitisse conservar uma ilusão. A realidade tremenda, esmagadora, estava ali naqueles braços nus, naqueles terçados finos, faiscando à luz do sol, como para dizerem brutalmente a evidência do seu fatal destino. Um terror que ia crescendo e se definindo pouco a pouco invadia-lhe o coração. A dúvida mordia-o como uma serpente, causando-lhe um calafrio que acabava de tirar-lhe a presença de espírito. Estaria em graça? Não iria, por última e suprema infelicidade, morrer em pecado mortal, ele, cujo maior empenho fora salvar a alma das garras do demônio, e para o conseguir fizera um feixe de todas as paixões de homem e de todas as aspirações de moço e o queimara sem pesar na ara sagrada da religião e do sacrifício! As pequenas faltas, as tibiezas de ânimo, os súbitos desalentos acudiam-lhe à memória num tropel confuso, e um rápido clarão enchia-lhe o espírito de uma verdade amarga, rasgando-lhe os véus da consciência e patenteando a vaidade, o orgulho, a ambição de nome e de glória, que, mais do que o Amor Divino, haviam motivado os atos da sua vida. Perturbado, unindo à angústia do pecador na hora da morte, um vago pesar dos deleites perdidos e um arrependimento sincero e inútil, perdia a noção exata do que se passava em redor de si... Os índios rompiam afinal o mato que lhes estorvava a passagem. Padre Antônio caiu de joelhos sobre a relva ainda úmida das chuvas da véspera, e, juntando as mãos numa agonia, ergueu os olhos para o céu, num olhar em que pôs toda a sua alma, e aguardou silencioso o golpe que o devia prostrar para sempre.

IX

O capitão Manuel Mendes da Fonseca acabara de tomar a sua xícara de café, adoçado com rapadura, acendera um cachimbo, e fora para a porta da rua, a conselho de D. Cirila, espairecer a negra preocupação que lhe haviam deixado as Últimas notícias vindas de Manaus pelo vapor Belém. Seriam cinco horas da tarde. O sol caminhava lentamente para o ocaso, ensombrando mais da metade da rua e dando reflexos dourados à água serena do lago Saracá, tranquilo àquela hora, como de ordinário. A vila retomara o seu aspecto normal, com as casinhas bem alinhadas, abertas à viração fresca da tarde, os habitantes a fazerem a digestão do jantar à janela ou à porta da rua, à porta do Costa e Silva ou sob as ramalhudas amendoeiras do porto, cavaqueando pacatamente, no deslizar suave e monótono da vida sertaneja. Só à porta do coletor ninguém estava, e essa falta, parecendo proposital ao seu espírito atribulado, carregava-lhe o semblante com uma nuvem sombria, e bulia-lhe com o fígado. Antes de partir para os castanhais havia muito tempo que tal fato não se dera, a não ser em alguma tarde chuvosa. O Valadão, o vereador João Carlos, o juiz municipal e outros que não frequentavam a loja do Costa e Silva, inficionada de heresia maçônica pela presença do professor Chico Fidêncio, vinham todas ás tardes à porta da coletoria trazer as novidades do dia e conhecer a opinião do dono da casa, levando a dedicação ao ponto de ali ficarem palestrando quando o coletor, a pretexto da necessidade de comprar alguma coisa, fazia uma investida ao antro do maçonismo, para mostrar àquele patife do Fidêncio que não tinha medo das suas criticas ferinas. Mas agora, depois da volta dos castanhais, o capitão Mendes da Fonseca, sentado na sua cadeira de braços, fumando gravemente no seu cachimbo de taquari, notava a falta dos amigos, e não podia deixar de a relacionar com as notícias trazidas pelo Belém, e que ameaçavam claramente o seu prestígio e a sua posição na sociedade de Silves. O coletor, isolado, cismava, olhando vagamente para o largo tranquilo, em que vinham boiando, quase sem esforço de remo, duas ou três montarias de pesca que se recolhiam ao porto. A vista do lago recordava-lhe o tempo passado sob os castanheiros frondosos, à margem dos rios sertanejos, na delícia do viver alegre e despreocupado, passando os dias na colheita, a regalar-se de castanhas e de peixe fresco, de ovos de tartaruga desenterrados da areia com alvoroço de criança, as noites nas festas ruidosas dos lundus e dos cateretês que iam até ao amanhecer, ao som dos instrumentos primitivos dos tapuios, ao perfume irritante da aguardente de mandioca e da catinga das mulatas, enquanto a família dormia em alvas redes de linho, nas barracas improvisadas, cansada de vagabundear na extensão das praias em busca de ovos de garças e de maguaris. Mas quando relanceava os olhos sobre o seu quarteirão deserto, a falta do Valadão, do João Carlos, do Natividade e do Pereira desfazia de pronto a impressão agradável que aquela recordação lhe dava, e um grande pesar lhe vinha de ter cedido inconsideradamente ao gosto pela pândega dos castanhais e, sobretudo, de se ter lá deixado ficar tanto tempo. Fora para passar o S. João, satisfazendo o pedido da mulher que morria por gozar a festa nas praias, longe das cerimônias e incômodos a que a obrigava a posição do marido em Silves. Passara-se o S. João, viera o S. Pedro, depois o dia de Santana, e dois longos meses se haviam esgotado sem que o coletor, esquecido dos árduos deveres que lhe incumbiam, pensasse em outra coisa senão em colher castanhas para o Elias e em pagodear com as caboclas à beira do rio, vingando-se fartamente do constrangimento da sobrecasaca de lustrina e dos sapatos ingleses que lhe impunha a etiqueta da vila, pelo menos quando fazia visitas e principalmente aos domingos. Ainda lá estaria decerto, pensava, com um sorriso, se de repente a senhora D. Cirila não se tomasse de ciúmes por uma mulatinha faceira, que lhe frequentava a barraca, e lhe comia em contas e chitas o melhor do lucro das castanhas. Mas para ter as notícias que recebera ao chegar, antes não houvesse voltado, ou melhor, nunca lá tivesse ido. Fizera sempre muito bom juízo do Pereira, esse rapaz que lhe parecia de bons costumes, e a quem deixara o encargo de o substituir na coletoria dando-lhe dinheiro a ganhar... Pois fora esse mesmo Pereira o principal causador dos dissabores que estava sofrendo. De ingratos andava o mundo cheio! O capitão sacudira a cinza do cachimbo, renovara o tabaco e acendera-o, e depois que observara que nem o Valadão, nem o João Carlos, nem o Natividade aparecia, pusera-se de novo a ruminar os graves acontecimentos que se haviam dado na sua vida depois que fora aos castanhais. A traição do escrivão José Antônio Pereira pesava-lhe sobre o coração, não porque se arreceasse da influência daquele lagalhé, que ele tirara do tijuco em que vivia para dar-lhe emprego e importância, mas porque as circunstâncias da política favoreciam extraordinariamente as intrigas urdidas contra o coletor por um patife, que pretendia tirar-lhe o emprego, para locupletar--se com ele, dilapidando provavelmente as rendas públicas. Não fossem essas circunstâncias excepcionais, e bem se importaria o capitão Manuel Mendes da Fonseca com as infâmias do tal escrivãozinho das dúzias!

Mas, enquanto o coletor gozava a sua licença, e mesmo, a excedia alguma coisa, à sombra dos castanheiros, o presidente da província do Amazonas deixara a administração sem aviso prévio, e sucedera-lhe interinamente um cônego, que o gabinete Paranhos esquecera na lista dos vice-presidentes, em segundo ou terceiro lugar, e que, por mal dos pecados, era um católico ardente e ativo depositário da confiança da panelinha da Boa nova, o jornal que atiçava a questão religiosa na diocese do Grão-Pará. O presidente resignatário passara por Silves muito zangado com o governo, que o não satisfizera numas tantas coisas, e que para vingar-se passara a administração ao cônego Marcelino, que mostraria aos amigos do gabinete de que pau era a canoa. Até que chegasse a notícia ao Rio de Janeiro e o ministério pudesse pôr na presidência um dos seus amigos do peito, seriam precisos três meses bons, e isso mesmo se o João Alfredo, atrapalhado com as Câmaras, não se descuidasse da longínqua província que só lhe servia para dar ao governo dois deputados da maioria. Ora, em dois meses padre Marcelino tinha tempo de sobra para reagir contra os que se julgavam obrigados, na qualidade de amigos da situação, a fazer praça de liberalismo, falando mal dos padres e defendendo a maçonaria. Padre Marcelino era cabeçudo, sem entranhas, de poucas brincadeiras, e tinha ódio mortal a tudo que era ou lhe parecia maçom. E o patife do Pereira não se lembrara de escrever para Manaus que o capitão Fonseca era maçom, amigo do Chico Fidêncio e assinante do Democrata? Aquela infâmia do Pereira desatinava o coletor, dava-lhe uma vontade invencível de agarrar o escrivão da coletoria pelas goelas e de o mandar desta para melhor vida. Ele, maçom! O capitão Fonseca amigo do Chico Fidêncio! Isto só lembrava ao diabo! E o tal escrivãozinho não se limitara a isso, falara em certas irregularidades da repartição, em certos desfalquezinhos, verdadeiras insignificâncias, que nunca apareceriam se o coletor não tivesse caído na asneira de deixar o exercício, porque sabia passá-los de trimestre para trimestre, cuidadosamente velados sob a denominação de – saldo em caixa – e, valha a verdade, dando-se tão bem com esse sistema que até estavam engordando. Ainda acrescentara o cachorro que toda a gente estranhava o dinheiro que o coletor gastava em pândegas nos castanhais, e, requinte de perfídia! ousara aquele incomparável patife, recordar aos inspetores da Tesouraria de Fazenda e do Tesouro Provincial que o capitão Manuel Mendes não tinha fiança, como se um homem da sua qualidade precisasse prestar fiança, como qualquer troca-tintas! Todas as pequenas faltas que lhe atribuíam não lhe causariam o menor abalo se o Pereira não se tivesse lembrado da intriga do maçonismo, com que o queria deitar a perder no conceito do vice-presidente da província. Outros mais pintados do que José Antônio Pereira já tinham feito as mesmas acusações e nada haviam conseguido. A respeito da tal fiança, a Reforma liberal escrevera notícias furibundas de que os presidentes nenhum caso fizeram. Mas agora, com essa história de questão religiosa, as coisas mudavam muito e o coletor não se sentia tranquilo. O tal padre Marcelino queria ser um Catão, e tratando-se de maçons, era duma severidade até ridícula! O que valia era que, tendo notícia dos boatos traiçoeiros do escrivão, o coletor não perdera tempo, escrevera para Manaus, deixara de ir à casa do Costa e Silva e até arranjara meios de levar uma descompostura do Chico Fidêncio, numa correspondência para o Democrata. O trecho fora transcrito, à custa do Fonseca, no Jornal do Amazonas, que era o órgão do governo, precedido duma defesa, em que um amigo dizia que o capitão Manuel Mendes da Fonseca, conhecido em todo o vale do Amazonas pela sua honradez e sólidos princípios, estimava os ataques da maçonaria, porque constituíam uma glória para um verdadeiro católico.

Não contente com isso, Fonseca procurara por todos os meios ostentar os seus sentimentos católicos. Lembrara-se mesmo de fazer reviver a ideia do professor Aníbal Americano. Oferecera-se para custear a tipografia que devia publicar a Aurora cristã. O professor Aníbal viera à sua casa e combinara com ele a forma que daria ao prospecto a remeter para Manaus, e que devia trazer em letras graúdas:

AURORA CRISTÃ

folha católica, noticiosa e comercial
propriedade do capitão Manuel Mendes da Fonseca

REDATOR -ANÍBAL A. S. BRASILEIRO

A falar a verdade a coisa era cara, mas também não havia necessidade de a levar a cabo, bastava anunciá-la, fazer constar que o jornal ia aparecer, para dar tempo ao João Alfredo de mandar outro presidente ou de nomear um vice-presidente em substituição ao primeiro da lista que se achava entrevado na cama. Enquanto o pau ia e vinha folgariam as costas. Em vista da demonstração de tão apurado sentimento religioso o terrível cônego Marcelino desprezaria as intrigas do Pereira, e ainda ficaria muito contente com o auxilio que ao partido católico prestaria a adesão do capitão Fonseca. Apesar dessa convicção que lhe entrara pouco a pouco no espírito, quando recapitulava as providências que tomara para defender-se dos ataques do escrivão e as pesava maduramente na balança da sua experiência de homem prático e de político velho, o capitão Fonseca ainda não estava tranquilo, e um receio vago ficara-lhe sempre no fundo da consciência. A tarde adiantava-se. A sombra da cordilheira ia-se estendendo sobre o lago e expelindo a luz branda do sol que se refugiava nas árvores da outra banda. E o capitão Fonseca, já cansado de esperar pelo Valadão, pelo João Carlos e pelo juiz municipal, sentia o coração apertado, como se, à semelhança do dia que ia morrendo, o seu prestigio fosse acabando aos poucos, e tivesse de desaparecer com a noite que se avizinhava para sepultar a negra ingratidão dos amigos ausentes. Estaria já demitido do cargo de coletor das rendas gerais e provinciais, metido em processo, perseguido, obrigado a refugiar--se em algum sítio do Urubus? Estaria nomeado em seu lugar o infame José Antônio Pereira, e àquela hora seria à porta dele que o Valadão, o João Carlos e o Natividade palestravam satisfeitos, esquecidos do amigo velho e inteiramente deslembrados dos benefícios recebidos, das atenções e finezas que lhe haviam merecido? O Valadão não se lembraria mais dos bons remédios que lhe receitara para a tosse, e de que obrigara o Bernardino Santana a dar-lhe uma satisfação completa depois daquela história do baile? O João Carlos estaria esquecido dos conselhos que lhe dera para bem administrar as coisas do município, dos despachos que lhe fornecia e do trabalho com que lhe redigia as indicações? O Dr. Natividade não se recordaria mais da pontualidade com que lhe pagava o ordenado mensal, chegando mesmo a fazê-lo adiantadamente? À medida que se passava o tempo, mais a ingratidão o afligia. Vinham-lhe ideias negras, a mujica de pirarucu que comera ao jantar pesava-lhe no estômago, aumentando-lhe o mau humor. Já se cuidava abandonado de todos, sem apoio, sem prestígio, perdendo por contragolpe a confiança do Elias que lhe dava bons aviamentos e obrigado a fechar a casa e a rebaixar-se, em competência com o Costa e Silva, ao ofício de regatão, impróprio da sua idade e da posição que ganhara. O lago mergulhava-se em sombra. A vila ficava escura. Os transeuntes rareavam. Pontos luminosos apareciam por janelas e portas abertas, aumentando a escuridão da vizinhança. Bois e cavalos vagabundos passavam lentamente, espichando o pescoço em busca de alguma erva esquecida pelas sarjetas, e bufando gravemente para assustar os cães que lhe saíam ao encontro de quase todas as portas. Ao longe a flauta do Chico Ferreira punha notas melancólicas no vago ruído da vila, ao rápido crepúsculo da tarde. Dentro da coletoria, D. Cirila ralhava com as negrinhas, e a sua voz alta e mordente irritava aos nervos do marido, fazendo-lhe sentir mais próxima a desgraça iminente, de que, por fim de contas, era D. Cirila a causa primeira, pois se não fora a sua mania de passar o S. João nas praias, o Pereira não teria tomado conta da coletoria, não teria ganho o desejo de ser coletor, e não teria lançado mão do infamíssimo expediente de que usara para o conseguir. Não fora a insistência da mulher em partir para os castanhais, o Fonseca teria seguido os conselhos do padre vigário, não teria abandonado a vila, e àquela hora estaria descansado, com o seu prestígio seguro, o seu lugar garantido e a sua roda de amigos para dar-lhe as novidades do dia. Mas a senhora D. Cirila quisera passar o S. João nas praias, o S. Pedro, e não se contentara com isso, quisera ficar até o dia de Santana! E agora arrumassem-lhe com um trapo quente! Vinha-lhe grande rancor contra a mulher, cuja voz continuava a irritar-lhe os nervos, afogueando-lhe a bílis. Aí estava em que davam as complacências dos maridos. Tivesse o Fonseca seguido os conselhos de padre Antônio de Morais, e estaria muito descansadinho. Esta ideia acudia-lhe com insistência, acompanhada duma irritação surda contra o vigário que se fora embora, abandonando as suas ovelhas que lhe cumpria guardar e proteger. O vigário devia-lhe, como toda a gente, muitas obrigações. Dera-lhe um opíparo jantar no dia dos seus anos, encarregara-se de lhe mandar lavar e engomar a roupa, pusera-o a par de todos os negócios da vila, dando-lhe conselhos. No transe aflitivo em que o Fonseca se achava, muito lhe poderia valer padre Antônio de Morais. Bastava uma cartinha sua ao cônego Marcelino e tudo estaria arranjado, o José Antônio Pereira ficaria chuchando no dedo, desmoralizado. Mas não, V. Revma. preferira ir converter mundurucus! V. Revma. abandonara a paróquia, deixara os seus fregueses privados dos socorros espirituais, e lá fora por esses sertões fora pregar aos tapuios bravos, como se os tapuios o pudessem entender! E iria mesmo pregar aos tapuios, ou, talvez, gozar uma vidinha livre, à maneira de padre João da Mata, vigário de Maués, que fora amigo de viver nas malocas indígenas entre bandos de tapuias, como um sultão da Turquia? Fonseca já estava arrependido de ter defendido o vigário de Silves quando o Chico Fidêncio o atacara com os seus sarcasmos ferinos e as suas críticas audazes. Defendê-lo para quê? De que lhe serviria agora o serviço que em boa fé prestara? O padre estava ausente, metido entre selvagens, morto segundo dissera o sacristão Macário, não lhe poderia valer! A sua tristeza aumentava. Uma última esperança, reunida à repugnância de se encontrar cara a cara com a mulher, na disposição de espírito em que se achava, prendia-o à cadeira de braços, à porta da rua, descontente de tudo e de todos, doendo-se profundamente da traição do Pereira e da ingratidão do João Carlos, do Valadão, do juiz municipal, do vigário e de toda a gente. Um grande desânimo o invadia e uma lágrima teimosa, aproveitando a escuridão da noite que fechava a vila num círculo de trevas, descia-lhe lentamente pela face abaixo, vindo perder-se na farta barba grisalha. As pressas um homem veio do porto, subindo a rampa com muita agilidade, e chegando ao pé do coletor, que se endireitou na cadeira, disse alvoroçado:

– Morreu agora mesmo. Parecia um passarinho!

Era o vereador João Carlos que, cedendo aos hábitos inveterados da sua vida, vinha consolar o capitão Fonseca no seu isolamento. No dia seguinte, caminhava o coletor para o domicílio mortuário, azafamado e esbaforido, lamentando o caiporismo que o perseguia agora nas menores coisas da vida. Ia quase a correr, para não faltar à cerimônia, ele, o homem grave, sempre pontual, exato, sempre correto na atitude. Que série de calamidades se desencadeara contra ele, de certo tempo àquela parte, que até nas mínimas circunstâncias a sorte se lhe mostrava adversa! Primeiro, ao abotoar a sobrecasaca enquanto D. Cirila a escovava, tivera de pregar-lhe um sermão para a convencer que não era decente, para uma senhora séria, estar a lastimar a morte do Totônio Bernardino, atribuindo-a ao amor. E então com que maneiras novas dizia aquilo D. Cirila, batendo-lhe no lombo com a escova, sorrindo entre lágrimas, suspirando:

– Ai! coisa rara! morrer um homem de amor!

Fonseca tivera de repreendê-la. Aquilo eram tolices de rapazes vadios e de raparigas delambidas! Totônio Bernardino não morrera de amor, nem isso era coisa de que se morresse. Segundo o parecer de Regalado, o rapaz recolhera uma constipação, que se complicara com o miasma palustre, e dera em resultado uma tísica furiosa e galopante. Demais o Totônio era um criançola, a quem lá no Pará haviam metido coisas na cabeça. Nunca havia de dar para nada. Não safra ao irmão, que tão moço já era tenente da guarda nacional. O Cazuza, sim, era um rapaz trabalhador e sério. Vivia muito bem com a mulher e ajudava o pai na lavoura, ao passo que o outro era um vadio, cheio de ideias esquisitas, um poeta, afinal! Após essa altercação que tivera com a mulher, já pronto para sair, Fonseca só depois duma campanha, encontrara o seu chapéu de pêlo, um belo chapéu, comprado em 1868, em Manaus, para a posse do primeiro presidente conservador. Zangara-se. D. Cirila gritara conforme o seu costume. As negrinhas tonteavam pelos cantos, vasculhando os armários e as arcas da roupa guardada. Afinal fora o chapéu encontrado dentro da sua caixa verde atrás de uma porta. Parecia caçoada. Atrás da porta! Em seguida pediu o seu guarda-sol. D. Cirila gritara de novo. As negrinhas corriam em todas as direções, como baratas pressentindo chuva. E nada do chapéu-de-sol!

– Pois havia de ir ao enterro sem chapéu-de-sol? Quem fora o canalha que lhe furtara o traste? Busca e mais busca. Nada. Talvez o tivesse emprestado ao Valadão.

– Negrinha, gritou D. Cirila, corre à casa do seu tenente Valadão. Dize que vais de minha parte fazer uma visita e saber como passou a família toda. E pergunta se não está lá o chapéu-de-sol do teu senhor.

– Já, sim, senhora, disse a escrava. E saiu correndo.

Não estaria o chapéu na casa do João Carlos? Parecia que na véspera, estando a ameaçar chuva, Fonseca lhe oferecera o chapéu-de-sol quando se retirara. Com certeza lá estaria! Era isto. Querer fazer bem aos outros e passar privações e dissabores! Fonseca arrependia-se daquela mania que tinha de servir a toda a gente, fazendo sacrifícios. De que lhe servia isso? Era uma súcia de ingratos! Pois agora havia de ir ao enterro sem chapéu-de-sol!

– Negrinha, disse D. Cirila a outra rapariga, vai à casa do seu João Carlos, na carreira. Dize que vais da minha parte fazer uma visita e saber a senhora e os meninos como passaram. Que nós estamos bons, muito obrigados. Que eu mando pedir o favor de mandar o chapéu-de-sol de teu senhor que ele emprestou ontem ao João Carlos.

– Já, sim, senhora, respondeu a escrava. E saiu num pulo.

Fonseca sentara-se desanimado abrindo as abas da sobrecasaca para as não amarrotar na cadeira. O tempo corria. O relógio marcava quatro horas. D. Cirila, por desencargo de consciência, continuava a procurar o chapéu--de-sol por todos os cantos, auxiliada por duas escravas. Não estaria na casa do Dr. Natividade? Fonseca parecia recordar-se de que, no domingo passado, o juiz municipal lhe pedira emprestado o chapéu-de-sol para um passeio que fizera à outra banda com o professor Aníbal Brasileiro! Era isto. Sempre a mesma coisa! Sempre a mania de fazer bem, em prejuízo próprio. Que lhe importaria a ele, Manuel Mendes da Fonseca, que o Natividade apanhasse sol no tal passeio? Não ficaria mais trigueiro. E que ficasse! Era um ingrato, isso estava provado. Fosse pedir ao Pereira as coisas emprestadas! Estaria bem aviado. José Antônio Pereira não lhe emprestaria coisa alguma, porque não era tolo como Fonseca.

– Negrinha, providenciou pela terceira vez D. Cirila, vai à casa do Dr. Natividade. Dize que teu senhor manda fazer uma visita e saber como ele tem passado. Nós estamos bons, muito obrigado. Dize que teu senhor mandou pedir o favor de lhe remeter o chapéu-de-sol que lhe emprestou no domingo passado para o passeio com seu professor Aníbal na outra banda. Já ouviste?

– Já, sim, senhora, respondeu a negrinha. E saiu a correr.

– Estou bem aviado! gemeu o Fonseca. Primeiro que qualquer desses demônios volte, já o pobre do Totônio Bernardino está farto da sepultura.

– Também é bem feito! acrescentou, dando um murro no espaldar da cadeira. Quem me manda emprestar tudo quanto tenho? O tempo passava. Fonseca consultava o relógio e ficava cada vez mais zangado. Tudo agora lhe corria mal. Parecia que uma caipora atroz o perseguia. Malditos castanhais! Fora depois daquele estúpido passeio que a sua sina mudara! Visse ali a senhora D. Cirila, naquela série de infelicidades, as consequências da sua teima em passar o S. João nas praias! Cirila parecia não esperar por aquela acusação. Estava nessa ocasião espiando o vão entre a cômoda e a parede, porque talvez lá tivesse caído o chapéu-de-sol. Voltou-se muito desapontada para o marido:

– O Manduca! Pois eu tenho culpa de você ter emprestado o chapéu-de--sol! Tinha, sim, embora indireta. Fonseca contendo a custo o rancor que havia dias alimentava contra a mulher, explicara longamente a teoria do caiporismo, em virtude da qual todos os males do presente se originavam da infeliz lembrança que tivera D. Cirila de passar o S. João nas praias. Acusou a mulher de ser a causadora das intrigas de José Antônio Pereira e da desgraça iminente sobre a cabeça do marido. Mostrou que tudo neste mundo filiava--se a causas certas, embora parecessem sem importância. Que a desgraça era sempre uma consequência do erro e do pecado. D. Cirila fizera como Eva. Incitara o marido a comer o fruto proibido, e ele agora, como Adão, teria de ser expulso do paraíso, vergonhosamente. Demonstrou claramente que o fruto proibido eram os castanhais que o vigário lhes proibira num sermão eloquente e enérgico, e o paraíso que tinham de deixar era a coletoria porque talvez muito breve o Pereira, José Antônio Pereira, seria nomeado coletor das rendas gerais e provinciais de Silves! E tudo isto por quê? Por culpa de D. Cirila, estava claro. A mulher tentava interrompê-lo, mas na confusão da consciência culpada só conseguia colocar algumas exclamações: ah! Manduca, oh! Manduca! Não diga isso!

– Digo, sim, senhora, continuava Fonseca, implacável, desabafando por fim.

E desdobrava ante os olhos atônitos e já lacrimosos da mulher o quadro negro da sua desgraça futura. A vingança do cônego Marcelino, a demissão, o retraimento do Elias, o processo, a falência, o desprestígio, o abandono, o isolamento, a miséria, a necessidade de competir com o Costa e Silva, o desrespeito dos inimigos e o risinho amarelo do Valadão, do João Carlos e do Natividade. E pior que tudo isso, o José Antônio Pereira, aquele lagalhé que o Fonseca tirara da lama das estradas, repimpado na cadeira de coletor, imparia de bazófia sorrindo nos dentes podres, adulado, festejado, elevado a altura duma personagem!

D. Cirila abrira uma gaveta da cômoda e tirara um lencinho branco para enxugar os olhos, quando à porta apareceu a rapariga que fora à casa do Valadão. A diversão não podia vir mais a propósito para a mulher culpada.

– Então, que disseram lá? Perguntou sofregamente à mensageira.

– A filha do seu tenente Valadão, disse a rapariga, cruzando os braços, mandou dizer que todos estão bons, muito obrigado. Que o seu tenente tossiu muito esta madrugada, mas que tomou duas colheres dum xarope que seu Regalado mandou, e passou melhor. Que estima muito que senhor e senhora tenham passado bem de saúde e fica muito obrigada pela visita.

– E o chapéu-de-sol?

– A filha do seu tenente Valadão diz que lá não tem chapéu-de-sol nenhum.

– Então está em casa do Natividade! Dissera o Fonseca. Aquele sujeitinho é um esquecido de conta, peso e medida! Eu bem dizia que não estava com Valadão, mas com o Natividade, a quem o emprestei no domingo passado. A senhora quis por força mandar à casa do Valadão e perdeu o seu latim. Nesse momento apareceu a serva que fora à casa do juiz municipal.

– E o chapéu-de-sol? perguntara-lhe D. Cirila, impaciente. A rapariga cruzou os braços sobre os seios, e respondeu, arrastando as palavras:

– Mandou dizer que está bom, muito obrigado. Que já mandou o chapéu-de-sol logo na segunda-feira de manhã, e que, graças a Deus, não precisa ficar com o que é dos outros.

– Patife! dissera Fonseca, zangado, e com toda a razão. Patife! Deve-me mil obrigações, e manda-me um recado assim tão atrevido! E, numa grande desolação, com uma ideia sinistra a atravessar-lhe a mente, lançara um olhar desesperado à mulher aflita:

– Sabe o que isto é, D. Cirila? O Natividade já sabe tudo! Tem ordem para processar-me, e por isso trata-me dessa maneira. E quem é a culpada, D. Cirila? Meta a mão na consciência, senhora, e diga quem é a culpada desta desgraça?

D. Cirila chorava. Nada tinha que opor à evidência daquele presságio funesto. As crioulas, vendo-a chorar, choravam também, ruidosamente. Ouvia-se o voejar sinistro das moscas. Da sala vinha uma luz pálida, do dia que descambava, encoberto de nuvens. As paredes brancas, caiadas de fresco, tomavam de repente colorações sombrias. Pela casa silenciosa perpassava um vento de desgraça. Fonseca estava perdido! Ouviram-se no corredor passos leves de gente descalça. A porta abriu-se. A rapariga que fora à casa do vereador João Carlos apareceu. Os olhares voltaram-se ansiosos para ela.

– Que disseram? perguntou D. Cirila.

– Que todos estão bons, muito obrigado. Estimam que senhor e senhora estejam bons, e ficam muito agradecidos pela visita. Que seu João Carlos foi para o enterro e levou o chapéu-de-sol do senhor.

– Bonito! uivara o capitão Fonseca, compreendendo a importância daquele novo presságio Pois havia de ir ao enterro sem chapéu-de-sol? E deixara cair a cabeça, num desânimo. Mas D. Cirila, assoando-se rapidamente, providenciou, resoluta:

– Negrinha, vai à casa do seu Bernardino Santana. Dize ao seu João Carlos que teu senhor está à espera do chapéu-de-sol para ir ao enterro.

E aí estava a razão por que o grave capitão Mendes da Fonseca caminhava azafamado e esbaforido. O enterro do Totônio Bernardino estava marcado para as quatro horas. Era a primeira vez, depois que regressara da missão à Mundurucânia, que o sacristão Macário tinha ocasião de praticar um ato de ofício, pois que até ali, as suas ocupações se haviam resumido em tratar da igreja que o bêbado do José do Lago deixara ficar numa miséria. O enterro se faria sem padre, mas o sacristão levaria a cruz alçada e a caldeirinha, e a irmandade do Santíssimo Sacramento, a que pertencia o Bernardino Santana, o acompanharia de balandrau e tocha. Macário procurava suprir, como lhe era possível, a falta do senhor vigário. Tendo dado todas as providências necessárias, Macário aguardava a hora marcada para o saimento. E, bem penteado, de paletó de alpaca, de botas de rangedeiras, camisa engomada, nodoada de anil, passeava sobre os modestos tijolos da igreja a impaciência de entrar em funções, unida ao intenso contentamento de ver-se restituído à sua querida vidinha de sacristão repousado e decente, agora glorificado pela parte que tomara na heroica, embora infeliz, empresa de padre Antônio de Morais. Não fora sem susto que Macário chegara àquele resultado admirável, excedente de toda a expectativa na sua pobre mas muito acidentada existência. Tivera muito que padecer, sofrera o que não contara sofrer, comera o pão que o diabo amassara. Mas agora satisfeito e risonho, fazendo horas, sentia prazer em recordar as peripécias daquela viagem extraordinária, em que se vira tantas vezes no meio dos maiores perigos, próximo da morte, sem que jamais tivesse desesperado do auxílio de Nossa Senhora do Carmo, nem perdido a confiança no maquiavelismo com que o dotara a pródiga natureza. O dia estava claro, a vila tranquila. O José do Lago já tocara no sino grande os primeiros dobres de finados, melancólicos e graves. Era aquela mesma a sua Silves querida, aquela a casa do vigário, asseada e branca. Lá nos fundos ficava o quintal onde a Luísa Madeirense cantarolava a Maria Cachucha. Não havia dúvida alguma. Macário escapara aos mundurucus, e ali estava são e salvo, certo de que não cairia noutra. Entretanto, por mais de uma vez vira o caldo entornado, principalmente quando, sentado à margem do rio sobre um tronco verde, avistara os dois índios de terçado em punho, avançando para os brancos descuidados, com grande barulho de mato derribado! Oh! nunca pensara o sacristão de Silves ter tão boas pernas para correr! Se lho tivessem dito antes, não se acreditaria capaz de galgar em tão pouco tempo o espaço que o separava do porto, de cortar com tanta segurança a corda que prendia a montaria à terra, de saltar para dentro dela com tamanha agilidade, impelindo-a para o largo com tão extraordinária força. O terror dera-lhe força, agilidade e talento, um talento excepcional, que lhe aguçara o maquiavelismo naquelas apertadas conjunturas. Ah! fora só depois de atravessar o rio Mamiá, ajudado pela corrente favorável do Canumã, que Macário se julgara livre dos malditos índios, e começara a alimentar a doce convicção de que se poderia salvar escorreito e são daquela insensata empresa de padre Antônio, de quem se lembrou então com algum remorso de o ter abandonado sozinho, sem recursos para fugir ou defender-se da sanha dos tapuias. Mas ainda agora, que já o medo lhe não podia obscurecer o juízo, o sacristão reconhecia que aquele remorso não tinha razão de ser. Fizera o mesmo que outro qualquer faria. A sua filosofia prática resumia-se na frase que repetia complacentemente:

– Se ficasse éramos dois a morrer, morrer por morrer, morra meu pai que é mais velho; ou, por outra, morra padre Antônio que estava morto por isso.

Fizera a viagem até o sítio do Guilherme, com o enorme contentamento de ver-se livre das loucuras do vigário. O seu lombinho rejubilara-se, entumecendo de gozo ao contato do sol que o picava do lado com titilações provocadoras. Os passarinhos cruzavam-se sobre a sua cabeça, como para o saudar pela vitória alcançada, e festejavam-lhe o feliz regresso, pipilando alegremente. Uma viração fresca soprava do Amazonas, acariciando-lhe os cabelos, e pondo-lhe nos membros uma sensação de bem-estar indizível, como se o hálito perfumado da Luísa Madeirense viesse ao seu encontro para o afagar docemente, fazendo-o prelibar as delícias que o esperavam na vila. A canoa cedia facilmente ao remo, se é que o não dispensava, deixando-se arrastar pela corrente na cumplicidade feliz daquela fuga. Chegara ao sítio do Guilherme – seria talvez onze horas da noite com um luar de quarto crescente. Os cães latiam, mas o dono da casa acudira ao barulho.

– Tome tento na cachorrada, patrício, é gente de paz.

O tapuio não o conhecia, mas a tia Teresa tinha boa memória:

– Gentes, cruzes! É aquele branco do sitro dia que tem o olho tapado! Até essas palavras tinham-lhe ficado gravadas na cabeça. Não podia esquecer o mínimo incidente do seu afortunado regresso. Desde que deixara a companhia de padre Antônio, tudo lhe correra às mil maravilhas, como se Nossa Senhora do Carmo o quisesse compensar amplamente dos dissabores sofridos. A hospitalidade do Guilherme fora franca e de boa vontade, e a tia Teresa, apesar daquela tolice insulsa com que lhe assinalara a belida, esmerara-se em obséquios e atenções que iam direito ao coração faminto do sacristão de Silves. Todavia a demora no sítio do pescador fora muito longa. O Guilherme tinha de levar ao Ramos uma boa partida de pirarucu salgado, que estava preparando, e não queria fazer duas viagens para aquelas bandas. Quando fosse levar o pirarucu, levaria o branco. E assim obrigou o Macário a esperar cerca dum mês com intensas saudades. Entretanto a viagem do lago Canumã ao lago Saracá fora feita nas melhores condições possíveis. Macário, refeito das fadigas excessivas que suportara, estirado no fundo da igarité sobre um tupé macio, cruzara os braços e as pernas numa regalada mandriice, resguardando do sol o lombinho com o chapéu de palha, e pensando na esplêndida Luísa, a rainha das formosas. Uma nuvem apenas ensombrava-lhe a alegria de sentir-se deslizar suavemente sobre a superfície do rio, sem que tivesse de calejar as mãos no remo. Era a ideia do embaraço em que se teria de achar para dar explicações aos habitantes de Silves sobre o desaparecimento do vigário coincidindo com a própria salvação. Mas ainda aí fizera-se sentir a decidida proteção de Nossa Senhora do Carmo, porque ninguém em Silves duvidara da história que Macário contara ao chegar, e de que se não podia lembrar sem que um sorriso de orgulho prestasse homenagem ao seu mais que provado maquiavelismo. Era num aperto destes que Macário queria ver o Bismarck e o conselheiro Zacarias! O tenente Valadão, João Carlos, o professor Aníbal, o Costa e Silva, o Mapa-Múndi eo Chico Fidêncio cercaram-no no porto, não consentindo que fosse para a casa sem primeiro pôr tudo em pratos limpos. Pois pusera-o, e, gabava-se, fora obra asseada. Fugindo a um ubá selvagem, que os perseguira por duas horas, numa terrível porfia de remos, sob uma nuvem de flechas, tinham ido ele e o senhor vigário abrigar-se num mato cerrado, esperando que os gentios lhes perdessem a pista. Mal se tinham julgado a salvo dos índios do ubá, foram agredidos por um bando de parintintins; que ali se achavam, naturalmente para dar caça aos mundurucus do ubá. Logo ao primeiro golpe os parintintins atiraram ao chão o ardente missionário que se preparava para lhes fazer um discurso evangélico. Então ele, Macário, vendo o seu protetor e amigo, o arrimo da sua vida, o esteio da religião e da moral, banhado em sangue, perdera a noção do número e da força, e num esforço desesperado e louco – confessava-o – investira com os selvagens, armado de remo, e disposto a morrer, vingando o companheiro. Mas o gentio lá de si para si pensou que um homem tão valente como o Macário se mostrava não devia morrer sem as habituais cerimônias selvagens. Macário fora agarrado e amarrado a um castanheiro. Depois os índios retiraram-se muito alegres para o interior da floresta, levando em charola o corpo do missionário para lhe servir de prato de resistência nos seus horríveis festins noturnos. O sacristão ficara por muitas horas atado ao castanheiro, esperando a cada momento ser, como S. Sebastião, convertido em paliteiro, pelas flechas dos parintintins. Mas ao que lhe parecera, ao partirem aqueles selvagens levando o corpo de padre Antônio, avistaram os mundurucus do ubá, e trataram de os apanhar numa cilada, esquecendo o pobre prisioneiro branco. Ou seria outro o motivo da demora que permitira à Providência Divina, a rogo de Nossa Senhora do Carmo e do Senhor S. Macário, realizar em favor do sacristão de Silves um grande e verdadeiro milagre. A embira com que os índios lhe haviam amarrado os pés era muito verde. Uma cutia, que por ali passara, sentira o apetite aguçado pelo cheiro vegetal da fibra tirada de fresco, e a roera de tal sorte que com um pequeno esforço Macário pudera libertar os pés. Conseguira livrar depois as mãos, esfregando com força a embira na aresta duma pedra grande que ali estava, a modo que de propósito, e correra para o porto. Os mundurucus do ubá haviam passado, sem dar pela montaria oculta entre as canaranas. Macário tratara de navegar para o lago Canumã, com um grande pesar de não ter apanhado a cutia, que se fora embora, apenas concluída a tarefa de que parecia incumbida. Era ou não era uma obra asseada aquela história da guerra dos parintintins com os mundurucus e da cutia mandada por Nossa Senhora do Carmo? De fato Nossa Senhora fizera o milagre, porque afinal milagre fora salvar-se Macário dos dois caboclos do terçado que deram cabo de padre Antônio de Morais. A consciência de Macário estava tranquila. Não mentira. Houvera ou não o encontro do ubá dos mundurucus? Estivera ou não Macário sentado à beira do rio sobre um tronco verde? Tinha ou não tinha visto caboclos de terçado em punho, que tanto podiam ser maués ou mundurucus como parintintins? Fugira ou não na montaria para o sítio de Guilherme? Quanto à morte de padre Antônio, não podia ser posta em dúvida. Poderia ele resistir à fúria com que vinham os dos terçados? O episódio da cutia era na verdade um exagero, mas milagre por milagre, tanto valia o da cutia como o da retirada do ubá que padre Antônio asseverara ser milagrosa, e aquele tinha sobre este a vantagem de não deixar mal o pobre sacristão que nenhuma culpa tinha de não haver nascido com vocação para missionário. A história fora acreditada, e isto era o principal, apesar dos muitos oh! oh! ora essa! homem, esta cá me fica! abençoada cutia! malvados parintintins! e quejandas exclamações com que o auditório interrompera o narrador. Toda a gente considerava agora o Macário um homem favorecido por grandes milagres de Nossa Senhora do Carmo, um favorito do céu. A coisa fizera barulho. Fazendo ranger as botas sobre o ladrilho da igreja, Macário sentia-se possuído de legitimo orgulho. Estavam longe os tempos em que padre José o descompunha aos olhos de todos, sujeitando-o ao desfavor público! O filho da lavadeira de Manaus era um homem importante, de quem se falaria nas folhas, ao que lhe dissera o professor Chico Fidêncio, que, triunfo incomparável! o tratava com muita distinção. Toda a gente lhe tirava o chapéu: boa-tarde, Sr. Macário, como passou, Sr. Macário? As visitas sucediam-se e Macário nunca em sua vida recebera visitas! Esperava todos os dias a do coletor, homem importante, freguês do Elias, e que o estava enchendo de atenções. O capitão Mendes da Fonseca viria insistir com ele para que aceitasse o lugar do José Antônio Pereira que se tornara um tratante maior da marca. Mas Macário não queria deixar a sua querida igreja! Seria ingratidão para com a sua excelsa padroeira! Contentava-se modestamente com a consideração pública, que o colocava numa situação nova e superior. E não queria mudar de vida, amava o seu emprego, e se Deus algum dia o favorecesse com um filho, legar-lhe-ia essa profissão honrosa e decente. O cheiro do incenso e da cera queimada, a frescura da igreja, o som argentino dos sinos, a gravidade das ocupações, a importância dos detalhes do serviço agradavam-lhe. Depois aquele lugar proporcionava-lhe uma influência crescente, e agora que Silves estava outra vez sem pároco, e que seis meses pelo menos se passariam antes que a solicitude de D. Antônio remediasse a falta, o sacristão era como vigário leigo, sem tonsura, sem batina e sem direito de dizer missa, mas com todo o encargo espiritual daquele rebanho amado, com todas as vantagens do paroquiato. Era o único a dirigir o serviço do culto, reduzido embora a ladainhas e a enterros, governava a igreja, distribuía ceras e registros, emprestava as cadeiras, as toalhas e os castiçais da Matriz sem dar satisfação a pessoa alguma. Não podendo confessar as beatas, ouvia-as sem mais sigilo do que a sua discrição, aconselhava-as, dava-lhes remédios. E até já se lembrara, por amor à instrução pública da vila, de continuar com a escola de catecismo dos pequenos que ultimamente padre Antônio abandonara. Macário embebido nestes pensamentos passeava na sacristia, aguardando a chegada dos irmãos do Santíssimo para ter o prazer de distribuir entre eles, ao sabor das suas preferências pessoais, as tochas, e as cruzes. Era regalia que tinha em muito apreço e que não deixava de mão. O Chico Fidêncio seria naturalmente o mais favorecido. Era preciso corresponder! Ele estava deitado, e parecia dormir no seu caixão forrado de belbutina preta e ornado de largos galões dum dourado tirante a cobre, afogueado e velho. A cabeça, coberta de cabelos castanhos anelados, que deixavam a testa livre e vasta, estava voltada para um lado e ligeiramente inclinada para trás; por efeito dum último espasmo tetânico, ou por compostura que mão estranha dera, salientando o magro perfil de tísico e emprestando uma audácia de atitude àquele corpo de vadio que resumira a vida numa única paixão. No rosto comprido e macilento manchas azuladas destacavam-se. Nos lábios finos, sombreados por um nascente buço castanho, vagueava um sorriso, como se no momento supremo do trespasse uma ideia feliz lhe tivesse alegremente colorido o quadro de além-túmulo. Ou talvez a certeza e a aproximação da morte tivesse tornado grato o instante que punha fim às tribulações da vida. Sobre o peito cavado pela moléstia a alva camisa francesa, engomada com esmero, bombeava o plastron de seda preta, amarrotado de leve pelas mãos cruzadas, brancas, diáfanas, veiadas dum azul escuro. O resto do corpo perdia-se na frouxidão das roupas elegantes e caras, terminando pelos sapatos novos de polimento, entrelaçados por um lenço branco, para que os pés se não separassem. Pobre Totônio! Inutilmente lhe prendiam os pés. Já não poderia fugir em busca do pitoresco sítio do Urubus, onde solitária e triste gemia a sua adorada Emília, de quem para sempre o separava agora a terrível fatalidade da morte. Ao menos o seu juramento fora cumprido! A sala branca, séria, desguarnecida de móveis? tinha uma melancolia que assaltava o coração da gente, logo à entrada. Da parede do fundo pendia um grande crucifixo amarelado, com chagas hediondas. Sobre pequena mesa coberta de pano preto duas velas de cera alumiavam a face esbranquiçada e menineira duma Senhora das Dores. Quadros com imagens cinzentas de santos milagrosos rodeavam o caixão mortuário, descansando na grande mesa de pinho sem lustre, forrada de pano preto, pingado de cera e picado de traças, e os santos, retratados em litografias baratas, com legendas místicas por baixo, cruzavam os olhos brancos por cima do cadáver, numa desolação. Às cabeceiras da essa improvisada três círios queimavam os longos pavios resinosos, pingando lágrimas amarelas sobre os tocheiros de pau preto, colocados no chão. A luz baça das velas perdia-se na claridade decrescente da tarde. As três chamas, privadas de toda a irradiação, pareciam três brasas oscilando no ar. Um cheiro enjoativo de cera e alfazema enchia a casa e vinha até à rua. Pelas janelas semicerradas entrava a viração da tarde. Lá dentro, nos aposentos da família, ouvia-se um soluçar contínuo e monótono, mas moderado e tímido. Num quintal vizinho cantava um galo melancólico. Na sala fizera-se um silêncio quando Macário entrara. Depois um murmúrio começou, acentuou-se e se transformou em conversação cortada, a trechos, em voz baixa, como para não perturbar a solenidade triste da ocasião. A casa já estava cheia. Junto ao caixão, mexendo distraidamente no lenço que atava os pés do cadáver, o Pedrinho Sousa, muito bem vestido de preto, chorava. Estava pálido e com olheiras pelas muitas noites que velara à cabeceira do amigo, cujo confidente era. Do outro lado do caixão, o Manduquinha Barata, também de preto, forcejava por guardar a seriedade que a ocasião exigia, mordendo os beiços para não rir de qualquer coisa de extraordinariamente ridículo que descobria no vestuário do vereador João Carlos. Valadão contava os seus padecimentos ao Dr. Natividade, que muito penteado, com os cabelos úmidos, parecia ter saído dum banho, e de mãos atrás das costas, bamboleando uma perna, dava conselhos de medicamentos usados em Pernambuco. O Mapa-Múndi, o Costa e Silva e o Regalado conversavam baixinho, em grupo, perto da janela. O Felício boticário murmurava ao ouvido do tenente Pena e do Bartolomeu de Aguiar, alternadamente. Os velhos, ouvindo, sacudiam a cabeça, muito convencidos. O Cazuza Bernardino, de pé à porta da sala, vestindo a bela farda de tenente, com fumo no braço, tinha uma atitude de dor resignada e forte. Quinquim da Manuela entrava e saía, atarefado, cuidando dos últimos arranjos, com interesse e dedicação de bom rapazinho. O senhor vereador João Carlos, atordoado, perseguido pelos olhos insolentes e brejeiros do Manduquinha Barata, procurava disfarçar; abrindo conversa com o professor Aníbal. Mas este, muito preocupado, virava-se para um e outro lado, concertava os óculos e cuspia, sem lhe dar atenção. Macário, depois de deixar a cruz ao Quinquim da Manuela, foi contemplar o pobre finado, de quem guardara uma impressão de pena e simpatia, misturada duns longes de inveja e desprezo ao mesmo tempo. Sim, era uma coisa assim esquisita o que Macário sentia por aquela criança de dezoito anos, roubada à vida, ao que se dizia, por uma paixão amorosa, e que tão vivos e salientes deixara os traços do seu caráter. Quando o vira pela primeira vez no baile do casamento do irmão, a impressão que lhe causara fora desfavorável. Era um pelintra, um vadio que perdia o tempo palestrando na roda do Chico Fidêncio. Demais, era bonito moço e só vestia roupas feitas no Pará, umas coisas elegantes e novas, que Macário admirava, mas que não teria jamais a coragem de pôr em si. E Macário, até então humilhado, e visto com sarcasmo pelos rapazes alegres da roda do Chico Fidêncio, embirrava solenemente com aquelas elegâncias. Depois vira-o pálido, abatido, com um raio de loucura no olhar, as roupas em desalinho, narrando a desgraça da sua vida e falando em morrer para não suportar os tormentos da separação da sua amada. Agora que pela terceira vez o via era frio e imóvel naquele caixão mortuário, audacioso e terno ao mesmo tempo na sua rigidez cadavérica. E aquela transformação rápida, efetuada em tão poucos meses, como numa vertigem assombrosa que se apoderara daquele mancebo de dezoito anos, elegante e frívolo, apaixonado e ardente, devorado pela lava incandescente duma paixão súbita e mortal, enchia de pasmo e confusão o espírito de Macário. Francamente não o compreendia. Morrer pelo amor duma mulher! E morrer amado! Moço, elegante, instruído, pertencendo a uma boa família, renunciar à vida, deixar-se apanhar estupidamente por uma tísica ou coisa que o valha, só porque o papai não consentiu no casamento com uma matutinha do Urubus, era por demais inexplicável. E Macário, contemplando o bonito fraque azul-ferrete que o cadáver tinha vestido, o colete de gorgorão preto, a bela gravata e os finos sapatos de polimento, pensava que os rapazes educados nas capitais não têm a mesma têmpera que os da vila, e que o Bernardino Santana, não pela proibição do casamento com a Milu, mas pelas larguezas e facilidades que permitira ao filho era culpado daquela morte prematura... Nisto Bernardino Santana, todo de preto, com a calva descoberta à viração da tarde, numa das mãos uma tocha e na outra uma coroa de latão, aproximou-se dele, e pôs-se a dizer com os olhos rasos de lágrimas:

– Ora está vendo, seu Macário sacristão? É uma desgraça! O rapazinho morreu como um passarinho. E não havia modos de lhe fazer tomar o remédio. Desde que adoeceu, não se lhe pôde pôr na boca uma colher do remédio. É uma desgraça!

Puxou do bolso da sobrecasava um grande lenço de chita, enxugou os olhos, assoou-se e continuou:

– E você que o conheceu, seu Macário sacristão, lembra-se dele? Como era alegre, e bom menino! Se não fossem aquelas tolices com a Milu, eu nunca teria tido ocasião de zangar-me com ele. Pois, desde que caiu na cama mudou como uma coisa extraordinária. Não falava, não respondia à gente, e não queria tomar remédios. E olhe que não eram remédios de cacaracá, de pouca monta... Eram remédios caros... e o rapazinho nada! Por mais que eu gritasse, ralhasse, nada! Uma teima assim, nunca vi em dias de minha vida!

E o Bernardino Santana deixou a coroa de latão sobre a mesa, entregou a tocha ao Pedrinho Sousa e foi perguntar ao Quinquim da Manuela se a cova estava pronta. Macário também afastou-se de junto do cadáver, e procurou saber qual a razão da demora, pois julgava que seria o último a chegar.

– É por causa do Fonseca, disse-lhe o Costa e Silva, ainda não chegou e Bernardino quer que se espere por ele.

Nesse momento o professor Aníbal acercou-se do grupo do Costa e Silva.

– Morreu de amor, o coitadinho! disse ele concertando os óculos e cuspindo longe.

– Qual morreu de amor! exclamou o Regalado. O que ele teve foi uma boa galopante, posso asseverá-lo! E se não fosse tão teimoso, se tivesse tomado os remédios que lhe dei, teria ficado bom. A moléstia começou por uma constipação desprezada. Sobreveio uma febre palustre, e em poucos dias a febre tomou o caráter tífico e... os tubérculos logo se declararam... enfim uma embrulhada! Se o pai o tivesse obrigado a tomar os remédios, teria ficado bom.

– Pois eu, tornou o professor Aníbal, como ouvi dizer que ele morrera de paixão por não casar com uma sobrinha do Neves Barriga, fiquei com pena e arranjei uma nênia para o caso. Não é lá coisa como de Lamartine ou de Casimiro de Abreu, porque eu não sei fazer versos e nunca fui poeta. Mas por pena do pobre do Totônio labutei toda a noite e compus a nênia... Aníbal Brasileiro concertou os óculos, cuspiu, e meteu a mão no bolso da sobrecasaca para tirar alguma coisa, dizendo:

– Trago-a aqui para ler no cemitério. Intitula-se: Morto por amor!

– E o senhor a dar-lhe! Exclamou o Regalado impaciente, levantando a voz para ser ouvido do Bernardino Santana que vinha nessa ocasião do interior da casa, trazendo um mocho de pau e dois grandes castiçais com velas de cera. Já lhe disse ao senhor professor, que o rapaz não morreu de amor, mas duma galopante.

– É o mesmo, murmurou desapontado o Aníbal, deixando a nênia no bolso e afastando-se para o lado do vereador João Carlos. Então o Costa e Silva quis saber do sacristão se o enterro seria acompanhado pela irmandade do Santíssimo.

– Sem dúvida, respondeu Macário, alisando o cordão da opa. O Bernardino Santana é irmão do Santíssimo. A irmandade aí vem toda com o Chico Fidêncio à frente. O Chico Fidêncio é quem traz o pendão. O Regalado, admirado, exclamou:

– O pândego do Chico Fidêncio de pendão em punho! E sorriu, pasmado. Mas nem o Costa e Silva nem o Mapa-Múndi o acompanharam na surpresa. Nada mais natural!

O Chico Fidêncio era maçom, inimigo dos jesuítas, mas não era contrário à verdadeira religião! Macário ponderou, convicto:

– O professor não é tão ateu, como geralmente se diz... Ele lá tem a sua história de não querer saber de padres, mas acredita na religião, e é boa pessoa.

– Isso na sua boca, senhor Macário, aplaudiu o Costa e Silva agradecido, é um bonito elogio.

Macário confessou então que andava enganado com o Chico Fidêncio por causa daquelas histórias do defunto padre José, que Deus houvesse. Agora o desejo dele Macário, que tinha sobre os seus débeis ombros o encargo espiritual de Silves enquanto o senhor bispo não mandava outro vigário – era restabelecer a harmonia, a paz na sociedade de Silves. Para isso empregaria todos os esforços e sacrifícios. Felizmente as coisas iam bem encaminhadas porque o Chico Fidêncio também agora confessava que se enganara com o santo padre Antônio – Macário enxugou uma lágrima – e com o sacristão, ao qual fizera muitas injustiças. O Costa e Silva e o Mapa-Múndi apoiaram as palavras do sacristão com sinais de deferência. O perfume sutil da lisonja entontecia o sacristão, dando-lhe vertigens. A casa parecia andar à roda. Na claridade baça da sala, pontos negros espalhavam-se. Macário naquele lugar, naquela ocasião, era incontestavelmente a primeira pessoa. Ia ficando tarde. A irmandade do Santíssimo chegara, de opa encarnada e tocha na mão e rodeava o cadáver. -Ora até que enfim! suspirou o Bernardino Santana, vendo chegar o capitão Mendes da Fonseca, o último que faltava. O coletor vinha esbaforido, suado, de chapéu alto – o único – e guarda-sol debaixo do braço. E logo à entrada da sala teve uma ligeira altercação com o Dr. Natividade, que cresceu para ele:

– Ora diga-me, senhor capitão, que história de chapéu-de-sol é uma?

Fique V. Sa. sabendo, senhor capitão, que graças a Deus, eu não preciso de ficar com os chapéus-de-sol dos outros. Graças a Deus, eu não preciso! Exclamou, voltando-se para o Macário, que se aproximava para os harmonizar.

O capitão mastigara uma desculpa. Eram coisas de senhoras. Não fora ele, fora a senhora D. Cirila que teimara que o chapéu-de-sol estava na casa do juiz municipal mas não era verdade. O chapéu estava com o João Carlos.

– Ora muito bem, peço a V. Sa. que para outra vez não repita a graça. Graças a Deus, não estou acostumado a receber desfeitas, e não preciso ficar com o que é dos outros. O governo ainda me paga para comprar um chapéu-de-sol. Sou pobre, é verdade, sou de família obscura, mas graças a Deus, sempre gozei em Pernambuco da maior consideração. Nunca ninguém pôs em dúvida o meu caráter. E o Dr. Natividade, nervoso e impressionado, tirou o lencinho da algibeira do fraque e enxugou o rosto e as mãos. Depois tirou o pincenê e pôs-se a limpar-lhe os vidros com o lenço, murmurando:

– Graças a Deus, é a primeira vez que isto me acontece. Mas o Bernardino chegava carregando a tampa do caixão mortuário. João Carlos ajudou-o a encaixá-la nos machos, e os preparativos para a saída começaram. Nessa ocasião o professor Aníbal Americano aproximou-se do capitão Fonseca e perguntou-lhe baixinho:

– Devo ler agora a nênia, ou deixo-a para o cemitério?

– Que nênia, seu Aníbal?

– Uma nênia que fiz pela morte do Totônio. Não é obra-prima, mas fiz o que pude.

– Acho melhor no cemitério, opinou o Fonseca. É mais solene. Bernardino Santana convidou o Costa e Silva, o Mapa-Múndi, o Pedrinho Sousa, o João Carlos, o Bartolomeu de Aguiar e o Dr. Natividade para carregarem o caixão. O Dr. Natividade escusou-se, sem dar as razões. O Bernardino foi convidar o capitão Fonseca que aceitou. Mas o Natividade veio confiar ao Macário os motivos da recusa.

– O senhor compreende? Vim ao enterro por obra de caridade, e porque, graças a Deus, não levo o meu ressentimento até o túmulo. Mas a dignididade impedia-me de carregar um rapazola que há tão pouco tempo foi o causador de me fazerem uma desfeita. Macário não se lembrava. O Dr. Natividade, de mãos atrás das costas, pincenê fixo nos olhos, auxiliou-lhe a memória:

– Na noite do casamento do Cazuza... aqui... no baile... a desfeita da Milu?... Macário já se lembrava. O juiz municipal resumiu, numa convicção profunda:

– Já vê que a dignidade me impede.

O Bernardino Santana despedia-se do filho, apertando nas mãos as mãos geladas do cadáver. O velho chorava, numa dor expansiva:

– Pobre rapazinho! Tão moço, tão bonito e tão esperto! Ele vai-se, eu, traste velho, é que fico! Coitadinho! Até parece que está dormindo! E impressionado com a causa a que atribuía aquela morte tão sentida, repetia:

– Tudo foi ele ficar tão teimoso, a ponto de não querer tomar os remédios! Remédios tão bons e tão caros! E num soluço dolorido:

– Pobre rapazinho! Tua mãe que está no céu há-de perguntar por que não tomaste os remédios. Mas que culpa tenho eu, fiz tudo, tudo. O Valadão e o Fonseca agarraram-no, dando-lhe coragem:

– Tenha ânimo, homem! A morte é obra de Deus. Resigne-se e lembre-se que ainda tem outro filho! O Cazuza aproximou-se do pai, pálido, sem lágrimas. Era uma dor forte. Filho e pai abraçaram-se junto ao cadáver de Totônio.

– Agora só me restas tu, meu filho. Desculpa o meu sentimento... mas ele também era filho.

E o Bernardino desatou de novo a chorar. No meio da sua dor, a lembrança duma providência a dar acudiu-lhe. Voltou-se para o Quinquim da Manuela, e recomendou por entre lágrimas:

– Olha o Filipe que leve o mocho atrás do caixão, para o descanso.

Uma senhora, toda de luto, entrou, seguida de três ou quatro mucamas. Era a D. Mariquinhas das Dores que vinha dizer o último adeus ao cadáver do cunhado. Os que cercavam o caixão afastaram-se para dar-lhe lugar. A jovem senhora descansou um braço sobre a borda do caixão e pôs-se a chorar, assoando-se de vez em quando num lencinho rendado.

– São horas! Disse suspirando o Bernardino Santana. Pelas janelas entrava, acentuada, a viração da tarde.

O Cazuza Bernardino arrancara a mulher de junto do cadáver. D. Mariquinhas saiu soluçando gritos. As mucamas choravam ruidosamente, em coro. Fechou-se o caixão à chave. Organizou-se o préstito. O José do Lago ia à frente com a caldeirinha. Macário seguia-o com a cruz. Vinha logo após a irmandade do Santíssimo, com o Chico Fidêncio à frente, empunhando o pendão. Depois era o féretro carregado por seis amigos do pai do finado. O preto Filipe vinha logo atrás, carregando o mocho. Os convidados cercavam o préstito, sem ordem. Quando o caixão transpunha a porta da rua, ouviu-se no interior da casa um grande grito de mulher.

– É a D. Mariquinhas que está com um ataque, disseram.

– Aquela está pronta, notou o Regalado. O Cazuza bem mostra que é trabalhador. O enterro seguiu pela segunda rua até ao cemitério. Havia mulheres às janelas e crianças às portas das casas. Ouviam-se expressões de pesar por toda a parte. Coitadinho, tão moço e tão bonito! E dizem que morreu de paixão! Uma grande tristeza envolvia a vila. O tempo mudara por volta de cinco horas, e o céu estava toldado. Um vento carregado de umidade soprava do lado do sul. O sol escondia-se lentamente por trás da serra. No caminho os homens que carregavam o caixão renovaram-se duas vezes. Quando o préstito parava, a conversação estabelecia-se a princípio em voz baixa, e depois em tom natural, como num passeio. No cemitério, quando depuseram o caixão de Totônio Bernardino no fundo da cova escura e fresca, o professor Aníbal Americano Selvagem Brasileiro recitara uma poesia que começava assim:

MORTO POR AMOR NÊNIA

E morreste na flor da mocidade,
Teu pai, coitado, aí ficou chorando...

Macário não se recordava do resto. Mas eram versos muito bonitos que o Costa e Silva prometera mandar para o Diário do Grão-Pará, apesar do Regalado dizer que o tal professor era um idiota.

O Costa e Silva, porém, confirmara a promessa. Ficasse o Sr. Aníbal descansado. Havia de mandar os versos, e os mandaria já, porque queria ter o gosto de os ler impressos antes de sua partida para o Madeira. Quando o pobre do Totônio Bernardino ficou bem enterrado sob uma grande camada de terra negra e úmida, e os convidados começaram a retirar-se, o Chico Fidêncio passou o pendão do Santíssimo às mãos do Quinquim da Manuela, e chamando o sacristão Macário, levou-o para um canto, passando-lhe um braço pelo pescoço, numa familiaridade agradecida. Queria mostrar-lhe uma cópia da correspondência que enviara pelo último paquete ao Democrata de Manaus. Tratava da missão à Mundurucânia. E naquele canto do cemitério, à fraca claridade do crepúsculo da tarde, o Chico Fidêncio leu o seguinte trecho: "O escritor destas modestas e despretensiosas linhas gaba-se de não se deixar iludir pelos homens de roupeta e chapéu de três bicos que o senhor D. Antônio encomenda para Roma, ou forja no Seminário maior para a obra da romanização (permitam-me o vocábulo) da sua diocese; mas sabe curvar-se diante dos verdadeiros apóstolos do Nazareno, que não vendem indulgências, mas expulsam os vendilhões do templo. Por mais livre-pensador e despido de abusões ridículas que um homem se preze de ser, não pode deixar de admirar o zelo (digno de melhor causa!) desses ministros de Cristo, que, desprezando os regalos da vida que lhes facilita o erário público, fornecendo-lhes um excelente lugar à mesa do orçamento, atiram-se aos perigos da catequese dos íncolas da floresta, através de mil privações e misérias, para granjearem a palma dum martírio sublime, mas inútil para á sociedade, porque os índios são uma raça decadente e refratária ao progresso, e que, conforme já se provou na grande República Americana, só podem ser civilizados a tiro. Padre Antônio de Morais era um desses raros exemplos de abnegação e culto do Evangelho. Era um soldado da ideia (antiquada!) que soube morrer no seu posto, e que deve servir de modelo aos carcamanos que nos mandam de Roma. O escritor desta, mais do que qualquer outro, tem o dever de fazer-lhe justiça, porque, vendo os seus ares modestos e os seus olhos baixos, cometeu o erro de tomá-lo por um desses muitos hipócritas que zombam da religião e da sociedade, introduzindo a discórdia no seio das famílias, e que tanto abundam no clero paraense. Felizmente, para que os ilustres feitos desse apóstolo da fé de nossos pais não ficassem desconhecidos, o Acaso conservou-nos o seu modesto, mas digno companheiro, o honrado e zeloso sacristão da freguesia, Sr. Macário de Miranda Vale, salvo da sanha dos parintintins pelo cego instinto roedor dum pobre animalejo, no qual o povo ignorante e embrutecido pelos padres quer ver um enviado da Providência Divina..."

Felisberto, entreabrindo a porta do quarto, meteu pela fresta a curiosa cabeça, e perguntou:

– Agora está melhor?

O dia estava alto. Jorros de luz intensa penetravam pela abertura da porta, pelo telhado, pelas falhas da taipa. Lã fora não se ouvia ruído algum, como se todos, homens e animais, se tivessem combinado para respeitar o sono do hóspede. Entretanto padre Antônio de Morais não dormia. Muito cedo, ao cantar do galo no terreiro, ao mugir do gado no curral, abrira os olhos, estranhando a cama, o quarto, as paredes grosseiramente caiadas, esburacadas, e limpas, o ladrilho lavado, as imagens de santos penduradas das paredes em quadros pintados de preto, como se estivesse vendo tudo aquilo pela primeira vez. Notava aquele ar de bem-estar confortável, de asseio cuidadoso, a par da falta de comodidades, e da extrema simplicidade duma habitação sertaneja, e aquilo o impressionava agora, pela primeira vez, depois de três longos dias de estada naquele sítio, em pleno Guaranatuba. Chegara tão cansado, de corpo e de espírito, tão desnorteado, tão incapaz de pensar e de sentir que entrara maquinalmente naquela casa hospitaleira, maquinalmente aceitara o quarto, a cama, os obséquios que lhe ofereciam, e só naquela manhã recobrara a presença de espírito, a lucidez necessária para relacionar os fatos com as pessoas, religar a corrente das ideias e dos acontecimentos, dar-se contas da sua situação presente e reconstituir o passado de três dias, espaço de tempo que fazia uma solução de continuidade na sua vida mental. Naquele prazo decorrido tudo lhe havia passado, não desapercebido, porque os mínimos detalhes se lhe gravavam na memória, mas vago, obscuro, como em sonho, ou alheio à sua individualidade psíquica, como quadros e figuras dum caleidoscópio gigante, de que ele fosse o espectador único, distraído e desinteressado. A enorme tensão de espírito que os últimos acontecimentos da sua vida lhe haviam produzido, a meditação aturada e constante dum tema único, no meio de vicissitudes e acidentes que o obrigavam a atender às realidades objetivas, haviam-no de súbito mergulhado num colapso profundo, que lhe tirara a noção exata do eu, e o fazia estranho à sua própria personalidade. Agia, falava, movia-se, mas como se um outro por ele estivesse preenchendo essas funções vitais. A sensibilidade estava embotada, o pensamento adormecido. Os fatos, as pessoas, os quadros passavam-lhe por diante dos olhos, mas não sabia dar-lhes a verdadeira significação, ficava indiferente, como se tudo aquilo não tivesse relação alguma com a sua pessoa. Entretanto agora, repousado, tranquilo, sentindo-se bem naquela cama, em que estirava os membros para verificar se haviam recobrado a antiga energia e elasticidade, naquele quarto onde a luz suave da manhã lhe patenteava o conforto relativo de que se privara por tantos dias, parecia que abria de novo o entendimento à percepção exata das coisas, e que de pronto entrava na posse das suas faculdades mentais. Então queria examinar o passado, informar-se do que o outro fizera, vira e ouvira, para reatar o fio da sua vida, o curso das suas meditações. Começava por querer assenhoriar-se do presente, explicando a sua situação e permanência naquela casa perdida nas brenhas do igarapé da Sapucaia, em pleno Guaranatuba, mas já o aspecto daquela habitação sertaneja, misto inexplicável de atraso e de civilização, de simplicidade rústica e de um confortável estranho naquelas paragens, punha-o em confusão, baralhando-lhe as ideias. Aquela casa tinha uma história, e a recordação dessa história prendia-se à lembrança de fatos que a tinham antecedido na memória do padre; e não podia acudir-lhe sem que primeiro viessem pela ordem do tempo os acontecimentos que a haviam originado. Quem a contaria? Que série de fatos a tornara necessária? A recordação dessa história lhe daria a razão de ser da sua estada naquela cama e naquele quarto? Os fatos do passado lhe vinham vindo pouco a pouco à memória, porém sem ordem nem clareza, intercalando-se o que vira com o que lhe haviam contado, o que observara com o que ouvira. Faltava-lhe o nexo dos acontecimentos. Via-se na situação de quem lesse o último capítulo duma narrativa sem ter lido os primeiros. Não conseguiria jamais coordenar as suas reminiscências, evocar os fatos do passado mais antigo sem que a percepção do presente ou a lembrança do passado mais recente se lhes interpusesse, para desviar-lhe a atenção e obscurecer-lhe a memória? Faria um esforço de abstração, e para a completar, fecharia os olhos, a fim de não ver o quarto, as paredes caiadas, o ladrilho lavado, as imagens dos santos penduradas em quadros de pau pintado de preto. E então, lucidamente as recordações lhe foram chegando, em ordem, concatenadas, como uma história que lhe tivessem contado. Primeiro, de súbito, nas trevas, procurando remontar-se ao mais longínquo passado, via-se ajoelhado, olhos para o céu numa fervorosa prece, esperando o golpe que lhe deviam dar João Pimenta e Felisberto enquanto o Macário corria para o porto... Sim, desta vez, a sua memória não o iludia. Os dois tapuios que de terçado em punho, cortando o mato que lhes impedia a passagem, se dirigiam para ele, eram o João Pimenta e o Felisberto. Um era velho, de face enrugada, cabelos pretos e corredios, narinas e beiços furtados, fisionomia de selvagem mal iniciado na civilização, em que sobressaía principalmente a estupidez, estampada numa larga face achatada, sem vida. O outro, o Felisberto, o insuportável tagarela que com a sua verbiagem tola concorria para aturdi-lo, era moço, muito menos trigueiro do que o velho, nariz grosso, olhos pretos e belíssimos dentes, aparados em ponta, o que lhe dava um vago ar canino. Este não mostrava indícios de haver sofrido nos lábios, nas narinas nem nas orelhas as perfurações em voga. Era mestiço, segundo o indicavam a cor do rosto, o leve ondeado da farta cabeleira mal tratada, e tinha também um certo ar palerma, que lhe garantia a consanguinidade com o velho; era mais a simplicidade de espírito do que a estupidez profunda que a pródiga natureza gravara com mão pesada na fronte enrugada do companheiro. Ambos vestiam apenas calças de riscado azul e traziam terçados americanos e espingardas Laporte. Os troncos nus luziam ao sol, destacando-se o do velho no meio da folhagem com uns tons quentes de urucu e jenipapo, cuja tinta o revestia de desenhos caprichosos com antiga e indelével tatuagem, e o do moço desmaiando em coloração branda de entrecasca de canela, nos contornos cheios, de suavidade feminina... Tendo-os assim retratado complacentemente, começou a vê-los logo em ação, seguindo os com uma curiosidade nova. Via-os, quando os supunha agressivos e ferozes, caindo-lhe aos pés, extáticos, fascinados, pedindo-lhe a benção, balbuciando palavras de humildade, na crença, como depois lhe disseram, que era a alma do padre santo João da Mata. Eram moradores do furo da Sapucaia, que atravessa do Sucundari para o Mamiá até o rio Abacaxis, e ali viviam desde que o velho, avô do moço, deixara de ser tuxaua duma tribo de mundurucus para batizar-se e vir a ser camarada do vigário de Maués, o santo padre João. Andavam naquela ocasião a colher guaraná e castanhas por sua conta, pois que o padre santo morrera, havia já tempo bastante para estar fedendo de velho lá no céu.

O padre, ao recordar a frase, sorria, e logo se lhe firmava melhor na memória a figura do Felisberto, a repetir frases de um latim das brenhas estropiado e ridículo; e a dar aquelas explicações todas, com muita minudência, satisfeito por mostrar que não era um caboclo qualquer, mas um moço que tivera a sua educaçãozinha e até acolitara a padre João da Mata na própria Matriz de Maués, em pequeno, pelo que sabia ajudar a missa, acompanhar um enterro, puxar uma ladainha, e gabava-se de outras prendas... raras nos sertões de Guaranatuba. O sorriso fugira, porém, dos lábios do padre, ao lembrar-se do Macário, do seu pobre companheiro, que embalde procurara por toda a margem do rio, chamando-o em altas vozes, repetidas pelo eco da outra banda, e que talvez àquela hora tivesse naufragado, na frágil embarcação que a precipitação e o medo não lhe permitiriam dirigir com acerto no curso acidentado do Carumã. Depois perdido, sem recursos à beira dum rio deserto, padre Antônio cedera aos rogos do Felisberto que o queria levar para o sítio da Sapucaia, prometendo que o avô o guiaria, depois de algum repouso, ao porto dos Mundurucus, arranjando a condução necessária; e todos três haviam seguido pelo mato dentro, indo sair a um pequeno igarapé, todo coberto de ramagens verdes, onde urna água cristalina corria à sombra de araçás e maracujás silvestres. Um ubá de três bancos estava ali amarrado a um tronco de árvore. Embarcaram, o mestiço à proa, o padre no meio e o velho ao jacumã, e seguiram viagem para o sul em profundo silêncio, navegando cerca de quatro horas por baixo de ramos e cipós que cobriam o igarapé negando-lhe franca passagem. Depois chegaram ao furo da Sapucaia, que corta o Mamiá por ambas as margens, indo encontrar o Abacaxis, em cujo leito despeja as suas águas negras, duma admirável transparência. Afinal foram ter ao sítio de João Pimenta, que tinha um aspecto agradável, com a casa de palha, bem caiada e limpa, os taperebás e mangueiras do terreiro, parecendo mais a casa de vivenda dum cacaulista abastado da beira do Amazonas do que a propriedade dum pobre selvagem meio civilizado dos remotos sertões de Guaranatuba. Era local bem escolhido para uma vivenda de recreio, um bom retiro para o tempo dos tracajás e da desova das tartarugas. Os altos castanhais da margem oposta do furo estreito da Sapucaia proporcionavam ao sítio sombra e frescura nos dias de ardente verão, e ofereciam à vista, além da esplêndida vegetação, do sertão amazonense, a maior variedade de flores silvestres e uma fauna riquíssima com pássaros esquisitos e com caças de todos os tamanhos. Veados, antas, tamanduás, lontras, capivaras, caititus, enormes barrigudos e vermelhos caiararas vinham desassombrados beber a água do furo, animados do silêncio e tranquilidade do lugar, apenas levemente alterado pelo deslizar suave do ubá de João Pimenta. A margem esquerda, em que estava o sítio, formava um contraste, a modo que de propósito, com a banda fronteira, pois ao passo que esta oferecia um perfeito espécime da mais virgem e rude mata do Amazonas, o que exaltava a imaginação de padre Antônio de Morais, o local do sítio do velho tuxaua fora completamente modificado por mãos inteligentes de homem de bom gosto. As altas sumaúmas, as agrestes embaubeiras, os cedros gigantescos haviam sido substituídos por grande variedade de plantas de cultura, de modo a tornar o sítio uma miniatura de toda a lavoura do Amazonas. A um cacautal de cerca de trezentos pés, que vinha descendo até o rio, unia-se um canavial, cuja cor verde-claro manchava o fundo escuro formado pelos cacaueiros densos; logo ao pé um pequeno pacoval se ocultava por trás dum renque de floridas laranjeiras, onde se aninhavam titipuruís e rouxinóis de peito amarelo, saltitantes e canoros. Dentro dum cercado coberto de grama miúda e vistosa pastavam duas ou três vacas, um touro e alguns bezerros de mama, e galinhas, patos, perus, marrecos e pavões pequenos mariscavam à sombra dos cajueiros, das mangueiras, e dos abieiros que cercavam a casa e desciam pelo terreiro abaixo até à beira da água, onde um arrozal, levantando as cristas das plantas, parecia ali posto para dar uma nota risonha à paisagem sombria das grandes árvores escuras. Fora ali, contemplando aquele delicioso sítio, que, logo à chegada padre Antônio de Morais vira a Clarinha, a neta de João Pimenta, de pé sobre o tronco de palmeira que servia de ponte ao bem tratado porto. Era uma mameluca, de quinze a dezesseis anos de idade, uma fisionomia petulante e decididamente desagradável, tão desagradável que padre Antônio sentiu uma necessidade imperiosa de não se demorar nesta recordação, desejando já terminar com o passado e chegar ao presente, naquele quarto, naquela cama, para indagar de si, da sua situação e do seu futuro. Chegara doente e bem doente, disso se recordava e fora recolhido àquele quarto, o quarto do finado padre João da Mata, dando-se-lhe a cama que fora do padre João, uma marquesa de palhinha, envernizada de preto, que ele guardava para as noites frias, por causa do reumatismo. João Pimenta e o neto tinham ido buscar a marquesa ao paiol, onde se achava por inútil, e a Clarinha, entretanto, ia e vinha, arrumando o quarto, e, quando a marquesa chegou, pôs-se a fazer a cama, curvando-se e deitando-se às vezes sobre o leito para prender a fímbria dos lençóis de linho, dum luxo raro naquelas alturas. E daí em diante, nos dias seguintes, sempre aquele vulto de mulher, indo e vindo pelo quarto, cuidadosa, falando meigamente, e com uma solicitude incômoda. E então a figura de João Pimenta, calado e estúpido, limitando-se a duas saudações por dia, a do Felisberto, falando sem parar, curioso, impertinente, fatigante com o seu latim das brenhas e as suas receitas da mãe Benta de Maués para todas as moléstias, e a da Clarinha, a mameluca, a irmã do Felisberto, com a sua saia de chita verde sobre a camisa, sem anáguas, e o seu cabeção rendado que, num descaro impudente, deixava ver a pele acetinada e clara, trotavam-lhe na cabeça, num vaivém contínuo de entradas e saídas, entremeadas de palavras ocas duma sensibilidade extrema, de cuidados excessivos que lhe deixavam, sobretudo as palavras e os cuidados da rapariga, uma impressão penosa. Aquela mameluca incomodava-o, irritava-lhe os nervos doentes, com o seu pisar firme de moça do campo, a voz doce e arrastada, os olhos lânguidos de crioula derretida. Não lhe parecia formosa, tanto quanto podia julgar olhando-a por baixo das pálpebras, porque jamais fitara de frente a uma mulher qualquer, ou pelo menos, a sua beleza, se beleza tinha, não o atraía, achava-a petulante demais, provocadora, quase impudente, com o seu arzinho ingênuo, visivelmente enganador, como devem ter todas as mulheres que o demônio excita a tentar os servos de Deus.

Não sabia por que, mas antipatizara com ela, recebia-a agressivo e brutal, como se receasse um ataque à sua, aliás invencível, castidade. Entretanto, francamente, sem vaidade nem falsas modéstias, nada tinha a recear da neta de João Pimenta, da matutinha de saia de chita e cabeção rendado. Quem no Pará entrevira as mulheres do mundo, luxuosas e apetecidas, sem quebrar o voto sagrado que fizera, quem na vila de Silves se vira alvo das atenções de muitas senhoras brancas, de posição, formosas e dedicadas, sem ceder à tentação de lhes sorrir ao menos, não podia duvidar de si, quando se tratava duma simples mameluca, perdida nas brenhas do Guaranatuba. Não, não era isso. Não sentia, à vista da neta de João Pimenta, emoção alguma que pudesse sobressaltar a sua dignidade de padre severo e consciencioso, e demais tinha bastante confiança em si e na proteção de Nossa Senhora, para poder estar tranquilo a esse respeito. Mas, positivamente, aquela rapariga incomodava-o. E como explicar isso? Ela era dedicada, serviçal, quase extremosa, cuidava-lhe da saúde como se aquele hóspede inesperado fosse seu irmão ou seu pai. Por que o aborrecia? Incongruências dos seus nervos abalados, efeito da moléstia que o abatera, tirando-lhe a compreensão exata das coisas, causando-lhe verdadeiras aberrações de sentimento. Mas tinha fé em Deus que isto passaria com o restabelecimento da saúde. Sentia-se melhor, quase bom, em breve partiria para o seu glorioso destino, e a figura da neta de João Pimenta se apagaria da sua lembrança, como a de tantas outras mulheres que entrevira na vida austera que dedicara a Deus. Agora o que convinha, já que o sentimento da realidade lhe voltava, agora que estava senhor de todas as suas faculdades, e via claramente as coisas e os homens, era exigir dos tapuios do Sapucaia o cumprimento da promessa de o levarem ao Porto dos Mundurucus, ou, ao menos, ao Rosarinho, onde lhe parecia existir uma aldeia dirigida pelos padres da Companhia. Sentia-se forte, confiante, com a ideia de cumprir a resolução heróica que tomara em Silves, realizando a missão aos mundurucus, depois de tantos acidentes e perigos, e na sua cabeça ainda fraca o entusiasmo exaltara-lhe a imaginação, evocando os mesmos sentimentos e ideias que o tinham trazido àquelas paragens longínquas. O fio das suas ideias foi cortado pela aparição do Felisberto na abertura da porta:

– Agora está melhor? Estava melhor, sim, estava quase bom. Apenas lhe restava um peso na cabeça e alguma debilidade, devida provavelmente à dieta. Com um dia de alimentação mais forte, estaria pronto para seguir viagem, e esperava que Felisberto não lhe faltaria à promessa de o mandar conduzir ao porto dos Mundurucus ou ao Rosarinho, conforme fosse mais cômodo. Felisberto protestou. Era homem de palavra, incapaz de faltar ao que prometera. Sabia muito bem disso o defunto padre João da Mata, o santo padre que o criara e o educara para seu acólito, nas missas da Matriz de Maués, e mais a Clarinha, a afilhada do padre santo. Mas antes de se meter em nova viagem, era preciso que o senhor padre ficasse bom de todo, ficasse capaz de apanhar sol e chuva sem perigo de uma recaída. O senhor padre tivesse paciência, esperasse mais alguns dias, e acabasse de tomar o remédio da mãe Benta de Maués, que não se havia de arrepender. E então tratado pela Clarinha que a modo que tinha uma queda por S. Revma.! O

Felisberto ria alvarmente, encantado daquela descoberta que lhe viera de momento ao espírito, e repetia, gozando:

– A modo que ela tem a sua queda por S. Revma.! Padre Antônio achou a ideia risível. Inspirar paixão a uma mameluca, esta só daquela besta do Felisberto!

Depois o neto de João Pimenta continuou com a loquacidade acostumada, abundando na conveniência de permanecer mais alguns dias no sítio, naquele paraíso, como lhe chamava o defunto padre santo, porque, ficasse S. Revma. sabendo, quem fizera aquele sítio, aquilo tudo, não fora o João Pimenta, mas o finado vigário de Maués, para gozar, como ele dizia, algumas semanas tranquilo e repousado no seio dos seus mundurucus, como lhes chamava por caçoada. Nesse tempo, a mãe do Felisberto ainda vivia, uma cabocla de truz, palavra de honra! Era filha duma moça de Serpa que aquele velho João Pimenta furtara, no tempo em que era tuxaua, antes de ser convertido pelo padre João da Mata. Quem diria vendo aquele caboclo velho que fora tuxaua e furtara uma moça clara? Pois era o avô dele, Felisberto Pimenta da Mata, um criado de V. Revma. para o servir em tudo e por tudo. Padre João, que era um homem esquisito em Maués, gostava muito de ali estar, no furo da Sapucaia, passando os dias a pescar tucunarés de caniço e as noites a ensinar à Clarinha tudo quanto ele sabia. Por isso também a Clarinha lia, escrevia e contava como talvez nenhuma moça da vila o fizesse! Pois se o padrinho tinha tanto cuidado com ela, e eram mimos e mais mimos que até parecia uma princesa! E que cuidados com ela! Nem o avô João Pimenta podia dizer-lhe coisa alguma, e o Felisberto chuchara muito bons cachações só porque lhe tocara com um dedo. Safa, exclamava o rapaz, também não sabia para que aqueles luxos! Para uma mameluca, não valia a pena. Por isso a Clarinha não parecia o que era, e, a falar a verdade, nunca tivera inclinação alguma! Pois ali só apareciam tapuios e de ano a ano algum regatão mais arrojado. Mas a afilhada do padre santo não fora feita para tapuios nem regatões! Padre Antônio distraído, enfastiado, ouvia pela vigésima vez a história do padre João da Mata, mas quando Felisberto começou a falar da Clarinha, uma vaga curiosidade o agitava. A Clarinha fora educada pelo padrinho com tanto esmero e cuidado, não podia ser, como padre Antônio supunha, uma mameluca como as outras. Vinha-lhe um desejo de vê-la melhor, sem a prevenção injustificável que nutria desde que a avistara pela primeira vez de pé sobre o tronco de palmeira; de examinar-lhe as feições, sondar-lhe com o olhar o coração para saber se, aquela ingenuidade aparente era real ou simulada Ao mesmo tempo a sua curiosidade revestia-se, com grande espanto seu, duma ligeira malícia, a que se não podia furtar ouvindo tantas vezes a história de padre João da Mata e da Benedita, a filha da moça furtada por João Pimenta em Serpa. Ao chegar a Silves, havia seis ou sete meses, ouvira falar da morte do vigário de Maués, de quem se diziam coisas realmente esquisitas, falando-se vagamente dum sítio, um verdadeiro paraíso, perdido nos sertões do Guaranatuba, onde o João da Mata escondia com intransigente ciúme uma formosa mameluca, que os regatões, que por acaso se haviam aventurado àquelas remotas regiões, entreviam apenas de longe, passando como uma sombra esquiva pelos vãos das portas interiores. A existência dessa criatura, a quem a imaginação popular dava prodígios de formosura, se atribuíam as frequentes ausências de padre João da Mata, que não parecia comprazer-se na convivência dos seus paroquianos, antes, demorava-se na vila somente o tempo indispensável para não faltar de todo às exigências do culto divino. Entretanto, um dia o velho tuxaua João Pimenta trouxera em uma rede o corpo duma mulher que dizia ser sua filha, e que declarara querer ser enterrada em sagrado. Apesar da enorme curiosidade que o fato despertara, ninguém se atrevera a ir espiar o rosto da morta, envolvido numa grande mantilha de linho branco, e nos assentos da paróquia, afirmara o sacristão Firmino, em íntima palestra, padre João da Mata inscrevera o nome de Benedita Pimenta, solteira, de vinte e dois anos de idade. Mas, coisa que desnorteara os curiosos habitantes da antiga aldeia tapuia, nem por esse fato deixara o reverendíssimo vigário de frequentar o sítio da Sapucaia, onde com o correr dos anos, parecia demorar-se mais tempo do que em vida da famosa mameluca, até que um dia, fora no mês de fevereiro, o João Pimenta, desta vez acompanhado pelo seu neto Felisberto, viera trazer à vila o corpo de padre santo João da Mata, para ser enterrado em sagrado. Os habitantes de Maués e de Silves numa puderam saber o que prendia tanto padre João da Mata àquele sítio do remoto sertão da Sapucaia, pois não era crível que só a recordação da Benedita lhe tornasse agradável aquele retiro selvagem, e desse enigma que por tanto tempo desafiara a argúcia dos bisbilhoteiros do alto Amazonas, julgava padre Antônio possuir a solução na existência da neta de João Pimenta, de quem estava agora o Felisberto dizendo maravilhas. Mas então não podia ser uma simples mameluca como as outras essa criança que soubera cativar dum modo tão absoluto o velho padre João, fazendo-o esquecido dos sagrados deveres do seu cargo. Alguma coisa de extraordinário teria, que lhe passara desapercebido ou que a sua prevenção o impedira de ver. Não levaria muito tempo em descobrir a razão de ser daquele fato que começava a interessá-lo descomunalmente, chegando a causar-lhe sérias apreensões sobre a serenidade do seu espírito. Já o prestar benévolo ouvido às histórias do Felisberto, o relembrar as maledicências de Silves sobre o seu finado colega, era um pecado que estava cometendo, e de que se arrependia ao mesmo tempo, pesando-lhe como uma falta grave. Aquele romance de amor sacrílego, de que não podia desviar a atenção, atraía-o poderosamente, posto que a consciência lhe remordesse o erro, advertindo-o da insânia que se ia pouco a pouco apoderando da sua mente, levando-o a um desregramento grave na sua austera vida de ministro duma religião de paz e castidade. Bem conhecia o erro, a que o forçava o persistente inimigo da sua alma, querendo arrastá-lo para o mal, que pressentia já, vago e indefinido; mas sentia ao mesmo tempo um prazer estranho, uma volúpia nova, na satisfação daquela curiosidade doentia, que o levara a ocupar-se de negócio tão indigno de si, da sua missão, e do caráter que a sua profissão lhe impunha. E enquanto o Felisberto falava interminavelmente, à beira da cama, com os olhos parados e o seu sorriso de pobre de espírito, padre Antônio de Morais pensava no atrativo que prendera padre João da Mata ao sítio da Sapucaia.

XI

O hóspede devia partir, deixando o repouso do sítio da Sapucaia, para demandar, no ligeiro ubá de João Pimenta, as paragens perigosas do porto dos Mundurucus, procurando converter ao cristianismo os índios daquela guerreira tribo, cujo sangue corria nas veias da afilhada de padre João da Mata. Era uma empresa heróica, até certo ponto inexplicável para a Clarinha, que não compreendia o móvel verdadeiro da dedicação incrível daquele rapaz de vinte e três anos pela salvação eterna de selvagens desconhecidos, esforço inútil talvez, e que, em todo o caso, não merecia ocupar de modo tão absoluto um padre moço, cheio de vida e belo na sua palidez de convalescente. Não fora com risco de vida que padre João chamara ao grêmio da religião o tuxaua mundurucu que senhoreava agora o pitoresco sítio da Sapucaia, nem mesmo lhe coubera a iniciativa dessa obra de civilização e paciência. Facilitara-lhe muito a tarefa a moça que o Jiquitaia, como se chamava na sua tribo o avô de Felisberto, raptara em Serpa, e que, conformando-se heroicamente com a triste sorte que lhe tocara em partilha na vida, se esforçara por arrancar o tuxaua à vida nômade acenando-lhe com o lucro da colheita do guaraná, e animando-o a ir, furtivamente a princípio, e pouco a pouco às claras, à vila da Conceição de Maués, trocar o produto do trabalho por espingardas, pólvora, chumbo, corais e ricos vestidos de chita de cores vistosas. Depois ela o induzira a batizar a sua única filha, a Benedita, e a receber também por sua vez as águas lustrais do batismo e logo em seguida a matrimoniar-se, para fazer cessar aquele grande escândalo que padre João da Mata, vigário de Maués, não queria ver na sua freguesia, composta na maioria de índios mansos, mundurucus batizados, que ele desejava conduzir pelo caminho da virtude. A catequese do Jiquitaia, que tanta glória dera ao vigário de Maués, fora feita na vila, com descanso e tempo, sem risco de vida nem incômodos de viagem. Padre João da Mata o arrancara à barbaria, batizara-o, casara-o e o estabelecera naquela linda situação do furo da Sapucaia, a que depois o padrinho da Clarinha tanto se afeiçoara, e onde morrera, cedendo à força de velhos achaques e moléstias, mas tranquilo e repousado, abençoando a afilhada e ouvindo o canto mavioso dos rouxinóis e dos sabiás nas mangueiras do terreiro. Isso sim, era fazer uma catequese. Mas deixar todos os cômodos e gozos que a vida proporciona a um padre moço e formoso, para se aventurar pelos rios do sertão em busca de índios bravos, não era natural, a Clarinha não o compreendia. Padre Antônio tinha um ar de tristeza resignada que lhe falava ao coração. O seu porte elevado, raro dote no Amazonas, a fisionomia jovem e simpática, a regularidade das feições, e, sobretudo, a melancolia profunda de que eram repassadas todas as palavras que dizia, impressionavam a neta de João Pimenta, acostumada às galhofas alegres e às severidades bruscas do finado padre santo e à quase imbecilidade do irmão e do avô. O hóspede tinha hábitos duma elegância desconhecida, naturalmente apreendida nas cidades em que bebera a instrução que o sagrara superior aos outros homens. A batina e o solidéu iam-lhe admiravelmente, as camisas brancas e finas do finado colega, cuidadosamente engomadas pela Clarinha, eram substituídas todos os dias, e saíam-lhe do corpo tão limpas como as havia vestido. Logo que se levantou da cama, onde o prostrara a moléstia, barbeara-se de fresco, e repetira diariamente a operação com as navalhas que haviam servido ao vigário de Maués, e que o Felisberto guardava religiosamente na sua caixa de papelão. A voz, a estatura, o trajar, os hábitos de asseio e de elegância, uma graça e distinção que debalde se procuraria nos raros visitantes do sítio da Sapucaia, unindo-se ao prestígio da batina, atuavam de tal forma sobre a neta de João Pimenta que ela se sentia acanhada e trêmula diante daquele moço que lhe parecia não um homem, nem um padre, mas um ente superior. A sua jovem imaginação de matutinha de quinze anos não estava longe de o supor um Anjo do Senhor, desses de que lhe falava a mãe, nas longas narrativas ao pôr do sol, à beira do igarapé, e que vêm ao mundo disfarçados para experimentarem a virtude dos homens. Mais a confirmava nessa crença a persistência do hóspede em se partir dali sem mais demora para ir ao porto dos Mundurucus pregar o Evangelho a selvagens estúpios e ferozes, o que, no modo de pensar da moça, o colocava muito acima da humanidade. Entretanto ela o vira chegar, pálido e sombrio, exausto de forças, a morrer de fadiga, e depois, subjugado pela febre, com os grandes olhos negros ardentes e fixos, balbuciante, alheio a tudo que se passava, parecendo ter perdido a inteligência naquela luta do seu corpo vigoroso com a moléstia cruel que o derribara. Mais tarde erguera-se convalescente, ainda pálido, mas de olhos baixos, teimosamente fechados, como se não precisasse deles para ver o caminho da vida, que a mão inflexível do destino lhe traçava; e uma melancolia profunda cobria aquele belo semblante, como se uma irremediável desgraça para sempre lhe tivesse arrancado a alegria do coração. Então naquelas faces pálidas, naquela boca triste, naquela fronte sombreada por uma preocupação visível, a moça, advertida pelo seu instinto de mulher, reconhecia o homem agitado por sentimentos fortes, adivinhava a luta íntima, embora para ela intraduzível, que se travava no cérebro daquele rapaz elegante, daquele formoso padre de vinte e três anos. Que seria? Que dor amarga lhe torturava o coração? Que inexplicável tristeza era aquela, que só parecia comprazer-se na vasta solidão da mata virgem, ou na dedicação sem limites por uma causa que se dizia sublime mas que ela reputava inútil? Problema insolúvel para a sua pobre perspicácia de matutinha de quinze anos, que não sabia ler naquele semblante austero e meigo, nem ver naquela boca séria e triste senão a simpática melancolia que invencivelmente atraía a compaixão e a ternura. O hóspede ia, porém, partir. Em breve seguiria no ubá de João Pimenta, em demanda de paragens desconhecidas, no cumprimento do seu destino indecifrável. Tudo aquilo acabaria, e o moço talvez nem conservaria da neta de João Pimenta a recordação das suas feições de rapariga, que ele jamais olhara francamente, na teima dos olhos baixos. Mas a figura elegante daquele mancebo triste jamais se apagaria da memória da Clarinha. Para sempre lhe ficaria gravada no coração a lembrança daquelas pálpebras quase cerradas, brancas, com as longas pestanas trêmulas. E agora uma infinda tristeza a perseguia, nos vagares da vida suave e monótona do sítio. O serão daquela vez durara pouco tempo, e padre Antônio de Morais, vendo a Clarinha e os dois homens retirar-se, logo depois do café, sentira-se isolado, todo entregue à enorme agitação que o possuía, e que a presença da família o obrigara a dominar por um ingente esforço de sua inquebrantável vontade. Depois que entrara em convalescença, todas as tardes, ao escurecer, reuniam-se o avô e os netos no quarto que fora de padre João da Mata e que lhe haviam dado como o melhor da casa. Felisberto, sentado sobre os calcanhares, repetia a já muito conhecida história do finado padre santo e dos seus fregueses de Maués. João Pimenta, de pé no liamiar da porta, ouvia silencioso, rindo às vezes das pilhérias insulsas do neto, mascando o seu tabaco com um prazer egoísta; e a Clarinha, sentada aos pés da cama do padre, num banquinho de pau, seguia a sua tarefa de costura, interrompendo-se somente para cortar com os pequenos e alvos dentes a linha com que cosia, e da qual, às vezes, um fiozinho lhe ficava na boca, avivando-lhe o encarnado dos lábios. Lá fora ouviam-se a chiadeira dos grilos e o pio agoureiro de alguma ave noturna, cortando o silêncio das matas. A preta velha trazia o chá de folhas de café com farinha d'água, o Felisberto continuava a falar, o João Pimenta mascava ainda e a Clarinha cosia, ligeiramente séria, parecendo ter a atenção presa à costura, apesar das distrações frequentes que lhe valiam picadas da agulha vingativa. Daquela vez, porém, a monotonia do serão fora alterada por um acontecimento inesperado, cujas possíveis consequências lançavam o espírito de padre Antônio de Morais no mais cruel desassossego. João Pimenta entrara de chapéu na mão, com ar de quem tinha alguma coisa a dizer, mas não se atrevia a abrir a boca, como se um nó lhe apertasse a garganta. Depois de algum tempo de hesitação e silêncio, o neto falara por ele, explicando que o João Pimenta precisava ausentar-se por alguns dias, para ir a Maués, a negócio de muita importância. Tratava-se de levar à vila as frutas colhidas no sítio, antes que apodrecessem, e o guaraná que haviam colhido à margem do Carumã e que era encomenda da família Labareda, gente muito séria, incapaz de lograr a quem quer que fosse e muito amiga de receber a tempo as encomendas que fazia. Ora estando aprazada a viagem de V. Revma. para o dia seguinte, o velho tuxaua encontrava-se em grande embaraço, receando lhe apodrecesse a fruta e se descontentasse a respeitável família Labareda. Felisberto não podia deixar o sítio naquela ocasião, por causa da roça que exigia os seus cuidados diários. O único remédio era o senhor padre ter um bocado de paciência, e esperar a volta do ubá para seguir em busca do porto dos Mundurucus. Era coisa de pouca demora, uma semana quando muito, e se isso não desagradava muito ao senhor padre, o pobre tuxaua João Pimenta ficaria contente:

– Principalmente por causa das frutas e da família Labareda, terminou o Felisberto, resumindo as razões da insistência do velho.

Padre Antônio ficara contrariado, mas que remédio! Tivera de aceder ao pedido, dizendo em tom grave que ficaria muito aflito se soubesse que a sua permanência ali causava transtorno aos donos da casa. Fingira muita resignação diante da alegria manifestada por João Pimenta, que arreganhara os dentes numa risada estúpida, soluçada e nervosa, e por Felisberto, que a contivera numa frase do seu latim do sertão; e não pudera mesmo o padre deixar de corresponder com um sorriso ao longo olhar, cheio de carícias, com que a Clarinha lhe agradecia o sacrifício. Mas agora, que se haviam retirado para tratar dos arranjos da partida do velho tapuio, agora que se achava sozinho, entregue a si mesmo, meditando sobre as consequências que podia ter a demora no sítio encantador da Sapucaia, aquela aparente resignação se transformava numa agitação enorme, num quase desespero, como se, náufrago na corrente caudalosa do Amazonas, visse afastar-se para longe a tábua de salvação. Um profundo terror, filho da desconfiança das próprias forças, começava a encher-lhe o coração, dando--lhe o antegosto das torturas que o aguardavam naquela casinha rústica e agradável, e que juntas às cruciantes dores já sofridas no silêncio do seu modesto quarto, iam talvez despenhá-lo no abismo da depravação e do pecado. Porque agora que a iminência do perigo o assoberbava, que, ante a cumplicidade criminosa da sorte, a sua coragem desmaiava, padre Antônio de Morais, o casto, o puro, o severo vigário de Silves, o ardente missionário da Mundurucânia era obrigado, num sério exame de consciência, sondando o fundo do seu coração da padre, a confessar, corrido de vergonha e de nojo, que estava louco e cinicamente apaixonado pela neta de João Pimenta, por aquela mameluca que padre João da Mata escondera nos sertões de Guaranatuba, e cuja primeira vista lhe fizera impressão tão desagradável. As fastidiosas histórias do Felisberto lhe haviam despertado o desejo de conhecer melhor essa rapariga, criada com tanto cuidado e zelo pelo defunto padre santo, e sem que o respeito, que a si e ao seu caráter sacerdotal devia, lhe corrigisse aquele movimento insensato de curiosidade profana, cometera a imperdoável imprudência de levantar os olhos para essa mulher, que o seu anjo da guarda lhe aconselhava que evitasse, como se o advertisse da aproximação dum inimigo. Olhara, e maravilhara-se na contemplação da mais formosa mameluca que jamais vira em sua vida, se mameluca se podia chamar a quem só muito de leve acusava os caracteres físicos da raça americana, e que, pela graça ingênua, pela viva inteligência que revelava nos grandes olhos pretos, sempre banhados em ondas duma volúpia ardente, parecia filha dum outro continente. Olhara e compreendera o feroz ciúme com que nos seus últimos anos de vida, padre João da Mata escondia do mundo aquele inapreciável tesouro de graça e formosura, e o esquecimento em que deixava os deveres paroquiais para passar os dias na adoração daquela criatura angélica, formada por um capricho da natureza, e condenada pelo destino a viver no sertão do Alto Amazonas entre um velho índio boçal e um padre cheio de achaques. A que vida, entretanto, a destinava? Que sorte lhe proporcionaria o padre santo nos sertões de Guaranatuba? Não haviam sido feitas para rústicos misteres aquelas mãozinhas delicadas, gordas e polpudas, cujo único préstimo parecia ser o de acariciar uma face amiga; aqueles pés pequenos, nervosos e bem--feitos não correriam sem se magoarem por sobre o duro capinzal do campo; aquela cintura fina e graciosa não era para ser abraçada por um pesado tapuio acachaçado nas danças do batuque sertanejo ou nos grosseiros afagos dum noivado desigual. E daí em diante, desde esse fatal momento em que o seu anjo da guarda velara a face, deixando-o sujeito às tentações do inimigo da sua alma, que teimava em infiltrar-lhe nas veias o sutil veneno da volúpia, não tivera o padre um só momento de repouso, principalmente durante a noite, não lhe sendo permitido conciliar o sono. A imagem da linda mameluca, beleza extraordinária na verdade – ou criação fantástica de sua imaginação doente, dos seus sentidos excitados, não o sabia ao certo –, não lhe saía da lembrança, com os seus cabelos cheirosos, os grandes olhos pretos e a pele acetinada, entrevista um dia entre o cabeção traidor e a leve saia de chita... Passara noites horrorosas! No silêncio do seu quarto solitário, embalado na alva rede de linho que substituíra a marquesa de padre João da Mata, padre Antônio de Morais, o puro, o casto, o ardente missionário da Mundurucânia, confessava-o agora pela primeira vez, falando francamente consigo mesmo, entregara-se insensatamente àquele amor que se apoderava bruscamente do seu coração de sacerdote de Cristo, estremecendo de horror pelo pecado que cometia como se já estivesse condenado às penas eternas com que outrora ameaçara os seus ouvintes de Silves. Os terrores que no Seminário, nas longas vigílias das suas tristes noites de recluso, o perseguiam, repetindo-se em Silves nas horas de ócio, nas agitações doloridas dum espírito desocupado, haviam voltado com maior intensidade, porque vinham acompanhados da convicção de que estava vencido pelo espírito maligno, auxiliado pelo negrume brilhante dos olhos da mameluca. Ardera em febre de desejos, e desmaiara de terror à ideia duma condenação infalível, que se julgava incapaz de evitar. Revolvera-se na rede, abraçara-se aos punhos, cobrira-os de beijos doidos num espasmo voluptuoso, como se sentisse ao pé de si o corpo da Clarinha, macio e flexível como o linho que apertava nos braços. Mas sempre lhe parecera que a rede se transformava num braseiro e que as garras do demônio se lhe entranhavam nas carnes palpitantes, longa e dolorosamente. Sim, foram noites dum sofrer sem fim! A castidade guardada por muito tempo no meio das baixas devassidões, de que fora testemunha na infeliz e atrasada sociedade em que vivera os últimos tempos, desequilibrava-lhe o cérebro num delírio de gozo, numa sede de amor sensual e ardente que ameaçava tornar-se irresistível, obscurecendo-lhe a razão, e fazendo-lhe perder a noção da dignidade do sacerdócio que tanto prezava! A ignorância quase completa da mulher física desregrava-lhe a imaginação, prometendo-lhe gozos supremos e inesgotáveis delícias, um mundo desconhecido de prazeres inexcedíveis no delírio da sua carne jovem e vigorosa. Mas o inferno! Essa crença inabalável numa vida eterna de suplícios indescritíveis, que bebera no leite da ama e se lhe avigorara no Seminário, enchia-o dum terror profundo que o aniquilava. Para que o tratara a mameluca com desvelos de mãe e de irmã, dando-lhe gozos desconhecidos, a ele, que da primeira infância recordava apenas as carícias raras e tímidas da mãe desmoralizada pelas amásias do marido, e da adolescência e virilidade só tinha a aridez e o austero isolamento da sua vida de padre católico? Como ainda nesta noite, em que o Pimenta lhe participara a próxima viagem a Maués, a presença da rapariga, a sua voz velada e cheia de doçura, despertavam-lhe no coração uma emoção nova, uma ternura de criança afagada, um estremecimento fagueiro que o inundava do contentamento de ser amado, de ser o alvo de todas as atenções duma mulher, de sentir-se protegido, e ao mesmo tempo lhe trazia lágrimas aos olhos com uma grande vontade, reprimida a custo, de banhar com o seu pranto as mãos delicadas daquela criatura bonita e bondosa que lhe velara à cabeceira, como a um enfermo querido. Nessas ocasiões sentia-se bem, sem ambições nem desejos, a paixão transformava-se num afeto doce, sereno, sem sobressaltos, e para viver assim, envenenando-se lentamente, para gozar a presença e os cuidados da moça, de bom grado prolongaria a convalescença. Mas quando à noite a Clarinha se retirava, recaía ele nos ardores da paixão que o queria dominar. A ausência lhe recordava as formas voluptuosas, os lábios rubros, o olhar demoníaco, e a lembrança o mergulhava na mais áspera sensualidade. O regime dietético que seguira, o repouso absoluto a que o forçavam, excitariam o seu temperamento sensual, robustecendo os instintos egoísticos do matuto, criado ao pleno ar, na mais completa liberdade, ou um agente estranho, um ser independente e autônomo tomara a tarefa de o rebaixar a um tal animalismo? Não o sabia, ou antes, acreditava de preferência na constante tentação que o perseguia desde o Seminário e contra a qual lutara sempre vitoriosamente, dominando-a com jejuns e penitências. Mas a triste verdade era que no silêncio da noite cálida, naquele quarto outrora habitado por um padre desregrado e astucioso, longe do mundo e das conveniências sociais, reaparecia o matuto a meio selvagem que saciava o apetite sem peias nem precaução nas goiabas verdes, nos araçás silvestres, nos taperebás vermelhos, sentindo a acidez irritante da fruta umedecer-lhe a boca e banhá-la em ondas duma voluptuosidade bruta. Então era o demônio que o fazia voltar aos tempos idos de mocidade e de fogo para melhor o queimar naquele inferno indescritível de sensualidade. O gozo se tornava necessário e fatal; conveniências do estado, crença religiosa, escrúpulos de homem honesto, tudo cedia ao seu imenso amor. Consumia-se em ardores estéreis, agarrado aos punhos da rede, numa ânsia louca de apertar nos braços um corpo fremente de mulher bonita, e desfalecia por fim, cansado, aborrecido, indignado, enjoado do cheiro a flor de castanheiro que o seu corpo exalava. Isto todas as noites! Com o dia vinha-lhe felizmente a calma, mas uma calma enganadora e perigosa, que não era senão o adormecimento provisório dos sentidos exaustos; e como remédio supremo, como tábua de salvação única, nesse pélago em que se afundavam a sua coragem e a sua virtude, só via a fuga, a partida precipitada daquela nova ilha de Calipso, encantadora e terrível. Reunira todas as forças de sua vontade numa resolução suprema, e marcara a viagem para o dia seguinte, sem atender aos pedidos de Felisberto e de Clarinha que o queriam deter, sob o pretexto de que não estava ainda bastante forte para os incômodos da empresa. Tudo estava pronto, dentro de poucas horas devia largar do porto da Sapucaia, dizendo um eterno adeus à visão sedutora que tanto agitara as suas carnes de vinte e três anos. Mas o inimigo de sua alma não se contentava com pecados de intenção, não estava satisfeito com tormentos infligidos à sua virtude nos estéreis ardores das noites em claro. Queria precipitá-lo duma vez no abismo de que se não volta, e suscitara ao estúpido tapuio a ideia de uma viagem a Maués para salvar as suas frutas e servir a família Labareda. Estava vendo naquela resolução inesperada a obra do demônio da cobiça, vindo em auxílio do demônio da concupiscência. Era um golpe decisivo que o inferno tentava contra a virtude austera do missionário, devotado de corpo e alma à causa santa da religião e do sacrifício, e o missionário, horror! sentia-se de antemão vencido, incapaz de mais longa resistência. Sim, sentia-se vencido. Viver naquela casa, entre as paredes que haviam testemunhado os amores sacrílegos do defunto padre santo, vendo todos os dias a admirável criatura, que se apoderara do seu coração, enchendo os olhos das suas formas voluptuosas e do seu sorriso meigo, saber-se ali sozinho com ela, porque o Felisberto não entrava em linha de conta, longe do mundo, livre de olhares invejosos e importunos, era um sacrifício superior às suas forças. Passeava agitado pelo quarto, receando a macieza da rede, tentadora como braços abertos de mulher bonita; já vencido, mas lutando ainda. Reinava silêncio na casa. A família já estava acomodada. Da outra banda do igarapé vinha um cheiro forte de baunilha e de cumari, que misturando-se à exalação das flores das laranjeiras do terreiro formava um perfume afrodisíaco que entrava pelas portas dentro e lhe subia ao cérebro, para o embriagar e tirar-lhe o último lampejo de razão que o esclarecia na luta travada com a sua carne desejosa e virgem. Passou a noite toda de pé, com medo de se ir deitar, como se a rede o atraísse para o pecado; ora desesperado, sentindo a antecipação das penas do inferno, ora ardendo em desejos viris, pensando em abrir a porta, sair para a varanda e entrar à força no quarto da Clarinha, ora caindo em desânimo, maldizendo a covardia do Macário, que o incitara a fugir aos mundurucus do ubá, cujas flechas lhe teriam tirado a vida em estado de graça; maldizia também o encontro que fizera do João Pimenta e do Felisberto, a ideia que tivera de os acompanhar em vez de se deixar morrer de fadiga e de febre à margem do Canumã na vasta solidão do deserto. Morresse flechado por índios, em caminho de sua gloriosa missão, ou de cansaço e fome à margem de um rio desabitado, teria cumprido o seu destino na terra, deixaria um nome honrado e alcançaria a palma que não se nega aos mártires de Cristo; e Deus não deixaria de levar-lhe em conta a mocidade, os anos decorridos sem que jamais tivesse levado aos lábios a taça inebriante do prazer... Morreria jovem, sem ter conhecido da vida senão as suas dores e desgraças, sem ter sentido um coração de mulher palpitar de encontro ao seu peito vigoroso... A repetição desta ideia de morte prematura começava a tornar-se-lhe antipática, estranha na situação em que se achava. Tudo era calmo e repousado em derredor; através das paredes de taipa caiada, ouvia-se o ressonar tranquilo do João Pimenta e do Felisberto, alternando a respiração em sons agudos e graves, como à porfia de quem dormiria melhor; do outro lado, do lado do quarto de Clarinha, nenhum rumor se ouvia; lá fora haviam cessado as vozes noturnas da floresta no grande silêncio da madrugada. O frescor da brisa que penetrava pelas juntas mal unidas das portas, trazia um perfume suave de flor de laranjeira. Toda a natureza repousava, tranquila e feliz na calma de uma noite estrelada e serena. Só ele não dormia, só ele não podia ter um momento de repouso, e pensava em morrer, maldizendo a vida. E por que morrer? A rede, a alva e macia rede que fora de padre João da Mata, oferecia-lhe o regaço de puro linho lavado, cheio de promessas. Por que não dormiria, ao menos para fugir à luta incessante que o torturava? Talvez que o sono lhe aconselhasse um meio de sair daquele combate que lhe devorava a alma e o corpo, permitindo-lhe achar uma transação da consciência com o amor irresistível pela linda mameluca de cintura fina e dentes brancos. Não seria possível essa transação prudente que acabasse de uma vez com a loucura que ameaçava sepultá-lo no abismo da depravação e da morte? A rede, de que se aproximara lentamente, sentindo nos membros lassos um torpor suave que o convidava ao sono, e um ligeiro tremor que o frio da madrugada lhe dava, continuava a oferecer-lhe o regaço de linho, lavado e branco. Dentro de poucas horas o dono da casa seguiria viagem, e o mal, se mal havia a temer, seria irremediável. Por que entregar-se a um desespero estéril, teimando em privar-se dos gozos que a natureza proporciona à mocidade? Não queria viver a vida que padre João da Mata gozara naquele sítio dos sertões de Guaranatuba, não sacrificaria todo o seu futuro à satisfação dos gozos impuros que o sangue de Pedro de Morais exigia imperiosamente, não, saberia dominar-se. Mas podia pecar uma vez, matar a enorme curiosidade do amor físico que o devorava, e resgataria a sua falta, indo resolutamente ao encontro dos ferozes mundurucus, para morrer às suas mãos pela glória da religião do Crucificado. Não era difícil recordar exemplos da história eclesiástica, que lhe servissem de precedente e lhe atenuassem o procedimento. A partir de Santo Agostinho, cuja mocidade fora um grande escândalo dos seus contemporâneos, o que o não impedira de vir a ser um dos maiores Doutores da Igreja, até ao famoso S. Jocó, passando por centenares de conversos, entre os quais o grande S. Paulo brilhava pelo esplendor da armadura divina, não faltavam casos de santos pecando contra a castidade e, depois, por um arrependimento sincero, ganhando um lugar no céu. Na modesta apreciação dos próprios méritos, padre Antônio de Morais não se achava em condições inferiores àqueles dois primeiros célebres pecadores, tocados da graça divina, pois não pensava em fazer como o filho de Mônica, que se chafurdara nos horrores da mais baixa devassidão, nem lhe passava pela cabeça cortar a Clarinha em pedaços, para esconder a falta, como fizera S. Jacó à pobre moça de família que lhe haviam confiado para a catequese. Sentara-se num banco, sentindo muita fraqueza nas pernas, e ainda sem coragem de se meter na rede. Afinal de contas, que queria ele? Apenas satisfazer a imensa sede de gozo que o consumia, pagar o tributo ao sangue ardente que lhe corria nas veias, e ainda assim, entregando-se a um amor desinteressado e sem mescla de pensamento ruim. A rapariga ali estava, a pedir um homem de coração que a tomasse, e se havia de cair às mãos de algum tapuio boçal que colhesse aquela flor delicada, sem ao menos apreciar-lhe o valor, melhor era que a tomasse Antônio de Morais que se prezava de conhecer o que havia de belo e bom na natureza. Era um pecado? Era, mas para remir os pecados tinha padre Antônio o arrependimento, um arrependimento sincero, que o levaria até o martírio pela causa santa da religião que professava. Oh! ele bem sabia que resgataria aquela falta única da sua vida com o maior sacrifício que se pode exigir dum homem e mesmo dum padre. O seu caso não era, decididamente, pior do que o dos santos arrependidos, que renovavam os horrores dos gnósticos e picavam mulheres defloradas! Para as grandes faltas havia a grande misericórdia divina. O arrependimento lavava todas as culpas! A argúcia lhe sorria, e ele próprio, com secreta vaidade, aplaudia a finura do sofisma e o bem lembrado da transação, pensando nos combates em que outrora vencera os silogismos do douto padre Azevedo. A luta íntima havia cessado, ele aproximara-se da rede, abrira-a, contemplando-a com um grande desejo sensual. Sentia-se outro homem, parecia-lhe que estava mais leve, que lhe haviam voado do cérebro umas nuvens que lhe tapavam os olhos da razão. Agora, sentado no fundo da rede, prestes a estender o corpo sobre o seio amoroso do alvo linho lavado, via tudo com a calma e segurança dum homem que não se deixa enganar por escrúpulos vãos. Admirava-se dos terrores infantis que o haviam perseguido, e começava a desconfiar de que não andara até ali o caminho do bom senso, mas um desvio da imaginação enferma. Felizmente o senso comum do campônio, que as teorias e a disciplina do Seminário não lhe haviam tirado, espancava as dúvidas da mente escaldada pelo terror dum castigo imediato e que nada fazia prever. Adormecer na segurança do bem-estar atual, reservando para mais tarde os cuidados da salvação eterna, era a verdadeira filosofia prática que o amazonense adotava, que a floresta, o rio, toda a natureza amazônica ensinavam numa fresca madrugada. Adiar era ganhar tempo, sem perder coisa alguma; graças à infinita bondade do Criador sempre havia tempo para remir as mais graves culpas, e disso dera exemplo Cristo perdoando à Madalena os seus lúbricos amores. Também o bom ladrão, apesar de ladrão, na mesma noite em que morrera, fora dormir no paraíso. Para que gastar as forças em sacrifícios sobre-humanos, quando se é jovem e a vida se arrasta lenta e desocupada? Para que recusar a taça dos deleites, como Cristo recusara a de amarguras, se era sempre tempo de pedir o remédio, repudiando sinceramente as alegrias mundanas? Deitou-se, sentindo em todo o corpo o contato macio do linho, experimentando a sensação do viajante fatigado que toma um grande banho aromático, e nele deixa o cansaço, a poeira da estrada e as preocupações da viagem. Nunca pudera gozar a rede como a estava gozando, e agora, abraçado aos punhos, sentia a consciência limpa, o espírito lúcido, o coração desassombrado e alegre, e no aroma das flores de laranjeira e da brisa da floresta, que lhe entrava pelas juntas mal unidas das portas, com um perfume oriental de nardo, de sândalo e de canela, bebeu uma embriaguez suave que lhe pôs em mal definidas reminiscências o melancólico passado. – Famoso maçador, o Felisberto, sempre à sua ilharga, deleitando-o com a prosa prolixa e incolor, recheada de latinórios nunca ouvidos! Para onde quer que fosse padre Antônio de Morais, o obsequioso Felisberto ia também, não por desconfiança, que não entrava facilmente naquele cérebro de tapuio, mas por cortesia, talvez por prazer, porque criado à sombra da sotaina, ao perfume das velas de cera ordinária da Matriz de Maués, a vila mundurucua, bebia os ares por coisas e pessoas da Igreja, mostrando-se orgulhoso e satisfeito na companhia dum sacerdote, com o desejo de o ter sempre ao pé de si, de possuí-lo todo para si, no ardor da sua veneração egoística. E não parecia desconfiar, o lorpa, do incêndio que lavrava no coração daquele padre, encontrado de joelhos à beira do Carumã, em missão de catequese e de religião! Por uma aberração inexplicável, nos seus menores atos revelava o Felisberto a intenção de lhe atirar a irmã à cara, como se para o neto do tuxaua a maior ventura e maior glória fosse ter um sobrinho que nascesse da Igreja, como o dava claramente a entender nas graçolas insulsas e pesadas com que mimoseava a irmã na presença do hóspede, cobrindo-os a ambos de vergonha. Era uma coisa inqualificável que enchia de repugnância o hóspede, e lhe dera vontade de se ir embora, sozinho, sem esperar o João Pimenta, e profundamente o desgostara. Mas não tivera ainda tempo de se abrir francamente com a Clarinha, de lhe dizer tudo que sentia, de lhe falar às claras, com o coração nas mãos. Algumas frases trocadas a furto, umas lisonjas medrosas de namorado calouro... e nada mais. O receio de desagradar, o pudor de sacerdote o impediam de aproveitar-se francamente da cumplicidade que as chufas do grosseiro tapuio lhe ofereciam. E como partir assim? Afinal de contas, pensava padre Antônio, ela não tinha culpa do que o irmão fazia. Nessa manhã, no copiar da casa, banhado em cheio pelo sol brilhante de agosto que espalhava vida, luz e calor por todo o vale do Sapucaia, alegrando os pássaros do céu e os animais da mata, o Felisberto pela centésima vez contava como o padre santo João da Mata formara o sítio da Sapucaia para recompensar a dedicação do seu camarada João pimenta Em frente, ficava o curral do gado vacum, onde os bois, contemplando com o olhar triste a verde relva luzidia do campo e as folhas claras do arrozal da beira do rio, pareciam mordidos do desejo de se atirar pelo sítio fora, numa orgia de liberdade e de folhas verdes. Enquanto o Felisberto falava, padre Antônio de Morais pensava que até aquela hora ainda não se atrevera, ou não pudera, dizer à Clarissa o que sentia, e que perdia o tempo, na pasmaceira do sítio da Sapucaia, sem adiantar um passo na senda amorosa que se decidira a seguir, sentindo-se incapaz de resistir ao seu temperamento de campônio. Seria realmente o idiota do Felisberto que lhe criava os embaraços, ou o acanhamento invencível do novato, talvez um resto de dignidade ou mesmo remorso, que lhe prendia os movimentos e lhe dava um nó na garganta toda a vez que tinha de dizer alguma coisa à adorável criatura que lhe ocupava os pensamentos? Se tivesse ocasião de se achar a sós com ela, teria maior coragem, ou faltar-lhe-ia o ânimo de se declarar duma vez, rompendo com o seu passado, e com a fé do seu juramento? Era uma pergunta que a si mesmo dirigia pensativo, ouvindo o som monótono e corrente do fraseado do Felisberto, e olhando distraidamente para o curral onde o touro, o único touro da manada dava sinais de impaciência, escavando com os pés o solo e ameaçando com as pontas a cerca, que lhe tolhia a liberdade e o gozo do arrozal, mas hesitando ainda, em dúvida se poderia vencer a resistência. Padre Antônio não tinha uma resposta clara, desconfiava de si mesmo, e começava a pensar que talvez tivesse exagerado os perigos que corria no sítio de João Pimenta e a gravidade da moléstia que o afligia. Provavelmente o seu hediondo pecado não passaria da intenção, por muito condenável, mas que no fim de contas não lhe podia trazer os mesmos funestos resultados duma falta irremediável. Pecara gravemente contra a castidade, entregando-se complacentemente aos ardores estéreis de noites em claro, povoadas de imagens lúbricas, de desejos sensuais, mas a sólida educação, que recebera no Seminário, o fundo de religião e de moralidade com que o dotara a natureza e a firme vontade de ser superior às fraquezas humanas, sem dúvida venceriam, estava seguro disso e o reconhecia com orgulho, as tentações da sua carne de vinte e três anos. Agora que a noite passara, carregando consigo os sonhos bestiais, sentia-se incapaz de ultrapassar os limites do pecado intencional. O seu anjo da guarda o protegia, livrando-o das tentações do demônio durante o dia, quando mais fácil lhe era cair e se afundar na infâmia. Por um fenômeno singular, cuja causa ele buscava em vão, com o dia lhe vinham a calma, o bem-estar, o vegetar tranquilo e satisfeito sob o olhar meigo da moça, iluminado pelo seu sorriso espirituoso e honesto. Sentia um prazer indefinível em estar assim, enchendo-se de emoções ternas e boas, com os sentidos adormecidos, sem pensar em coisa alguma, sem preocupações de qualquer ordem, deixando sucederem-se as horas uniformes no caminhar incessante do sol para o seu eterno fadário, e se não fossem o Felisberto, as tremendas estopadas que lhe pregava, moendo-o com a sua parolice interminável, de bom grado ficaria assim toda a vida. Não havia, pois, motivo para desesperar da salvação. Por um lado o Felisberto, por outro as boas tendências do seu espírito e do seu coração, o amparo da educação recebida e a proteção do seu anjo tutelar lhe impediriam a queda. Mas, coisa singular! esta ideia não o confortava, não lhe dava confiança no futuro, e a modo que o irritava, ou pelo menos, causava-lhe uma emoção desagradável, que ele procurava explicar pela insistência com que o Felisberto lhe espicaçava o fígado, saturando-o de aborrecimento. No fundo do coração, fraco e receoso, começava a aparecer como um sentimento de emulação infantil, o desejo de provar ao neto de João Pimenta que só da vontade dele, o padre Antônio, dependia o aproximar-se de Clarinha, e mesmo de afastar para longe o Felisberto e as suas eternas histórias, recendentes a cera e a incenso queimado. E enquanto o mestiço falava, com o olhar sereno e sem luz fixo no rosto do padre, as mãos cruzadas sobre o peito em atitude humilde, e a boca mole a escorrer verdades monotonamente proferidas, o missionário pensava, olhando distraído para o curral, onde o touro continuava a ameaçar a cerca, com má catadura, enfurecendo-se com a permanência do obstáculo que o impedia de gozar livremente o campo. De repente, como se uma resolução enérgica lhe tivesse afogueado o sangue, o touro recuou três passos, e arremeteu com a cerca num ímpeto tal que em parte a derribou e pôs meio corpo fora. O ruído dos paus quebrados arrancou a Felisberto ao encanto melodioso das próprias palavras. O neto do tuxaua, receando que solto o touro se atirasse às plantações novas, estragando o trabalho de muitos dias, correu a acudir ao desastre, gritando que se o maldito se soltasse, o avô ficaria danado quando chegasse de Maués. Padre Antônio, desinteressado, retirou-se para o seu dormitório passageiro, à procura dum livro – um dos dois livros do finado padre santo – com que dava pasto ao espírito nos intermináveis vagares do sítio da Sapucaia. A Clarinha lá estava. Curvada sobre o leito, a fazer a cama, oferecia-lhe às vistas a redondeza cativante das formas rijas de mameluca jovem. A comoção do padre foi tão grande, ao ver-se a sós no quarto com a encantadora rapariga, que ficou algum tempo sem movimento. Mas não devia perder aquela ocasião que o acaso lhe deparava e o loquaz tapuio não deixaria renovar-se facilmente. Era preciso vencer a timidez de seminarista, abalançar-se a uma declaração de amor! Aí estava, porém, toda a dificuldade. Jamais se resolveria a pronunciar a sacrílega palavra, e com certeza deixaria fugir aquela ocasião única! Não, não, jamais poluiria os lábios com palavras impróprias da sua dignidade sacerdotal. Sufocaria aquele insensato amor, aquela paixão criminosa, embora ela tivesse de reduzir-lhe o coração a cinzas. Morreria desesperado e louco, mas não ofenderia a pobre menina, confiante e carinhosa, falando-lhe dum sentimento que a moral e a religião repeliam, e que ela não poderia aceitar sem perder a alma pura e inocente. Entretanto, ao passo que assim pensava, uma agitação extrema o perturbava, como se tivesse diante de si um tesouro inapreciável a que bastasse estender a mão para o possuir. O vento de virtude que perpassara pelo seu cérebro exaltado abalara-o profundamente, e inconscientemente, sem saber o que fazia, torturado por uma angústia, começou a falar, doce e convincente, com uma tristeza infinita na voz, mal percebendo o efeito das suas palavras sobre a rapariga, que a princípio se voltara surpresa e, depois, se deixara ficar sentada na cama, ouvindo-o de olhos baixos, com os braços caídos, inertes, para o chão. O coração do padre foi-se abrindo pouco a pouco, com a precaução com que abriria uma gaiola de pássaros gentis, para não deixar sair os sentimentos a uma, em tropel confuso. Disse que felizmente para ela e infelizmente para ele, em breve teria de retirar-se daquele abençoado sítio de que levava as mais gratas recordações da vida. Deixaria de incomodar aquela boa gente, e muito mais cedo do que o poderiam supor, teriam notícia de sua morte em alguma aldeia de mundurucus. A moça levantou para ele os olhos úmidos de lágrimas, como se aquela ideia de morte lhe cortasse o coração. Sim, continuou padre Antônio, morreria em breve, e dele naquela casa ficaria a lembrança dum hóspede importuno. E como a rapariga protestasse com um sinal de cabeça gentil, ele, por sua vez, repetiu que todos os obséquios recebidos no sítio da Sapucaia lhe ficariam para sempre gravados na memória. Não pensasse a Clarinha que dizia uma banalidade amável, não sabia mentir, ainda que para agradar ou agradecer favores. Desde a sua infância, passada na triste fazenda paterna, erma de afetos, nunca tivera o sorriso carinhoso duma mulher, mãe ou irmã, a animá-lo no caminho escabroso da vida. E quando se vira doente, perdido em pleno sertão, numa casa estranha, entre gente que pela primeira vez o via, e que o amparava na desgraça, uma mulher lhe sorrira, tratara-o com o afeto de mãe e irmã ao mesmo tempo, despertando-lhe no coração as mais doces emoções que tivera a sua mocidade árida e isolada, toda preenchida pelo estudo e pela dedicação austera do sacerdócio. Essa mulher, era ela, a Clarinha, sempre solícita, bondadosa e paciente, aturando as impertinências e rabugices da moléstia, passando noites em claro para velar-lhe à cabeceira, dando-lhe coragem e resignação, exortando-o a viver quando o sofrimento o despenhava no desespero. Agora, que tinha de seguir o seu fadário, cumprir a missão que se impusera, terminando por uma morte gloriosa e útil uma vida estéril, queria ao menos, como alívio e derradeiro consolo, dizer-lhe, assegurar-lhe que jamais se esqueceria dela, da sua bondade, dos seus carinhos, e que na hora da morte, se alguma ideia, algum pensamento profano pudesse acudir-lhe, seria o de Clarinha, meiga e afável, dedicando-se, sem vislumbre de interesse, pela vida do hóspede melancólico que o acaso lhe trouxera... A moca estava comovida, os seus lábios trêmulos, os seus belos olhos chorosos diziam os sentimentos que as palavras do padre despertavam-lhe no peito. Quando o padre terminou dizendo que ninguém poderia sentir profundamente a sua morte, porque ninguém o amara, a rapariga fez uma negativa tão enérgica, que o padre eletrizado aproximou-se dela, sentou-se ao seu lado, com a cabeça perdida e a voz presa na garganta. Ficaram ambos enleados, namorando-se com olhos apaixonados. Os peitos arquejantes denunciavam a viva emoção que os unia num afeto ardente. Padre Antônio tinha os lábios secos, um forte tremor lhe sacudia as pernas, os braços, o corpo todo, dando-lhe a sensação dum frio intenso. A moça, de lábios entreabertos, com um sorriso doce, cravava nele os olhos, pedindo--lhe que falasse mais... O Felisberto empurrou a porta, gritando muito alegre, que sempre contivera o touro no curral, para o impedir de comer o arrozal, mas vendo-os juntos, sentados na mesma cama, em atitude envergonhada, lançou ao padre um olhar de malícia velhaca, e gargalhou um riso nervoso e alvar, no gozo duma aspiração satisfeita.

A volta de João Pimenta, que no dia seguinte chegou de Maués, agitou novamente a questão da viagem de padre Antônio de Morais ao porto dos Mundurucus. O vigário de Silves não ousava adiar por mais tempo a realização do projeto de catequese, temendo despertar as suspeitas do velho índio, e logo que este lhe mandou dizer pelo Felisberto que estava às suas ordens, apressou-se em marcar a partida para daí a dois dias pela madrugada Clarinha tentou opor-se à partida, dizendo que aquela história de catequese não tinha razão de ser, que padre João da Mata para converter um tuxaua não precisaria sair de Maués, e que era pena arriscar uma vida preciosa para batizar tapuios. Felisberto disse que entendia também que a viagem às tabas mundurucuas era uma asneira do padre, que ele Felisberto não compreendia. João Pimenta, porém, não manifestou opinião, e essa reserva obrigou o vigário, baldo de desculpas para a delonga, a insistir em partir no dia designado. Esta deliberação que pela manhã, à luz do dia, sob o olhar sereno da moça, tomara com virtuosa energia, sustentava-a agora no silêncio do quarto, reputando-a, à luz mortiça do candeeiro de azeite, acertada e salvadora. Pela primeira vez, a noite não lhe trouxera uma modificação nas ideias e nos sentimentos que o dia lhe proporcionara Agora, a sós, no exame de consciência a que se entregava sentia um grande asco da sua hipocrisia, da sua moleza, da rápida degradação moral em que ia caindo. Horrorizava-o aquele amor infame que o salteara de improviso, como um cão danado se atira à garganta do transeunte, e que lhe abalara a fé, a crença, a honradez e a virtude, reduzindo-o a uma criatura sem moral e sem dignidade, vítima indefesa das tentações do inimigo, presa fácil de demônios cobiçosos. Agora, a sua vaidade estava satisfeita, aplaudia-o pela prova que dera, naquela manhã, de que sabia dominar as paixões e os instintos baixos da natureza egoísta. A resolução de deixar a Clarinha, inabalavelmente firmada, mostrava à sua vaidade que assim como rompera naquele dia os laços que o prendiam ao sítio da Sapucaia, os saberia arrebentar em qualquer tempo que a dignidade imperiosa o ordenasse. Bem se sabia forte, incapaz de se deixar dominar por uma mulher, ainda que ela realizasse o ideal da Grécia antiga, a correção palpitante das formas, ainda que conhecesse os segredos lúbricos de Popeia e tivesse as manhas da feiticeira Circe! Podia perfeitamente colher a flor que encontrava no caminho, sem receio de que o perfume o embriagasse, tirando-lhe a razão e fazendo-lhe esquecer o ideal da sua vida de padre! Não pertencia ao número dos fracos, dos que não podem levar aos lábios a taça do prazer, sem que se lhes agarre à boca, e lhes tire o ânimo de a deixar cair ainda cheia! Oh! se ele, padre Antônio de Morais, quisesse gozar as inefáveis doçuras dum amor partilhado, nem por isso a sua carreira se cortaria desastradamente, não se afundaria no lodaçal da sensualidade, que, como o fizera a feiticeira aos companheiros de Ulisses, converte os homens em porcos. Não, tinha a necessária energia e força de vontade para conter-se à borda do abismo, e a calma precisa para lhe sondar a profundeza a olho frio e seguro. Homem, poderia ceder às exigências da natureza sem que por isso se tornasse incompatível com as grandes empresas que demandam coragem, lealdade, desprezo da vida e dos prazeres. Para um homem sensato, o problema era dominar o prazer, regularizá-lo, utilizá-lo mesmo, e não se deixar subjugar pelo gozo; tomá-lo como um acidente agradável na vida, como estimulante para os grandes combates da existência, e não como o seu objetivo principal. Assim, segundo esta filosofia verdadeira, a convicção da própria fortaleza aconselhava-o a encarar a deliberação de seguir viagem como um ato cujos efeitos morais eram importantes, mas suficientes. Desde que ele se via capaz de quebrar o encanto que o prendia ao sítio, para que privar-se de satisfazer as exigências de sua natureza de vinte e três anos, adiando a partida por uma semana ou por um mês? O principal era experimentar a sua força de vontade; uma vez provada, os terrores deviam desaparecer, a dúvida esvaía-se, a regeneração era certa, o arrependimento salutar. À medida que as horas se adiantavam e a atmosfera do quarto refrescava com a brisa da madrugada, aquela segurança ia dando à resolução inabalável da manhã o caráter duma rematada tolice. Perdido o receio de se deixar dominar por um amor terreno, ao ponto de lhe sacrificar a glória da religião e a salvação eterna, que necessidade havia de perder também a ótima ocasião de consolar o isolamento de toda a mocidade com o gozo dum amor de virgem? Partiria para o sacrifício e para a morte sem ter libado algumas gotas de felicidade neste mundo, sem consequências fatais ao seu nome, porque secreta, e à salvação da alma, porque não absorvente, e antes, pelo contrário, sempre possível dum arrependimento oportuno e sincero? Sairia, deixando a Clarinha, aquele tesouro de graças e de beleza, à disposição do primeiro regatão ousado que se aventurasse por aquelas paragens? Que mal resultaria duma hora de esquecimento, de embriaguez mesmo, uma vez que havia certeza de recuperar a razão, para o guiar no governo da vida, tirando toda ação nociva à bebida inebriante? O sacrifício que ia fazer nas brenhas da Mundurucânia, exemplo raro de crença e de fé, não era bastante para resgatar uma culpa? Começava a reconhecer que fora precipitado na determinação do dia da viagem, antes de ter saciado aquela imensa curiosidade de amor que o devorava, porque, com calma e reflexão, sondando o íntimo da sua natureza ardente de matuto, sem paixão nem cegueira, constatava, verificava e reconhecia que o gozo almejado lhe era tão necessário, como o alento da fé, que o trouxera das bordas do lago Saracá às paragens do Guaranatuba, era indispensável para a realização da grandiosa empresa que tentara. Sem satisfazer primeiro as exigências do temperamento animal, nunca seria capaz de levar a cabo a obra de dedicação e sacrifício, seria um homem incompleto, não encontraria um estimulante assaz forte para o robustecer contra as fadigas e descômodos da viagem, as fomes, as perseguições e as misérias; ficar-lhe-ia sempre na alma o espinho pungente daquele prazer não provado, daquela curiosidade insatisfeita, para o ferir no mais solene momento, para lhe fazer nascer a dúvida no espírito, para abalar a crença nos grandes atos de martírio com o pesar, talvez, das delícias incomparáveis que lhe teriam proporcionado os braços da Clarinha. E agora, nesse momento de grande sinceridade, em que se fazia justiça severa, podia confessar que o sangue de Pedro de Morais não lhe corria nas veias sem que influísse sobre o seu caráter indolente, comodista e sensual, que só um grande sentimento, o remorso por exemplo, um profundo arrependimento de grandes pecados cometidos, poderia arrastar ao mais completo sacrifício que a um homem é dado fazer da sua pessoa e das suas aspirações. Exaltava-se, recordando-se de que tivera a Clarinha ali, naquela cama, quase nos seus braços, palpitante e apaixonada, e que nem sequer ousara tocar-lhe, limitando-se a dizer-lhe coisas tristes. Tinha acessos de raiva quando pensava que deixara escapar ocasião tão favorável, que provavelmente não se repetiria no curto prazo que lhe restava. Dava murros na cara para se castigar da falta que cometera. Ele, padre Antônio de Morais, tão ousado de imaginação que se arrojara aos mais inconfessáveis pensamentos, levando a ponta da sua curiosidade investigadora às mais sagradas regiões dos mistérios divinos, deixara-se ficar como um palerma ao pé de uma rapariga que se lhe oferecia, com os braços pendentes e resignados, os olhos úmidos, a boca entreaberta, solicitando beijos. Havia já algum tempo que desertara a macia rede de linho, e passava as noites na marquesa de palhinha, em cama feita carinhosamente de alvos lençóis finos, na convicção de que evitaria assim mais facilmente as tentações da carne. Mas a lembrança de que ali estivera assentada a Clarinha, deixando um vago perfume de sua pessoa naqueles linhos brancos, e como que o sinal do seu corpo na leve depressão das roupas da cama, tornava-lhe mais perigoso aquele leito do que jamais o fora o regaço macio da rede. Ocupava o mesmo lugar que ela ocupara, e sentia desmaios de gozo e ardores formidáveis com aquela aproximação ideal dos corpos. A ideia de que perdera tudo levava a paixão às raias do delírio, havia momentos em que pensava em assassinar o velho tuxaua e o Felisberto, e fugir com a Clarinha para o mato, para a amar, debaixo dos castanheiros, sob o sol ardente, à luz esplêndida de um dia de verão, em pleno ar, em plena liberdade, ao som da música dos passarinhos e à face de toda a natureza, que desejava provocar a um desafio insensato. O sonho da carne nua, palpitante à luz do sol, lembrava-lhe aquele trecho de epiderme acetinada e colorida, entrevisto ao chegar, nas formas excitantes da mameluca, e os seus olhos negros e aveludados, cheios de ternura, os cabelos recendentes do cheiro afrodisíaco das mulatas paraenses, e tinha alucinações cruéis... A Clarinha estava ali, sentada na cama, como na véspera, mas despida, só com aquele cabeção indiscreto com que a surpreendera à chegada, e ele, num frenesi agarrava-a pela cintura, atirava-a sobre os travesseiros; cobria-a de beijos loucos, e desfalecia de prazer nos braços da mameluca, embrutecido por um perfume ativo de trevo e de pipirioca. O dia o veio achar num abatimento indescritível. Ergueu-se a custo, com a cabeça pesada e o corpo lânguido, abriu a porta do quarto e saiu para a varanda, vestido como se deitara, com uma camisa de chita e umas calças de brim. Como para lhe fazer sentir melhor a dor da separação, o último dia da sua estada no sítio se anunciava esplêndido. A natureza revestia-se de todas as galas, ostentando uma profusão de cores e de luz. Nunca o sítio de João Pimenta lhe parecera tão belo. Fora certamente num dia como aquele que padre João da Mata aportara àquele lugar e o escolhera para seu retiro. O sol, erguendo-se por trás das matas da outra banda, coloria de azul a rica vegetação das terras, deixando ainda na sombra as tranquilas águas do estreito, abrigadas pelas árvores colossais da beirada, e vinha dourar a pindoba do teto da casa de moradia, dando-lhe reflexos metálicos. O céu, dum azul esbranquiçado, alourando para o oriente, parecia uma grande cúpula transparente, que limitava por todos os lados o horizonte, engatando-se na linha ondulante das árvores longínquas, ou abaixando-se para o poente até encontrar a orla da campina, que crescia para ele numa atração de amor. Os pássaros despertos enchiam a mata de mil vozes confusas, a que respondia o mugir das vacas de leite, presas no curral e ansiosas por correr livremente o campo, cuja verdura namoravam. Todos dormiam ainda na casa. Padre Antônio caminhou para o porto. Despiu-se por detrás duma moita, e meteu-se no banho. A branda tepidez matutina da água acalmou-lhe os nervos, refrescou-lhe a cabeça, e restituiu-lhe o vigor, e quando sentiu que a gente da casa acordava, saiu do banho, vestiu-se às pressas, confiando ao sol o cuidado de secar-lhe a roupa. Na disposição de espírito em que se achava nada lhe seria mais insuportável do que a prosa soporífera do quase imbecil Felisberto, e em vez de voltar para a casa, onde o assustava também a ideia dum encontro com a Clarinha, rodeou o laranjal, e internou-se no cacaual, no propósito de meditar calma e livremente. O banho acalmara-lhe a exaltação extraordinária em que gastara a noite, e podia agora refletir melhor sobre o que lhe cumpria fazer. Ao período de excitação nervosa sucedera o de colapso físico em que a alma pudera reassumir o governo do corpo. Essa mudança permitia-lhe ver claro na sua loucura. Sustentara um combate terrível com o inimigo do gênero humano, donde safra são e salvo por um milagre da graça divina, mais do que pela robustez da sua fé. Havia no cacaual uma sombra cheia de umidade, que penetrava os ossos e dava uma sensação singular de frio. Os papagaios e os macacos devoravam os cacaus que a inércia de João Pimenta deixara apodrecer na árvore, e fugiam à aproximação do padre. O missionário passeava sob os cacaueiros, enterrando os chinelos nas folhas úmidas que lastravam o chão, parando de vez em quando inconscientemente se alguma ideia mais grave lhe atravessava o cérebro. Sentia um grande conforto de virtude. Liberto da presença encantadora e dominante da neta de João Pimenta, sentia que a honradez nativa retomara o antigo império no cérebro farto de aninhar uma paixão impossível e vá, e que o ardor religioso se reacendia exaltando-lhe os sentimentos. Parecia-lhe que tinha agora o coração limpo duma moléstia incômoda ou que safra duma embriaguez de vinho, readquirindo a lucidez do espírito. Não, não recairia naquele abatimento moral que o pusera às bordas do abismo, havia de furtar-se, uma vez para sempre, às tentações indignas que o iam fazendo esquecer a grande e sublime missão que Deus lhe reservara na terra, e no íntimo de seu peito, ainda há pouco opresso por desejos insensatos, nascia um honrado orgulho da vitória da sua integridade. O orgulho ia crescendo e se transformando numa necessidade irresistível de se aplaudir a si mesmo, e de comparar-se para se convencer do próprio mérito. O beato Luiz de Gonzaga, de virginal memória, não lhe ficaria superior se se atendesse à gravidade e número das tentações sofridas por um e desconhecidas do outro. Sim, estava contente consigo mesmo. Partiria no dia seguinte, sereno e tranquilo, sem saudades do tesouro de deleites que sacrificara à glória do próprio nome e à propagação da fé nos sertões do Alto Amazonas. Não se diria que padre Antônio de Morais, depois de vencer tantos obstáculos, fadigas e perigos, atravessando incólume inóspitas paragens, esmorecera no fim da empresa, deixando-se cativar pelos olhos duma tapuia, ele que sentira sobre si, orgulhoso e indiferente, os olhares cobiçosos de mulheres brancas do Pará e das suas mais belas paroquianas de Silves. Seguiria para o porto dos Mundurucus, morreria às mãos do gentio ou o converteria à religião de Cristo, e o próprio Chico Fidêncio lhe faria justiça. Passeava, fazendo gestos de extraordinária energia, expandindo os sentimentos que o agitavam. Falava, esquecido de que ninguém o ouvia, escapavam-lhe frases, cheias de intimativa aos silenciosos cacaueiros. De que valiam gozos terrenos ante a perspectiva da bem-aventurança eterna! Que era o amor duma mulher comparado com o amor da humanidade? Que era o prazer carnal, que voluntariamente deixava, em confronto com a glória que cobriria o seu nome, se morresse, e as honras e dignidades que recairiam sobre o obscuro padre matuto, se lograsse voltar com vida das aldeias mundurucuas? Vinha-lhe uma ambição de subir, de ocupar altos cargos, uma cobiça de honrarias. Podia ser chamado pelo seu bispo a ocupar a primeira dignidade da Sé paraense, e talvez que a fama levasse o seu nome ao Rio de Janeiro... aos pés do imperador, o dispensador dos benefícios. Decididamente não fora feito para vegetar numa paróquia sertaneja. Também não imitava, comprazia-se em o reconhecer, para se desculpar das ambições, não imitava o procedimento dos seus indolentes e debochados colegas do interior da província, não era um padre João da Mata, um padre José, o finado vigário de Silves. E então, inchando de vaidade, e para melhor se convencer do direito que tinha às altas posições da Igreja, perguntava, possuído dum ódio súbito contra os outros padres: Que faria em seu lugar um desses sacerdotes espalhados pela diocese do Pará, desde a capital até os confins de Tabatinga? Levaria uma vida cômoda e fácil, entregue à adoração de Vênus, seguindo as doutrinas de Epicuro. Ele não, não se confundiria com esses porcos de ceva, ignorantes e dissolutos. A sua missão estava traçada, havia de cumpri-la.

Sentia o cérebro perturbado pelo fumo da vaidade que lhe vinha de tais pensamentos, embriagava-se pouco a pouco com a ideia da superioridade do próprio mérito, à medida que evocava da história dos santos os nomes mais reputados em virtudes, e por um breve processo de comparação, levando em seu favor a diferença dos tempos e das situações, concluía, com a lógica poderosa que lhe ensinara padre Azevedo, que não lhes restava nada a dever. Novo S. Francisco Xavier, o apóstolo dos índios, casto como S. Efrém e S. Luís de Gonzaga, forte e sereno como o seu homônimo, vencedor do demônio, ele, padre Antônio de Morais, ilustraria os sertões da Amazônia e glorificaria a sua pátria, resumindo na sua simpática figura de mancebo forte os altos merecimentos que, separadamente, haviam eternizado a memória de tantos canonizados! O dia adiantara-se. O sol, coando raios vivos pela folhagem dos cacaueiros, punha em plena luz a sua estatura elevada, o seu rústico vestuário, que lhe causou uma impressão de desgosto. Era tempo de sair do cacaual, de volta para a casa, a tratar dos preparativos da viagem que devia fazer no dia seguinte. Mal tomara a resolução, uma visão inesperada o colheu de surpresa, obrigando-o a dar um salto para trás e a esconder-se entre troncos de árvores. A Clarinha, a neta de João Pimenta, dirigia-se para o cacaual, com um alguidar vazio na mão, arregaçando a saia de chita para a não molhar no capim orvalhado, e deixando à vista, descuidosamente, uma perna roliça, até perto do joelho. Ele a viu aproximar-se, encantadora, com o cabelo preso no alto da cabeça, com um simples vestido de chita, e os pequeninos pés nus a dançarem numas tamanquinhas de couro vermelho, encaminhar-se para o seu lado, e parar bem ao pé dele, sem o ver; depois chegar-se a um cacaueiro, carregado de frutas maduras, pôr o alguidar no chão, e começar a colher os cacaus, que partia batendo-os na árvore, e cujos bagos, cobertos de alva polpa aveludada, despejava no alguidar. Viu-a com o rosto pálido e sério, entregue àquela tarefa simples, e parecendo-lhe que chorara, porque tinha os olhos vermelhos, comoveu-se e acercou-se dela, perguntando-lhe o que tinha que a fazia tão triste. Ouviu-a responder que não tinha nada, mas ao passo que isso dizia, saltavam-lhe as lágrimas dos olhos, e com grande volubilidade contava, para disfarçar a emoção, que viera colher cacau para preparar o vinho que o avô gostava muito de ter à sua vontade quando viajava. Queria preparar um pote de vinho porque, bebendo-o na viagem, o senhor padre, talvez, conservasse por mais tempo a recordação do sítio da Sapucaia... que queria deixar a todo o custo, como se desagradável lhe fora a convivência com os pobres habitantes de tão mesquinha tapera. Viu-a, ao pronunciar essa última frase, deixar o trabalho que encetara e, encostada ao cacaueiro, olhar para ele com um misto encantador de ternura e de zanga, sacudindo a cabeça muito sentida pela ingratidão que lhe faziam, toda ela respirando amor e volúpia, com os seios a arfar brandamente, o tronco do corpo, vergado para trás, salientando o ventre numa postura provocante; o ligeiro prognatismo de raça, dando-lhe ao rosto uma graça peculiar, parecendo oferecer a beijos apaixonados aquela linda boca vermelha de lábios fortes e carnudos. Um braço erguido e descansando sobre um galho de árvore, deixava pender a manga do vestido e oferecia à vista uma carne rija e colorida, enquanto o outro braço, caindo ao longo do corpo, exprimia uma passividade resignada... Viu-a finalmente manter-se nessa posição por algum tempo, e depois com um risinho irônico dispor-se a continuar o trabalho, abaixando-se para levantar o alguidar do chão. Então ele, saindo de uma luta suprema, silencioso, com um frio mortal no coração, com o cérebro despedaçado por um turbilhão de sentimentos contrários, atirou-se à moça, agarrou-a pela cintura e mordeu-lhe o lábio inferior numa carícia brutal. Foi breve a luta. A neta de João Pimenta caiu exausta sobre o tapete de folhas úmidas do orvalho, douradas pelo sol. Entre os ramos dos cacaueiros os passarinhos sensuais cantavam.

Quando a Clarinha voltou para a casa, levando o alguidar cheio de bagos brancos e aveludados, padre Antônio de Morais vagava pela floresta, com a cabeça oca, sentindo uma grande necessidade de andar.

XII

A notícia que o Felisberto trouxera de Maués, na volta de sua ultima viagem, alterara profundamente a preguiçosa tranquilidade em que vivia padre Antônio de Morais, havia exatamente três meses, no sítio da Sapucaia, em companhia da Clarinha, cada vez mais terna e amorosa, sabendo com segredos feiticeiros avivar-lhe a paixão sensual que o dominava. A narrativa o arrancara de chofre àquela calaçaria monótona em que jazia, bem nutrido, dormindo noites sem cuidado, passando dias sem trabalho nem preocupações, sentindo um bem-estar extraordinário, que satisfazia plenamente a sua natureza de matuto amazonense. E naquela tarde, ao pôr do sol, enquanto a Clarinha ia ao porto ajudar o irmão a descarregar as chitas e os diversos objetos e galantarias que trouxera de Maués, o missionário, sozinho no copiar, sentado junto à mesa, vendo a figura graciosa da moça desaparecer entre as árvores do caminho, tivera um despertar da consciência, e fizera um exame introspectivo daqueles três meses decorridos, com a absoluta segurança de perito desapaixonado. Uma luz nova se fazia no seu cérebro, os fatos evocados lhe apareciam nus, destacados e salientes no exame duma crítica imparcial. O amor-próprio não devia influir na apreciação do seu procedimento. Juiz severo e reto, como se fossem atos de outro, ele os via pela lente fria e segura do observador desinteressado. O seu temperamento, a sua organização íntima, toda a sua individualidade patenteavam-se à lucidez da consciência, sem um refolho, sem um ponto obscuro. Os motivos que lhe haviam determinado o procedimento revelavam-se pela primeira vez à análise fria a que se entregava, lembrando-se, pesando, classificando, filiando os efeitos às causas, com uma penetração, uma perspicácia de que até então não dispunha o seu cérebro, povoado de ideias e sentimentos antagônicos. Tinha naquele momento a percepção exata do que fora, do que era, do que viria a ser, na situação que as circunstâncias lhe faziam, em que o futuro ai o era mais do que a continuação indeterminada do presente e a consequência inevitável do passado. Como a Clarinha desaparecera entre as árvores do porto, deixando o vago perfume da sua adorada pessoa, cessara a embriaguez da paixão correspondida em que o mergulhara o amor da mameluca, deixando-lhe a sensação agradável do bem-estar gozado, abalado agora por uma notícia inesperada, que lhe despertara a consciência adormecida. Entregara-se, corpo e alma, à sedução da linda rapariga que lhe ocupara o coração. A sua natureza ardente e apaixonada, extremamente sensual, mal contida até então pela disciplina do Seminário e pelo ascetismo que lhe dera a crença na sua predestinação, quisera saciar-se do gozo por muito tempo desejado, e sempre impedido. Não seria filho de Pedro Ribeiro de Morais, o devasso fazendeiro do Igarapé-mirim, se o seu cérebro não fosse dominado por instintos egoísticos, que a privação de prazeres açulava e que uma educação superficial não soubera subjugar. E como os senhores padres do Seminário haviam pretendido destruir ou, ao menos, regular e conter a ação determinante da hereditariedade psicofisiológica sobre o cérebro do seminarista? Dando-lhe uma grande cultura de espírito, mas sob um ponto de vista acanhado e restrito, que lhe excitara o instinto da própria conservação, o interesse individual, pondo-lhe diante dos olhos, como supremo bem, a salvação da alma, e como meio único, o cuidado dessa mesma salvação. Que acontecera? No momento dado, impotente o freio moral para conter a rebelião dos apetites, o instinto mais forte, o menos nobre, assenhoreara-se daquele temperamento de matuto, disfarçado em padre de S. Sulpício. Em outras circunstâncias, colocado em meio diverso, talvez que padre Antônio de Morais viesse a ser um santo, no sentido puramente católico da palavra, talvez que viesse a realizar a aspiração da sua mocidade, deslumbrando o mundo com o fulgor das suas virtudes ascéticas e dos seus sacrifícios inauditos. Mas nos sertões do Amazonas, numa sociedade quase rudimentar, sem moral, sem educação... vivendo no meio da mais completa liberdade de costumes, sem a coação da opinião pública, sem a disciplina duma autoridade espiritual fortemente constituída... sem estímulos e sem apoio... devia cair na regra geral dos seus colegas de sacerdócio, sob a influência enervante e corruptora do isolamento, e entregara-se ao vício e à depravação, perdendo o senso moral e rebaixando-se ao nível dos indivíduos que fora chamado a dirigir. Esquecera o seu caráter sacerdotal, a sua missão e a reputação do seu nome, para mergulhar-se nas ardentes sensualidades dum amor físico, porque a formosa Clarinha não podia oferecer-lhe outros atrativos além dos seus frescos lábios vermelhos, tentação demoníaca, e das suas formas esculturais, assombro dos sertões de Guaranatuba. Dera-se tão bem com aquele modo de viver no sítio da Sapucaia, que o futuro não o preocupava um só instante naqueles rápidos três meses. Passaria naturalmente o resto da existência ao lado da neta gentil de João Pimenta, gozando os inesgotáveis deleites duma vida livre de convenções sociais, em plena natureza, embalado pelo canto mavioso dos rouxinóis e acariciado pelo doce calor dos beijos da sertaneja. Se alguma vez, no meio daquele torpor delicioso, um sobressalto o apanhava de repente, acordando a ideia do inferno, que lhe atravessava o cérebro como um relâmpago, logo recaia na apática tranquilidade que era a sua situação normal, adiando com o movimento impaciente de quem enxota um inseto importuno – o arrependimento que lhe devia remir as culpas, e que reservava para ocasião própria, como o mergulhador que se aventura às profundezas do abismo, confiando na corda que o há de chamar à tona da água na ocasião do perigo. Semanas e meses se haviam passado naquela rápida degradação moral. A sua falta não causara estranheza aos tapuios que o hospedavam, e a nova posição da Clarinha, se vivo prazer dera ao pateta do Felisberto, fora perfeitamente indiferente ao velho João Pimenta. Nem sequer se mostrara surpreso quando a sua inteligência tarda percebera que já não se tratava da viagem ao porto dos Mundurucus. O antigo tuxaua deixara de ocupar-se da partida, e retomara as suas labutações normais, a pesca, a caça e a colheita do guaraná para os suprimentos da família Labareda. Também padre Antônio de Morais não se julgara obrigado a dar-lhe satisfação. Na verdade, a vida já lhe corria sem aquelas lutas intimas da consciência com o pecado, que se lhe refletiam no semblante, imprimindo-lhe na fronte o sinete do sofrimento mortal. Nobres ambições de glória, ardores de propaganda desapareciam sob a calmaria podre duma consciência adormecida, em que o quase desconhecimento de si mesmo era o resultado dum esgotamento das forças vivas da inteligência e da vontade. O temperamento abafara, no enérgico desenvolvimento das tendências hereditárias e dos instintos famélicos de matuto independente, a moralidade relativa e os sentimentos elevados que a educação do Seminário tentara aproveitar para um fim acanhado, mas que não conseguira disciplinar por insuficiência da doutrina que desconhece a verdadeira natureza do homem; e num rapaz de vinte e três anos, exemplo da sua classe e honra do colégio que o atirara ao mundo como apto para as lutas da vida na espinhosa carreira que procurara, aparecera somente o matuto grosseiro e sensual. Fora bastante o contato da realidade mundana, auxiliado pelo isolamento e pela vaidade, para raspar a caiação superficial que lhe dera o Seminário, e patentear o couro do animal. O hábito fizera o monge. Quem reconheceria no rapaz moreno, de espesso bigode preto, cabeleira penteada, rescendendo a patchuli, com calças e camisa de riscado, o ardente missionário da Mundurucânia, o padre de semblante angélico, a cuja voz as beatas de Silves estremeciam de gozo místico? De vestido talar ou de calças de riscado, Antônio de Morais era fisiologicamente o mesmo homem, mas a diferença que o hábito externo estabelecia entre o presente e o passado duma mesma pessoa exprimia apenas a relação entre o homem que a natureza formara e o indivíduo que a sociedade moldara à sua feição. Tirara a batina e aparecera o filho legítimo de Pedro Ribeiro, o rapazola que levara uma infância livre, satisfazendo o apetite sem peias nem precauções nas goiabas verdes, nos araçás silvestres e nos taperebás vermelhos, tentadores e ácidos. Eram monótonos os dias no sítio do furo da Sapucaia. Padre Antônio de Morais acordava ao romper da alva, quando os japiins, no alto da mangueira do terreiro, começavam a executar a ópera-cômica cotidiana, imitando o canto dos outros pássaros e o assovio dos macacos. Erguia-se molemente da macia rede de alvíssimo linho, a que fora outrora do padre santo João da Mata –, espreguiçava-se, desarticulava as mandíbulas em lânguidos bocejos e depois de respirar por algum tempo no copiar a brisa matutina, caminhava para o porto, onde não tardava a chegar a Clarinha, de cabelos soltos e olhos pisados, vestindo uma simples saia de velha chita desmaiada e um cabeção de canículo enxovalhado. Metiam-se ambos no rio, depois de se terem despido pudicamente, ele oculto por uma árvore; ela acocorada ao pé da tosca ponte do porto, resguardando-se da indiscrição do sol com a roupa enrodilhada por sobre a cabeça e o tronco. Depois do banho longo, gostoso, entremeado de apostas alegres, vestiam-se com idênticas precauções de modéstia, e voltavam para a casa, lado a lado, ela falando em mil coisas, ele pensando apenas que o seu colega João da Mata vivera com a Benedita da mesma maneira que ele estava vivendo com a Clarinha. Quando chegavam à casa, ele ficava a passear na varanda, para provocar a reação do calor, preparando um cigarro enquanto ela lhe ia arranjar o café com leite. João Pimenta e Felisberto passavam para o banho, depois duma volta pelo cacaual e pela malhada, a ver como ia aquilo. Servido o café com leite, auxiliado de grossas bolachas de carregação ou de farinha-d'água, os dois tapuios saíam para a pesca, para a caça ou iam cuidar da sua lavourazinha. A rapariga entretinha-se em ligeiros arranjos de casa, em companhia de Faustina, a preta velha, e ele, para descansar da escandalosa mandriice, atirava o corpo para o fundo duma excelente maqueira de tucum, armada no copiar para as sestas do defunto padre santo. A Clarinha desembaraçava-se dos afazeres domésticos, e vinha ter com ele, e então o padre, deitado a fio comprido, e ela sentada na beira de rede, passavam longas horas num abandono de si e num esquecimento do mundo, apenas entrecortado de raros monossílabos, como se se contentassem com o prazer de se sentirem viver um junto do outro, e de se amarem livremente à face daquela esplendorosa natureza, que num concerto harmonioso entoava um epitalâmio eterno. Às vezes saíam a dar um passeio pelo cacaual, primeiro teatro dos seus amores, e entretinham-se a ouvir o canto sensual dos passarinhos ocultos na ramagem, chegando-se bem um para o outro, entrelaçando as mãos. Um dia quiseram experimentar se o leito de folhas secas que recebera o seu primeiro abraço lhes daria a mesma hospitalidade daquela manhã de paixão ardente e louca, mas reconheceram com um fastio súbito que a rede e a marquesa, sobretudo a marquesa do padre santo João da Mata, eram mais cômodas e mais asseadas. Outras vezes vagavam pelo campo, pisando a relva macia que o gado namorava, e assistiam complacentemente a cenas ordinárias de amores bestiais. Queriam, então, à plena luz do sol, desafiando a discrição dos maçaricos e das colhereiras cor-de-rosa, esquecer entre as hastes do capim crescido, nos braços um do outro, o mundo e a vida universal. A Faustina ficara em casa. João Pimenta e o Felisberto pescavam no furo e estariam bem longe. Na vasta solidão do sítio pitoresco só eles e os animais, oferecendo-lhes a cumplicidade do seu silêncio invencível. A intensa claridade do dia excitava-os. O sol mordia-lhes o dorso, fazendo-lhes uma carícia quente que lhes redobrava o prazer buscado no extravagante requinte. Mas esses passeios e diversões eram raros. De ordinário quando João Pimenta e o neto voltavam ao cair da tarde, ainda os encontravam na maqueira, embalando-se de leve e entregando-se à doce embriaguez dum isolamento a dois. Findo o jantar, fechavam-se as janelas e as portas da casa, para que não entrassem os mosquitos. Reuniam-se todos no quarto do padre, à luz vacilante de uma, candeia de azeite de andiroba. Ela fazia renda de bico, numa grande almofada, trocando com agilidade os bilros de tucumã com haste de cedro envolvida em linha branca. João Pimenta, sentado sobre a tampa de uma arca velha, mascava silenciosamente o seu tabaco negro. Felisberto, sempre de bom humor, repetia as histórias de maués e os episódios da vida do padre santo João da Mata dizendo que o seu maior orgulho eram essas recordações dos tempos gloriosos em que ajudara a missa de opa encarnada e turíbulo na mão. Padre Antônio de Morais, deitado na marquesa de peito para o ar, com a cabeça oca e as carnes satisfeitas, nos intervalos da prosa soporifera de Felisberto assobiava ladainhas e cânticos de Igreja. Pouco mais de uma hora durava o serão. A Faustina trazia o café num'velho bule de louça azul, e logo depois, com lacônico eanê petuna – boa-noite, se retirava o velho tapuio. Felisberto ainda se demorava alguma coisa a caçoar com a irmã, jogando-lhe graçolas pesadas que a obrigavam a arregaçar os lábios num aborrecimento desdenhoso. Depois o rapaz saía, puxando a porta e dizendo numa bonomia alegre e complacente:

– Ara Deus dê bás noites p'ra vuncês. Isto fora assim, dia por dia, noite por noite, durante três meses.

Uma tarde, ao pôr do sol, o Felisberto voltara de uma das suas costumadas viagens a Maués, trazendo aquela notícia que arrancara o padre a essa espécie de inconsciência em que jazia. Encontrara em Maués um regatão de Silves, um tal Costa e Silva – talvez o dono do estabelecimento – Modas e novidades de Paris – que lhe contara que a morte do padre Antônio de Morais, em missão na Mundurucânia, passara como certa naquela vila, e tanto que se tratava de lhe dar sucessor, acrescentando que a escolha de S. Ex.a Rev.ma já estava feita. Foi quanto bastou ao vigário para o tirar do delicioso torpor em que mergulhara toda a sua energia moral, na saturação de deleites infinitos, despertando-lhe as recordações de um passado digno. E com o olhar perdido, imóvel, sentado junto à mesa de jantar, uma ideia irritante o perseguia. Teria o Felisberto, trocando confidência por confidência, revelado ao Costa e Silva a sua longa permanência na casa de João Pimenta? Esta ideia lhe dava um ciúme áspero da sua vida passada, avivando-lhe o zelo da reputação tão custosamente adquirida; e que agora se evaporaria, como fumo tênue, pela indiscrição de um palerma, incapaz de conservar um segredo que tanto importava guardar. O primeiro movimento do seu espírito, acordado por aquela brusca evocação do passado, do marasmo, em que o haviam sepultado três meses de prazeres, era o cuidado do seu nome. Não podia fugir à admissão daquela dolorosa hipótese que a conhecida loquacidade do rapaz lhe sugeria. A sua vida presente teria sido revelada aos paroquianos, acostumados a venerá-lo como a um santo e a admirar a rara virtude com que resistia a todas as tentações do demônio. A consciência, educada no sofisma, acomodara-se àquela vilegiatura de ininterrompidos prazeres, gozados à sombra das mangueiras do sítio. A rápida degradação dos sentimentos, que o rebaixara de confessor da fé à mesquinha condição de mancebo de uma mameluca bonita, fizera-lhe esquecer os deveres sagrados do sacerdócio, a fé jurada ao altar, a virtude de que tanto se orgulhava. Mas na luta de sentimentos pessoais e egoísticos que lhe moviam e determinavam a conduta, mais poderosas do que o apetite carnal, agora enfraquecido pelo gozo de três meses de volúpias ardentes, punham-se em campo a vaidade do seminarista, honrado com os elogios do seu bispo, e a ambição de glória e renome que essa mesma vaidade alimentava. Confessava-o sem vergonha alguma, analisando friamente o seu passado: caíra no momento em que, limitado a um meio que não podia dar teatro à ambição nem aplausos às virtudes, isolado, privado do estímulo da opinião pública, do ardor do seu temperamento de matuto criado à lei da natureza, mas longamente refreado pela disciplina da profissão, ateara um verdadeiro incêndio dos sentidos. A mameluca era bela, admirável, provocadora, a empresa fácil, não exigia o mínimo esforço. E agora que para ele o amor já não tinha o encanto do mistério, agora que sorvera longa e gostosamente o mel da taça tão ardentemente desejada, os sentidos satisfeitos cediam o passo a instintos mais elevados, posto que igualmente pessoais. Mas vinha o pateta do Felisberto com a sua habitual tagarelice, e desmoronava aquele tão bem arquitetado edifício da reputação do padre Antônio de Morais, precioso tesouro guardado no meio da abjeção em que caíra. O missionário ia ser abatido do pedestal que erguera sobre as circunstâncias da vida e a credulidade dos homens, e, angústia incomparável que lhe causava o triste clarão da condenação eterna surgindo de novo quando se rasgava o véu da consciência a inconfidência de Felisberto vinha até impossibilitar ao padre o arrependimento, com que sempre contara como o náufrago que não deixa a tábua que o pode levar à praia. Como arrepender-se agora que a falta era conhecida, que o prestígio estava reduzido a fumo? Iria buscar a morte às aldeias mundurucuas? Ninguém acreditaria que um padre devasso e preguiçoso pudesse sinceramente fazer-se confessor da fé e mártir de Cristo, e se viesse a morrer naquelas aldeias, não celebrariam o seu nome como o de um missionário católico que a caridade levara a catequizar selvagens, mas todos atribuiriam a tentativa a uma curiosidade torpe, se não vissem no passo uma mistificação nova, encobrindo a continuação da vida desregrada do sítio da Sapucaia. Voltar para Silves e dar ali o exemplo da castidade e da dedicação ao serviço divino pareceria arrependimento sincero? Não se sentiria com forças para arrostar com um povo que o sabia vulgar e desmoralizado, repugnava-lhe invencivelmente apresentar-se aos seus antigos paroquianos em atitude humilde de pecador arrependido. O episódio do sítio da Sapucaia não seria mistério para pessoa alguma, porque o Felisberto contara provavelmente, devia ter contado, não podia deixar de contar ao Costa e Silva a permanência do padre na casa e as consequências que se lhe seguiam. Todos em Silves, o Mapa-Múndi e o Neves Barriga, o Mendes da Fonseca e o Valadão, o Aníbal Americano e até o patife do Macário, se é que lá chegara, todos deviam estar a rir daquela famosa catequese, iniciada com tão grande ardor religioso e tão patuscamente terminada. O Mapa-Múndi negaria, invocando o testemunho do Costa e Silva, que tivesse chorado ouvindo o famoso sermão sobre a eternidade; o Neves Barriga lamentaria os obséquios feitos a um pândego da ordem de padre Antônio; o professor Aníbal Brasileiro diria que desconfiar a do padre quando o vira opor-se à publicação da Aurora, e o Mendes da Fonseca e o Valadão esgotariam o cômico incidente, comentando o caso com a profundeza dos seus conceitos e acabando por dar razão aos ataques do Chico Fidêncio contra o clero. As mulheres também não o poupariam. A D. Dinildes afirmaria que lhe dirigira gracinhas, uma vez, ao confessionário e a D. Prudência que deixara de o presentear porque soubera das suas relações com a bisca da Madeirense... O arrependimento era, pois, inútil, porque não lhe salvaria o nome, pensava ele, confundindo o interesse da salvação da alma com o da reputação mundana.

De nada serviria ser bom e virtuoso, desde que os outros o consideravam mau. Assim era forçoso tirar esta conclusão lógica: se o tratante do Felisberto dera com a língua nos dentes a respeito da Clarinha, o que não podia deixar de ter acontecido, ele, padre Antônio de Morais, estava perdido para sempre, em pecado mortal, incapaz duma regeneração perfeita. Esta conclusão que claramente lhe figurava a sua irremediável desgraça arrancou-o à reflexão calma, com que procurava estudar a situação presente. As ideias baralharam-se no cérebro. Um desânimo profundo apoderou-se dele. Passou a noite mal, muito agitado pelos terrores do inferno, e mordido no amor-próprio pela ideia da má opinião que os outros estariam tendo dele em Silves. A Clarinha achou o frio, preocupado, nervoso, movido por impaciências bruscas que pela primeira vez lhes separavam os corações. Ela pôs-se a chorar silenciosamente, doída daquele abandono que não tinha explicação para a sua simplicidade, crente na duração perpétua daquela paixão que soubera inspirar ao senhor padre, o qual, ainda na véspera, a manifestara por beijos ardentes de amor e de volúpia. Ele deixou-a chorar. Um ressentimento lhe vinha contra aquela rapariga que o havia seduzido e arrastado ao precipício, em cujo fundo se revolvia num leito de espinhos e de lama; um ressentimento que não podia deixar de considerar injusto, mas que por isso mesmo mais o irritava, gelando-lhe o coração. Sentia uma repugnância súbita daqueles deleites que tanto o haviam subjugado, e ora lhe pareciam sem atração e sem calor. Como se uma névoa lhe tivesse caído dos olhos, percebia que o prazer físico daquele amor de mameluca não lhe bastava para encher o vácuo do coração, donde arrancara a confiança no futuro. Chegou a manhã sem que tivesse conciliado o sono, excitado ainda mais contra a Clarinha que adormecera afinal, cedendo às exigências da natureza, como se lhe tivessem bastado aquelas poucas lágrimas que vertera para a justificar do crime cometido. Levantou-se de mau humor, e no copiar, encontrando o Felisberto, deu-lhe uma descompostura. Fizera-a boa, o Felisberto, não havia dúvida! Agora ele, padre Antônio de Morais, estava com a sua carreira cortada! Havia de passar toda a vida no sertão do Guaranatuba a beber vinho de cacau, a chupar laranjas, a dormir com a sirigaita da Clarinha, e a aturar as maçadas do idiota do Felisberto, em vez de continuar a sua carreira honrosa, podendo vir a ser cônego e talvez que bispo um dia! Estava enganado o pateta se pensara que ele voltaria para Silves, depois que ali se soubera que não fora a porto dos Mundurucus, e ficara de namoro com a Clarinha no furo da Sapucaia. Nada. Ou seria vigário com a força moral que soubera adquirir ou não seria mais nada neste mundo! E que diria o Chico Fidêncio? Que escreveria aquele patife para o Democrata? Vamos! Dissesse o Felisberto o que escreveria o Chico Fidêncio! Bandalheiras, mentiras, mentiras, desaforos! E quem era culpado de tudo isto? Aquela besta que logo havia de encontrar em Maués um morador de Silves com quem desse à taramela! Passeava agitado na varanda, com as mãos atrás das costas, carrancudo, irritado, reproduzindo na fisionomia os traços duros do caráter paterno. Desabafava a ira em palavras grosseiras, que pela primeira vez saíam daquela boca acostumada aos doces fraseados com que captava os ânimos do auditório. Sentia uma grande cólera contra aquele estafermo que ali estava, estúpido e mole, sem ânimo de protestar contra os insultos que ele lhe atirava, e gozava um alívio cada vez que um palavrão porco ou indecente lhe caía dos lábios. O Felisberto, atônito, punha os dedos em cruz, e beijando-os, jurava que não dissera nada ao Costa e Silva, mas S. Revma. não o ouvia e continuava a descompostura que só cessou quando o tapuio, corrido e atemorizado, fugiu, receando o castigasse mais severamente do que com palavras. S. Revma. durante todo o dia evitou a Clarinha, que, sentada na maqueira, balançando-se de mansinho, com os olhos baixos, sem ânimo de dizer palavra, curtia a primeira mágoa que lhe amargurava a existência depois da morte de sua querida mãe. À noite, por força do costume, reuniram-se no quarto do padre, que mudo e carrancudo, vagamente arrependido dos excessos a que se entregara, quedava-se estirado na marquesa, a parafusar sobre a solução do intrincado problema que a indiscrição do Felisberto lhe dera a resolver. Clarinha trocava os bilros da almofada, mordendo os beiços de despeito, pela mudança que se operava no amante, e alternava os alfinetes, cravando-os com força nas casas novas, como se aquela vingança contra o papelão da renda lhe satisfizesse a zanga com que estava. João Pimenta, indiferente, como se não tivesse percebido aquela súbita catástrofe que tão inesperadamente perturbara a paz gozada pela família, mascava o seu tabaco forte, salivando a miúdo. Somente o Felisberto, que a cólera do hóspede não conseguira fazer calar por muito tempo, papagueava, como de costume, muito interessado em fornecer pormenores sobre o seu encontro com o Costa e Silva, para provar que nada lhe dissera sobre o modo de vida de padre Antônio no sítio da Sapucaia, tendo-se limitado a contar-lhe apenas que o conhecia e o sabia vivo. Nem mesmo houvera tempo para mais, valha a verdade, por Deus Nosso Senhor o jurava. O encontro dera-se na casa da família Labareda, onde o Felisberto fora receber dinheiro e o Costa comprar vinte libras de guaraná para o Elias, um sujeito do Pará. Por sinal que a família Labareda era muito ladrona, pois que vendera ao Costa e Silva o guaraná por muito mais dinheiro do que lhes dava a eles que o colhiam. Fora a primeira vez que o Felisberto vira esse desaforo, de que não fazia ideia, e se não fosse o medo de perder a freguesia, teria reclamado. O Costa lhe perguntara, quem és tu? Sou neto do meu avô João Pimenta, Jiquitaia, da tribo mundurucu. Saberá V. M.ce que meu avó era tuxaua, valente, e governava todo o Carumã.

– Pois vai-te queixar ao bispo, dissera-lhe o Costa e Silva.

O bispo estava muito longe, lá para as bandas do Amazonas, e não valia a pena. Então o Felisberto declarou que pediria a S. Revma., padre Antônio, que quando fosse para esses lados, falasse por ele ao bispo, para acabar com a ladroeira da família Labareda, que estava tirando dos pobres tapuios o suor do seu rosto, que lhes custava tanto a ganhar trabalhando no sertão e arriscando a sua vida para colher o guaraná para aquela família de unhas de fome. O Costa ficou muito admirado e perguntou:

– Que padre Antônio é esse?

– É S. Revma., padre santo muito bom, que se chama padre Antônio de Morais.

– E tu conheces a padre Antônio de Morais, mentiroso? disse o Costa e Silva.

– Mentiroso, ele, Felisberto, não, nunca mentira, porque sabia que isso era um pecado mortal. Conhecia padre Antônio tão certo como ter sido Jiquitaia seu avô, catequizado pelo padre santo lá da Sapucaia. E por sinal que padre Antônio tinha-se encontrado com ele e o avô João Pimenta à margem do Sucundari, sozinho, muito assustado, porque havia escapado dos parintintins ou mundurucus, o Felisberto já não se lembrava bem...

– Dos parintintins, disse o Costa e Silva, foi dos parintintins! Nesse momento o filho mais velho do Labareda, aquele que quis casar o ano passado com a filha mais moça do Francês, chamou-o para ver o guaraná que estava saindo do forno. O Costa saiu apressado e gritou do corredor ao Felisberto:

– Deixa estar que no Madeira hei-de saber notícias dele. O Felisberto saiu, e não se encontrou mais com o regatão que nesse mesmo dia seguia viagem, ao passo que o rapaz ainda se demorara uma semana em Maués, por causa dum..... Era coisa que não perdia, um sairé. Se esta não era a verdade, Deus Nosso Senhor o castigasse por aquela luz que os estava aluminando, e que lhe faltasse à hora da morte.

– Que estás tu aí a falar do Madeira, perguntou padre Antônio, que afinal prestara atenção à tagarelice do tapuio, e sentiu que uma ideia luminosa lhe atravessava o cérebro. Pois o Costa e Silva, perguntou ainda, sentando-se na marquesa, pois o Costa e Silva não voltava para Silves?

– Não voltava tão cedo, afirmou Felisberto, levantando-se e apontando de novo para a candeia de andiroba, jurava por aquela luz. O Costa e Silva seguira para o Madeira, onde poderia estar há uns quinze dias e onde havia de demorar-se mais dum mês. Por sinal dissera que havia de perguntar por S. Revma. lá no Madeira, e se ele voltasse para Silves, que é que ia perguntar no Madeira? Mas então, em Silves ainda ninguém sabia a verdade! Então padre Antônio de Morais podia voltar para a sua paróquia, sem receio de que lhe descobrissem o segredo que tanto lhe importava guardar, e do qual dependia o seu futuro! Voltaria, pois, e sem demora, para evitar que o Costa e Silva regressasse à vila antes dele lá estar. Partiria quanto antes, pois que o pateta do Felisberto gastara tanto tempo em Maués, ria surpreender os seus ingratos paroquianos, que já se preparavam para receber de braços abertos o sucessor que a solicitude do senhor bispo não tardaria em nomear, zelando das suas obscuras, mas nem por isso menos queridas ovelhas! Partiria e ninguém, ninguém em Silves era capaz de duvidar de que padre Antônio de Morais tivesse gasto aqueles três meses na catequese de índios bravios, em pleno sertão do Sucundari e do Guaranatuba. Pensava, rejubilando-se com esta solução tão fácil que a bendita tagarelice do Felisberto lhe tinha feito brotar no espírito abatido, e enquanto os outros prosseguiam no insípido serão, ele, cheio de coragem, criando alma nova, combinava, refletia, pesava todas as hipóteses que se lhe apresentavam, resolvia as dúvidas, discutia consigo mesmo as probabilidades, e assentava finalmente na resolução firme de partir no dia seguinte pelo rio Abacaxis fora em busca do lago Saracá e da vila que à sua margem repousa entre eternas verduras. Quando se recolheram todos, e o padre ficou só com a mameluca, uma última luta se travou entre e a ambição e o amor a que se acostumara na posse daquela rapariga gentil, cujo amuo passageiro, cujos olhos vermelhos de lágrimas, cujo retraimento inesperado. naquela noite de despedida lhe incendiavam de novo os sentidos, despertando a paixão adormecida, como se já há muito tempo estivesse privado do gozo do seu corpo. Já agora deixá-la era impossível. Depois que a notícia da viagem do Costa e Silva ao Madeira lhe reanimara o ânimo abatido, mostrando que não estava impossibilitado de regressar à sua paróquia com o mesmo prestígio de outrora, a alegria e a esperança extinguiram o ressentimento contra a linda mameluca que lhe revelara as delícias inefáveis dum amor correspondido. Pensando em partir, em a deixar para nunca mais a tornar a ver, em abandonar por seu gosto aquele tesouro inapreciável de encantos que só ele, ele só, conhecera e gozara, sentia um grande abalo que lhe tirava a firmeza da resolução que acabara de tomar. Os ressaibos dos beijos da Clarinha chocavam-se com as recordações dos tédios de Silves, e a sua natureza sensual reagia em favor dos doces prazeres que a moça lhe proporcionara. O quê! Voltaria a levar a vida estúpida e monótona de pároco da aldeia, a cantar ladainhas, a confessar negras velhas, feias e repelentes, a doutrinar crianças, a morrer de tristeza e de aborrecimento na vastidão daquela vila deserta, onde não tinha para o consolar nas horas de frequente desânimo, em que a herança materna sobrepujava a fortaleza viril, para povoar o seu isolamento, para lhe suavizar as agruras da vida, o olhar meigo e carinhoso, a fala doce, o amor incansável da sua querida Clarinha, da única mulher que seriamente o amara. Deixá-la-ia naquele sítio solitário, para morrer de saudades, ou – coisa horrível que o fazia estremecer – para cair nos braços de algum tapuio boçal que a cobiçasse para mulher, ou de algum regatão atrevido que a tomasse para o duplo emprego de amante e de criada! Partiria tão às pressas, quando os encantos daquela mulher incomparável lhe prometiam ainda tantos dias vividos à sombra das mangueiras em flor, na intimidade, tantas noites repletas de delícias que jamais encontraria em outra! Tinha visões eróticas, pensando nos prazeres que gozara. Recordava o cacaual, a bela carne clara destacando-se do amarelo avermelhado das folhas secas; o capinzal verdejante do campo, espigado e fino, emoldurando a redondeza palpitante das formas; o furo de água negra, transparente e límpida em que os membros gentis tomavam figuras vagas, fantásticas e vacilantes; a maqueira de tucum, refrescando o calor dos corpos unidos em apertado abraço, na ausência do Felisberto, do João Pimenta e da Faustina, a rede, a macia rede, tentadora e provocante, embalando suavemente os amantes no vaguejar dos sonhos... Mas que perigo em se deixar ficar ali, naquele viver sensual e mole, enquanto a história da sua queda podia chegar a Silves e matar para sempre a aspiração dum futuro glorioso! Lutava enleado nas pontas daquele dilema terrível, com a cabeça perdida, procurando embalde no arsenal dos seus sofismas, no manancial de argúcias da sua filosofia egoística e chicaneira, um meio de sair daquele embaraço cruel que lhe esmagava o coração. Sentia-se incapaz de sacrificar o futuro àquela mameluca simples, e mais incapaz ainda de desprender-se dos braços dela para salvar a honra de seu nome e o brilho da carreira que imaginara poder percorrer na vida. Entre o presente, representado pelo amor da neta do João Pimenta, pela vida fácil, cheia de gozos e de inação, que tanto satisfazia o seu temperamento de matuto grosseiro e preguiçoso, e o futuro, visto pela lente da ambição que o exaltava nas grandezas e dignidades da Igreja, na confiança depositada na própria inteligência, saber e ilustração adquirida à custa de tantos esforços, a sua alma se balançava hesitante. Toda a fraqueza de caráter que o sangue materno lhe transmitira, se revelava naquela conjuntura da vida. Pálido, arquejante, sem saber o que fazia, atirou-se à cama, cobriu o rosto com os lençóis, e rompeu num choro convulso de criança contrariada. A Clarinha, que o espiava silenciosa, chegou-se a ele, abraçou-o ternamente, e segredou-lhe ao ouvido com uma meiguice incomparável na voz:

– Levas-me contigo, sim?

XIII

Quando o ubá chegou ao sítio do Tucunduva, no rio do Ramos, seriam três horas da tarde, e havia três dias que viajavam, descendo o rio Abacaxis, na esguia embarcação selvagem, bem provida de todo o necessário que era possível acomodar sob a estreita tolda de japá, improvisada para resguardar a Clarinha do sol ardente de dezembro. Fora uma partida alegre, despreocupada. A família deixara o sítio da Sapucaia como se fosse fazer uma pequena viagem de recreio. João Pimenta, na indiferença da sua estupidez de antigo tuxaua convertido ao cristianismo, acostumado à subserviência as ordens de padre João da Mata, não achara palavra no seu pobre vocabulário para opor à deliberação dos netos, e concordara com a viagem como se tratasse da coisa mais simples e natural do mundo. No furo da Sapucaia, no pitoresco bom retiro do defunto padre santo, apenas ficara a Faustina, a preta velha, para cuidar dos numerosos xerimbabos que a moça sustentava. O Felisberto, remando à proa, vinha alegre, duma alegria ruidosa. Era o mais feliz de todos quantos haviam deixado o sítio do furo da Sapucaia no ubá de João Pimenta. Quando soubera que o hóspede regressava ao exercício das suas funções paroquiais em Silves, Felisberto gargalhara o seu contentamento numa risada convulsa, que expandira a sua fisionomia de jovem tapuio civilizado, numa expressão alvar de orgulho satisfeito. Havia muito que nutria secretamente o desejo ardente de ver o hóspede voltar às funções da vigararia, ambicionando a continuação da gloriosa ocupação que iniciara sob os auspícios do defunto padre santo. Ia agora talvez conseguir a honra de acolitar o novo padre santo, com o tal Macário ou sem ele, não na indiana Maués, mas num povoado muito mais importante, na civilizada Silves, cuja população branca ele cuidava deslumbrar com as mesuras e salamaleques que aprendera no ofício com o latinório de contrabando que padre Antônio escutara maravilhado nos sertões de Guaranatuba. Maior fora ainda o seu prazer quando, risonha e feliz, a mana Clarinha o certificou de que o senhor padre a queria levar consigo para lhe lavar a roupa e tomar conta da casa, porque V. Revma., coitado! não tinha jeito nenhum para o governo da casa, que o Macário deixava andar à matroca, e a respeito de lavagem de roupa era uma ladroeira monstruosa em Silves, além de uma pouca-vergonha na demora e porcaria do serviço. A princípio a Clarinha ficaria num sítio do rio Ramos, no Tucunduva, enquanto o senhor padre arranjasse casa e dispusesse tudo para a receber e agasalhar dignamente; mas, havia prometido, a demora não seria longa, porque V. Revma. estava resolvido a não continuar sem mulher em casa, por causa das perdas e transtornos que essa falta lhe ocasionava. Ouvindo isto, o Felisberto não se pudera conter, pulara como uma criança. A dupla decisão de padre Antônio de Morais fazia antever um futuro de honras subidas e de prazeres incomparáveis, realizando o sonho com que se pagara a sua imaginação de tapuio, vaidoso da consideração que lhe dava o namoro de V. Revma. com a Clarinha. Por isso, remando à proa do ubá, descendo a corrente do rio Abacaxis, o Felisberto antegostava o prazer de repenicar, com a força dos pulsos acostumados ao corte das rijas maçarandubas, os sinos afamados da Matriz de Silves, que o padre santo lhe descrevera como de verdadeiro bronze, de som argentino e de bela aparência dourada. Já se imaginava de opa encarnada, carregando o missal de um lado do altar para outro, com mesuras graciosas e latinórios difíceis, balançando o turíbulo cheio de sufocante incenso queimado, numa gravidade solene, e às ocultas, depois da missa, por detrás, do altar-mor, fingindo apagar as velas de cera com o apagador de couro preto pregado à comprida vara, devorando silenciosamente as hóstias da caixinha de lata, regando-as com o vinho branco das galhetas, na satisfação da sua gulodice de tapuio, não acostumado à farinha de trigo e ao vinho estrangeiro, alcoolizado e doce. João Pimenta governava o jacumã, silencioso e apático, mascando tabaco, e embebendo o olhar na contemplação passiva do céu, das águas, das árvores da beirada, da grande natureza que amesquinhava a sua personalidade embrionária de mundurucu batizado. Padre Antônio de Morais, meio deitado no fundo do ubá, ao lado da apaixonada Clarinha, com o chapéu sobre o rosto para o resguardar do sol; cismava. enquanto o ubá deslizava, impelido pelos compridos remos dos dois tapuios. Haviam sido rápidos, apressados os últimos dias passados no sítio da Sapucaia. O padre sentia uma grande impaciência, queria chegar quanto antes a Silves, para assumir o exercício da vigararia, antes que o Costa e Silva regressasse do rio Madeira e espalhasse a notícia que obtivera sobre o missionário da Mundurucânia. A solução encontrada e a aproximação da partida haviam recordado hábitos e deveres esquecidos; física e moralmente padre Antônio queria voltar a ser o sacerdote que o João Pimenta e o Felisberto haviam encontrado ajoelhado à beira de um rio sertanejo, o mesmo que partira de Silves, alimentando o grandioso projeto de civilizar os munducurucus. Fora, primeiro que tudo, forçoso recorrer às velhas navalhas do seu colega João da Mata, postas de lado quando, vencido pela paixão sensual que o dominara, perdera os estímulos do brio e se chafurdara na degradação moral que o ia inutilizando para sempre. Padre Antônio sacrificara o espesso bigode negro que a preguiça deixara crescer com força, e quando no pequeno espelho de parede se viu restituído à depilação obrigatória do ofício, pareceu-lhe que de fato tornava a ser o que fora, e que com aquela operação tão simples lhe voltavam as ideias, os sentimentos e os gostos do sacerdócio. Ao vestir a batina, alguma coisa embolorada e velha, aquela mesma que em nova trazia com a apurada elegância que entusiasmara as mulheres de Silves, a transformação se completara, e o padre sob a vestimenta negra e grave, que lhe alteava o corpo, sentira o espírito elevado acima das vulgaridades da sociedade em que se metera, dos gostos que ali o haviam detido. A sua superioridade, desprendendo-se das teias em que a haviam enlaçado os apetites do corpo, se afirmara de novo sobre aqueles tapuios ignorantes que o tinham feito resvalar até o nível da sua simplicidade grosseira, na igualdade dos instintos sórdidos de sertanejos sensuais. Quando pôs na cabeça o chapéu de três bicos, e saiu para o copiar, para tomar o caminho do porto, o Felisberto exprimira por uma risada nervosa e sacudida a funda impressão que lhe causava o aspecto do vigário, e a Clarinha enchera-se de involuntário respeito e de encantadora timidez, diante daquela aparência severa e fria de sacerdote que não lhe recordava o amante apaixonado do cacaual e do campo, mas o hóspede extraordinário e imponente que lhe chegara numa tarde de agosto, como um Anjo do Senhor, suave e triste na sua grandeza sobre-humana. Entretanto, apesar do hábito sacerdotal, padre Antônio de Morais já não era o mesmo mancebo entusiasta e ardente que o vale do Canumã havia visto batendo-se contra a natureza implacável do Amazonas, e consumindo-se numa luta sempre renovada contra o temperamento de campônio livre e robusto, contra o natural de poldro rebelde que a educação embalde procurara domar. Engordara na vegetação preguiçosa dos três meses passados no sítio; a satisfação dos apetites por longo tempo comprimidos e contrariados, contentando-lhe a carne, dera-lhe a robustez da virilidade perfeita, o desenvolvimento másculo do corpo. A alta estatura, favorecida pela formação do tecido adiposo, dava-lhe uma aparência de autoridade e poder, que confirmavam o semblante arredondado, com os olhos à flor do rosto, os lábios carnudos, a boca grande e franca, a fronte espaçosa e lisa, que ele vira com prazer ao espelho da Clarinha. Os músculos da face, repuxados para baixo, davam-lhe ao rosto uma expressão de serenidade satisfeita e de segurança de ânimo. Não mais os indícios duma paixão agitada por sentimentos contrários se viam na fisionomia simpática e melancólica do padre que frequentara o cemitério de Silves, comprazendo-se na meditação e no silêncio. Nem tampouco se refletiam naquele rosto os generosos ardores do proselitismo religioso que o arrancara dos labores triviais dum paroquiato aldeão para o atirar a uma empresa arriscada e perigosa. Naquela larga face de homem robusto e são acentuavam-se, pelo contrário, a convicção da própria força, a paz da consciência, firmada após lutas devastadoras, o desprezo dos homens e um contentamento íntimo de quem se sabia superior ao meio em que tinha de viver, e apto para vencer todos os embaraços que se lhe pusessem diante. Não podia ser mais completa a transformação, ele próprio o percebera num derradeiro lampejo de sua consciência moral, nem a revolução profunda que em tão limitado espaço de tempo se operava no seu espírito e no seu coração, gravando-se de modo indelével na sua face respeitável de padre repousado e tranquilo. Vivera naqueles três meses mais do que em toda a mocidade, e como se o atrito das paixões que lhe haviam escaldado o sangue tivesse raspado o verniz da educação eclesiástica, deixando a nu o esqueleto do matuto criado à lei da natureza, ele se reconhecia agora tal qual era, tal qual podia ser, não conservando da exaltação de sentimentos e de imaginação, que determinaram os passos decisivos de sua vida, senão o ardor latente, sob a severa aparência de padre desiludido, dos gozos sensuais e da ambição de poder e de glória, um misto contraditório de aspirações e de gozos que ele harmonizava perfeitamente na sua filosofia arguciosa e pessoal.

Achava-se bem assim. Uma galeota de regatão chegara primeiro do que o ubá de João Pimenta ao porto de Tucunduva. O negociante, felizmente, já havia desembarcado e estava na casa de moradia, a discutir com a tia Gertrudes, a velha dona do sítio, e na galeota apenas estavam os dois remeiros, dois tapuios que olhavam com indiferença para os tripulantes e passageiros do ubá, deixando-se ficar na sua apatia de tapuios indolentes, que de nada se admiravam. Padre Antônio saltou logo em terra e tomou o caminho da casa, para explicar ao regatão, quem quer que fosse, a companhia de Clarinha. Felisberto foi também, para o apresentar à tia Gertrudes, muito conhecida de João Pimenta e muito amiga do Felisberto, que a conhecera em Maués, numa esplêndida festa de sairé, onde a velha sobressaíra no canto e no bailado com que adorava a Virgem Mãe e o seu Menino naqueles poéticos versos tupis, compostos pelos senhores padres da Companhia para o serviço do culto dos índios convertidos ao cristianismo. Quando o missionário e o Felisberto chegaram à humilde habitação da bailarina do sairé, travava-se uma luta renhida entre a velha e o regatão, que lhe queria impingir um pouco de café, algum tabaco e um corte de chita verde, a troco do peixe salgado e do cacau que a tapuia armazenara aquele ano no seu quarto de dormir. A velha, parecendo amestrada por dura experiência, não queria largar mão dos seus gêneros com a facilidade cobiçada pelo mercador ambulante. O regatão fazia grandes gestos de enfado, jurava, ameaçava de se ir embora, e de nunca mais tornar a pôr os pés no porto de Tucunduva; pois que não era nenhum marinheiro desgraçado, capaz de roubar os fregueses, nem precisava de adular a gente de pouco mais ou menos. Prezava-se de negociante sério, de homem respeitável, e sempre respeitado, andava naquela vida porque queria, e se o duvidasse a Gertrudes, que fosse perguntar a toda a vila de Silves. E nessa torrente de palavras grosseiras, proferidas com grave serenidade e segurança, menoscabava o cacau que aquele ano estava por dez réis de mel coado no Pará e dizia horrores do peixe de que ninguém queria a arroba por meia pataca porque dos lagos chegavam batelões atopetados de pirarucus e tambaquis, de que já se não sabia o que fazer; ao passo que o café, esse fiava mais fino. Em todo o Amazonas já não se bebia senão chá de folhas de café, porque o pouco grão que aparecia no mercado era por um despropósito. O tabaco também rareava, por causa da praga que dera em Santarém e em todo o Tapajós. A chita estava por um preço de hora da morte por causa da guerra dos Estados Unidos, valia quase tanto como a seda. A falar a verdade, terminava em tom decidido, não faço empenho, tia Gertrudes, em lhe receber o cacau e o peixe, é sim ou não, pegar ou largar, porque cacau não me há-de faltar por toda esta viagem. E fazendo menção de retirar-se, o regatão voltou-se. Padre Antônio reconheceu admirado o capitão Manuel Mendes da Fonseca, o coletor de Silves, em pessoa. Uma dupla exclamação de surpresa cruzou os ares:

– Ó senhor capitão Fonseca!

– O Reverendíssimo aqui! Seguiram-se as explicações.

O capitão Fonseca, pasmo de o ver ali são e bem disposto (até lhe parecia que engordara nos sertões da Mundurucânia), contou o que se sabia em Silves sobre padre Antônio de Morais. Repetiu por miúdo a narrativa do Macário, o encontro dos mundurucus, a guerra destes com os parintintins, a surpresa, a luta do Macário com os índios, a morte do vigário e a salvação miraculosa do sacristão, que devera a liberdade e a vida à intervenção duma cutia misteriosa. Toda a população de Silves, sem distinção de cor política e de crenças religiosas, ficara profundamente consternada com tão triste acontecimento. O próprio Chico Fidêncio, que outrora não poupava os padres nas palestras à porta do Costa e Silva, chegando mesmo a censurar os modos de S. Revma. e a duvidar da sua sinceridade, era agora um dos seus maiores glorificadores, tendo até escrito uma correspondência em que'o comparara a S. Francisco Xavier. O professor Aníbal Americano Selvagem Brasileiro escrevera um hino intitulado – O missionário da Mundurucânia, e uma oração fúnebre para ser publicada no Democrata. Toda a gente na vila estivera persuadida da morte de padre Antônio até à véspera da partida do capitão Fonseca, quando viera uma notícia no Diário do Grão-Pará, que ele, o único na vila, assinava a pedido de Elias, e na qual se dizia que padre Antônio estava vivo. Nesse mesmo dia o Chico Fidêncio recebera uma carta do Costa e Silva, que em viagem para o Madeira, escrevera de Maués, relatando o encontro que ali tivera com o neto dum tuxaua mundurucu, o qual encontrara S. Revma. à margem do Sucundari, muito assustado ainda por ter escapado às mãos dos caboclos bravos, e depois parece que fora convertido pelo padre, ao que se podia depreender da meia-língua do neto. Acrescentava o Costa que já havia escrito para o Pará ao seu correspondente para dar essa notícia, e assim se explicara como a gente do Diário do Grão-Pará soubera que padre Antônio estava vivo. O que ele capitão Fonseca não podia conseguir era conciliar a narrativa do Macário com o fato de estar vendo ali são e salvo, e até mais gordo, o senhor vigário. O Macário, estava agora convencido, pregara uma formidável peta à população de Silves. S. Revma. não morrera tal, porque o Fonseca ali o estava vendo vivo. Que tremendo maranhão! E lá estava, aquele mentiroso, recebendo visitas e felicitações, honrado e festejado como se fosse um homem importante, e até já se dizia, suprema extravagância! que seria condecorado com o hábito de Cristo! Condecorado aquele bobo? Não admirava, os tempos estavam muito mudados, os homens já não eram apreciados pelo que valiam, mas pelas mentiras e calúnias que pregavam. Quando ouviu a história narrada pelo sacristão Macário, padre Antônio de Morais sentiu um vivo rubor subir-lhe ao rosto e afoguear-lhe o cérebro, perturbando-lhe a vista. Um grande embaraço o enleava, e não sabendo o que devia dizer, ouvia silencioso o capitão Mendes da Fonseca falar, numa voz que a custo, por fim, conseguira guardar a serenidade do principio, como se um vivo despeito o agitasse. Esse embaraço foi, porém, passageiro. Compreendeu de relance a gravidade da situação em que se achava, o perigo que corria em desmentir o astuto sacrista cuja inventiva o maravilhava, dando-lhe uma forte vontade de rir da história da cutia misteriosa. Era forçoso fazer o sacrifício da verdade ao plano que engendrara, cujo resultado dependia da completa ocultação da falta cometida e que devia ser sepultada em eterno silêncio. Quando o capitão acabou de falar, o padre, disfarçando com dificuldade a pungente emoção, sentindo a mentira queimar-lhe os lábios, na sensação física do remorso, explicou que o Macário se enganara, mas não mentira. E como se tivesse pressa de se ver livre daquele penoso sacrifício, selando com a mentira o mistério dos três meses passados à sombra das laranjeiras em flor no sítio do Sapucaia, acrescentou em palavras breves, que naturalmente o Macário o tivera por morto, mas que a verdade era outra. Levado pelos índios, desmaiado e malferido, fora entregue aos cuidados de um pajé que o curara com o suco de algumas plantas. Os selvagens o haviam poupado por lhe conhecerem o caráter sacerdotal pela batina e pelo chapéu de três bicos, e o tinham posto em liberdade, depois de algumas conversões que fizera. Que tendo passado três meses nas selvas, pregando o Evangelho, resolvera regressar à sede de sua paróquia, e que achando-se à margem do Abacaxis encontrara uma família de tapuios, avô, neto e neta, que lhe oferecera passagem até o Amazonas.

– Por sinal, confirmou o Felisberto que tendo acabado de conversar com a tia Gertrudes, intervinha na conversação, encantado por auxiliar a S. Revma. na peta que pregava ao demônio do regatão: por sinal que nós não conhecíamos a S. Revma. e pensávamos que era a alma do padre santo João da Mata.

– A confusão, disse o Fonseca, não era lisonjeira para S. Revma.. Padre João era um pândego da força do nosso defunto padre José, que Deus haja, e não podia comparar-se a um confessor da fé. Inclinou a cabeça em sinal de respeito, tomou a mão de padre Antônio, beijou-a e prosseguiu:

– Faz o Reverendíssimo muito bem em voltar para a sua paróquia. Não são somente os gentios que precisam da luz do Evangelho. Se o Reverendíssimo não nos tivesse deixado, quero crer que não me viria encontrar por estas paragens, rebaixado a fazer concorrência ao tratante do Costa e Silva, vindo pessoalmente regatear com esta súcia de caboclos ignorantes e vadios. Fez uma pausa, e como S. Revma. se mostrasse admirado do que ele dizia, continuou:

– Fui exonerado de coletor...

– O senhor exonerado!

– É verdade, tornou o capitão. Fui exonerado, e logo vi que esta notícia causaria espanto a todo o homem inteligente. O miserável do José Pereira, que eu tinha deixado tomando conta da coletoria quando fui aos castanhais para o S. João, armou-me uma tal intriga, o safado

– Perdoe-me o Reverendíssimo a expressão – que por mais empenhos que metesse, por mais explicações que desse, o cônego Marcelino, meu inimigo figadal, aproveitou a ocasião e fez-me aquela desfeita, e ainda por cima teve o descoco de dizer que a coisa ficava só na demissão porque eu tinha bons padrinhos! Dos lábios contraídos pelo despeito escapou-lhe um insulto, reprimido em meio.

– Filho da... E emendou:

– Filho da mãe! Depois fazendo um esforço para conter-se continuou por largo tempo vazando a bílis acumulada desde que regressara dos castanhais, sem atender a que estavam de pé, ele, o padre, o Felisberto e a tia Gertrudes, e que teriam naturalmente alguma coisa que fazer. Relatou miudamente as intrigas de José Pereira, o tal moço de bons costumes que, o Fonseca sabia agora positivamente, vivia amigado com a cunhada; os passos que dera para se justificar, a insistência do cônego Marcelino em o demitir, a situação falsa em que esse fato o colocara em Silves, a perda da confiança do Elias, a necessidade de apurar capitais para satisfazer os credores exigentes e a dura contingência em que se via de descer da sua dignidade para vir correr os rios do sertão, fazendo o comércio de regatão, muito rendoso de certo, mas indigno de um homem que era o verdadeiro chefe conservador de Silves, que se correspondera com o João Alfredo e com o cônego Siqueira...

– E tudo isto por quê? acrescentou com profunda amargura. Tudo porque tenho a infelicidade de ser casado com uma mulher louca e porque V. Revma. lembrou-se de catequizar mundurucus. Se a tal D. Cirila, que o diabo carregue, não se tivesse lembrado de ir passar o S. João nos castanhais, o José Pereira não teria entrado no exercício da coletoria e não saberia o que soube. E se V. Revma. não tivesse-se lembrado dos mundurucus, teria ficado em Silves, e teria-me valido, afirmando ao cônego Marcelino que eu não sou pedreiro-livre, fui sempre muito bom católico, e até quis publicar a Aurora cristã, com o professor Aníbal Americano. Abandonaram-me, deixaram-me só. As intrigas daquele patife do José Pereira ganharam a causa, fui demitido e por muito favor não me processaram. O mundo anda agora assim, cada um cuida de si. A senhora

D. Cirila, continuou com um despeito visível, sacrificou-me aos castanhais, onde eu, seguindo o conselho de V. Revma., não queria ir, e bem me arrependi de lá ter ido! V. Revma. abandonou-nos pelos mundurucus! O Chico Fidêncio infamou-me com o seu contágio. O sem-vergonha do José Pereira furtou-me o lugar. O Elias desconfiou de um freguês velho que tanto lhe tem dado a ganhar. O cônego Marcelino esqueceu-se de que eu era um correligionário firme e leal que sempre acompanhou o governo. O inspetor do tesouro não se lembrou de que o hospedei como a um príncipe quando esteve em Silves. O João Alfredo, que persegue os bispos, conserva na presidência um padre carola e perseguidor dos maçons! E até o miserável do Costa e Silva lembra-se de me querer tirar a freguesia do sertão! E resumiu num largo gesto o egoísmo de todos os homens:

– Tolo é quem neles se fia. E como querendo esquecer o desgosto que lhe causava a recordação de tantas ingratidões, voltou-se para a velha tapuia:

– Tia Gertrudes, é pegar ou largar. Quer o negócio ou não quer? Não posso perder tempo e por isso avie-se.

E como a velha hesitasse, encorajada pela presença do padre e do Felisberto, o capitão decidiu:

– Não fazemos nada, vou-me embora. Deixe que o seu peixe apodreça, e o seu cacau pendure-o ao pescoço. E, enfadado, tomou o caminho do porto, acompanhado de padre Antônio, que receava o encontro dele com a Clarinha. Mas o capitão Fonseca tinha o espírito por demais atribulado para se ocupar com as pessoas que estavam no ubá. Ao despedir-se de S. Revma., torturado pela ideia da sua decadência, disse-lhe:

– Sabe quem está agora muito graúdo em Silves? É o Macário, aquele sujeito que eu vi levar bofetadas do padre José, que Deus tenha! Não cabe em si de contente, o malandro! É até um escândalo com a Madeirense todos os dias pelo quintal! A Chica da Beira do Lago já teve o arrojo de dizer que ele quando quer um milagre, é só pedir por boca. E vai ser condecorado! Enfim, em Silves quem vale hoje é o Macário. E acrescentou, depois de uma pausa:

– E o Sr. José Antônio Pereira, moço de muito bons costumes, amigado com a cunhada, todavia. Hoje, em Silves, não há como pregar petas e inventar calúnias, para ser graúdo. Os homens sérios já não valem nada! O Reverendíssimo precisa muito de voltar para lá. Os costumes estão relaxados, que é uma pouca-vergonha. O Mapa-Múndi deu de chicote na irmã, a D. Dinildes, porque a encontrou com o Manduquinha Barata. O Macário vive com a Luísa, o Valadão e o João Carlos brigaram em casa de D. Prudência, o José Pereira está roubando o governo. Silves já não vale nada. Os homens sérios são escorraçados. Só um vigário do caráter e austeridade de V. Revma. a poderá salvar da depravação em que se acha a vila. E com gesto ameaçador, mostrando a mão fechada à vila invisível, murmurou com rancor:

– Bandalheira, pouca-vergonha! Embarcou na galeota, depois de despedir-se de S. Revma. Quando ia penetrar na tolda, voltou-se de repente para o padre que ficara na praia, seguindo-o com o olhar:

– É verdade, quer ver o tal periódico?

– Que periódico?

– O Diário do Grão-Pará, tenho aqui debaixo da tolda, embrulhando as botinas. A galeota partiu, deixando o vigário de Silves, absorto na leitura da seguinte local : "PADRE ANTÔNIO DE MORAIS".

– Um estimado negociante de Silves, o Sr. Costa e Silva, achando-se de passagem em Maués, ali encontrou notícias deste arrojado missionário, que toda a gente supunha morto às mãos dos parintintins, segundo a narrativa do seu companheiro de viagem. Parece que o ardente vigário de Silves escapou milagrosamente a uma morte afrontosa, e tem prosseguido na gloriosa tarefa de catequizar os índios da Mundurucânia. Diz-se mesmo que padre Antônio conseguiu trazer ao aprisco do Senhor, entre outras ovelhas desgarradas, um célebre tuxaua, nomeado pelas suas façanhas guerreiras, e entre os pobres moradores do Canumã temido pelas suas muitas tropelias. Se isso é verdade, como assegura o nosso informante, digno de todo o crédito, padre Antônio tem prestado e está prestando inolvidáveis serviços à religião e à civilização do Amazonas. Não conviria que o governo mandasse alguém procurar na Mundurucânia esse novo Anchieta, que estará talvez, à hora em que escrevemos, perdido nos sertões do Sucundari, sem meios de regressar à sua paróquia? O governo não deve ficar indiferente à sorte dum sacerdote que tão digno se tem feito da estima e veneração dos seus contemporâneos. "Padre Antônio é nosso compatrício. Filho do nosso amigo senhor capitão Pedro Ribeiro de Morais, uma das influências conservadoras do Igarapé-mirim, fez brilhantes estudos no Seminário maior, sendo o mais aproveitado discípulo do reverendo padre Azevedo, o maior teólogo do Norte do Império." A velha tapuia do sítio de Tucunduva facilmente aceitou a proposta que lhe fizeram de hospedar a Clarinha, enquanto o avô e o irmão iam levar o senhor padre a Silves. O plano de V. Revma. era procurar em Silves um sitiozinho, em que pudesse estabelecer a afilhada de padre João da Mata longe das vistas do Chico Fidêncio e dos falatórios invejosos do beatério, numa pequena situação poética e retirada como o sítio de João Pimenta, uma reprodução do encantador bom-retiro que o seu amestrado colega soubera criar à margem do furo da Sapucaia, entre castanheiros gigantescos e sombrios e laranjeiras floridas, dum perfume afrodisíaco de noivado. Aí poderiam viver horas esquecidas, afastados do bulício da freguesia, a salvo dos comentários azedos da grei dos pedreiros-livres, com o recém-converso Chico Fidêncio à frente; ai libaria ele o néctar delicioso do amor daquela mameluca feiticeira, cujas mãos delicadas e polpudas entrelaçariam olorosas flores aos louros da coroa de glória com que a gratidão popular lhe enalteceria a fronte inteligente. Um sonho encantador que V. Revma. comunicou à amante, com muitas carícias e promessas, à sombra de uma goiabeira do porto, afirmando que por pouco tempo a deixava naquele exílio de Tucunduva, e não tardaria em a mandar buscar, se não pudesse vir pessoalmente, para não despertar suspeitas. Do Tucunduva a Silves havia razoável distância. A largura do Amazonas, interposta entre o sítio do rio Ramos e o Paraná-mirim do Saracá, favorecia o mistério. Mais tarde, quando a curiosidade pública estivesse amortecida e os silvenses, fartos de olhar e admirar o seu ressuscitado vigário, tivessem voltado aos seus lazeres ordinários, a Clarinha, envolta sempre em romanesca sombra, iria para algum sítio do rio Urubus ou mesmo do lago Saracá, onde o padre a visitaria a miúdo, salvando as aparências, e não acordando a desconfiança do Chico Fidêncio do sono profundo em que a mergulhara a inventiva feliz do prestimoso Macário. Clarinha não gostou do engenhoso plano que V. Revma. lhe expunha entre mil beijos e carícias. Na ingenuidade do seu amor de mameluca, confiante e sincero, não compreendia a necessidade de todos esses mistérios e precauções de que se queria cercar o senhor padre, para esconder aos olhos dos seus paroquianos as relações com uma moça solteira e livre. Um grande pesar lhe causava o receio manifestado por V. Revma. de que se conhecessem esses amores que, havia bem pouco ainda, nos delírios da paixão, ele confessara serem a suprema felicidade de toda a sua vida de privações e misérias. Repugnava à sua natureza franca aquela hipocrisia. Dera-se sem reserva, sem pensamento oculto ou interesseiro, sabendo perfeitamente que dava o que tinha de mais precioso, entregando vida, alma e coração àquele belo padre melancólico que a fazia sonhar com Anjos do Senhor. Agora que tudo estava consumado, que lhe importava que todos o soubessem? Não sentia vergonha alguma da sua falta, julgava-a muito natural, e qualquer moça, colocada nas suas circunstâncias, faria a mesma coisa. O seu espírito, elevado pela educação que lhe dera o padrinho acima da sua condição social, não podia simpatizar com os da sua classe, e aspirava a relações mais cultas e finas. Padre Antônio estava tão acima dos brancos que ela conhecera na sua tranquila e desconhecida existência, como esses brancos, regatões na maior parte, eram superiores aos reles tapuios, semicivilizados, com quem a sua origem e condição a obrigavam a tratar. Como moça de aspirações, escolhera para amante o homem mais distinto que encontrara até o momento em que o coração falou. Se esse homem não podia ser seu marido, que importava isso? A sua avó só casara depois de ter tido a Benedita. Esta não casara nunca, e de seus amores com padre João da Mata nascera a Clarinha, pelo menos, ela assim o supunha agora. Que havia de admirar que Clarinha seguisse o exemplo da mãe e da avó?

As despedidas foram tristes. Padre Antônio embarcara no ubá, e Clarinha, de pé sobre a ponte do sítio, seguira com os olhos rasos de lágrimas a embarcação que se afastava, levando o eleito do seu coração a lugar donde talvez não voltasse a consolar-lhe a triste viuvez. Mas quando o ubá se sumiu por detrás dum espigão da margem, perdendo de vista o vulto encantador da rapariga, padre Antônio pôs-se a pensar em Silves, nos seus paroquianos, na recepção que o esperava e no futuro que o aguardava lá, bem longe desse paraíso que deixara entre os castanhais sombrios. Sentado no fundo do ubá, com a cabeça descoberta, tinha os olhos embebidos na vaguidão do espaço, e cismava, silencioso e imóvel, indiferente à marcha da embarcação que o levava ao seu destino. A narração do capitão Fonseca acalmava os sobressaltos e receios que lhe havia causado a história do Felisberto ultimamente. Tudo lhe indicava que a sua falta não seria descoberta. A força inventiva de Macário o colocara muito alto na opinião dos seus paroquianos e por uma felicidade realmente inaudita, a tola parolice e a pueril vaidade de Felisberto, que muito poderiam ter prejudicado a reputação do padre, a haviam servido maravilhosamente, graças à credulidade tapuia e à azáfama novidadeira do serviçal e católico Costa e Silva. Assim o Felisberto, aquele palerma que ali ia, remando rudemente, com a fisionomia radiante de prazer, prestara a padre Antônio de Morais um relevantíssimo serviço! Padre Antônio não podia deixar de sorrir, lembrando-se da figura que faria o Felisberto proclamando-se neto dum tuxaua, convertido por padre Antônio, o melhor padre santo que jamais fora àquelas remotas paragens do Guaranatuba; e da precipitação com que o Costa e Silva, interpretando mal a meia-língua do Felisberto, não quisera ouvir mais nada e escrevera para o Pará, a transmitir a estupenda notícia, que revelava aos povos a existência de padre Antônio de Morais, o missionário da Mundurucânia. Sim, o Felisberto lhe prestara um relevante serviço, mas a sua presença em Silves, no mesmo ubá, e naquela ocasião, não seria tão comprometedora como a de Clarinha? O Costa e Silva o reconheceria, puxaria conversa com ele, e o rapaz, que tudo dava para falar, teria tempo de sobra para entrar em pormenores que sacrificariam o efeito das suas primeiras palavras. Já agora, quando estava perto de tocar a meta dos seus desejos, não devia cometer tão grave imprudência como a de aportar a Silves em companhia do falador Felisberto. Procuraria uma boa combinação para deixar o rapaz em algum sítio do Paraná-mirim de Silves, e chegaria à vila acompanhado somente pelo velho tuxaua, cuja estupidez absoluta lhe oferecia absoluta segurança. Chegaria a Silves, cheio de glória e de prestígio, e desde já imaginava a recepção que lhe fariam os habitantes deslumbrados...

Haveria na povoação um movimento desusado. Os habitantes correriam para o porto, levados duma curiosidade simpática, que faria brilhar a alegria em todos os semblantes. Velhos, moços e crianças andariam apressados, formariam grupos à beira do rio, conversando em voz alta, trocando observações rápidas, comentando o fato extraordinário. O alferes Barriga, ou na sua falta o vereador João Carlos, reuniria a Câmara Municipal para incorporada, com o porteiro e o secretário, encaminhar-se solenemente para o porto do desembarque. O tenente Valadão, com a sua ordenança, guarda nacional de jaqueta e chapéu boliviano que olharia com ar palerma para os cães que lhe ladrassem à farda, destacar-se-ia do grupo das pessoas gradas pelo fitão a tiracolo, verde e amarelo. Os sinos da Matriz repicariam alegremente, tangidos por moleques travessos. D. Prudência, D. Dinildes, D. Eulália, as senhoras todas estenderiam sobre o parapeito das janelas as suas colchas de cores vivas. O professor Aníbal releria o discurso preparado para aquele solene momento, e o Chico Fidêncio, escamado, indeciso, roeria as unhas e fumaria o seu cigarro apagado. À proa dum ubá selvagem, remado por um legitimo tuxaua, vinha padre Antônio de Morais, o missionário da Mundurucânia. Assim que chegasse ao presbitério, rompendo a custo a turma de devotos que o queriam admirar e lhe pediam a benção, o Macário se lhe rojaria aos pés confessando o seu macavelismo, contando-lhe tudo, habilitando-o a combinar os fatos e as narrativas... A Clarinha ficara no Tucunduva, o Felisberto no Paraná-mirim. O velho João Pimenta era como se fosse mudo. O passado ficaria sepultado para sempre no esquecimento. Nem ele próprio se lembrava já. só via o presente, o rio, a floresta, o ubá em viagem, o sol de dezembro acabando de colorir--lhe a face, e o futuro, obscuro ainda, mas envolto em nuvens cor-de-rosa. O sol era forte. Na fronte espaçosa do padre bagas de suor brilhavam. A emoção intensa fazia-lhe subir o sangue ao cérebro. Meteu a mão na algibeira da batina, para tirar o lenço. A mão encontrou o exemplar do Diário do Grão-Pará que lhe dera o capitão Fonseca. Aquele quadrado de papel, inutilizado pela tinta de impressão e machucado pelas mãos do capitão Mendes da Fonseca para lhe servir de invólucro às botinas, era o lábaro em que se inscrevia a legenda sublime do seu futuro, da sua glorificação. Abriu--o, recostando-se no banco central do ubá, para o reler melhor, e procurou a local em que o seu nome fulgurava numa constelação de letras pretas, que se destacavam da alvura do papel barato. Era na segunda página, em meio da primeira coluna, e todo o resto da folha ficava às escuras, sumia-se numa confusão de caracteres baralhados, ilegíveis no amontoado de tipos duma só cor e duma só forma. Leu e releu a local, primeiro de relance, na ânsia de chegar-lhe ao fim, para gozar duma vez, a haustos largos, o incenso finíssimo do elogio entusiasta do gazeteiro paraense. Depois, devagar, soletrando as palavras, como o provador que sorve delicadamente o licor precioso e raro, repetiu a epígrafe, e notou com mágoa, que a correção tipográfica não era perfeita. O final do seu apelido de família estava virado, por um descuido imperdoável do revisor, um erro que lhe irritava os nervos. Desde então, cada vez que corria os olhos pelo artigo, deleitando-se na leitura das frases encomiásticas, de que uma emanação sutil lhe tonteava o cérebro, o maldito erro tipográfico dançava-lhe diante da vista, tomando proporções estranhas e fantásticas, animando-se. Parecia que aquela letrazinha, comicamente retorcida, fazia-lhe caretas e o provocava com esgares bufos, duma ironia mordente e cáustica, que lhe amargurava o gozo inefável da vaidade satisfeita. Era como se no meio dum concerto de hosanas festivais, de entusiásticos aplausos, uma voz discordante lhe atirasse à cara a mentira de toda aquela glorificação em vida, que o Macário em apuros começara e que a parolice balofa e vaidosa do Felisberto, aproveitada por gazeteiros crédulos e desocupados, havia completado. Um assovio estridente, cortando uma salva de palmas, não produziria sobre o ator transportado de júbilo, efeito diverso do que aquele descuido de revisão, aquele cômico s virado, como um *clown* a dar cambalhotas no tapete, produzia na alma extasiada do missionário da Mundurucânia. A princípio um grande desapontamento; depois uma desilusão profunda, logo substituída pela reação, do amor-próprio atuando sobre uma consciência maleável e bonacheirona. Ao menos representara bem o seu papel, e não era sua a culpa, se as circunstâncias e só as circunstâncias não lhe haviam permitido realizar realmente os feitos gloriosos, cuja fama vinha tão de improviso engrinaldar-lhe a fronte. Que outro sacerdote nas suas condições, no nosso século prosaico e interesseiro, abandonaria os cômodos duma vigararia sossegada e pouco trabalhosa, para aventurar-se em afanosa missão aos rios do interior da província, povoados de índios e de perigos sem número, passando fomes, frios, vigílias e árduos trabalhos, arriscando a vida, dormindo ao relento, calejando as mãos nos remos, e deixando-se martirizar pelos terríveis insetos das margens dos rios, e tudo por um pensamento de religião e caridade? D. Antônio imaginara a catequese em um grande vapor, o Cristóloro, com todas as comodidades e todas as solenidades; ele padre Antônio, a tentara numa velha montaria, numa casca de noz, privado de todos os recursos. Entretanto D. Antônio era um príncipe da Igreja, e ele um pobre vigário sertanejo, sem posição e sem nome. Que outro padre moço, recém-saído do Seminário grande, tendo diante de si um futuro plácido e tranquilo de pároco bem pago e bem nutrido, se meteria nos ínvios matos da Mundurucânia, sem outro fim senão o de batizar índios, sem outro auxilio que não fossem o próprio esforço e a própria dedicação! D. Antônio era bispo, e doutrinava nas cidades, comodamente sentado na sua cadeira sagrada... Se padre Antônio de Morais não convertera índio algum, se não fora ferido pelos parintintins, não era porque se poupasse a trabalhos e sofrimentos, mentia a lenda jornalística, mas pela força das coisas, pelas circunstâncias especiais em que se achara, pela impossibilidade material em que se vira de continuar a viagem, depois da fuga de Macário. Mas, em compensação, sofrera tormentos cruéis, escapara de morrer flechado por mundurucus, de ser devorado por feras nos sertões do Sucundari e de ceder a uma moléstia pertinaz, resultante das fadigas e privações aturadas ao serviço do Senhor. E fazendo justiça aos seus sentimentos, no ardor da sua própria apologia perguntava a si mesmo, sondando a consciência desinteressada, qual fora o móvel que o fizera deixar Silves; porque, tendo perdido a roupa e o farnel da viagem no sítio do Guilherme, teimara em viajar na pequena montaria de pesca, remando como qualquer caboclo; porque passara noites sem dormir; porque suportara com paciência as picadas dos carapanãs; porque se afoitara a dirigir a palavra aos índios do ubá; porque fizera tudo isso? Algum pensamento egoísta o guiava em passos tão arriscados e cheios de abnegação? Não, decerto, respondia a complacente consciência, fora o ardor religioso, o amor da catequese e da civilização do Amazonas que o levara a tais extremos de dedicação e de sacrifício. Logo, concluiu com a lógica admirável aprendida nas lutas com o maior teólogo do Norte; logo nem por estar vivo e são, nem por ter deixado de converter mundurucus, era menos digno dos elogios da fama e da reputação alcançada nas duas províncias que o Amazonas banha. Satisfeito com este raciocínio do amor-próprio, aplaudido pela consciência, desviou os olhos do zombeteiro, e dobrou o jornal para o guardar. O cabeçalho do periódico trazia em letras graúdas -Diário do Grão-Pará. A princípio distraidamente, e logo depois com interesse, padre Antônio pôs-se a ler o título, os dizeres permanentes, o ano, a data que trazia o jornal. Era mesmo o Diário do Grão-Pará, então a folha mais importante da província, que espalhara as suas façanhas aos ventos da publicidade.

BELÉM, 20 DE DEZEMBRO DE 18...

A folha estava datada de Belém. Lendo o nome da capital do Pará, o seu contentamento aumentou. Era em Belém, na capital, que se falava dele, na grande cidade comercial que é o empório da riqueza e civilização do Amazonas onde se resume toda a vida intelectual das duas províncias gêmeas. Padre Antônio de Morais era célebre em Belém. Ali, na grande cidade, falava-se nele àquela hora do dia. O Filipe do Ver o peso, o reitor do Seminário, o padre Azevedo estariam, talvez, lendo e relendo o famoso artigo, transportados de admiração e cheios de enternecimento. E súbito lhe veio clara e perfeita a recordação da sua chegada à capital do Pará, quando fora para o Seminário, mandado pelo padrinho. Era então um rapazola de quinze anos, de negras melenas caídas sobre os olhos e de magras formas angulares de camponês robusto. Recordava-se bem. A noite vinha, pesada e escura, envolvendo em lâminas de chumbo o horizonte curto de que se destacavam as torres da Sé, e mais longe as do Carmo, por cima do casario, sujo de pó vermelho, aglomerado em ruas estreitas. Renques de varas cercavam os espaços não edificados, abrigando mal da indiscrição dos transeuntes os poucos limpos quintais, logradouros de galináceos e de não raros suínos, escapos às vistas grossas dos fiscais da Câmara. Quase em frente ao Ver o peso, onde atracara a galeota do padrinho, o velho casarão do governo fechava a vasta praça verdejante, em que os sendeiros da polícia montada pastavam sossegados, sob o olhar cobiçoso de numerosos urubus, empoleirados no alto do telhado do Palácio, cujas janelas abertas de par em par pareciam haurir sofregamente a mesquinha aragem do mar, que os coqueiros se transmitiam dum para outro, no balanço indolente das palmas flexíveis. Os últimos raios do sol esbraseavam as vidraças poeirentas da igreja de Santo Alexandre, dando-lhe reflexos metálicos, duros à vista, e punham nas águas do canal uma réstia de luz fugitiva e trêmula. Um acendedor do gás rodeava o largo a passos apressados, armado duma vara, em cuja extremidade brilhava um ponto luminoso que, de longe, parecia um vagalume grande, estonteado, a procurar o abrigo dum mato protetor. A medida que o acendedor passava, uma sucessão de pontos luminosos pingava a indecisa claridade do último crepúsculo de manchas pálidas, que se ruborizavam pouco a pouco, dando aos objetos uma saliência fantástica. As árvores da praça pareciam afagar com as ramagens as nuvens negras que lhes passavam por cima, caminhando lentamente para o sul em esquadrão cerrado. Vultos de homens passavam devagar por baixo do arvoredo, projetando na selva a sombra comprida e esguia, e os corvos assumiam proporções enormes, cobrindo os telhados com as asas negras e inquietas. Do lado do bairro de Santana um surdo murmúrio, o último ruído da agitação industrial, de carroças que se recolhiam, de quitandas que se levantavam, de portas que se fechavam, traduzia o fim do dia para os homens de trabalho que iam repousar, exaustos de calor e de fadiga. Negras da Costa, com as panelas de tacacá e de quibebe equilibradas sobre as rodilhas de riscado, que em forma de turbante lhes cingiam a carapinha, passavam, balançando os quadris num descadeiramento ridículo, e enchendo o ar de forte catinga suarenta, que se misturava ao aroma irritante do trevo e da manjerona exalado pelo penteado das mulatas, e ao pixé nauseabundo dos resíduos do Ver o peso. Raparigas de cor arrastando servilhas de marroquim vermelho ou verde, ofereciam aos olhos dos homens o busto moreno meio nu, apenas velado pela fina camisa de renda, decotada e de mangas curtas, mais excitante do que a nudez. Os negociantes de retalho, em mangas de camisa, pescoço nu, calças de brim, chinelos de tapete ou de couro claro, cavaqueavam com pachorra à porta da loja, ou sentados à beira do canal, sob as árvores quietas, abanando-se com ventarolas de papel. Homens vestidos de casimira, com ares de empregados públicos, avançavam lentamente, opressos pelo alto chapéu de seda, que lhes aquecia a cabeça, e contendo a custo nas mãos úmidas o guarda-chuva previdente e pesado, trocavam, a furto, olhares de inteligência com as mulatas de camisa de renda. Carroceiros portugueses, baixos e barbados, carrancudos, suados, recolhiam-se com as suas carroças de duas rodas, que uma parelha de burros puxava a custo, depois dum dia inteiro de labutar contínuo por um calor de janeiro. Dois ou três padres saíram do colégio descendo a calçada com passo grave, e dirigiram-se para fora da cidade pela estrada de S. José, cujas grandes árvores, salpicadas de luzes, estendiam-se a perder de vista pela frente de rocinhas elegantes e ricas. Caleças, puxadas a dois cavalos, passavam pela porta do Palácio, vindo da Travessa da Rosa e tomavam pela Rua da Cadeia. Os cocheiros estalavam o chicote, e o ruído dos trens punha, por momentos, uma nota alegre na tristeza monótona da praça. Um instante de repouso se dava na vida da capital provinciana. Ao longe o chiar dos carros de lenha que se retiravam pela estrada fora, ao passo vagaroso dos bois, evocava ideias do sossego e tranquilidade da roça, aumentando a melancolia vaga que fazia nascer a hora crepuscular da tarde, ao derradeiro eco do toque da Ave-Maria, pausadamente badalada pelo sino grande da sé. Mas fechava-se a noite. As casas iluminavam-se uma a uma. Das lojas francamente abertas um jorro de luz clareava as calçadas, a trechos, mergulhando na sombra o centro da praça, o leito do canal do Ver o peso e a copa das árvores de todo oculta na escuridão do céu. Das janelas do Palácio do Governo escassa luz se derramava sobre o passeio, onde se formavam grupos, cada vez mais numerosos, de homens de paletó e chapéu alto e de mulheres. do povo. As ruas iam-se animando. Ouviam-se frases proferidas em voz alta, ditos alegres ou grosseiros atirados a grande distância, cortando subitamente o ar numa vibração metálica. Do lado da Rua dos Cavalheiros aproximava-se um tropel confuso de vozes e de passos. E ele matutinho imberbe, recém-chegado na galeota do padrinho, pusera-se a olhar para todos os lados, a princípio deslumbrado e medroso, depois com maior segurança, numa grande curiosidade. Primeiro, ao levantar a cabeça, ficara embasbacado a admirar o tamanho do Palácio, que achava senhoril e nobre, as torres da sé, duma altura descomunal, ameaçando desabar sobre as casas próximas, a igreja de Santo Alexandre que lhe pareceu grande e majestosa, seguida do colégio vasto, cheio de janelas com vidros; a chefatura de polícia com o seu mirante de três janelas, com certeza o supra-sumo do gosto e da elegância. Depois ficara atordoado com o barulho dos carros de praça, duma novidade estranha e dum luxo caro; enlevara-se na contemplação dos vestuários dos homens de chapéu alto, que contrastava singularmente com o seu terno de brim pardo, os seus chinelos de tapete e o chapéu de palha de tucumã, ornado de larga fita preta. Apesar do esforço que fazia para dominar-se, a multidão de gente que vagabundeava na praça, cruzando-se em diversos sentidos, a infinidade de lojas e tavernas, frequentadas e claras, e, sobretudo, o renque de lampiões de gás projetando uma luz brilhante sobre o colo de mulatas atrevidas, desembaraçadas, provocadoras, que lhe lançavam olhares esquisitos e incômodos, obrigando-o a virar o rosto para disfarçar o vexame, tudo isso causava-lhe um acanhamento invencível. O povo continuava a afluir para a praça, desembocando da Travessa da Rosa, da Calçada do Colégio e mais ruas adjacentes. Algumas senhoras, raras, tímidas, destacando-se dos grupos pelos chapéus enfeitados de flores artificiais, passeavam devagarinho pela frente do Palácio, como por acaso, não desejando mostrar que a concorrência as atraía, relanceando o olhar artisticamente indiferente sobre os grupos de rapazes alegres e de mulatinhas faceiras. A banda de música do corpo de polícia chegara finalmente, precedida de moleques armados de pequenas bengalas toscas que brandiam marcialmente, e começou o pot-pourri da Norma com vibrações metálicas dos instrumentos de sax. Confuso, apalermado, tonto, pisara pela primeira vez o solo da grande capital da Amazônia, sentindo-se mesquinho e ridículo no meio daquela gente acostumada ao movimento dos carros e à luz brilhante dos lampiões de gás. Agora, porém, era outra coisa. Graças ao próprio esforço era célebre, respeitado, admirado naquela mesma cidade que sete anos antes o vira chegar desconhecido e semi-selvagem. Agora preocupava a atenção pública! Aqueles homens vestidos de casimira, com ares de empregados públicos, que passeavam lentamente a calçada do Palácio, talvez que, àquela hora, estivessem falando dele, padre Antônio de Morais, à sombra das árvores quietas, no intervalo do ruído dos carros que vinham da Travessa da Rosa, e os padres, ao saírem do colégio para se encaminharem dois a dois para a estrada de S. José, comentariam talvez a história extraordinária do antigo seminarista que em assunto de teologia moral levara à parede o maior teólogo do bispado. Embebido nos pensamentos que as recordações evocadas lhe faziam nascer, padre Antônio não sentia o ubá correr pela superfície do Ramos. João Pimenta e o Felisberto respeitavam-lhe o silêncio, supondo-o causado por amargas saudades da Clarinha. No fim de duas horas de viagem, o ubá saiu ao Amazonas, vasto, estendendo-se para todos os lados a perder de vista, e no meio daquele imenso rio, cujas águas cor de barro, açoitadas por forte viração do mar, balançavam a esguia embarcação selvagem, estranho veículo naquela artéria dia e noite sulcada por inúmeros paquetes, o sacerdote sentiu a impressão do alargamento dos horizontes, como se de fato a vitória que alcançara sobre o próprio temperamento lhe tivesse rasgado às vistas, deslumbradas pela ambição, uma perspectiva infinita de glorioso futuro. Um paquete da Companhia subia a correnteza em direção a Serpa, com grande barulho de rodas, e o vapor formava um penacho de fumo negro que maculava o esplêndido céu azul dum meio-dia de dezembro.

Comparado ao ubá, o barco a vapor parecia um gigante enorme que devorava o espaço e agitava o rio, trêmulo de orgulho; e o contraste formado pelas duas embarcações que por acaso se cruzavam em frente à embocadura do rio Ramos, exprimia a diferença entre o passado recente do vigário de Silves que a natureza dominara e possuíra, e o futuro que se lhe antolhava no desdobramento da sua carreira de padre inteligente e forte. Aquele vapor em breve voltaria de Manaus, e receberia em Silves a notícia do regresso do missionário da Mundurucânia, para a levar, embelezada pela fama e pela ardente imaginação do povo amazonense, à sofreguidão novidadeira da imprensa do Pará e da corte, onde o nome do jovem sacerdote despertaria a atenção pública. As recompensas não tardariam. Antes de tudo, D. Antônio, o bispo justiceiro, apreciador do mérito dos seus padres, lhe obteria facilmente uma prebenda inteira no cabide da Sé de Belém, onde a sua voz de barítono brilhante, ecoando nas abóbadas severas do majestoso templo, despertaria emoções fortes e provocaria expansões de sentimento religioso nas solenidades aparatosas do culto católico. O imperador não podia perder de vista o missionário que sacrificara vida, cômodos e saúde ao serviço da propaganda católica. A sorte de padre Antônio de Morais seria mais brilhante do que lha podia fazer a benevolência do bispo justiceiro. Nas auras sopradas do mar lhe vinham os perfumes acres da cidade que entrevira uma vez ao cair da tarde, e que lhe deixara uma impressão confusa de luzes, de sons e de objetos estranhos, entre os quais se destacavam as mulatas de camisa de rendas impregnada de trevo e pipirioca, perfumes fortes que lhe excitavam o temperamento sensual, dando-lhe o antegosto duma infinidade de prazeres. Ao mesmo tempo na toalha larga, clara e movediça do rio, a perder-se intérmina no horizonte, parecia refletir-se a imagem dum esplêndido futuro, em que ofuscavam a fantasia as cintilações diamantinas da mitra episcopal numa diocese do sul...

Praia do Embaré, abril de 1888.

FIM.